爱园清笳

◀ 董琳 著

陕西新华出版
太白文艺出版社·西安

图书在版编目（CIP）数据

爱园清笳 / 董琳著. -- 西安：太白文艺出版社，2024.1
ISBN 978-7-5513-2472-4

Ⅰ.①爱… Ⅱ.①董… Ⅲ.①散文集－中国－当代 Ⅳ.①I267

中国国家版本馆CIP数据核字(2023)第200207号

爱园清笳
AI YUAN QING JIA

作　　者	董　琳
责任编辑	蔡晶晶　张　笛　张婧晗
封面设计	杨泽江
版式设计	建明文化
出版发行	太白文艺出版社
经　　销	新华书店
印　　刷	西安市建明工贸有限责任公司
开　　本	880mm×1230mm　1/32
字　　数	290千字
印　　张	11.5
版　　次	2024年1月第1版
印　　次	2024年1月第1次印刷
书　　号	ISBN 978-7-5513-2472-4
定　　价	59.00元

版权所有　翻印必究
如有印装质量问题，可寄出版社印制部调换
联系电话：029-81206800
出版社地址：西安市曲江新区登高路1388号（邮编：710061）
营销中心电话：029-87277748　029-87217872

《爱园清笳》自序

我不愿我生活的任何一页空着，因为我在其中生活过。

活着的人，其生活状态大体有三种，即工作、吃饭睡觉、休闲娱乐。工作是活命与养家糊口的必需，因而，除"优哉游哉瞅一瞅，能出手时就出手"一些特殊者外，都市中，不管是喜欢与不喜欢，大部分人的工作状态往往既忙碌又紧张，甚至于近乎疯狂。吃饭、睡觉，这是人延续生命的必然，我们每个人自然都希望能安闲地吃饭、踏实地睡觉，但因工作和应付人事的需要而常常事与愿违。人的休闲状态多种多样：有猜拳、摇骰子喝酒的，也有谈天说地、聊家长里短、讲白搭的，还有强身健体、热爱运动的；有谈情说爱或忙于灯红酒绿、寻花问柳的，还有文眉修面美容的；有呼朋唤友"斗地主"或"垒长城"的，也有上街"给眼睛过年"的；有成群结队游山玩水的，也有踽踽独行于山川旷野深谷幽壑的，还有独自对灯或坐以长叹或杞人忧天而自寻烦恼或天马行空而想入非非的；等等，不一而足。但不管是哪种形式，都是人们用来享受自我生活与自我人生的，因为，只有它才可能真正属于生存者所掌管与把控，在某种程度上则体现着生命自由基因的一些基本元素。

"我是我选择的我。""我"的生命"我"做主。生命属于自己，"我"该依照"我"的意愿而生活，尽管外在的那个"我"必须承担生命所赋予的职责与义务，譬如"尽忠"与"尽孝"，"尽职"与"尽责"，但内心的那个"我"可能依然属于自己，因为只有它才可能体现着"我"生存的独特，是"我"本应该有的权利。任何对生命这一本真的无知无觉或玩忽职守，我想，无疑就是对生命的漠视乃至亵渎。休闲娱乐，即自用生命时光时，如果不是出于逼迫无奈即"被休闲""被娱乐"，那么，"我"所选择的，则体现着选择者自己的爱好与兴趣，在一定程度上彰显着选择者的生活观念，也昭示着选择者的生命价值与生命追求，所以，它也不失为一种对心灵本体的追求。

  自用生命时光时，特别是独自享用时，人就难免有孤独的感觉。"喜欢孤独的人，不是神灵，就是野兽"，这话千真万确，我举双手抬双脚赞成：人，说到底该是个社会性动物，谁愿意脱离群体而自成一类呢？我们做不了"神灵"，但骨子里又不愿成为"野兽"；我们是凡胎俗子，虽不喜欢孤独，但却无法阻挡它对我们的侵袭。人与棒槌的区别点也许有很多，但最重要的一点便是人有思想，而棒槌就没有（是吗？我不知道，也从未探究过，姑且先就这样看吧），因而棒槌不会孤独（也许吧），但人就难免。孤独更容易让人有思想，而"有思想"甚而"好胡思乱想"使得人有时显得伟大与高尚——甚至伟大得让上帝也望尘莫及，高尚得让天使也要刮目相看甚而须仰视才行，而有时却显得渺小低贱甚而下流卑劣——甚至渺小低贱得让周围人丝毫感觉不到他的存在，下流卑劣得让亲朋好友都感到"唯恐躲之不及"须诛灭之才对，有时显得崇高与神圣，有时却显得庸常与猥琐。自然，孤独有时让人会自觉与不自觉地审视与反思自己。审视与反思自我，从目下的社会情形来看，这终究显得有点不合时宜，甚至迂腐而有点冥顽不化，但我总坚信一点，在不断的自我审视与反省中，藏匿于人身上的生命意识与自我意识会越来越多，而这，不正是社会与人类文明进步的具体表现吗？

人们常说，当你痛苦时，你就把痛苦向亲朋好友倾诉，痛苦一经分担，便会减少；当你欢乐时，你就把欢乐给亲朋好友讲述，欢乐一经分享，就会更多。我曾坚信此话的合理性和真理性，也就曾这样实践过好多次，但可悲的是，我无论是诉说自己的痛苦还是讲述自己的欢乐，最终都以失败告终，不是引来人们异样的目光，便是赢得他们别样的猜测。不仅如此，人们所猜测的，有时与我所倾诉或讲述的目的南辕北辙，就连我的妻子女儿父母兄弟也概莫能外——我除了自卑于自己语言表达功力不强、与人沟通的能力欠缺外，时常还有个很强烈的感受：人活着，就只有与孤独为伴。

一棵树上没有完全相同的两片叶子，人能有完全相同的两个人吗？即使形体面貌肤色发型都完全相同，其情感和思想就能完全相同吗？"我"不可复制，因而，想要与"我"在行动与思想上保持完全绝对一致，我想，只有"我"个人的影子（实际上，人的影子有时也会发生异变，甚而会被扭曲与撕裂），而不会有其他动植物，即使到了人完全可以克隆的时代，以"我"之胚胎而克隆的那个"我"，能完全就是现在的这个活蹦乱跳、心怀叵测、胡思乱想、情愿安分守己却又不甘心于目前境况的"我"吗？人们常说，社会是一张大网，每个人只是这张大网中的一个网点。既然是网点，人也就只是一个孤独的存在。让网点重合于另一个网点，这张大网也就不成其网了，也许只是一摞尿布片。这样看来，孤独是人生命的必然存在。

人，生而孤独。人以孤独的心来理解那个"我"的存在以及那个存在着的"我"，则己心就不会因生存的孤独而感到寂寞。品味孤独，人就不会感到寂寞：吐一口香烟，看烟雾于空中袅袅；点一根蜡烛，赏烛光之摇摇晃晃。或静听窗外风之缥缥缈缈、起起伏伏，或辨鸟鸣之悦耳与婉转，或双目微闭、放浪心情使之翩然空中——或福地洞天，或山外山、楼外楼，或花中蕊、蕊中花……从而使生命在孤独中寻求一片安乐祥和地——那里，天朗气清，众鸟高飞，万物和畅，人们放喉欢歌，孩子们拉手舞蹈……

是的，人可以孤独但可以不寂寞，只要自己愿意来消除这生命孤独所带来的寂寞。孤独侧重于生命形体的外在形式，寂寞则侧重于生命形体的内心感受。"我"还有自己的工作要完成——完成工作是"我"生命存活的基础，那么，投身于工作中，管你爱与不爱抑或喜欢与不喜欢，投身其中，不要追问"我是谁""我从哪里来，要到哪里去""我自由吗""我在听从谁之安排""我这样的存活值不值得"等诸如此类的问题，深刻地将自己忘掉，让自己完完全全彻彻底底纯纯净净地沉浸在具体事务或者具体工作中，那么，人虽然是孤独的，但可以是不寂寞的，有时还可炫耀说"自己活得挺充实"。还有另一种消除寂寞的方法，那就是，孤独时，自己给自己唱歌听，自己伴着自己的影子舞蹈——哪怕自己所唱的在旁人看来纯粹是鬼哭狼嚎抑或是驴喊马叫，既影响周围环境也影响别人情绪，哪怕自己所舞蹈的在他人看来纯粹是无聊至极甚至是"傻子"抑或"疯子"："我"是孤独的，但"我"在歌唱与舞蹈时不会寂寞，因为我有歌在唱，我有舞在跳，况且，"我"还有"我"的影子陪伴"我"在歌唱、在舞蹈。

我也曾尝试过这两种消除寂寞的方法，效果都还不错，所以也经常建议我的同事或者朋友如此做，他们也告诉过我，说这效果正如我所言。但有个问题，就是人不可能每时每刻每分每秒都沉浸于具体事务中，也不可能不管任何场合任何时间都来唱歌与跳舞，人总会有干累唱累跳累的时候。在这个时候，自己歪斜在椅子上，或躺卧在草丛中，微闭双目，静静休养，不能不说是件快乐事。静静休养，就很有可能让人"胡思乱想"。"人是能思想的苇草"，再加上人本身就是一个欲望缠身、欲壑难填且"不到黄河不死心，不见棺材不落泪，不碰南墙不回头"的"高等兽"，因而也就常常产生许多冲动和烦恼。

我爱我所干的工作，不敢说尽职尽责，但很尽心与尽力；工作狂我谈不上，但"混混"的事情我尽力避免：积极向上是我工作的态度，问心无愧是我工作的底线，尽量不泯灭孩子们的天性是我努力的方向。工作时，我不敢心有旁骛，因为我怕自己痛苦——"闲愁最苦"，"吃不到苦的苦比能吃到苦的苦还要苦"，"今天工作不努力，明天努力找工作"；工作之余，又免不了"胡思乱想"，或者叫作"自寻烦恼"（我的朋友们常常如是说我）。别人无法回答的问题，我自己也是迷惘，却还是禁不住地要去想，还不自觉地去问。有时，这迷惘的感觉直叫我有种想哭但又哭不出来、事后一想却又是让我有种想笑但又笑不出来的感觉。于是，在哭而不能哭、笑又不能笑的时候，自己就将一时的胡思乱想与近乎神经质的幻象凝放于笔端，流淌在纸上，然后敲击键盘，放在电脑里，以使孤独的自我在胡乱的思想中不再寂寞。我这"没事找事做"以打发时光的做法，对我而言，也不失为一种自我安慰、消除寂寞的方法，也就不失为自认为最好的排解孤独的方法了，至少，目前的我是这样认为的。

2009年12月，一位爱管闲事且与我一样孤独的朋友给我搞了个博客，我也就将自己从前所写的放了上去；后来，孤独时，我就写一点，这样积着积着就多起来了。2013年4月，有朋友留帖，建议继续充实并适时出版。于是，利用寂寞时间，我就将其整理，并不断充实，以使我的生命减少一些孤独，并以之宣泄一下我这生命的孤独，进而尽力使自己在孤独中不那么寂寞罢了，这样，便有了这么一本书，如是而已。

2015年10月于台州康平

2023年5月定于三门观澜

目录

麦笛的声音　001

梦园心曲　123

青葵园田　201

心有祭坛　279

跋　353

代后记　356

麦笛的声音

引子

　　我生在农村，现在，我流浪于城市，虽偶回故乡看看，但已找不到我曾嬉戏过的池塘，也找不到曾与小伙伴们一起攀爬过的树木：那个池塘以及池塘边的那些树，现在，只成了我心中的一抹记忆。儿时的玩伴，现在，或恍若隔世、形同陌路，或背井离乡、飘落异地，或荒冢几堆、野草萋萋。麦田是我曾经的守护，吹奏麦笛是我曾经的熟悉。现在，我流浪于城市，我曾经的一切与我现在之所有，或多或少，或鲜明深刻或模糊肤浅，都伴随在我左右，与我一起流浪，向着不知名的远方……虽然我曾决心扔掉过去，抛却现在，只朝着未来迈步，但始终都未能做到——它们都属于我生命的所有，我无法消灭，自然也就无法摆脱，于是，我只好带着过去，牵着现在，向着未来，吹着麦笛，流浪，流浪，流浪……

　　熟悉我的朋友都说我是个流浪的命，我无法否认，也否认不了，于是也就不再、也不想否认了。生命，从诞生到死灭，说到底只是一次有去无回的流浪旅程。尽管它的尽头除了"木匣子"还是"木匣子"，抑或是除了坟堆还是坟堆，但我们又深深明白，生活者却绝非因此而早早束手就擒，去钻入那个一直在等待着我们流浪脚步的"木匣子"，也绝不会因生命终极地的悲哀而坐以待毙。"死是一个必然会降临的节日"无疑是至理，但不到死亡时而选择死亡则是对生命的大不敬，更是对曾给了我们生命的那个人的大逆违；不到万不得已，"活下去"是必须与必然的选择。直面"木匣子"，让我们再赶几里路程——我们无法也没有理由拒绝生命的来临，自然也就无法也没有理由拒绝生命的流浪。

生命流浪的形式多种多样：有时，心在故园而形体在流浪；有时，形体在故乡而心在流浪；有时，形体与心皆在流浪中飘荡，在飘荡中流浪。形体的流浪或者是心的流浪也罢，抑或形体与心皆在流浪也好，生命流浪形式不同所带来的对生命个体的伤害程度抑或个体生命被扭曲的程度虽然有所不同，但从某种意义上说，其本质却毫无二致——人是个欲念缠身又欲壑难填的动物；在强大而无法满足的"欲念"的煎熬中，生命受尽折磨与迫害，"生活的自由"与"自由的生活"这一生命本质的东西存之极少甚而荡然无存，要求"生活的自由"和"自由的生活"比不要求它更让我们单体的生命备受煎熬与折磨，如入囚笼——站也不是，坐也不是，前也不是，后也不是，不前不后站着不动更不是。在渴求"自由的生活"与期盼"生活的自由"而不能得的百般纠结与煎熬中，生命过程充满了忧愁与烦恼、焦虑与痛苦。

哲人有言：路，本无所谓有，也无所谓无，走的人多了，便成了路。依此，则可这样说：在朝着生命终极地流浪的旅途中，就生命个体而言，希望本无所谓存，也无所谓灭。心存欲念，人便有了希望；欲念由"爱"而萌发，心存爱欲，希望就在。不是希望证明了爱的存在，相反，"永无满足的爱"却时时阐明了希望的美丽与迷人，因而，生命在流浪过程中就有了无穷尽的爱之故事。这故事，或伟大深刻或卑微肤浅，或光明磊落或阴恶狡黠，或清纯单一或混乱繁杂，等等，不一而足，但无论如何，这爱的故事充实着生命，同时也丰富与灿烂着我们自己的生活。

心存爱欲，人便有希望；希望延伸出失望，痛苦便接踵而至。我痛苦得不够，是因为我爱得不深；我爱得不深，是因为我痛苦得不够。痛之彻骨，那是我们爱之入髓。爱欲无法满足所带来的焚心灼肺之感时时困扰着尘世的我们，艰难与痛苦、忧心与焦虑、迷茫与绝望伴随在我们左右，使我们不得安生。"痛苦着的是人，快乐着的是猪"，这话虽让以追求幸福与快乐为目的的我们感到瞠目甚至愤怒，但它确实说出了一个既实在又美丽的真理。我痛苦着，因为我爱着；我爱着，所以我痛苦着。爱与痛，使人变得纯粹而又丰厚、伟大而又坚实——因为它证实着存于我们个体生命灵魂深处的自我觉醒以及生命自由元素还不曾丢失，最起码也是未曾丧失殆尽。

人最悲哀的事情往往是"吃着碗里的，瞅着锅里的"，尽管谁都明白，别人有的，我们也许没有；而我们有的，别人也不一定有。人人都有属于自己命定的那一份收成。从社会伦理与生命规则的角度讲，物各有主，我们应认准属于自己的那一份，并将它收获，因而也应"苟非吾之所有，虽一毫而莫取"；如果只紧盯着别人秋田里的那一份收成而不放，那么，属于我们自己的那份所爱也就会从身边悄悄溜走，甚而自己也会因走错风景地而陷入绝境，有时还可能因此而导致生命不必要的悲剧。但现实却告诉我们，生活中的生命个体却绝非如此，因为"肉总是别人碗里的多""媳妇总是别人的好"，于是，繁华的世事让我们眼花缭乱，我们失却了前去的方向，我们看护着属于自己的那份秋田，却还觊觎着属于别人的那份田野以及那个田地中的那份收成。因此，我们或多或少地便经历了这样的情景：蜷曲着身子读书、睡觉，恍惚中飘入梦乡——一条溪水伴我们前行，前边有一片旖旎风光，可还没有靠近它，我们即刻惊醒，窗外有猫头鹰在凄厉地鸣叫……

那么，在不觊觎别人的那份收成时，我们的内心是否就安然或者快乐？可以肯定地说，那样，也许可以使我们产生瞬间的释然与轻松感，我们姑且称之为短暂的幸福吧。但这瞬间的幸福就能说明我们是幸福的吗？我想，答案是否定的。"人心不足蛇吞象"的心理又使那份本属于"我们的秋田"早就在别人的眼里打转了。人可以不觊觎别人秋田中的收成，但你能保证别人不觊觎你秋田中的所有？嫉妒乃人之天性，亦即成为人之本性；"不求自己日日发财，但愿别人天天倒霉"是一些人生命的顽疾。固守自己的已有，你能固守得住？流浪过程中，固守没有用——湖泊因固守而成为死水一潭。没有能守得住的幸福——幸福无须固守也无法固守；没有永久的属于，属于你的只有明天。静止不动的，毕竟是死水；死水，除了腐臭，别无出路。人们的心情在改变，情思在游移。动了"你"奶酪的，不是别人，只有自己。摒弃曾经的所有，无论欢笑也无论悲泣，无论花环也无论荆冠，生命必须时时打点行装，继续赶路。也许，这才是正途。

"花无百日红，人无千日好。"流浪过程中，人生不会永远如旭日东升，也不会永远被沉埋于海底——起伏是理所当然，波澜是它应有的本色。只要坚守，生命便不会在雪落中死寂，也不会在炎暑里枯萎。怀抱一缕"让生活成为享受，让生命成为艺术"之心思，在飞霜飘雪的季节守候花开，在雷电交加的夜晚等待彩虹；希望满怀，信心坚定，涂抹着幸福，咀嚼着苦难，我们生命的圣水会汩汩流淌，源源不断，咏唱新生，悲怜凋零，生命的圣水会清澈永远，醇美甘甜。艰难与挫折让生命变得矫健——生命在其间经受磨难，也将使人们流浪着的生命变得更为璀璨。如果说爱欲催生了生命的跃动与蓬勃，那么，因爱欲而带来的艰难与挫折、痛苦与折磨则丰富了生命的内涵，增添了生命的厚重感，更磨炼了生命坚毅之品质。

爱欲在喧闹中繁殖，生命在喧嚣中窒息。以心为界，人各自保护着自我；又以邻为壑，还各自唱着得胜的歌。看起来，这多么悲哀，但世界要繁荣，人类在进化，这世界就是这样，盛行时，它迅猛得让我们目瞪口呆。我们无法也无力阻挡——没有能挡得住的潮流，我们只有放开歌喉以咏唱它的诞生，哪怕我们所唱的歌是悲伤的，但我们却必须唱，只有唱着，个体生命的内质才会充满新鲜的元素，而我们的民族、国家也才会有希望，中国梦也许才能成为实实在在的现实，从而告别"梦游"与"梦呓"的"梦"的时代。

山川河流，四季轮回。世间万物，每一样都有自然赋予它们存在的缘由。自然的长久性与不可逆转的规律性使得万物在各自的轨道中又咏唱着融合的恋歌。在奔向生命所爱的路途上，每个人都是生命存在的证明。"我"很重要，也不可被复制。生命个体的重要性与不可复制性便使得生命各自唱着特有的恋歌。规律的纯真与可循，生命的尊贵与值得敬畏，所爱的神圣与庄严，信念的坚定，使人们忘记了自己的存在，这就有了"上帝不见了""我不是我"的呐喊。我们活得渺小而猥琐，但又渴望与追求着伟大、高尚。在渺小和伟大、猥琐和高尚的纠缠里，生命有了无数的歌，那些属于单个生命的单体的歌。

我们活得很卑微，但我们不能没有高尚的情操。美好的希望让我们活得伟大。踏着四季的轮回前行，我们唱着歌。但歌词该是什么？曲调又在哪里？或者说，我们应该咏唱的歌是什么，应该歌唱的词调在哪里？回到孩子们中间，听听他们的心音；回到山坡，听听牛羊的叫声；回到旷野，听听天籁、地籁，也许我们的心灵能消除一点疑惑与迷茫，我们这颗烦躁不安的心，也许可以得到片刻的释然和宁静，而我们的灵魂也许能够找到点滴的慰藉。倘能如此，这也便足够。

"跌倒的老人扶不起，被碾轧的小孩救不起，自己的良心对不起。"我们行进在荒原上。我们周围，风在吹，雨在飘，电闪雷鸣，霜欺雾迷；虎啸狼嚎，欺诳谩骂诅咒等不绝于耳，陷阱时时将我们等待。作为社会单体而存在的"我"是孤独的。没有比善良的心更为美好的事物，没有比美德更能征服人的律条。朝着爱的圣地，只要我们抱一颗坚定的心寻找并追求着，那么，生命所呈现的，不是萧条，而是健旺！

万物皆有其始与终，也各有一条属于它们自己生命的轨迹，人也不例外。生活在荒原深处，躯体可能被驱使着前行，但灵魂是我们自己的独有；灵魂坚定，脚下的土地便坚实，生命也便富有朝气。没有比爱更能动人的心跳，希望是心中无与伦比的动力。自己给自己一个活着哪怕是勉强活着的理由，在自己所编织的幻梦中歌唱、舞蹈着前行，生命亦充满了新奇与美丽。美丽的心情美丽了生活，也美丽了你、我、他。心存爱欲，抱定信念，坚实步伐，我们去流浪吧——打起背包，背起行囊，敲击自己的鼓，撞响自己的锣，唱起自己的歌，舞蹈自己的舞蹈，我们一起走向远方——去寻找一曲不曾丢失自我的清纯而甜美的歌……

哦，还是让我用一句诗来结束这篇引言："世界上凡是有人群的地方，爱情的歌儿就会被反复咏唱。很早很早以前我唱过那支歌，现在我还哼那个调子。"

2010年7月于台州康平
2023年5月定于三门观澜

流泪之后，还会有泪水满怀；欢笑之后，也会有欢笑重来。天上的星月，早隐匿，晚升起；芳洁的花朵，今年衰了，明年还会开。朋友们，我们同徘徊，我们同热爱。

　　我们同徘徊，我们同热爱，人生一代接一代。过去的事情，不会重来，将来的日子，我们犹等待。天是主宰，地是信赖。朋友们，我们同歌唱，我们同等待。

　　我们同歌唱，我们同等待；不同的命运，我们一同担抬，我们一样怀着期待。跌倒了，爬起来；疲倦了，就栖于大地胸怀。朋友们，我们同舞蹈，我们同热爱。

——题记

1

　　这堆奇妙怪特的石块、瓦砾，虽大小不一，颜色不同，光泽也各异，却也样样精美、件件珍奇。这石块，这瓦砾，我，谁也不给——它们属于我，我以它们为我生命最珍贵的珠玉。

　　它们是我沿途的捡拾。沿途的风景，或壮阔或旖旎，或壮阔中有旖旎或旖旎中有壮阔。风景美好，路上的珍奇也不少。过往的人们都在拣选，我亦夹杂其间。别人的所拣所选，虽光鲜亮丽，我心欢喜，但它们不属于我；我的所选所拣，在他人眼里，也许丑陋，并无大用，但它们属于我，我也就喜欢。

　　人们以自己的捡拾而自豪，还不时炫耀；我只默默拣选，默默收藏。捡拾它们，曾使我心充满了无忧的踏实；收藏它们，这给我的生命增添了富足的色彩。我常因此而窃喜，并常暗自庆幸。

　　我收藏、珍存它们，就像收藏、珍存我自己；我爱它们，胜过爱我自己。爱，能超越世间的所有，让生命充满了活力。

我只以心泉将它们时时濯洗，以生命的汁液把它们温暖滋润。濯洗与滋润中，它们个个玉润晶莹，彩光熠熠，闪烁出灵动的美色，让我看见生活的美好，也懂得了生命的珍贵，更丰厚着我生命的底气。

不断地，我将它们铺展了又收起，收起了又铺展开，还不断地将它们依叠堆积，又不时地将它们搬挪着地方、更换着位置，并不时调整着方向——我只想以它们不同的组合来展现它们各异的美色，从而收获不同的风光。

我要等它们完美地组合并形成，然后再邀我的爱前来参观、赏鉴——我要把我最完美的设想展示给她——这是我生命的杰作。我爱它们，我想，她也一定爱，因为，她所喜欢的，我也曾喜欢，她所热爱的，我也都热爱。

梦想美丽着生命，也让人活得充实、饱满。心存梦想，道路便风光无限。摆弄着它们，看看它们因我不同的组合而翻新出的各异的图案，坐在自家的露台上，我的心呀，就像雪花一样纯洁与美丽，也像春花一样绚丽而灿烂，还像夏夜的凉风一样翩然，也像秋月一样敞亮、明净……

这石块，这瓦砾，还有它们这美丽式样的组合，都属于我的所有。我的生命，因着我的慵懒，本就贫穷困顿——我为我的贫穷困顿负责。可是呀，只是因为有了它们，我却有了富足的感觉，心中满是宁静的踏实。

这石块，这瓦砾，丰富而奇美，它们是我沿途的捡拾；我只以心泉滋润它们。它们个个温润，件件精美。我爱它们胜过爱我自己——它展现着我生命的川流，证明着我曾经存在着的富有。

我生命的河流中铺满了丰富，闪烁着灿烂与浪漫；我奉献的礼品必让我的爱芳心欢悦，容颜如春——我爱着并喜欢着它们，我想，她也一定爱且件件喜欢，因为她所爱着的所有，我都深深爱着，她所欢喜的，我也都件件欢喜。

2

日当正午，劳动归来的人们聚集在我家门前的池塘旁、柳荫下，述说着春雨的珍贵，畅谈着田野间的春事，挥洒着泥土的芬芳。

人们，一边濯足洗面，一边高谈阔论。有人赞叹着池塘水的春波荡漾，也有人哼唱着意欲的曲调，还有人不时地轻歌慢吟——人们的声调、词曲虽然各异，却都述说着祥和，演绎着温馨。

忽然，有人站起来，朝着周围，高声喊道："嗨——这家的主人不见了，还差一个与之相邻的姑娘。"

那时，只我一个人，正站在一个无人踏涉的小湖旁：微风习习，杨柳依依，春色宜人；湖水幽蓝，波光粼粼——一切的一切，都让人留恋；青山正青，山花烂漫，蝶飞蜂舞，鸟鸣正欢，风光旖旎——一切的一切，都怡人心魄，留人驻足。

隐隐地，有人居于家室而哭泣呼喊——她正呼着我的名、喊着我的姓，我知道，她正是与我相邻的那位姑娘——她被囚锁于家室。

哦，我在我的怡乐中忘记了世上那些正在寻找着我的所有的人，她在她的哭泣中忘记了世上那些正在寻找着她的所有的人。

3

夕阳还在燃烧时，我家牛羊跟着我，我也跟着我家的牛与羊——我们一同回家。

春光明媚,和风阵阵,蓝天白云,鸟鸣啾啾。跟行在我身边的我家的牛与羊,它们个个高兴,"哞——""咩——"地欢叫。

春风,温暖而和煦。鸟的歌唱,满含着清脆,清亮着人心。乡间的小路上,因为有了我与我家的牛和羊而荡漾着温馨、欢快。

盘点着淡云,轻晃着牧鞭,哼唱着意欲的歌曲,我的心,随着春风的温煦而和暖,随着牛羊的欢叫而欢快。

忽然,一阵悠扬的歌声从树林间传来,歌声似银铃般,清脆而婉转。哦,这个唱歌的人是谁呢?她在唱些什么呢?透过葱翠的林层,我在寻找……

盈盈的笑语自树缝间飞出,从绿云深处飘来——是树枝上结出了银铃般的笑语,还是绿云谱写了一曲动人的歌谣?

又从远处传来一片嬉闹,却难见。哦,这藏在树间的是怎样的一群人呢?她们又是为何而嬉闹并嬉闹个不休呢?

披一身翠绿的果树在摇,几朵游移的红云挂在树梢——是姑娘们的脸蛋儿映红了晚霞,还是晚霞映红了姑娘们的脸蛋儿?这藏在树间的人是谁呢?她们是怎样的一群人呢?而那个唱歌的人又是谁呢?

跟在我身后的我家的牛羊在"哞——""咩——"地叫,好像是在回应,也仿佛是在寻找——那个唱歌的人是谁呢?她是怎样的一个人呢?

我在寻找,我家的这些牛羊也在寻找——从缕缕春风中,在丝丝斜阳里,透过片片绿叶……

4

我的爱,你在哪里?你让青春附于我身,而你却藏匿于远方。从你的原野上吹来了风,也飘来了梦,但风与梦的方向都牵握在你手中,我找不到你的所在,也就找不到它们来去的方向。

——哦,在我需要你时,你在哪里?我生命的春天充满寂寞,没有花儿染红朝霞的灿烂,也少了小草绿遍天涯的青翠,连那风的温柔也被你带走了,连那夜的宁静也被你牵到了远方,一如梦的飘散。

你曾把秋林交予我照管,但你却将那美丽的金果收藏。你的秋林中,芬芳四溢,但我找不到你的所在,也就找不到你闪光的金果;我不知道那金果藏匿于何处,也就找不到你美丽的所在。

——哦,在我需要你时,你在哪里?我生命的天空中,布满了淡漠,小雨连阴,锁住了我心头那一抹期盼的激动;大雁南飞,也衔走了我双目中那一丝脆薄的希冀,一如你曾许诺于我的秋果之遥遥。

你把渴望的情愫撒播在我心,而你却从未露面,也从不吱声;我渴望膜拜你的尊容,也渴盼聆听你美丽的指教,而你却藏匿于远方,从不露面,只让风儿于风中呢喃,只让我的梦在我的梦中缠绵,而这,又是怎样的一种玩笑呢?

——兄弟们,我的新娘,我尚未找到,现在,我正在找寻;需要呈献的奉礼,我尚未具备,现在,我正准备着供品……

5

定下心意,我决心将自己贩卖掉——既然在周围找不到我的所爱,那就让我把自己贩卖于他人,也许在他人那里,我会突然地碰到她——我相信我的运气,我总不会那么倒霉。

攥握着一枝麦秆,我高举过头顶——我这样的招牌一定符合我这样的买卖,而我这样的买卖也必需我这样的招牌。

弓着腰，跪于街旁，深深地，我把头埋于胸前。嗯，我不敢吆喝——我涉世不深，我还不曾做过任何买卖。

许多人围在我周围，仿佛在围观着一个难以解答的谜。

人们窃窃私语，还不停地询问："你（这）是谁家的孩子啊？你（他）为何要卖掉自己呢？你（他）想要把自己卖给什么样的人呢？"

这样的事情，叫我怎样回答？我不敢抬头，也不敢作答——我怕人们辨认出我，并识破深藏在我心中的我的秘密；我，不善言语，但自尊心很强；我还不想让人们识破藏于我心中的我的秘密。

有几个人，他们将铜钱摔在我面前，粗声大气地，让我跟他们走。但我不敢去，我怕我上当——我虽捉摸不透他们的心底，但我可以猜得出他们的心思；我虽然不聪明，但我也不会太笨。

看着我这等之模样，想要收买我的那些人也都悻悻然离开。围在我身旁的，有几个人迷惑不解，还喋喋不休、唠叨个不止——他们数落着我诸多的不该，还不时地将我埋怨与指责……

太阳即将落山，鸟儿归飞急；集市就要结束。赶集的人们，三三两两，朝着家的方向，个个满意而归……

从我身边经过的人越来越少……我的买卖尚未有进展……我的愿望即将落空——我为我有这样的运气而懊恼。

有个小孩，嬉笑着，俯下身子，将嘴巴贴在我耳旁，秘密而轻声细语地："你决心将自己贩卖掉，你就不能只这么……"

他，眼里闪烁着狡黠，却藏含了机灵，言语饱含着真诚。

"是的呀，我怎能这样呢？""如果……，那么……""既然……，我怎能……"

勇敢地，我抬起头，双手撮在口边，鼓足了劲，高声地，对着天空："我的爱呀，让我把自己贩卖于你吧！"

我的一声喊,孩子们把腰笑弯,太阳笑得把脸藏进西山,星星笑得眨闪着媚眼,街灯也笑得一片灿烂……

6

一座没有碑牌的荒坟,我正立站于顶端;看远处,烟霭蒙蒙,芳草萋萋,绿树正张开层层阴洞以埋人。我说,在这儿,我正登高望远。

坟前跪着一位焚纸钱的老妇,全身的肌肉正剧烈地抽搐,却以笑脸与我对视。她说,在那儿,她正以我为墓中的随葬。

——看,地球那边,有人在撒网,她明亮的眼眸里对我含一潭盈盈秋波,朝这里,正点地,她把网撒向我……

——听,地球这边,有人编织囚笼,他朝我传来清凉如露的絮语,对着我荒漠一般的心的原野,正点地,他要把我编织进去……

——觉得来,有人将镣铐抖得索索作响。他的心,一如春日雨露,也似春日的阳光般温煦,我安然地享受;他朝着我,正点地,他把锁链转动于我颤抖的手腕……

是的,我不能证明什么,什么也不能证明我;世纪在衔接的绳接处哗然断裂,地球的轴心也因转动而越位,出嫁的幽灵在翱翔,一如孩童明眸里夏夜翻飞的蝙蝠……

天上人间?阴曹地府?疲弱的心壁因须回应而发出震耳欲聋的轰鸣——土在死亡中复活;水浇火,火焰更烈;膨胀的石头,但心更空了……

大街上,有人把自己的心悬于胸前兜售——"卖狗肉了,削价处理的狗肉",一半是血,一半是脓;没有漩涡激荡的河流,因星月的辉映以及绿树翠草的附设而翻腾澎湃了,并发出雷鸣般的呐喊——树埋我,人埋我,土埋我……

突然,空气里回旋着爆一曲声嘶力竭的兽鸣:夜——夜——夜——

7

花光了囊中的所有,现在,我只剩下身边这无边的麦田——麦田是我生命曾经的守护,现在则更是如此。

麦野,一片墨绿;麦穗已吐——隐隐地,我看到了金黄的颜色,也闻到了麦子的香味。我知道我今年的收成:我的劳作勤勉而辛苦,我的收成就不会不丰;"天道酬勤",这是我爱曾经亲口所教,我信以为真:她的话怎能有错呢?而我又怎能不相信呢?

抽一枝麦秆,剥去皮叶,我做成一管麦笛——我要用它来赢取我生命的富有:生在大地上,辛苦在勤勉中,泥土会成熟我金灿灿的果实。

有爱存在,世界便美好;没有歌曲的世界,除了孤独便是寂寞:我要用这麦笛来赢得我生命的希望,让它结出我青春的快乐,并形成我生命的繁盛与热烈,以完成我对我爱的富丽而殷实的供献。

我的要求简单而且明了:快乐只是传照在心灵中的一缕阳光,幸福也只是挥洒在灵魂深处的一缕月辉——它们不可能时时有,但我只希望它们能常常来。

我不会自欺,也不会欺人,更不愿以自欺而欺人,抑或以欺人而自欺。真诚是灵魂的花枝,良善为生命的蓓蕾——它们不可能处处让人满意,我只盼望它们能时时充盈我心房。

兴奋地,我噏起麦笛,但从麦笛里传出来的,呜呜咽咽的,不成曲调,也没有歌词——音调是我的心音,歌词只藏在我心间，谁能读懂它，谁便会来到我身旁，成为我永生的朋友。

小鸟来了，它"啾啾"的鸣唱唤醒了风的吹拂，叫醒了麦花苹的灿烂——麦花苹点点红艳，并频频向我点头。

麦花来了——麦花的飞扬唤醒了种子的爱情，也摇醒了麦粒的眠睡，我知道，我的收获在望。

牛群来了，羊群也跟着来，那"哞——""咩——"的叫声，灿烂了麦花的容颜，也荡动了田间地头那小溪的潺潺。

那个赶着羊群的小孩，那个骑在牛背上的牧童，他们也都学着我的模样，吹响了握在他们手里的柳笛。从他们那柳笛中传出来的，吱吱呜呜的，亦不成曲调，也没有歌词——我知道，那音调，那歌词，只藏在他们心间：谁能读懂它，谁就会跑到他们身旁，也就会成为他们永生的朋友。

我须用麦笛赢得我生命的富有与快乐。我的目标不算宏伟，却也充盈着温馨与浪漫，我虽不会、也从不自负，但我不能没有自信——自信只藏在自信人的心中，绽放于自信人的唇边，并飘荡在自信者的脚底。

哦，倘若缺少孩子们的歌声，世界就缺少希望；倘若缺了我这麦笛的声音，这世界便缺少丰富。

8

门扉半掩，烛光摇摇，帷幕高挂。月亮因迟到而羞红了脸——它从窗棂间窥视。微风习习。窗外，树影摇摇——它在问询坐于床沿的新娘："你在想些什么？"

风，吹响了盘旋于云间的鸽哨，也叫醒了白杨树叶片的笑语，还摇响了挂于我窗棂上的风铃——鸽哨的声音悠长，白杨树叶片的笑语爽朗，风铃的音乐脆而清爽。

——哦，流浪人，你的新娘在等你归去。

勤苦的工作该由勤苦的人来完成，寂寞的事也该由寂寞的人来做；勤苦只在勤苦人的脚步中，寂寞不过是勤苦人歌喉中的一声筘音。来，让我做这寂寞的事吧，这勤苦的工作我也一定能完成。

——哦，来自远方的朋友，你的新娘在等你归去。

我从田野中来。田野给了我最初的希望，也将成熟我终了的期盼。我不会寂寞——我的寂寞已被我爱即时收回；现在，我还不想索要。田野中的事，就交由我来做吧。

——哦，需要回家的兄弟，你且回吧，你的新娘在等你归去。

天色未明，我已醒来，这已成为我的习惯。现在，我虽劳累了一天，但我并未觉得困倦、疲惫——踏实而充满爱的劳作，只会使生命充满无忧的快乐。

——哦，急于回家的伙伴，你且回吧，你的新娘在等你归去。

天色已晚，月亮高挂。要回家的朋友们，你们都回吧，你们的新娘正等待你们归去，这劳累而寂寞的工作就交予我，由我来做，并由我来完成。

哦，走在我前边的那个头顶瓦罐的姑娘，请把我带回到你的家，让我成为你久盼未归的新郎……

9

顶瓦罐而汲水的姑娘，你的瓦罐可曾盛满？城市在呼唤你的名和姓，你可曾听见它对你热切而庄严的呼唤？

那呼唤，灿烂而美好，新鲜且动人。它藏于风中——风在属于我的园田里吹。我要将它藏起。我还不想告诉你——我要等到你的呼唤叫醒了我的思想。

无力到达的地方太多了，无论太阳，抑或月亮，风也如此，人更是这样，哦，你也不会例外了。我要将这秘密藏起，我还不想让你知道，顶瓦罐而汲水的姑娘——风在属于我的园田里吹。

星光曾把月辉传照于你，你曾那样富有：满地银光，到处弥漫着柔美的温馨。那光景，令人羡慕，让人嫉妒。怀着爱意，壮着胆子，我曾向你索要，乞求你赐予，但你却将它深深藏起，还告诉我说你没有。现在，该是我回报的时候啦——你曾经的赠予是丰厚的，我如今的回报也就该圆满而没有缺损。

曾经的星辉、月光都属于你，这藏于今日风中的呼唤却属于我——你曾经的珍藏是美好的，而我现在的收藏也不赖。

我要把这呼唤深深藏在我心间，绝不让他人知道。顶瓦罐而汲水的姑娘，你的瓦罐可曾盛满？城市那美好而庄严的呼唤，我要将它藏起，我还不想告诉你——我要等到你的思想成熟了我的呼唤。

我有点清高、傲慢，一向都自私，心中还藏有嫉妒。这，人们还不知道，只有我明白。我要将它们深深藏起，绝不让他人窥知，因为这是我的秘密——我的秘密怎能让他人知晓呢？

风把我的心思返回到城市，但风不曾把我的心愿告诉于你，美人儿，我也不想告诉你，我要将它深深藏起。风在属于我的园田里吹。我还不想告诉你，它是我的秘密。

你曾经的心思，我清楚又明白；我今日的心意，你不会知道啦——我还不想告诉你。城市的呼唤，你不会听到啦——我要等到你的呼唤成熟了我的思想，我要等到你的思想叫醒了我的呼唤，顶瓦罐而汲水的姑娘！

10

拉一辆古老而破败的手拉车,弓着腰,踮起脚,满面汗水——我晓得,他是在找寻着一处不能走出窠臼的窠臼;流着汗,拉吧,拉吧,但他却时不时捶敲着自己怅闷的胸膛,愤愤然,跺跺脚,还长呵一声:"哦,这,你这贪婪的原野!"

接过父辈涂血抹汗的铁锹,捋起袖子,面朝黄土——我知道,我是在寻找着一点不能开脱寂寞的寂寞;低着头,掘吧,掘吧,可我亦时不时地拍打着怅闷的胸膛,愤愤然,长呵一声:"哦,这,你这贪婪的原野!"

拉着车,他从我面前蹒跚而过;他不曾回首顾盼,我也未曾有留恋,只因我与他萍水相逢——在时间的年轮中,我以为,他无非过客。

深埋着头,我抡起铁锹,挥汗如雨;我不曾环顾,他也未有不舍,只因他与我萍水相逢——在他眼里,也许我竟不如他广袤田地间的一棵麦苗,甚至一棵蓬草……

布满汗渍云朵的黄色上衣,溅满泥巴的宽腿大裤,为谋食而奔波与劳累的胖手胝足,不妨再摇曳一杆破烂如絮的鞭鞘:疲惫不堪的黄牛,倦怠困乏了的木犁、古铧——今天与明天的交接线上,我知道,他是肥沃土地与阴晴无定的天空相接吻的齿唇……

他吆喝着牛,他亦是在吆喝着自己。既然如此,那就鼓足劲地吆喝吧、吆喝吧,可他又时不时捶敲着自己怅闷的胸膛,还长呵一声:"哦,这,你这贪婪的原野!"

接过父辈寻物觅食的锄耙,弓着腰,背脊朝天,为青春年华的绽放与绚丽,我挥汗如雨。这如雨般的汗水,我明白,它不是清凉如露的慰藉,它是摧枯拉朽的激流与瀑布……

也许,他本不该就是那样,从那遥远的世纪走来;也许,我也不该就是这样，再将走到遥远的未来。但是呀，生活的艰难总得把我们拖去：应得到的，我们没有得到，不应存在的，我们依旧掮着、拉着，正如不该说的、唱的，我们依旧在说着、唱着，而应该说的、唱的，我们却依旧压着、压着……

"季节更替时，风之方向不止一种，雪或雨之形态亦是各异。"旁人对我窃窃耳语，并谆谆以教，还示我以坚定的眼神、挚诚的期望。

前日，北风卷着雪花，铺天盖地。我和他曾站在雪地中，一同做未来的梦，也一起玩睿智的游戏。今夜，东风在吹，春雨淅沥，但我忘却了，在露天放一只瓶子，装几缕春风，接几滴春雨，不仅给我，也应敬献于他。

前日的北风和雪花不曾忘记我与他，今夜的春风、春雨惦记着我，又怎能忘记勤苦艰难的他？我没有忘记勤苦而艰难的他，但终不知他是否会忘记不能安分守己的我？

11

一间低矮潮湿的茅草小屋，一扇少有光亮的泥土小窗，我的爱，我已经忘却了，这里曾有个十三四岁的孩子。

一盏不能拨亮的煤油灯，一盘没有席子的土炕，哦，我已经忘却了，炕头堆放着的尘土以及被尘土所覆盖着的书本。

我已经忘却了一切：房檐、窗边、屋角，蜘蛛忙于织网，它可曾织网于我？哦，一切我都在忘却：芦花鸡啼来的黎明，窗外鸟儿的啁啾，被风吹得欢笑着的树木，以及被摇落的雨露……

我已经忘却了一切，一切我都在忘却，因为照亮航程的灯光并没有熄灭，我心灵的窗户虽说不够敞亮，却还亮着……

拿着螺号，有位朋友，怯怯地，他站在我茅舍的门前——他向我乞讨田野间粗犷而质朴的音调。

他说，歌词已写好，单等曲子来充实，还说，我这麦笛的音调醇美而丰富，质朴且高贵，它必能使他的歌音像山涧一样涓涓流淌，必能像百鸟和鸣一般丰润而美妙，也必能像江河奔腾一样雄浑而壮观，也必能吸引众人艳羡的目光，也必能让众人发出啧啧的赞叹。

信任能够坚定人的耳朵、拭亮人的眼目，还能澎湃人的心潮。自信只藏在自信人的心中。他人的求乞，坚定了我的信念，澎湃了我的心潮，更疯长了我的自信——

推门而入吧，我的朋友！

我这穹庐下，有鲜花的怒放，有鸟儿的欢鸣，有蜂蝶的舞蹈；既有山涧的流淌，还有江河的奔腾；既有炊烟的袅袅，还有牛羊的暮归；既有孩子们热情的歌唱，还有劳动者辛劳的号子，这里，也一定有你所需要的音调与词曲。

旧有的曲子，我是不会给你的，即使刚谱成的曲调也必是过时。歌曲当时时更新，我不想，也不会让你重弹旧曲与老调——我虽没有高尚的情怀，但请相信我的为人；我虽没有高洁的品德，但你的请求，我不会拒绝，我的朋友。

我这苍穹的大门，时时敞开；我的草舍，处在阳光下，到处都光明；我不会拒绝你的请求，就像你不会拒绝你的愿望一样。

我的心中，从没有什么秘密可言——我所有的秘密都写在我的脸上，也表露在我的眼里，它也必吐露于我麦笛的音调中。

心中没有秘密隐藏，我虽像裸露的天空一样贫穷，也必像赤裸的大地一样富有。诚实是忠厚者的底气，奸猾是奸猾人的陷阱——以心计取胜的人，终将被自己心计的陷阱所吞噬。

推门而入吧，朋友！

我的茅舍处在阳光下，我苍穹的大门也时时敞开，我的心中没有秘密可言，我不会拒绝你美丽的请求，就像我不会拒绝我美好的愿望一样。

我所有的秘密全在我的园田里，处在阳光下——蛙的鼓噪，蝉的鸣唱，鸟的欢叫，风雨的潇潇，泉流的潺潺，花朵的呼唤，劳动的号子……这，丰富了我的心田，也必能使你的歌曲意蕴丰厚、音调和谐，美丽而动听，质朴且醇厚。

12

一阵微风吹过，我收到了她美丽而庄严的传言——"快快起程，朝着我之住地，趁着雾霭散尽，趁着朝阳初升。"

拿着她美丽的传言，赞颂着她无边的美德，一遍又一遍地，我狂喜地向着周围的人们夸饰并配之以炫耀。

众朋友都为我收到她美丽的传言而欢呼，也都鼓励我、催促我，让我不要错过这华美而难得的机会——"机会乃幸运之垫脚石。""适时出发，才能赢得时机。""思谋太多便犹豫不决，犹豫不决就会失去良机。"……

"失去机会乃糟蹋命运。"一遍又一遍地，人们教导个不休，唠叨个没完："你，你还在等什么呢？""在这个美丽的季候，你，你还需要什么？""因为……所以……""既然……那么……""唉，你怎么能……"

"是的呀，是的呀……"我想，我该出发了。

一条河，一条不甚宽广的河，一条不太深的河，一条清澄碧润的河，一条平滑如镜的河——散布于河中的一个个石块，便是此岸通向彼岸的桥梁。

通向她住地的道路不少，津口也很多——人们沿着散布于河中的石块,手拉着手,高唱着礼赞的歌,欢乐而无忧地走着。

"机会即命运。""犹豫不决将葬送前程!"有兄弟在一旁督促。

"唉,别人过得去,我也一定能过,在这个美丽的时节。"我想。

"怀抱希望,才会有希望。希望让人活得明朗、清爽。"有朋友朝我喊。

望了望前面,又看了看周围,我挽了挽裤脚,想尾随别人而通过。

颤颤地,我走下河岸。

尾随着旁人,我向着彼岸……

双脚刚入水,但狂风袭来,暴雨也随之而到——雷鸣带着电闪,狂风裹挟着暴雨,风雨迷漫了天与地。

风雨来了,滔浪起了,河水跟着涨。

浊浪滔天,惊涛拍打着岩岸……

顿时,河水深得探不到底,河流宽阔得望不到边,只茫茫一片。

涛浪把我推到水中央,浊水淹得我透不过气……

我惊慌,我恐惧……

惊恐中,我手足无措,也乱了心智……

哦,在万般的惊恐中,在无边的慌乱里,我的爱呀,我高呼着你的姓,却喊了别人的名……

13

——哦,我,不要怀疑,怀疑本非我所愿:怀疑使生命花园里的鲜花走向枯萎,也会让人看不见太阳,还找不到星星,也寻不到灯火；在怀疑的瘴雾里，人只会在无边的黑夜中趱赶黑夜的无边。

我知道，当生命的起程告知我以流浪的脚步时，我的爱，她即赋予我一腔真诚与痴情：没有富足的行囊，没有华美的服饰，也没有耀眼的桂冠，于黑暗中呐喊，在春光里放歌，我只应朝着她所指定于我的那一个美丽的所在地进发——有爱存在，我前行的脚步就不能停止。

——哦，我，无须流泪，流泪从不合我秉性：流泪会使我青春的花树错过开花的时节，也会使我青春的园田里秧苗不见而荒草萋萋；流泪换不来明媚的春光，更谱写不出欢乐的曲词与歌调。

我明白，平原的广阔会给人以坦荡的胸怀，峭直的山崖能孕育蓬勃的生气，急湍的河川给人增添了善感的灵秀，而高原的神秘将给人一双探寻的目光：于风雨中呼唤，在阳光下歌唱，我只该朝着她所指定于我的那一片园田进发——前进的脚步不停止，我的心就不会倦怠。

——哦，我不能怪罪于他人，也无须怨天恨地：责怪与怨恨，销蚀人间的温暖，生活便飘满霜风苦雨。走过平原，踏过梁塬，跨过山崖；于冰雪中舞蹈，在星辉里放歌，我只朝着她所指定于我的那一片圣地进发——有爱存在，我的心儿不会倦怠，脚步便不会停止，我的歌唱与舞蹈也不能收场。

就让我麦笛的声音在我生命的花树上发芽，并绽放出灿烂的花朵——我将用艳丽的花枝来装饰从我门前走过的每一个人，用花的馥郁使这世界变得温馨，使每个人的眼睛都满溢着春的和煦，也充满夏的热烈。

——我不要怀疑，也无须流泪，更不能埋怨与责怪。雪花只在雪花飞扬处飘落,就像鲜花只在鲜花盛开处盛开一样。

"麦笛谱不出快乐之音符,那就让它书写美德之词调!"

怀疑让人找不到星月、阳光,流泪让人错过眼前的风景,怨尤只让人沐浴苦雨霜风。我的爱,那就让我用我这麦笛来播种友谊与真情的青藤吧——爱把我们毁灭,亦让我们永生;痴情在痴情者的目光里绽放,专注只在专注人的脚步中凝结。

她美丽的呼唤藏在风中。风在属于我的园田里吹。孤独他人的人将被他人所孤独。远方的朋友在召唤——他们正呼喊着我的名与姓。

14

每天,我都从这小路上走过。沿途的风景,我尽收于眼,还谙熟于心。小路在万顷的麦田里延伸——路的尽头是麦田,麦田的尽头依然是路。

对她,我的思念也像我脚下这条小路一样,伸向天边——天边有鸟雀在飞翔,乌鸦的翅膀驮着白云在遨游……

我走在小路上,小路上只我一个人。

聒噪的蝉鸣,我学不来;美丽的鸟语,我不愿学,我有我的舞蹈要完成,还有我的歌儿须吟唱——舞蹈与歌唱是她的必需,也就成了我之所愿。

白天的小路上,耘草的人往来不息。人们忘记了我,也忘记了我的她,我麦笛的呼唤成了人们无尽的负担——人们不屑一顾,只漠然置之,有人还嗤之以鼻。

生存需要被证明,存在证明着生命的所有。我存在,希望被注意。不被注意,我仿佛流浪在荒原,我的心里充满愁苦的悲伤。

与白天的小路相比，我更爱小路的夜晚——星月明亮，树影婆娑，小路在我的脚下延伸，仿佛我的思念在月的朦胧中飘荡。

呼唤她的歌曲在我的心底延续缠绕，我的思念也像田间的荒草般疯长蔓延，而蛙鸣虫唱即是对它彻心的回应……

15

我的囊袋空无所有，因为我正在播种，耕耘尚未开始，收获的季节距离我还遥远。我的奉献，现在，还不到时候——对她的奉礼，我还不知其所以。她传言的使者尚未到来，她召我觐见的锣号也不曾奏响。

柳树不曾结果，但它开过花，它曾引惹过孩子们来到它身旁吹过柳笛，它曾启示过恋人们在它身边感悟飞絮。

日落月升，月落日升，日复一日，我的朋友，别说这就是永远，这就是无极——月亮走向疲惫，但明天的太阳将更新鲜亮丽。

雨后天即晴，晴后天又阴，年复一年，我的朋友，也不要说这就是无极，这就是永恒——阴雨有无限的缠绵，但，雨后，山水更清明，天也更蓝。

我知道，荒野中有了绿色的小苗，就有了果实的希望；云雾中有她的身影，我的心中便有了飞翔的力量。

我的爱，你喜欢花的灿烂、果实的丰满以及供献的华美，那就喜欢我这园田的荒芜吧，因为我正在播种，耕耘尚未开始，收获的季节距离我还很遥远……

16

供奉着自己的圣像，我双手合十，满怀了虔诚，向它祈祷；凉风歌向黄昏，如露；寒蝉鸣唱于枯藤，如泣——它们在唱着世纪断裂的挽歌；我站在断裂的极域处问：风啊，你何须歌唱，我心里明白。

踯躅于城市街巷，看天旋地转的历史，不必要的沉默以及沉默的必要，在弹指间即化为平淡，淡泊到永远。我站在淡泊的中心处，或环顾或仰视抑或俯视，蜂巢正埋没着人与兽、夜与昼……

现在，承认与不承认抑或否认，赞美与不赞美抑或贬斥，对我应不是悲忧，尊敬与蔑视，高贵与低贱，我知道那全然虚无。

生命为自然所赋予，想得到的，得到也并非幸福；失去赢得痛苦，倒也觉得，那原是一种美呀——该来的终究会来，不想爱的也会去爱；无定的生活，蹚得过去是存在，蹚不过去亦是存在。

朋友们，就像你们青春的年华，终将带着你们离开我的身边一样，受着不可抗拒的命运之神的磨折，我也将走向不知名姓的远方。

请珍藏着这张饱含微笑的记忆的画页，无论何时，也无论何地，只要你们还记得你们那健美的青春，我总伴在你们身旁，也曾因你们而舞蹈与歌唱……

17

和我握手告别吧，同伴们，我要到远方去歌唱。熟悉的地方没有风景——在这久已熟悉的地方，我的歌儿失去了鲜活的歌词，也没有了动人的曲调。

不熟悉的，我总想去熟悉，不曾感受的，我也总想去感受，就像我不曾见过的花儿我总想去见识，亦如我不曾闻听的歌曲我总想去聆听——见异思迁，人的本性，没有什么不好。

"找不到荣耀之花环，还怕碰不到锥心刺骨之荆冠？换不来得意之笑脸，还怕碰不到落魄之容颜？赢不得艳羡之明眸，还怕寻不到睥睨之眼神？"风在吹——风在歌唱，亦是在舞蹈。

我这把保存完好的竖琴，现在，就交给你们啦，同伴们，让它在你们手中弹奏出异样的情思，让众人得到新美的感受。

歌曲当时时更新。单调的歌曲会使心儿疲惫。健旺的生命永是在路上。有朋友在远方呼唤，口中正呼唤着我的名与姓。

滞闷的河流唱不出澎湃的词曲。奇异的风景蓬勃出新鲜的感动。在远方，我会唱出鲜活的歌词，演奏出别样的曲调，让远方的人们生发别样的感受。

在这久已熟悉的地方，我唱不出新美的歌谣，也没了鲜活的曲调——我的心湖止如死水，不见波浪；我青春的花树上，黑斑点点，蜂蝶不来，鸟雀无飞。

没有歌声的世界，除了寂寞还是寂寞，一如没有花朵的春天，一如没有果实的秋田，亦就像没有爱的人间。今天的风，不会吹唱着昨日的歌谣。歌曲当随时更新，陈词与滥调只预示着衰朽。

和我握手言别吧，同伴们，这把保存完好的竖琴，我就交给你们了，我要到远方去歌唱——熟悉的地方没有风景，单调的歌曲让人生厌；远方的琵琶等我去弹奏，远方的朋友在呼唤、在等待……

18

黑云从山外滚涌而出，顿时，天地仿佛浓缩，哦，正是"黑云压城城欲摧"，正是"山雨欲来风满楼"。

树不动，花不开；兽不鸣，鸟不飞。一切仿佛静止，只有闷热倾覆人间。知了喊破了嗓子，拉长着声音，叫来了闷热，鸣唱着烦躁。

——不，这不是你的恩赐，我的爱。

行路中半，我的目的地尚且遥远，但风儿已起，雨意正兴；田野中，人们忙于收拾，准备回家，我只以随身的麦笛做回应。

电闪，雷鸣，沉闷的空气被撕裂；麦笛唤不来宁静，只叫急了花草树木的狂舞，只叫急了他人回家的脚步……

——不，这不是你的恩赐，我的爱。

狂风裹挟着暴雨，一切仿佛倾覆。树折。花落。眼前一帘白雾。前途一片汪洋。树在挣扎，小草在狂舞。花在呻吟，落英缤纷。黑暗即将到来，前路尚未有人家。

——不，这不是你的恩赐，我的爱。

风在歌唱——风的词调只藏在风中，我无法辨识；雷在暴跳——雷的心思只有雷知道，我亦无从知晓。

我也在歌唱，也在舞蹈——我的心中有个梦，梦里藏着我的她，但她藏在远方，我的歌唱与舞蹈成了旷野中无边的虚无。

——不，这不是你的恩赐，我的爱。

决绝于前，风雨在后。前，无有村庄；后，未有堡寨。天地雨雾苍茫，迷惘着我心中所有的迷惘。

于风雨里前行，在雷电中歌唱，我渴盼有灯光为我引路；我的光明在我的灯笼里，但我的灯笼因风雨雷电而破灭；火源只藏在她那里，我却无法找到。

——不，这不是你的恩赐，我的爱。

思谋着我所有的思谋，寻求着我所有的寻求，徘徊着我所有的徘徊，惆怅着我所有的惆怅，也迷惘着我所有的迷惘，亦空虚着我所有的空虚……不，不，不，这不是你的恩赐，我的爱！

麦笛的声音

19

——乌云遮天。风狂雨横。雷鸣电闪。雷鸣嘶吼在人们头顶,电闪灼刺人们的双目。如注的雨,暴怒的风,荡涤着地,摇撼着山。

风雨交加的夜晚,安歇的人们正忙于安歇,逃避的人们正忙于逃避,喜欢看热闹的人们,他们正站在自家的屋檐下看那行人栉风沐雨的热闹。

我行走在风雨交加的夜里。我手中的灯笼因风雨而破灭。麦笛的声音呜咽,风雨在我呜咽的笛音中狂舞。

"走在我前面的我的朋友,让我给你吹奏麦笛——我不会孤单,你也会同样;走在我身后的我的朋友,让我为你唱她的歌、舞蹈她的舞蹈——她会听见、看见,你不会孤单,我也会同样。"

雷电交加,风狂雨横。麦笛,呜呜咽咽的,难成曲调,亦无有歌词;我的歌唱被风雨撕扯,随即飘散——我美丽的设想,只灿烂了风的呼啸、雨的号啕,亦只灿烂与繁盛了风雨的交加。

——风雨过后,炎暑即浓,浓得化不开。火一样的阳光,热流追赶着热流,闷热倾覆着闷热,它们只随阳光的炽热而澎湃而泛滥。

在炎暑的狂躁里,安歇的人们正忙于安歇,逃避的人们正忙于逃避,喜欢看热闹的人们,他们正站在自家的屋檐下看那行人追赶烈日的热闹。

我行进于狂躁的炎暑里。爽心的清风被藏于遥远的远方。清凉只是她的所有,我却寻它不见,亦无法找到。

"走在我周围的我的朋友们,请让我为你们吹奏我的麦笛,歌唱她清丽的歌唱,也舞蹈她优美的舞蹈,她会听见,也会看见,我们不寂寞,我们不孤单。"

麦笛的声音,悠扬而清脆,朴素而真挚。但麦笛吹不出清凉的风,也叫不来爽心的雨,而我的舞蹈只热烈了骄阳的热烈,只焦躁了炎暑的焦躁,亦只闷热了闷热的热烈之倾覆。

骄阳似火。炎暑正浓,闷热倾覆人间。安歇的人们正忙于安歇,逃避的人们正忙于逃避,喜欢看热闹的人们,他们正站在自家的屋檐下看那行人的热闹——我只以吹奏麦笛做回应……

20

给了我们生命以灿烂的那个东西是什么?给了我们生命以暗淡的那个东西又该为何物?我一直在问,也在寻找,但都没有结果——它成了我生命中一个偌大的黑洞。

我还想知道我是谁。我一直都在问,也在寻找,但没有结果。那个有着特殊符号的人是我吗?我是谁呢?——我迷惑在自己生命的一个巨大的黑洞里了。

现在,我终于明白,也终于有所悟——使生命灿烂的,并非山顶的圣光,也不是那田园与水边的嬉戏与欢闹,我的生命只是站立在我爱手掌上的一只鸟雀,它只会因着春天的到来而跳跃不止、鸣唱不已。

现在,我终于有所悟,也终于明白——使生命暗淡的,不会是没有星辰的黑夜,也并非狂风暴雨的激烈,也不是飞雪漫漫的严冬,更不是前行道路的崎岖与艰险,我的生命只是藏在我爱心海深处的一泓小泉,它只会随着渊源的变浅而黄沙满天,抑或也只会随着渊源的深广而汩汩不断。

远方的山峦知道我是谁,飘荡于天空中的白云知道我是谁,掠过我面颊的清风也知道我是谁,而我家田地中的麦苗也更知道我是谁。

——它们说的话,我听不懂,但它们的心思我能明白,它们的神情就曾告诉过我:山峦那屹然的起伏,白云那邈远的游弋,清风那轻柔的抚摸,麦苗拔节而长的模样,这,都足以让我心动,使我忘记其他。

飞翔于我头顶上的那些小鸟知道我是谁,站立在道旁的白杨树知道我是谁,流淌在路边的小溪流也知道我是谁,而我家的那些牛和羊更知道我是谁。

——它们唱的歌,我没能明白,但它们的心思我清楚,它们的音调就曾告诉过我:小鸟那叽叽的鸣唱,白杨树那清爽的欢呼声,小溪那潺潺的歌吟,我家牛羊那"哞""咩"的叫声,这,就足以让我沉迷而忘记其他。

还有,那长在田间与道旁、壕沟和坎沿的野菜、野草、野果,它们则更知道我是谁——它们虽不曾告诉我,但它们那苦辣酸甜涩的味道就常常让我心醉,并让我忘记了回家的路……

21

我的爱,你念叨我时,我正踯躅于狭窄而又曲折的山道上,与游伴们一起,我们一边慨叹着山路的崎岖与艰难,一边畅叙着山涧的透亮和清凉,还幻想着山顶的风光。我的眼中有看不尽的风景,口里有说不完的故事,而你却独自站在我家大门外,念叨着并不在家的我的名姓——我不在那里,你为何还要念叨呢?

我的爱,你呼唤我时,我正站在云雾缭绕的山巅,与同游的人们一起,沐浴着山顶的圣光,谈笑着山间美丽的风景,感受着俯仰间无穷的乐趣,还幻想着藏于远方的旖旎胜境,而你却站在我家大门外,呼唤着并不在家的我的名和姓——我不在那里,你为何还要呼唤呢？

我的爱，你歌唱我时，我正嬉戏于青山簇拥的湖边，与众多游玩的人们一起，我们或指点湖中鱼儿的畅游，或追逐湖畔青草间蝴蝶的翩然、蜻蜓的嬉戏，或学唱树枝间鸟儿的啼鸣，而你却站在我家大门外，歌唱着并不在家的我——我不在那里，那你为何还要歌唱呢？

怀一腔怜爱，你为着我的快乐与幸福而祝福而祈祷时，我正跪拜于供奉着你圣洁画像的殿堂里，学着你圣洁的模样，怀一腔热爱与虔诚，与同来的人们一起，为你的快乐而祝福，也为你的幸福而祈祷：愿我所有的祝福与祈祷能到达你满是爱意的心田。但你却站在我家大门外，为着我的快乐与幸福而祝福而祈祷——我的爱，我不在那里，那你为何要祝福、祈祷呢？

风起时，我还徜徉在崎岖偏狭的山道上，赏玩山坡上野花的绚烂，察看树枝间松鼠的逃窜；踢飞路面上的小石子，我探测着道旁沟壑的深与浅。和同往的人们一起，赞颂你无私的胸怀，并渴盼见到圣明而伟大的你。我的爱，我们的赞颂与渴盼，你可曾听见？

22

哦，我的故乡在河的那一边，它的名字叫仁禄镇。人们说它曾是薛仁贵的封地，我以为正确——虚幻的传说中常藏有真理。

那里，天空湛蓝，白云悠悠，众鸟高飞；花红柳绿，蜜蜂嘤嗡，彩蝶翩翩；塬梁峁坎间，牛羊在嬉戏。潺潺的溪流旁，婆娑的柳树下，人们一边濯脚洗面，一边说笑；小伙子弹琴，姑娘们歌唱，孩子们拉手舞蹈。

广阔无垠的田野，粗犷高亢的音调——方格图案一般的田地里，劳动的号子此起彼伏，铿锵粗犷的歌音四处飘荡；孩子在老人的怀里听着动人的故事，老人在孩子的欢笑中绽放出温暖的笑颜……

哦，我的故乡在山的那一边，它的名字叫驻马村。人们说它曾是薛仁贵拴马养马的地方，我以为正确——虚幻的传说里常藏着真理。

清晨，担水桶而汲水的姑娘从我家门前经过，她的口中喃喃自语——我知道，她正念叨着我的名和姓，并设想着我穿行于风雨中伛偻的身姿。

正午，劳累歇息的人们，围坐在我家门前的池塘旁，圪蹴在我家门前的香椿树下，高谈阔论，滔滔不绝——我知道，人们提到我的名和姓，还探寻着我的去向，并猜测着我美丽的归宿地。

傍晚，沿街叫卖的小货郎，走到我家门前的香椿树下歌唱，那抑扬而悠长的声调，引鸟儿歌唱，引人们围在他周围——人们围站在我家门前，口中念叨着的，我知道，那还有我的名和姓……

哦，我的故乡在河与山的那一边，它的名字叫仁禄镇驻马村。人们说它曾是薛仁贵的封地，是他拴马养马的地方，我以为正确——众人的眼睛是雪亮的，他们口中常蕴含了真理。

夕阳为它披上了缤纷的衣裳，暮归的牛羊为它引出村里的袅袅炊烟，归家的小鸟为它点燃安歇的灯盏，月辉照它入睡，星星为它眨眼，和风呢喃它宁静的温馨——方格图案一般美丽的园田中，庄稼正绷紧了浑身的气力，一面呼吸，一面成长……

哦，我的故乡在河与山的那一边，它的名字叫仁禄镇驻马村。

23

怀揣孩子们的礼物，惦念着孩子们的嘱托，思想着孩子们的思想，怀着急切，领着牛与羊，我踯躅在荒野小道上。

我四处张望，四处觅寻，急切赶路——我想找到孩子们心目中的圣人，好完成我与孩子们的供献，并领受她美丽的圣谕。

荒野的道路上，寸草无生，只有风的嬉戏，尘土的舞蹈。我麦笛的声音，在风与尘土的嬉戏和舞蹈中，变得喑哑。

"赶在太阳落山前到达。"这是孩子们对我的嘱托与期望——孩子们托我以重任，我不能辜负，亦不能有所闪失。

太阳即将落山。暮霭自山边涌起。

一整天，我都在茫然中赶路。现在，该是我问路探行的时候了——封闭只招致落后，而我的落后就会使孩子们那信任的目光变成仇视的眼波，那么，我的颠覆即在眼前，就会让我难堪。

路上，行人很多。但我所提出的问题，人们也是迷茫，只脚步匆匆，有人朝我哧哧一笑，仿佛笑着我的愚笨与幼稚。

通向她住地的路途很多，但我没有找到我应该走的那一条；前往她住地的人不少，但人们留下的脚印都被风沙所掩埋。

通向她住地的路途，飘忽不定的风知道，盘旋不止、四处飘荡的鸟雀也知道，但它们的话语我听不懂，它们也都不曾告诉过我。

从我身边经过的人，三三两两，或说或笑，或吟诵或默祷，或歌或舞，但人们口中所说所念叨的，调子、歌词跟我不同，步调也与我相异，跟着他们走，我怕耽搁了孩子们美丽的希望。

"潮流乃众人相随的结果，时髦亦无非如此。跟着众人走，不会有错。人们皆如此，你何必疑问？"有朋友正告我。但我不敢——我怕丢失自己，并耽误了孩子们那美丽的愿望。

我的牛与羊跟行在我身后。我迷失了方向,它们也分不清东与西、南与北,只是"哞""咩"地叫……

24

劳累了一整天,我已饥肠辘辘,口舌干裂。

行道空空,罕有人迹。

风吹着,但风的方向只藏于风中。

蹒跚着步履,我回到自己简陋的屋室。

暖瓶是空的,水罐也见底。

打开米缸,米缸是空的。

碗也空空,碟也空空;揭开锅盖,锅也同样饥渴,张着乌黑大口——仿佛在等待,也仿佛在嘲笑。

躺卧于床,咯吱吱的,床也呻吟——仿佛在哭泣,也似乎在耻笑,但它是在笑自己还是在笑我?

我泄气至极。

我向邻人乞讨——邻人,他们不在。

求助于风,但风没有方向;求助于太阳,太阳已经落山;颤颤地,我向路人求索,路人只轻蔑一笑,然后扬长而去。

花朵以芳香证明自己的存在,鸟儿以歌唱演绎它们生命的美好。我呢?我呢?我找不到自己于风中的坐标。

深埋着头,我坐于路边;坐在路边,我在等待;我在等待,但我要等待的是什么呢,我的爱?

25

我不会受困挨贫的,也不会孤独、寂寞,因为我还有个我在,我还有跟随在我身边的我的那些牛与羊。

来时的路，曲曲弯弯；前去的道，定然也弯弯曲曲，但它都是我爱所昭示，因而，不管它曲曲弯弯还是弯弯曲曲，我都喜欢。

一个姑娘，臂挎花篮，行走在我前面。她，一边走，一边吹着柳笛，还一边扭动着身腰，婀娜着身姿。

她行走的姿势，我心觉可笑，但她柳笛的声音悠扬而动听——夕阳羞红了脸，藏在山边；远方的林木也隐去了明晰；小鸟围在她周围，旋于她头顶，并随着她悠扬的笛音而欢鸣、翩然，仿佛忘了回家的路。

她还想把我的牛与羊吸引过去，这是我所不愿的——我的牛羊属于我，那就该听我的歌唱；"心存旁骛便难有成就"，人是这样，牛与羊也不会例外了，我想。

我，嫉妒心强而倔强，凡是我所爱的，我都喜欢学，也一定要学好。这是我的禀性。我一向都这样。这禀性，曾让我吃过不少苦，受过不少罪，我曾设法改变它，但都未能实现。我将不再改变了——属于禀性的东西，一经改变，人就会丢失自我，这是人们所不愿的，也是我心所不忍。

我要学着她的模样，一边吹着柳笛，一边扭动着身腰，还摇着头、晃着脑；我还要学会她吹奏的技巧，奏出美妙的音曲，让我的牛羊紧紧跟随我，让小鸟跟着我来，并随我麦笛的声音而歌唱而舞蹈。

我随手做的麦笛不成音调，只呜呜咽咽的。但它是我亲手所做的，所以我喜欢。吹着它，我自喜无比，可小鸟没有来，但我想，它们会来的，终会有一天。

"侥幸只是暂时，只有不断制造幸运，才能成为真正之幸运者。"学会吹奏，充实词曲，丰富音调，随孩子们的舞蹈而吹奏，随劳动的人们而欢唱，这，便是我赢得我生命幸运的途径，我想。

柳笛在她的手中吹响，却灿烂着我手中的麦笛。麦笛声响起时，我家的牛羊，蹦蹦跳跳，嬉闹个不休。

夕阳引领着我回家，我引领着我的牛羊回家。

我吹奏着麦笛，我的牛与羊跟着我……

我麦笛的声音让我的牛与羊高兴得忘了劳累与疲惫，它们"哞——""咩——"地唱个不停；它们唱个不停，还舞蹈个不止；它们舞蹈个不停，也唱个不休，但小鸟没有来；小鸟没来，我深以为憾。

我，好胜心强，还永怀着嫉妒心。"以人之长丰富自己，乃嫉妒之正途。"她的话，人们都相信，我亦不怀疑。嫉妒让我怀着争胜的勇气，也怀着新鲜的激动。跟行在她身后，悄悄地，我要学着她行走的模样，还要学会她吹奏的技巧。

我要把自己所学到的技巧再传教给那些经常围在我身边纠缠着让我讲故事给他们听的孩子们，传教给那些爱我与不爱我的所有人——等他们学会了，漫山遍野将响起我麦笛的声音，到那时，山花一定开，我的牛与羊只听我演奏，小鸟一定会跟着我来，并围着我而欢鸣而翩然。

夕阳落山，但月亮不见来。月亮不见来，星星也躲了起来。星星躲起来了，跟行在我身边的我家的牛羊乱叫，但只叫来了风的舞蹈。

风来了，雨也跟着来；风雨交加，道路泥泞。

吹柳笛的姑娘，你在哪里？风在吹，雨在飘，前路一片迷蒙。我呼唤她，她没能听见；我恳切地寻她，却也寻她不见。

麦笛声声。

我"呜呜呀呀"的麦笛的歌唱随风雨交加而交加于风雨中，我的牛与羊在风雨与笛音的交加中叫个不停，还舞蹈个不止……

26

暗夜已去，曙光即到。月亮因疲惫而隐去了光亮。

雄鸡报晓，狗吠从村寨中传出。

早起的人们整装出发——孩子们上学，农人下田，商人归市。行进在茫无边际的旷野中，我四处张望，徘徊不前。

"成就源于持久的耐心。向前走呀，曙光就在前面；黑暗过后即有光明，艰难过后必是坦途。"

"烦恼与苦痛亦无非自找。退回去吧，不要跨比腿还长的脚步，回头看，有鲜花因你而正绽放于路边。"

旷野上，风在吹——风的方向只藏在风中。

我感动于众朋友真挚的情怀里，迷失在人们善意的劝说中。

我徘徊在旷野。鸟不飞，花不开。旷野一片寂然，没有人烟。

我徘徊，跟行于我身后的我的牛与羊也个个丧气，眼神一片迷茫，只"哞""咩"地乱叫。

我的爱，你是藏在前面的曙光里，还是藏在后边的花园中？你是站在孩子们上学的行路旁，还是站在农人们的田野中，抑或是站在街市的僻静处？

"向前走抑或向后转？向左走抑或朝右行？"我徘徊在旷野，跟在我身后的我的牛羊更没有了方向。

我的爱，归至你园田上的风，现在，它藏在哪里？

27

有着超人的意志,有着敏锐的思想,高高在上的她在哪里?有着神圣的爱心,有着如一的情愫,圣洁无欲的她在哪里?

——从少年到现在,我都这么问。

怀揣山花般质朴,心胸如星辉般温柔,美丽无比的她在哪里?沉积着质朴、演绎着欢乐、秉承一躯的良善、德行纯一的她藏在哪里?

——从少年到现在,我都这么问。

把希望写在蓝天,将爱恋刻于崖峦,任风蚀雨袭,任霜欺雪压。但风儿自吹,白云自飘,山只静默,水亦无语。

我失望了。

回到清冷的陋室,我枕被而哭,哭得是那样伤心,又是那样无助。

黄昏渐近,彩云铺满天,蝉儿不住鸣,小鸟在欢唱。踯躅在柳荫下,徘徊于小溪旁,我冥思着我平日的失误。

一个女孩,衣衫褴褛,身上飘散着泥土的气息,黝黑的面孔述说着田野的艰辛,蓬乱的头发张扬着劳动的忙乱。

翩然地,她来到我面前,毫无羞涩地合掌胸前,柔声低眉,启齿开唇,答我心中早已冷却了的爱恋。她的言语,像山花一样灿烂,并深藏着美丽;她的话音,像鸟雀的歌唱,还饱含着自信。

原野上,风在吹。风从遥远的远方吹来。惊魂未定的我忙语无伦次言语粗暴地谢绝了她:"你这个低贱的贫者,怎配得上我高贵的爱呢?"

说罢,我便转身疾走。

待我回头再看时,她已消失在隐隐的田野中——夕阳的红云来自她的田野,温良和顺的风吹自她的田园,悠扬婉转的歌声飘自她的田野……

当爱的情愫重泛我心,我即刻向她奔去,求她宽恕,请她原谅。可我失望了:她终飘入一片不知去处的红云深处……

——她是随着晚风、赶着羊群、趁着夕阳而来的,也是趁着晚风、赶着羊群、随着夕阳而去的……

28

行进在窄狭而盘旋的山道上,我要完成我与她生命中的一个故事——这故事是她生命的所需,也是她对我的交代与嘱咐。

这故事,是我生命的必要,却藏在她澄明的心底——她正在这山的巅峰,她与同游的人们在一起,也许她正俯瞰下界。

她不会看到我,我也不会在她美丽的视野中,但她不会忘却她上山时的小径以及在小径上行进的艰难。

我所攀登的这条小径是不是她的曾经?这,嬉戏不止的风知道,烂漫在路边的野花知道,林间鸣唱不已的鸟雀知道,蹿跳于松枝间的松鼠也一定知道,山涧中潺潺的溪流也必是知道,但它们的言语,我听不懂,它们的舞蹈,我更看不明白。

有个下山的老者,面带慈祥,满怀诚恳,微笑着对我说:"还是下去吧,峰顶上的风景,虽非虚无,却也充满了眩晕之艰险;山下的风物才洋溢着亲近之美色。"我不敢理会他,我怕耽误了她曾经的交代。

有个小孩撕扯住我的衣袖,机警而神秘地微笑着,眨巴着眼——他要我带着他前行,他还称我为他最亲密的朋友。我也不敢理会他,我怕耽误了她曾经的嘱咐。

有个朋友,面带微笑,以手示意:"走吧,朝着前边,山上的景物纯然美好。"我也不敢理会他,我只想实现她曾经的交代与嘱托。

"结果并非目的,过程更显珍贵。"山路,窄狭又盘旋,崎岖而漫长,但这是我生命故事演绎的场地,也必构成她生命的优美的心曲。

爱存心间,风雨就是彩虹;心中有希望,眼睛就明亮。我这故事,我心喜欢,她必是喜爱,但她不在——她在山顶,正与同游的人们在一起。

行进在盘旋的山道上,我要完成我与她生命中的一个故事——这故事是她生命的所需,也必为我生命的必要,我不会,也不能错过,因为这是她曾经的交代与嘱咐……

29

在阳光照耀的树林里,我要等到国王的到来。"适时之等待乃生命之必须。"有朋友这样告诉我,我即信以为真。

我麦笛的声音引领着阳光到处游荡——鸟鸣愈加婉转,树木愈加苍翠,山花在我的笛音中摇曳着绚丽。

如果允许,我的爱,麦笛会把我的歌唱藏留于此——我们的国王将从这儿经过,随着鸟鸣的婉转,顺着山花的灿烂,他会听到我的所唱,也一定会顺着我歌的余音找到我的身影。

我总是和他做着恼人的游戏——当我在山林里呼唤他时,风儿即传话给我,他却是在麦田里寻访我勤劳的足迹,而当我沿着麦野小路寻他时,田野中的小花即正告我,他却是在阳光照耀的山林里寻访我麦笛的声音。

现在啊,我不想再转来转去、转去又转来,像个顽皮而又顽皮的小孩,总是和他做着捉迷藏的游戏。趁着山花烂漫,我与阳光有个约会,国王就是这约会的主角;我与风儿玩个游戏,爱是这游戏的主题。

趁阳光照耀山林，趁风儿和暖，我的爱，如果你允许，我要把这麦笛的声音留在阳光的明媚里，留在鸟雀的鸣唱中，留在山花的烂漫里，留在风儿的和暖中，我们的国王，他一定会趁着阳光的明媚，随着鸟鸣的婉转，顺着山花的灿烂，循着我麦笛的笛音，来到我身旁。

30

正午的阳光泛着果香。天无片云。众鸟高飞。冬日的寒冷已迫近，而夏日的炎热即将淡出人们的记忆。

从乡野间走过，我的心，它不再疲惫——田野中，鸟是自由的，风也是自由的，它们携带着沁脾的果香。

我想，我将不再伤悲，也将不再孤寂，因为我有跟在我身后的我的牛与羊，还有她馈赠于我的秋田以及秋田中的果实。

泥土的气息浑圆成自由的元素，随风嬉戏，相融为一；风提着篮子，装着自由，满盛了果香，在大地上游荡。

田野广阔，充满无忧的宁静——因宁静而美好，因美好而令人向往，田野的宁静在人们的向往中成了美好的永恒。

小鸟知道这宁静的珍贵。当我以麦笛的声音来招引它们跟我一起走回城市的时候，小鸟叽叽喳喳叫个不停——传递着不肯离去的消息。

太阳光华灿烂，因为它把光明献给了万物；月华永恒，因为它把光辉都交付给了黑暗；我那娇媚的爱人，她在城里正做着奇丽而华美的梦——她的梦里，不会有别人，她正呼唤着我的名和姓……

31

好大的风，好大的雪，风雪交加，封锁了山谷，覆盖着大地，封闭人们的眼目，也塞堵人们的口舌，它还想进驻我的心。

就在这个风雪交加的夜晚，哦，我来了，异域的朋友！

我来了，我要给你们弹唱她的歌，以我的麦笛——你们会在她歌曲的爱抚下，生出美丽的希望，唱出动听的歌曲。我这麦笛的声音，清新而醇美，质朴而动听，其他的，都无法与之相比。

当我以异样的眼光审视别人时，别人也便以异样的目光对视我，仿佛我只是他身边一潭深幽莫测的湖泊。

曾跟行在我身边的我的朋友，你们在哪里？沉默，与其说是最好的回答，毋宁说是自我粉饰后的退却。你们沉默在远方，你们是在前行还是在退却？

窗外交加的风雪，不是我的泪；屋外萧萧的落木，也构不成我的心。曾跟行于我身边的朋友们，你们呢？

窗外的风雪愈大，他屋内的炉火愈旺；他屋内的炉火愈旺，他窗外的风雪愈大。他温暖在他的火炉边，我站在他屋外的风雪飞扬处。

异域的朋友，就让我进驻你屋里，安坐于你身旁，我会给你传唱她的歌，以我麦笛的声音！他无语，只漠然地，在房间里悠闲地转来又转去，转去又转来。

风愈大，雪愈激烈；风翻卷着雪花，雪花亦裹挟着风：风雪交加——风在歌唱，雪在跳舞。

没有星星。我看不见月亮。

32

因着你美丽而动听的歌音，我即叩响了你家之大门，我的朋友。

我不知道我还需要什么。我也没有任何之目的。叩响你家大门,只是我迷路时的一次偶然。

我不晓得你是谁。你的名与姓,我更是不知道。远远地,我只听见了你对她美丽而动听的歌唱——是你家的歌音将我引至你这里。

叩响你家大门,这,虽让我难堪,但并不使我羞愧——对她的歌唱本是我的意欲,你的歌唱与我心音相合,我就来到你门前,并叩响了你家大门。

隔着门缝,你问我的姓与名,还来问我叩门之目的,我不知道该怎么回答——我不知晓你的名与姓,我也不知道现在的我还需要什么。

你家的窗户开着,你屋里灯光也明亮,还不断有歌音传出。顺着你的歌音,我走了过来,并叩响了你家大门。

我前行的路途上,还会有风雨霜雪的弥漫,也还有沟壑与山川;雷鸣与电闪也会时时袭来,彩虹离我也还遥远。

对她的歌唱,本是我的应该,我没有改变,但我还没找到他人,叩响你家的大门,纯属我迷途的一次偶然,我的朋友。

33

太阳走过大地,月亮便跟着来。每夜,我都坐在我门前的石头上,单等我爱的到来,仿佛我不过只是她的命定。

心想她的时候,我就快乐;看见她的时候,我就高兴;牵着她手走过原野,我的心中便会充满无忧的踏实,但她没有来。

有她与我站在风口,风再大,也只是凉扇;有她与我同踏波浪,浪再高,也只是演绎我们浪漫故事的小舟,但她没有来。

融化我的,不是园田的贫瘠,不是乡间的落寞,也不是高原的苍凉,也不是山野的荒芜,更不是城市的烦嚣,它是我的爱,但她没有来。

像飞翔于天空中的风筝，我前去的方向就牵握在她手中。前去的路途，不管是平坦还是崎岖，我都喜欢，因为它是我爱所昭示，也是我所乐意——爱，只需要爱，没有理由，也无须其他。

夜幕四合，山野朦胧，树也朦胧。朦胧中，从我窗前，偶尔走过几个人影；有人朝我看看，发现我的漠然，他们也都漠然地走开。

大街上，霓虹灯闪闪。人们熙来攘往，脚步匆匆，但我不知道他们要去的地方——他们是要回家，还是要去远方？是在寻求他们的爱，还是去与他们的爱约会？

"融入人群，心随众人，方可获得信任，才能寻到热闹、觅见欢快，亦会赢得幸福。独处与封闭皆不合时宜。"

我吹响了我这从乡野中带来的麦笛，但这声音，并没能引来人们的注意——从我窗前走过的人们，只是偶尔地一瞥，也都漠然地走开。

"沉淀自己，不惧怕孤单；独处也许更丰富，群聚抑或是寂寞。真正能灿烂自己的只有自己。"

我的爱，心想你的时候，我就快乐；看见你的时候，我就高兴；牵着你的手走过原野，我的心中便会充满无忧的踏实，但你没有来。

哦，太阳走过大地，月亮就跟着来；月亮一升起，星星就眨眼。每夜，我都坐在我家门前的石头上，等候我爱的到来……

34

——只要你召唤，我便前行，带着我的麦笛，我的爱。

我总不能呆坐在草舍中单等她的到来，我知道，她也正站在她的门前翘首以望，朝着我，正盼望着我走向她的脚步。

我总不能沿着已成的路途去奔赴到达我爱所指定于我的那一片风景地,我知道,她并不是沿着已成的路途达至我心。

——只要你乐意,我将继续歌唱,以我这麦笛的声音,我的爱。

我总不能因没有见到太阳而失去对星星的盼望,我记得,没有星月的夜晚过后,我曾看到过明艳的朝霞。

我总不能只以幻想来充实她希望的船帆,我记得,她曾许诺于我的诸多幻想,都未曾激起我心中的欲望。

——只要你喜欢,我便继续舞蹈,应着我麦笛的音调,我的爱。

世间路,该为人所走,即便没有路,倘若我走过,就会有人再踏。既然走向她的住地是我的选择,那么,前行才是唯一的出路。

"怀疑产生时,你就不再相信自己了;怀疑开始时,你之信念也就到了头。"我怀疑,我这样的等待是否就能引她前来?

我的爱,你唤了我的名,我便能看见太阳;你呼了我的姓,我便能听见星月的歌唱;你握住我的手,我便握住了整个世界。

我的爱,只要你召唤,我便前行,带着我的麦笛;只要你乐意,我将继续歌唱,以我麦笛的声音;只要你喜欢,我将继续舞蹈,应着我麦笛的音调。

35

她说,她要把世间最美的花环颁发于我,让我快点起程,并带上我的麦笛,领着我的牛与羊,朝着她的居所。

她说,披着光亮柔洁的白纱,她就站在山涧旁——裸露的岩石就是她圣洁的根基,潺潺的溪流就是她温柔的底色;鲜花簇拥在她身边，她就坐于花丛中——叽叽的鸟鸣是她胸野美丽的歌唱，月华风影是她翩然的舞姿。

她还说，她那里有她为我设定的温馨的家园：低矮的草房，简陋的屋舍，房前屋后开满盛艳的花，燕子低飞，蝴蝶翩然，蜜蜂嘤嗡，孩子们拉手歌唱。

——她唠唠叨叨，说个不休，我只耐心聆听，因为我爱她：爱屋及乌，人的本性。

"最简单的道理需要最深刻之感悟，最明了之话语最怕复杂的解释；最深奥的道理只需最明了之表达，最复杂之事情也只需最简单的行动。

"没有百鸟之歌唱，是春之悲伤；没有树之浓荫，即为夏之凄凉；没有繁盛之果实，是秋之苦痛；没有凛冽之寒风，便是年岁永久之怅惘。

"这样凄楚的哭，也许胜过别样的笑；那样畅快的笑，也许劣于别样的哭——生活中，你须认清真正的哭；灵魂里，你须辨明真正的笑。

"起步于残垣断壁中之生命，虽易被遗忘，但它之成长也许更茁壮，它之生存也许更有力量；险峻之山峰昭示美丽之风景，前行之脚步才会舞动多彩之人生。"

——她说个没完，教导个不止，我只低首倾听，因为我爱她：爱屋及乌，人之本性。

她告诉我，是她吹响了清晨的第一声金笛——她是在呼唤我的到来，单等我以麦笛的声音做回应……

她在呼唤，我不需要怀疑。

36

哦，俯卧于路边，你又是哭又是喊，这是为何呢，美人儿？

是什么让你俯卧路边的？是飘荡不定的云，还是奔忙而不停歇的风？是那旋飞盘桓于空中的翔鸟，还是那长在路边、摇曳于你身旁的蓬蒿？

哦，俯卧于路边，你又是呼又是唤，你在呼谁、唤谁呢，美人儿？

人们都有自己的工作要忙，有自己的歌儿要唱、舞蹈要跳，人们脚步匆匆，心思只凝结于自己要唱的歌儿与要跳的舞蹈中，只有你躺卧路边，摇曳于你身旁的是绿草，你在呼谁、唤谁呢？

你的双手紧紧捂着的，是那艳红的花朵——你是怕那花朵被路人看见抑或被抢夺了去吗？哦，你紧紧地捂着那花朵，但你能捂得住它艳红的灿烂？

那花朵，是你生命的川流，虽开在你心，却怒放于你额头，还顺着你的指缝间绽露着灿烂；你紧捂着它，不想让风儿碰到，不想让翔鸟瞅见，还不愿让路人停下脚步，这是为哪般？

太阳已爬上了山顶。圣堂的钟声，清脆而悠扬，它不是在呼你唤你吗？钟声虽清脆嘹亮于你耳旁，却也荡漾在我心房。

青青的山，秀丽的水，鸟雀欢鸣。你紧紧捂住那花朵的灿烂，还不住地哭着喊着，呼着唤着，你是在哭谁喊谁、呼谁唤谁呢？

无须问我从哪里来，将要到哪里去，更无须怀疑我的所作与所为——我不会欺骗你手中的花朵，那样太自私，我也不会有这样的打算。

"坚强与坚韧只在艰难时被认识。"你只告诉我，是什么让你额头上的鲜花绽放绚烂？你只告诉我吧，你家住哪里？你是要赶往何处？

乐园是被开拓了的荒漠。心灯被信任点燃，便能照彻所有的黑暗。默默而怯怯地，你慢慢松开手，给花朵以绽放……

哦，那花朵，灿灿烂烂，映红了你姣美的容颜，也风光了路人无限的眉眼……

37

我所有的家当就是这支麦笛，它呜呜咽咽的声音让我的生命饱含了田野里那朴实的单纯，也引来众人好奇的目光。

大街上的人们听到我这麦笛的声音，以为低贱，并嗤之以鼻。我呜呜咽咽的麦笛的声音，只有孩子们喜欢。

紧紧地，孩子们围在我周围，个个歪着脑袋，睁大了好奇的眼目，还不停地询问我麦野间的事。

我的词汇贫乏，言语更是干瘪，歌唱也缺乏灵智，我的舞蹈也不过是笨拙的替代词。"田野间事，只能用田野之声音传达，任何言语之解说皆为多余，一切之歌唱与舞蹈亦皆尽显愚笨与拙劣。"她的话，我信以为真。

拿出麦笛，我呜呜咽咽地吹。

麦笛响起来时，孩子们露出了欣喜与向往——麦笛成了他们歆慕不已、急切渴盼的宝贝，我也成了孩子们崇拜、景仰的对象，成了他们心目中至高无上的国王。

看到他们景仰、膜拜的模样，我自喜无比——兴趣与热爱，这是人生最好的老师；好奇与需要，澎湃了人们前行的活力。

孩子们对我的景仰与膜拜使我忘记其他。我将麦笛传递给他们，他们便高兴不已，还争争抢抢的，抢到便吹，并因它的吱吱咪咪、唧唧呜呜而沾沾自喜——炫耀，灿烂了孩子们的眉眼。

麦笛的声音吱吱咪咪、唧唧呜呜，孩子们情不自禁，手舞足蹈，还嘻嘻哈哈、前仰后合地，笑个不停。

孩子们所吹奏的音调，质朴而悠扬，远胜过我；他们随笛音而翩然的舞蹈、咿呀的歌唱，把田间所有的春事都表露无遗……

38

第一次为你这壮阔的雄浑所打动，是在一个初春的傍晚——夕阳如血，秃鹫高旋；大山嵯峨，高耸入云，不见草木；古道绵长，蜿蜒山间；河道枯瘦，河水浑黄。山脚下，河道旁，星星落落的人家。

我爱这河流的浑黄，也爱这大山的荒凉，亦爱这没有瓦片的土坯房，更爱那扎着长辫子的姑娘——她们在田里歌唱，也在田里成长，浑黄的河水流淌在她们身旁；她们紫红色的脸蛋儿，那是高原特有的馈赠。

麦野间，姑娘们一边锄草，一边歌唱——她们唱远古的战场，也唱身边的白杨；唱过去的悲伤，也唱明天的希望；那爱情的歌儿呀，比什么都忧伤，也比什么都欢畅——歌声落在我心上，穿透我的胸膛。

"花儿"与"少年"，翔于天空中的小鸟会唱，山坡上的牛羊也会唱，潺潺的小溪会唱，路旁白杨树的叶片也都会唱——悠悠飘飘的白云中，飞扬的沙尘里，抖抖索索的树枝间，牧童的牧鞭中，都深藏着歌词、饱蘸着曲调。

滚一身泥土的孩子，哼着"花儿"，手挥牧鞭，看管着牛与羊——他们憧憬着晚上的星星与月亮；身披一躯油腻的异族兄弟，穿着羊皮袄，驾着毛驴车，甩着鞭儿，唱着"少年"——他们正全力蹳赶明天的太阳。

何时能摇醒那大山的葱绿,让它脱去古朴的衣裳?何时能唤醒这河流的浑黄,让它流淌出一腔清澈的激荡?何时能让这古老的歌谣不再忧伤?何时能叫停这古旧的毛驴车,让它去触摸高速路上那全速前进的车辆?我的异族兄弟们,正迈开全新的脚步,把握世界的脉搏,触摸高速路的脊梁。

我爱这没有瓦片的土坯房,也爱这河流的浑黄,我爱这山路的蜿蜒与崎岖,也爱这山的巍峨和荒凉;我爱这如血的夕阳,也爱这漫天沙尘的飞扬;我爱这满身泥土的人们的模样,我爱这遍身油腻的羊皮大衣,也爱这不曾读书的红脸蛋的姑娘;伫立河旁,站于风中,我爱静静倾听人们那忧伤的歌唱……

39

从我身旁把这朵小花拿去吧,我的爱人,让它成为你质朴而美丽的头饰。

美好的东西,总源于自然。从麦野中归来,我什么都没带。这朵美丽的小花是村野小姑所赠——我把它转赠于你,希望你喜欢。

朴素是你生命的质地,这朵花插戴在你头上,它不会成为你生命的多余。小草不会因为整饰而成为乔木,绿叶也不会因为装扮就能变成花朵,就像你不会因为头戴这朵美丽的小花而变得摩登。

美好的东西永不凋零。这朵小花戴在你头上,必能使你心灵愈加清纯。这朵小花是村野小姑所赠——我把它转赠于你,希望你喜欢。

你心的原野本来就清纯,但这朵小花插戴在你头上,绝不会成为你心原的奢侈与累赘,就像鸟雀不会成为森林的奢侈,就像小溪流永不会成为江河湖海的累赘。

凡是自然的，总无比美好；让人心悦的，总无比单纯。自然而单纯本是你我生命的底色。从我身旁把这朵小花拿去吧，我的爱人，让它成为你质朴而美丽的头饰。

急急地，从乡野间归来，我什么也没带。这朵美丽的小花是村野小姑所赠——我把它转赠于你，希望你喜欢，我的爱人。

40

暂歇脚步时，夜已深沉。旷野寂寥。看天空，淡云孤月，繁星点点。夜风温柔而静悄。回想来时的路，缆绳拉弯了纤夫的脊梁——

无数理想的面纱，绚丽与庄严了现实的面孔，但不会有人告诉我，说这就是真真切切的希望；现实的剪刀，剪碎了无数理想的梦，但也不会有人告诉我，说这就是实实在在的生活。

"但这儿绝非终点站。前途是火炭，并非灰烬。欲找到光明，必先经历黑暗……"

生于荒野中，禽在鸣，兽在吼，四顾茫茫。什么是你？什么是我？抑或又何谓他？望望前去的路，缆绳拉弯了纤夫的脊梁。

何谓陌生？又何谓熟悉？哦，都是陌生的熟悉，也都是熟悉的陌生。"陌生的都将变为熟悉，而熟悉的终究都将变成陌生。"难对心中疑点做出诠释，也难在心灵的页码上做误会时彻心的印记……

"但这儿不是终点站。前去的路途上，霓虹灯闪烁，月光也灿烂。欲找到花环，必先寻到春天……"

41

凭着一阵温柔的清风,故乡便成了我遥远的幻梦:半枯朽的织布机不再于我耳旁吱吱呀呀地吟唱,正月里的社火也不再能照亮我光秃的前额,那浑黄的河流只在我梦里哼着澎湃的歌。

乘着记忆的翔鸟,我返回故乡,只想再踏踏那温馨的原野,再摸摸爬上爱人心头的常春藤;妹妹的红纱巾飘上了天空,把太阳和月亮的脸庞羞红;香椿树沐浴着雨露年年做着葱茏的梦,池塘的青蛙岁岁唱着夏夜的星空。

我那时该多么好笑又好玩:月光下,赤裸着身子,站在池塘边,用泥巴将全身抹满,还与小朋友争执着谁涂抹得好看……多少次,我也曾静坐在我家茅舍窗前,望着空阔的蓝天,设想着将星月摘下,捧挂于自己胸前,给自己以乔装打扮……

那时的我又是多么愉快:我和她曾在麦田里拔草,却把戏耍当爱情:天生的,我爱白雪压低树枝的臃肿;天生的,她爱雪后洁白的原野——麦苗会盖着新添的软被在眠睡,而它把根须扎向大地胸窝。

哦,凭着一阵温柔的清风,故乡便成了我遥远的幻梦:梧桐树上的灰尾巴鸟转走了巢窠,麦花苹那艳红的花朵在风中摇曳,但田间的小路上依然晃动着我蹒跚的身影,小燕子呢喃于那花格图案一般的田野……

42

沿原路返回时,我发现,我来时悬挂于路旁白杨树上的风铃不见了。我怕我迷路,我必须寻找;我寻找它,但我得到了虚无。

时光已逝,旧迹全无,只有风的嬉戏。从我身旁经过的人都告诉我，说风铃是被风吹落的，一个小孩捡起它，并带它走向了远方。

黑暗中，为自己挑灯照明，也在为别人点亮前程。我曾经的摆设成了他人前行的所需，我的生命便不会是虚无。愿望一经分享，便可形成快乐——我来时的设置是我曾经的愿望，我现在的所得也便成为我的快乐。

我想，我不再踏原路而归了，我当继续前行，并在我前行的路途上继续我的设置才对，但这绝不是为了标识我的归途，我要以它为孩子们昭示希望，让行路的人们捡拾它，并带着它走向远方。

我应找到我起程出发时的风姿——高昂着头，仰望蓝天，仿佛超脱；面带微笑，自信满满；酝酿心音，吹着麦笛，并领着牛与羊。

吹起麦笛，我要找回她送我起程时教谕我的音调；我寻找着它，但我得到了虚无。时光已过，原有的曲子早已失色。"风会改变方向，歌曲当时时更新。"这是她的忠告，现在，我还不曾忘记。

我得找出我最拿手的歌曲，以轻扬我前行的脚步。歌曲是丰富的，但麦笛的调子呜咽，还满含着焦急，我寻找着它，我得到了虚无。"已成之音调皆已过时，只有新曲才有意义。"这是她的忠告，我依然记得。

远方，有人在歌唱，应着我麦笛的呜咽。

哦，无须从原路归去，我该继续前行，带着风铃，领着我的牛与羊，并高昂着头，也吹着麦笛……

43

每天，我都手持礼物，站在我门前的柳树下渴盼我爱的到来，因为她也曾站在这里，并手持礼物渴盼与等待过我。

我随身所携带的礼物，新奇而丰美：彩虹悬于我窗前，鸟鸣随它而欢鸣；我的花篮，洋溢着芬芳，还满盛着祝福；围在我身边的牛与羊，个个强健，温顺且良善；我心中还存有许多从未唱过的歌曲与词调——它是唱给她的，我只为她而歌唱。

我所有的准备，我想，她都会喜欢，因为她曾经赠予我的礼品，我件件都热爱。花枝会枯萎，花儿会凋谢，但我的心音不会凋落——以心音哺育的花枝青春永驻，以心音哺育的花朵鲜美无比。

祝福的歌词、音调，我会时时更新，因为我正处于风中，风把东西南北所有的美丽都告诉了我——以美丽而谱写的歌曲也必然美丽。

我虽不聪明，但我不会太笨，我相信我辨认的能力——我认得春风，也知道秋雨，我还能辨得出霜风雪雨；我虽没有虚构故事的能力，但我相信我拣选的本事——我认识彩虹，也听得出鸟鸣，我更懂得歌曲的音调。

我渴盼着她，因为她亦曾渴盼过我。渴盼虽然艰苦，但含义却是快乐——心中有惦念、渴盼，脚步便轻快、踏实；渴盼让我的等待充满温馨。等待的内涵是焦心，我的等待却饱蘸着幸福——等待煎熬着心，但它演绎幸福。

我站在我门前的柳树下等她的到来，因为她也曾站在这里等待过我——她的馈赠丰富而美好，我的回报也该完美而丰富。牛羊在我的等候里愈加可爱：他们个个"哞——""咩——"地欢唱。

我怀中的礼品丰富，件件都美丽，我无比喜欢，我想，她一定会欢喜。

太阳落山了，星星便跟着来；星星走了，太阳就跟着升起来。天天，我都手持礼物，站在我门前的柳树下，等待与渴盼着她的到来，因为她也曾手持礼物，站在这里渴盼与等待过我。

44

你的家在哪里呢，美人儿？

一整天，你拿一只螺号在世上游玩。现在，夕阳为夜晚点亮了灯盏，人们都已回家，小鸟也知道回家。你站于街口，你为谁吹那呜里哇啦的螺号呢？

它呜里哇啦，没有人会听懂你吹的那声音，也没有人会听懂你吹奏的歌词，美人儿，还是让我送你回家吧。

在大街上游荡了一整天，你眼中有看不完的风景，但你没有发现我——其实，我一直站在你身边，只默默地注视着你。

你以我为路人，但我只以你为朋友、为兄弟——美人儿，你的家在哪里？让我送你回去。

夜已深沉，篝火早就熄灭。狂欢的人们已经回家。鸟儿也已歇息。你只拿着螺号，站在石头上，向着远方眺望，你在等谁盼谁呢？

星月不见。风从遥远的远方赶来。雨意已澎湃于山的那边，但你依然没有归去的心思，迷路本不合你禀性，你在找谁等谁呢？

你螺号的声音呜呜呀呀，没人能听懂，我更是如此。你拿只螺号在大街上游荡，你在找谁觅谁、盼谁等谁呢？

我是个过路者，我以你为朋友、为兄弟……你的家在哪里？还是让我带你回家吧，美人儿！

45

我的爱,我只以你做启世的钥匙,让自己融进街市。麦田是我曾经的守望。现在,我的脚步在城市。

我看不到你的身影,但我能听见你的歌唱;我抓不住你的手,但我能看见你的舞蹈。我藏在你心里,你也在我心的殿堂中。

面带微笑,我只听你歌唱。人们以微笑来看我。我是我的,你却藏在我心中,还歌唱个不休、舞蹈个不止。

"固守只标志落后。"处在拥挤的街市,既然唤不来麦野的清纯与宁静,那就让我来歌唱这城市的热闹与喧嚣吧——歌唱会带来心的欢乐。

我不想让心儿在固守里做垂死的挣扎,像拨开湖面上的浮萍,我须擦亮眼睛,我须叫醒耳朵,并叫急我前行的脚步……

一座桥。

桥的这边,有人在张望;桥的那端,有人在彷徨;桥上,挤满了人;桥下,碧波荡漾,羊皮筏子穿行——皮筏上,有人在歌唱。

有桥,就能通过吗?走在我身边的美人儿,通向你心底的那座桥在哪里,又能否让我通过?

46

这麦笛,我想,我是不会丢失的——它是我从麦野中带来的,尽管我混迹于这热闹、拥挤的集市。

大风吹着我走。我所有的选择都藏在风中。处在拥拥挤挤的人群中,拥挤便是我唯一的选择。我拙言笨语,还有点倔强与任性。这个,人们都知道,我也更明白。

琳琅满目的商品，我都想要，但我囊袋空空，身无分文，心里满含着贫贱的羞愧。但我不会丢弃这麦笛，因为它是我的唯一，它呜呜咽咽、吱吱咪咪的歌唱，是我对这拥拥挤挤的人群的回答。

麦笛响起来时，人们顿时瞪大双目，街道也一片混乱；从我身旁拥挤而过的人，个个侧目，还有人交头接耳，喁喁而语。他们谈些什么，没人告诉我，但他们谈论时的眼神却已表露无遗。

我有麦笛，还有永远歌唱与舞蹈在我心中的她。月亮会成熟我的希望，清风会叫醒我心中的梦想——我有这样的梦想，也就会有这样的快乐。

我要吹奏着麦笛以等待我爱的到来，只有她，能明白这呜咽吱咪的含义，当然，也就会懂得我生命的富有——我今天的所做都是在荣耀着她，因为她曾经的所言所为都曾荣耀着我。

处在拥挤的人群中，拥挤成了我唯一的选择。但这麦笛，我是不会丢失的，它是我从麦野中带来的，尽管我混迹于这热闹而拥挤的集市。

47

朋友，你把大把大把的时间留给我，让我在花儿盛开的季节做金秋的梦想，而你呢？

——你把大把大把的时间交给我，你却在那里追赶太阳，还追赶月亮。

你走时，留我以园田，还说，这园田不用施肥与浇水，树木就葱茏，花儿自娇艳，到秋天，果实自是累累，而你呢？

——你把你美丽的园田交由我照管，你却在那旷野上追赶太阳，还追赶月亮。

你给我以时间,我都把它放在我与花的游戏上;你交给我以园田,我就将它都变成花的嬉戏地。

那些贪玩的孩子,也趁我眠睡沉沉而逾墙以入,围着花儿追逐嬉戏,还忘记了回家,忘记了父母的呼唤与期盼。

在花的盛会中,他们嬉戏与追逐,欢声笑语,而我的吆喝,竟成了他们无尽的烦恼,他们嘟囔个不休、埋怨个不止。

哎,我是怎样的一个命呢?我常这样问自己,但都没有结果;没有结果,我便融合其间,带领他们嬉戏,并随着他们的歌唱而歌唱。

你把花的盛会都交由我照料,我却贪恋于和孩子们的嬉戏;你把园田交由我照管,我却让它变成了我与孩子们的游戏地。

我吹着麦笛。我的那些牛与羊也"哞——""咩——"地歌唱个不停。围在我身旁的孩子们更是欢快不已。

朋友,你给我以时间,并交给我园田,现在,这园田只一片热闹——充满了歌唱的繁忙、嬉戏的欢畅……

48

风平浪静时,你的船行进在海上,飘泛在云里。你只时刻注意着水中的鱼与鲸。你说,只要鱼不兴风、鲸不掀浪,船便安然。你、我风雨同舟,我即信以为真。

海燕盘旋,乌云布满天;峭壁危崖,海岸围满了人。有人朝你喊,说风将起、浪将高。但你只时刻注意着水中的虾与鳖。你说,只要虾不兴风、鳖不掀浪,船便安然。

天边,雨意渐浓,电闪雷鸣将一触即发。有人朝你喊——风到了,因风而来的浪将掀翻你的船。但你依然只是看着水中的鱼虾鲸鳖,并坚持着说,只要鱼虾不兴风、鲸鳖不掀浪,船便安然。我从未怀疑与反对，只因我信任。

"挡住那狂怒的风，堵住那奔涌的浪，请用你的大衣将我裹严，我深感寒与冷。"我对你高喊。"可现在是春之季候，"你说，"防风防寒之衣物我也一件也没带。吹起你之麦笛，风平浪静，必为时不晚！"

大地给我以贫穷，你却给了我富有；天空给我以平庸，你却赋予我激情——我相信你，就像我相信冬日也许不会有飞雪；我崇拜你，像我崇拜远古而又远古的墓碑。但风来了呀，雨也大了呀，浪更高了呀，我的船，它在你心里，而你的船呢，我的兄弟？

49

惦记着她曾答应于我的诺言，咀嚼着她亲口的教谕，背负着行囊，叫急了脚步，从平原到山川，我所寻觅的，我知道，只是她所答应于我的那一串美丽的花环。

抛扔着陈腐，拣选着新奇，闪避着平庸、卑劣，寻觅着伟大、高尚，从懵懂到成熟，从迷惘到清晰，我所寻觅着的，我知道，只是她曾答应于我的那一串美丽的花环。

"需要花环，就不捡拾枯枝；捡拾枯枝，就会错过花环。"我知道我的职责，亦明白她的心思与意旨。

行走一路，寻觅一路，辨识一路，也拣选一路。整理行囊，翻检以往，如今，我才发现，我所收集到的，竟是些无法呈现给她的枯枝、败叶。

枯枝败叶就枯枝败叶吧，它亦能证明我曾经的劳作，一如花朵不会因枯萎衰败而否定它曾经的绚烂。花落了，但春还在；木叶脱落，但花的根心还有；岁月还茂密，我的园田就不会荒芜，我的生命也就不会是虚无。

行走一路，寻觅一路；寻觅一路，也捡拾一路；捡拾一路，也挑选一路——我的爱，我只寻觅你亲口答应于我的那一串美丽的花环。

50

——美丽的景色，谁也不想错过。人们都这样，我更是如此：我不是异类，因为我还很传统。

夹挤在潮涌的人群中，我走向美丽的风景地。

有个朋友来到我身旁，悄悄地，他与我耳语："算了吧，还是跟我回去吧。凡是有风景的地方，便都人头攒动，充满着拥挤之喧嚣。"

我接受了他善意的劝说，但我并没有跟着他去——我想，我该有个我应该的选择。

——热闹而盛大的集会，谁都想参加。人们是这样，我更不例外：因为我还很传统，我不是异类。

夹挤在潮涌的人群中，我走向盛大而热闹的集会。

有位妇女，背负着孩子。颤巍巍地，她来到我身旁，神秘地与我耳语："算了吧，还是回去吧。凡是有集会的地方，便人头攒动，充满着拥挤的喧嚣。"

我接受了她善意的劝导，但我并没有跟着她去——我想，我该有我应该的去处。

没有方向，太阳会失去光亮，星月也会暗淡，鸟雀也不知歌唱。人都如此，我又怎能例外？

——走在荒原上，我领着我的牛与羊。荒原，只一片荒漠：翻飞不止的秃鹫，只舞蹈着荒原的荒凉。

有个老者，和蔼的笑容里洋溢着慈祥，他来到我身旁，并悄悄与我耳语："这里只是荒原，你要到哪里的地方去呢？"

我以同样的话语问他。他眨了眨眼："我想，我只愿……"他微微一笑，顿了顿，"我只愿在这荒原深处察看这荒原之荒凉。"说罢，便诡秘一笑。

"那就让我与你同路吧！"我的主张，他欣然同意，并赞赏有加，还称我为他永生的朋友。但话音刚落，他就走了。

我想跟着他，他却隐身不见。我寻他，我得到了虚无；我呐喊，旷野上来了风，但风迷失了方向，我只有迷惘、惆怅……

51

弯月挂于天边，星星眨闪着明亮的眼目，微风习习。灯红酒绿的夜晚的聚会，现在，重又开始。

人们三三两两，成群结队，有说有笑。

孩子跟行在父母身边，蹦蹦跳跳的，还不时东看看西望望，并指指点点，又询问个不休。

情人慢行于街边幽暗处，我知道，他们正交流着蜜语甜言——是述说昨日的忧伤还是在谈论着明天的太阳，我不得而知，但毫无例外地，他们都正一同走向灯红酒绿的夜晚的聚会。

我站在路灯下，看人们走向各自的与夜晚的约会，可我竟不知那夜晚的聚会里是否有我心仪的情人。

街灯灿烂，车水马龙，行人不断。怀疑让我找不到我应该的去处——唉，在熟悉而又熟悉的地方，我迷了方向；在自己铺就的道路上，我迷了路。

我的爱，如今，你在哪里？站在霓虹灯下，我找不到我的所爱，我只有看着人们各自奔赴那灯红酒绿的夜晚的聚会……

52

安坐于花园深处,我静看花的开放、蜂与蝶的舞蹈,细听鸟雀的歌唱。我的所爱,她就在我旁边,孩子们也紧紧围在她周围。

她,双目盛满着慈祥,满面饱含了和蔼;姿态怡然,步态轻盈;鸟雀翔于她头顶;孩子们紧随在她周围,叽叽喳喳,有说有笑,欢乐不止。

她俏丽的身影,我举目便见——她不会离开我的,我也不会再丢掉她。我的心只因为她的存在而充满了无忧的踏实。

阳光明媚。白云淡淡。和风微微。小草舒展着腰肢。花朵向着阳光微笑。花工劳作不止。蜜蜂、蝴蝶更是忙碌。

我的逸乐无人能比。"烦恼无非自寻。"她曾经的教谕千真万确,"忧烦乃烦忧之兴奋剂,逸乐只藏在逸乐者心中。"

麦笛在我无边的逸乐中变得清脆而悠扬,我在我清脆而悠扬的笛音中逸乐着我的逸乐——逸乐使我忘记自己,也忘了周围的所有,也让我沉思绵绵——

远古的忧思悲戚,我无须想,更不必唱:人,活在当下,木乃伊才述说着远古,而我何必因此去忧伤?

昨日的忧戚愁怀,我不必念,更无须歌——烦闷愁苦的昨日已过,我们只为欢乐而生活,也只为着幸福而快乐。

现在,只有现在才美丽,阳光和暖,鲜花遍地,香风温馨,鸟鸣正欢,有所爱相陪相伴,这,正是我们欢乐时。

明天的事,我无法预知,唉,明天的事就让明天去解释,傻瓜才会为着不可知的未来焦虑忧泣……

一声刺耳的汽笛声从远处传来,顿时打破了天宇的宁静,既叫醒了周围,也惊醒了耽于遐思的我。

孩子们去了哪里?我的爱,她走向何处?我急急地寻,忙忙地找,声声地唤,跑遍花园,却怎么也寻不见。

哦,我的爱被我丢失在我的逸乐里,我的逸乐使我的爱丢失……

53

太多品种的花木使我这小小的花园芜杂而失去了美色。我的思想芜杂,我的花园一片荒芜。

梧桐招来凤凰,桂花让大地飘香,杨柳寄托人们无限的思量;梅花凌寒独开,小苍兰幽然可爱,竹子挺拔劲节,菊花不畏严霜,爬地草能绿遍天涯……

园中的每一株花、每一棵草,我都舍不得扔弃。我想,它们都是我爱美丽的所需,也必是我生命的所求——我为自己赢得了贪婪,也为我小小的花园赢得了荒芜。

因我有芜杂的思想,所以,我前行的脚步总没有别人快;因我有太多的奢望,所以,藏于我心中的焦虑也总比别人多——我的花园荒芜,我为它负责。

芜杂的思想让我收获了荒芜的岁月,而太多的欲望让我这麦笛的声音传达出急切而烦躁的音符:苗芽初长时,我总盼望着花开;在鲜花绚烂的日子里,我却是总想着累累的果实;而当果实成熟,我却总嫌它熟得太晚,还嫌它怎么就只有那么一点点……

我常埋怨太阳为什么不能独照我园田,还怨星星为什么不能悄悄光临我的家——生在世间,谁能没有欲望呢?我常这样想。

欲望膨胀时,烦躁与痛苦便接踵而至。芜杂的思想缓慢了我前行的步伐,烦躁又常让我心绪难宁,痛苦常常挤满了我狭小的门庭。

品种繁多,花草同养,我的花园,荒芜一片,无美色可言,蜜蝶远飞，连鸟雀也难见。我的思想芜杂，我的花园一片荒芜；我的花园一片荒芜，人们哂笑不休……

54

我的牛与羊，请跟着我吧，我要带你们到广阔的草原——

那里，天空碧蓝，淡云悠悠，众鸟高飞；那里，广阔无垠，清风爽心，空气甘冽，水草肥美而丰茂，花朵自由开放。

那里有个小山坡，山坡下有我的家——坡上长满草，坡下有条小河，河上有座小木桥，桥旁有棵梧桐树，那个梧桐树下就是我的家。

孩子们，跟着我吧，我会引你们到我的家——

我的家园，鲜花永开，蜂蝶共舞蹈，展翅高飞的鸟儿快乐而无有拘束，而我的麦笛也会吹奏出无忧的歌曲。

我的朋友们，请到我这里来吧，我会引你们到我的心野——我的心野，风和日丽，春光明媚；百花齐放，姹紫嫣红；绿草葱茏，牛羊成群；孩子们拉手欢歌；我麦笛的声音正随着孩子们的舞蹈而轻快无忧。

我的爱，请到我这里来，带上你的随从，乘着你华美的车辇，和着众人歌唱的音调，翩然地降临吧！

55

徘徊于门前的花园小径，静静地，我察看着花儿慢慢地从繁盛走向萎谢——花朵蔫头耷脑，花瓣片片，而又落红满地。

是谁把花的芳颜给带走了呢？是南来北往的风吗？是温煦和暖的阳光吗？抑或是柔媚皎洁的月辉吗？我的爱，你能告诉我吗？

难道是自然的自然吗?而这自然的自然,我又该从哪里的地方找回呢,我的爱?

徘徊于花园小径,无思地,我看着这悠长的一日从眼前悄然飘过。哦,没有思想也算是一种思想,正像"没有收获也算是收获之一种"一样。

心的大山挖凿出一个寒冷的冰泉,它不是世纪的凋零?握着从无知晓的温暖,它不是流淌于自己躯体里的血?我的爱,我们是否同步走向那个无从探讨的湖泊?

日已偏西,鸟飞归巢。暮霭的脚步已近。徘徊于花园小径,数着飘零的落红,我看着这悠长的一日从我眼前悄然走过。

悲,不在于被淹没,也不在于被遗忘。"痛"是"快"的花朵,"快"是"痛"的果实。没有痛,便没有爱;没有透诸心魄的折磨,我知道,我便是你那宽阔原野中一朵萎谢的花,我的爱。

大风吹着我走。风中,我看见了灰土尘渣,我的爱,你是否看见了被尘滓遮蔽了的星辰日月?

暗夜即将消逝,启明星已在山的那边升起。我的爱,是你在昭示我吗,让我在朝阳还未到来前把阴郁的黑暗从心中驱除?

56

今夜,是她与众人盛大而热烈的朝会。

应着她美丽的召唤,人们早早起程。和众多的人一样,穿上节日的盛装,口中念叨着她圣洁的名和姓,我夹挤在如潮的人群里。

人们边走边谈,叙描着她翩然的舞姿与圣洁的形象,人们的脸上表露出温馨的幸福与热烈的渴盼。

我的理想不高,却很实际;我的目标不大,却很美好——实现不了一个伟大的理想，那就让我实现一个小小的目标吧。

在人们谈论的喧闹中，急急地，我拿出麦笛——我只想以我这麦笛的纯音来表达我渴盼的愿望与挚爱的主题，用我这独特的形式来完成我对她的礼赞。

麦笛噙在嘴边，我思谋着我最为拿手的音腔、音调——我要用我这麦笛吹奏出最美的乐音，以丰富戴在她头上的精美的花冠，并以它来灿烂挂于她胸前的金链。

"美好之事物，总出于自然。及时之吹奏才闪烁灵动的美质、灵性之曼妙。"有个朋友对我说。

"凡事总须精心拣选，并准备充分，才能呈现完美，而不会留下遗憾。"有个兄弟朝我喊。

"雕琢必导致古板、呆笨，毫无美色可言。""即兴演奏将留下遗憾，准备充分必赢得她之芳心。"……

人们，议论纷纷，说个不停；虽教导各异，却皆循循善诱，我知道，人们对我怜爱有加。

"乌鸦飞不出鹦鹉的弧度，蟋蟀发不出蝈蝈的叫声。心音只藏在自己的心中——以心音演奏的歌曲人人都喜欢。"

旧有的曲调我已忘记，而新鲜的曲调我还不知其所以。急急地，我便随口而吹。但不曾想到的，麦笛响起来时，我的爱，你却突然之出现。顿时，礼炮齐鸣，锣鼓喧天，霓虹灯闪闪；人们纷纷前拥；万众欢呼高歌……

哦，我被潮涌的人群挤在一边，我麦笛的声音消散于众人挤涌的躁动里，淹没于万众欢呼的声浪中……

57

我终于有所悟，也终于有所明白：我只是在荒原，也只一个人在四处流浪。我的故乡在山与河的那一边。

荒原上的风是无定的。我行进的方向深藏于风中。我从遥远的地方走来,要到遥远的地方去。

城市的人们问我荒原的去处,还想以它为风景地。我只笑笑——以心为界,城市便是无边的荒原。

我的故乡在山与河的那一边。这来往于街巷中的人们,他们一定知道他们的故乡在哪里,也一定知道他们的家在哪里。

"请把我带到你的家乡去,让我成为你的同乡!"我向路人求助,但无人理会,他们步履匆匆,只是笑笑,什么也没说。

天无片云,暖风徐徐;太阳以热烈的情愫向人们问好;人们,脚步只是急切,行色也只是匆忙,眼中少了他人的存在。

"爱乃心与心之包容。如若没了他人的爱,人人都是个孤独之存在,世间亦无风景。"我踯躅于街上,眼中少了景色。我徘徊在风里,风的方向藏在树间,就像我前去的方向藏握在我爱的手里一般。

那个流浪街头的人,你的家在哪里?你为城市带来了繁荣,城市也因你而美丽而热闹。你的故乡在远方,但你的家,是在哪里的地方呢?

踯躅在我身旁的朋友,你不是路人,我也不是,虽然我们都徘徊在大街、小巷,但我们一样是在荒原……

58

我知道远涉的艰难,也明白流浪的孤单,只是那远在远方的她呼唤着我,我的心思被她纤纤柔指所牵,于是,带着麦笛,我出发了,在这个飘雪飞霜的季节。

有个朋友,他跟在我身后,还默默以往。

目标确定，行动才专注，脚步才沉稳，心也才不会疲惫："兄弟，我的所爱就在前面；你的爱，她是藏在什么样的地方？"

看着我的模样，他只微笑着与我耳语："现在，我还不会面对流水而哀叹年华之消逝，也不会因星月朦胧而轻弹伤心之眼泪。临流水而兴悲叹，沐秋风而含愁忧，望月流泪，握花怀春，这，我还不到时候。"

我迷惑不解，他还在继续："我当与人们携手并肩，共握明天之风雨雾霭，共唱来日之虹霓青山。乐园是被开垦了的荒野。我当弃置所有之荣耀，旁置所有之花环，在新的荒野上再洒汗水，开辟新的乐园。"

我瞪大双目，不知他所言，他却眉飞色舞，还说个没完："赞美之言辞中，饱含着踩踏艰难之职责；夸饰的称誉里，蕴藏着应尽之义务。我曾享受过彩虹，则我必须再经风雨。"

我所问，他却非所答。我不知所以，因为我莫名其妙。"莫名其妙才为真妙。花的开放唱着美丽之歌谣。"他却如是讲。

我忽然忧伤。我拿出麦笛来吹，他却只站于一旁，静静地听，却也瞪大双目，充满疑惑，仿佛我是个无法解说的谜。

在飘雪飞霜的季节，带着麦笛，我出发了。我出发了，他也出发，还跟行在我身后，默默以往。

我的爱，她就藏在前方的花园中，随雪花的翩然而起舞，等我为她而歌唱。兄弟，你的爱，她是藏在什么样的地方，又是在何处等你呢？

我的爱，她在远方呼唤着我，我的脚步为她所牵引。我带给我的她以麦笛，兄弟，谁在呼你唤你？你为你的她又带了何物？

59

应着你美丽的召唤,接受了你神圣的传言:在你所划定于我的园田里,我须种一株美丽的花木,让它灿烂你美丽的园田。你还传言于我,说这园田的华美与灿烂,全靠才华的浪漫,而这所有的事,就全由我来照管。

"杨柳软绵但无才思。""梅花无雪便少了诗意。""芭蕉瑟瑟易生发愁忧。""梧桐虽可招引凤凰但无法灿烂……"忽然有位朋友高声喊叫:"灯笼花!"这一声欢闹,叫醒了天边的云朵,还引来了无数的小鸟。

思谋了再思谋,我和众朋友选好了苗种。这苗种,虽娇小稚嫩,但众朋友都爱,我也不例外。我爱它,我想你也必爱,因为你曾经的所爱,我和朋友们都爱,并为之而付出过辛劳。

和众朋友一起,在你所划定的园田中央,我挖个坑;小心翼翼地,我将苗木放入并将它扶正;朋友们,或顺势施肥,或填土,或将土踩实,再后又浇水,他们虽繁忙,但都很快乐,我的高兴无人能比。

朋友们一面劳作,一面歌唱,还将所有劳作都当成舞蹈。他们所唱所舞的,满是欢欣与快乐。

"种栽在她园田里,亦栽种在我们心之原野,让它为我们指路,我们就叫它'心原'吧!"朋友一声喊,鸟鸣更欢,一片灿烂。

我们的劳作不会白费,因为它不仅种在你的园田里,它更栽在我和伙伴们的心的原野中,有你支持,还有我和伙伴们的辛苦,这树木怎能不茁壮,而它的花朵又怎能不繁盛?

就像伙伴们欣喜于他们的欣喜里,我兴奋在我的兴奋中。

"希望愈大,失望亦深重。"不曾料到的,也就是在那个夜晚，倒春寒料峭，暴风雪突然以降，这娇小又稚嫩的花苗，也因这突如其来的暴风雪而死寂。

跟随着朋友，我木然地站在花树旁，鼻子泛酸，眼泪也情不自禁；我们黯然而哭，哭得那样伤心与悲凉。

我和朋友们哭泣，只因突然而至的暴风雪，我的爱，你哭泣而又哭泣个不停，又那样悲哀与伤心，这却是为何？

60

善舞者必明白舞步的机巧，善歌者亦深知音符的美妙。朝着她的住地，当我起程而前行时，烟霭雾霾弥漫了大地。

烟霭与雾霾，既迷迷蒙蒙又层层叠叠，既层层叠叠而又迷迷蒙蒙，遮蔽了天，也遮蔽地。山川树木都被笼罩。

风在有风的地方吹刮，我却无法找到。我找不到风，也看不见太阳，也找不见月亮与星辰。

这么浓的烟霭，这么浓的雾霾，我难以辨认与确认——山的主体在哪里，沟有多深，壑有多宽，而前去的路途又通向何方？

多想抓住同路人的手，并肩前往，但这么浓的烟霭雾霾，我去抓谁？我在人们身边，但人们却视而未见——我处在烟霭里，人们也同样是在雾霾中。

一切都在烟霭里，一切都在雾霾中——在烟霭中扭曲，在雾霾里变形。但我也同样是在烟霭雾霾中，人们也一样：扭曲与变形的，当不只是属于山峰、树木、路途，它也同样属于我及我周围的人们。

我的方向藏在太阳中，太阳被雾霾紧裹，被烟霭密闭；我的祝福藏在风中，风却被藏在遥远而又遥远的远方。

山变形，河川亦变形，花草树木都变形，人也不能例外。

风逃了，雾浓了；雾浓了，风也逃了。但我不能逃，因为我还在路上——我的爱，她在前方，她正喊着我的名和姓，我的脚步被她所牵引。

那个跟行在我身后的兄弟，那个走在我身旁的姊妹，他们只以我为路人。而当我以异样的眼光看他们、问他们时，他们也都以同样的眼光、同样的问题来问我——

"同路人呀，这么浓的烟霭，这么浓的雾霾，烟霭雾霾中，你想了些什么，又在盼望着什么？"

61

星月不见。漆黑的夜晚。伸手不见五指。是我拉灭了我床头的灯盏，但我并没有要拉灭它的心思。

风从另外的地方刮起，敲打我门窗。我应和，但无力以应对。

"聪慧乃智者之底气。"我心智不全，少有筹谋，应对不周——应对，我尚无对策，也缺乏力量。

屋里，没有风——风被门与窗堵挡在外面。

夏日的夜晚，有的只是闷热——闷热是盛夏之特色，就像寒霜飞雪就是冬天的风光一样。

胸口洋溢了难耐的闷热。喉咙跟着发痒。我会舞蹈，现在，但我只想歌唱。我讨厌闷热，但我更惧怕黑暗。

邻人，已鼾声如雷。

猫头鹰的叫声从远处传来，仿佛只是为这夜的浓黑增添着恐惧。

我寻找月亮，我还想数清星星的数量。但我所有的努力都成了虚空。我知道今日夜晚的颜色。

因为闷热，因为夜黑，熟睡的人多了。

我的眠睡被我的她所收藏。我无法找到。现在，我还不想索要——藏就藏吧，因为深深地爱，才紧紧地收藏。

因为闷热，不只有我，也还有未曾入睡的人——他们猜这夜的颜色还能有多深，静听那猫头鹰的鸣叫还能持续多久，并预测明日的天气。

我知道猜测，也懂得夜的绘画。我的心，永远透明，绝不像云外的星斗那样只闪烁迷茫与诡谲。

黑夜所赐予人的，不只是恐惧——黑暗愈浓，明天的太阳愈红。"走，打猫头鹰去，猎枪也会有星火迸燃！"有人于黑夜深处高喊。

我渴望光明，但现在是夜晚……掐着指头，我计算着更时。

屋外一片黑暗。我的房间亦是如此。

是我拉灭了我床头的灯盏，但我并没有要拉灭它的心思而让闷热的黑暗愈益浓烈。我的爱，只要你呼唤，我便去追赶……

62

日已偏西，集市就要结束。赶集的人们，三三两两，满载而归，个个脸上洋溢着富足的满意。

有位商人，秘密地，他走近我身旁，眼里闪烁着诡谲的隐秘，伸出右手，并拉住我的右手。哦，他想用他手中所有的余物换取我这麦笛。我想，他是想错了——残剩的物什怎骗得过我的双目？

有个戴眼镜的，他也翩然来到我跟前——他想用他手中的凉扇来与我交易。我想，他是想错了——夏日即将过去，他那过时的东西怎骗得过我睿智的眼睛？

熙熙攘攘中，有个打着领带的，他也来到我身边，诡秘地与我耳语——哦，他是要用他的礼帽来与我交换。我想，他是想错了，也亏他能想得出：那破旧的毡帽怎比得上我这金贵的麦笛？

孩子们围在我周围，睁着好奇的眼睛，相互推搡着，吵闹不止，还纠缠个不休——他们要我继续这麦笛的演奏；他们忘记了吃饭，也忘记了父母的着急，还想骗我别回家。我想，他们是想错了——他们的眼睛怎瞒得过我的眼光？

"那你要等谁呢？谁会要你这破旧的麦笛呢？谁愿听它这呜咽吱呀、少有曲调也没有歌词之吹唱呢？"我想，说这话的人们也是想错了：希望不过是自欺的盾牌，但我以它为美好——画饼可充饥，望梅亦能止渴，谁能说不是呢？

我是个麻木而健忘的人，但我曾经的嫉妒与诺言，白云还记得，小鸟也记得，开在路旁的野花也记得，我家的那些牛与羊也记得。现在，我还没有忘——它像花一样，永远开放在我心的原野。

我的禀性我明白。花朵灿烂在它蕊中。我的执着成就了我的禀性，就像我的禀性成就了我的执着。

我要等到我爱的到来——她最懂得麦笛的声音与歌唱，我要给我的爱演奏，让羊儿牛儿都跟在她身后，让小鸟围着她飞，让彩霞飘在她头顶，让我麦笛的声音荡漾在她心里头……

63

夕阳即将燃尽时，我想起了家的温暖。

我领着我的牛羊回家，牛羊在我轻快的笛音里行步安闲。田间的小路上，因我和我的这些牛羊而显得温馨。

隐隐地，从山那边传来的歌唱叫人心动。那歌声，随风而来，它那断续而隐隐的悠扬，充满了神秘。走在我前面的我的牛与羊，也不住地朝着远方探望——它们竟忘记了我竭力的吆喝。

远方的歌声让人心动。我以我麦笛的声音作为回应，但我的笛音却在风的飞旋里飘向了相反的方向。哦，歌唱的人呀，我听见了你的歌唱，你却无法品味我这为你而吹奏的笛音。

"美乃万物追求之共同，美亦属于所有人。"音乐属于世间的所有，歌唱也该如此。她美妙的歌声属于大地，属于夕阳，同样也属于我的牛与羊。

歌在她的园田中飘，但她不知道，这歌声却美丽了我的世界。我不再以自己的吆喝来束缚我的牛羊的聆听——歌声属于我，但同样也属于我的这些牛与羊。

她的歌声牵人心魄，我的笛音动人心弦；她的歌声悠扬，充满了神秘；我的笛音轻快，饱含着明朗。

风，唠唠叨叨，只叙说着凉爽。歌声是美好的，音乐是美好的，风是无定的，处在风口中的人们便是有福了，而处在风口中的我的牛与羊也同样是有福的了……

64

在她热闹而盛大的朝会上，众人的礼物丰盛而高贵——闪光的金币，亮丽的服饰，华美的车辇，灿烂的花朵，丰美的果实……

人们，一边微笑着奉献，一边得意地歌唱。那歌唱，曲调悠扬而美好，歌词鲜美而动听——太阳羞红了脸，鸟雀也羞得逃向远方。

美丽而庄严的朝会，人人都喜欢，我也不例外。朝会上，人们的奉礼丰美华丽，只有我吹奏着这从乡野里带来的麦笛。

对于我的奉礼，人们哧哧一笑，还指责个不休："在这样的朝会上,这也算礼物?这也叫奉献?瞧,这个不懂献礼的人儿!"

"别嘲笑,别埋怨,也别指责,伙伴们,我的歌曲,我正在完善,鲜红的太阳蕴含其中,斑斓的彩虹亦藏于其间……"

忙于奉献的人们,一脸的鄙夷,还急躁不堪,并愤怒不止:"看呀,这个穷极了的人儿!这个不知奉献为何物的家伙!"

我虽有供献——我自知我的奉礼既饱含美好也存有珍贵,但众人的嘲讽让我难堪;在人们如一的斥责声里,羞愧地,我退出了圣殿。

从潮涌的人群中退出,我不免伤心。我伤心,但别人那样的奉礼,我永难完成——在她那盛大而热烈的朝会上,在人们那华美的奉献中,我的奉礼不过是个穷极彻骨的代名词。

期盼让生命充满活力,劳作使生命踏实而无忧,奉礼使劳作熠熠生辉。但我呢?我只有麦笛的声音供献。

我心中满含了贫贱的羞愧,但别人那样的奉礼,我永难完成——我明白我的脾气,也懂得自己的秉性:别人所唱的,我一个也不会——那样的歌词我不会念,那样的曲调我也不会哼。

在她华美的圣殿中,在她盛大而热烈的朝会上,人们的礼品光华灿烂,歌唱更是华美而动听,我只有麦笛的声音供献……

65

"爱乃相互之倾慕。"爱不能被忘记,尽管这寂寞的小路上依旧闪着寂寞的灯盏。

走在寂寞而又寂寞的小路上,我只来看她热闹而又热闹的舞蹈——她的舞姿优美,但眼里流露出迷茫;口中虽念念有词,但却满是含糊。

麦笛的声音

小路是寂寞的，夹道的林荫是寂寞的。我孤单，寂寞常伴随着我，也许，她也是孤独的，也满心寂寞，只有她的舞蹈灿烂而热闹。

她舞蹈在李子树下；树不高，但也茂盛。不远处是一丛丛的箣竹。竹身虽瘦，但竹节突出；竹叶青青，微风阵阵，竹叶簌簌作响。

看了看我，她又去看远方——远处有一潭湖；湖中有青萍，萍叶凝碧，碧波荡漾；青萍下面是一汪春水，层层的涟漪。

她热闹的舞蹈引我驻足，并引荡我的遐思。小鸟翔于她头顶，但小鸟未歌唱；小鸟未歌唱，我以为遗憾。

我吹响麦笛，以麦笛的悠扬伴她热闹的舞蹈，消除她的寂寞。我的梦在她身上，她的梦在遥远的远方。远方有潭湖——湖里，萍叶随温煦的和风浮荡，仿佛在舞蹈，又好像在歌唱。

爱在前边，就有希望闪烁；把人生所有的美丽都写在爱的窝池，让生命灿烂在希望的摇篮。有爱为我们挑灯，伴我们前行，朋友们，希望的灯火，即使闪烁于风雨中也不会寂灭。

告别她舞蹈的漠然，我转身走进热闹的街市，只来看人们各自孤独的舞蹈。人们的舞姿是零乱的，但人们的眼里闪烁着希望。

街道狭窄而拥挤。人群是拥挤的，我处在人群的拥挤中。人们是孤独的，我也是孤独的，但我不需要寂寞。

我去看人们，但没有人注视我。我的心在人们身上，人们的心在舞蹈里——舞姿是优美的，但却是孤独的。

登高方能看远。心胸成就了才智。看远，但我只想望见我的爱——我是她永远的呼唤，她是我永久的祝祷；我知道，她的呼唤不会有错，我的祝祷便会走向永远。

——有爱为我们挑灯,伴我们前行,朋友们,希望的灯火,即使闪烁于风雨中也不会寂灭。

66

蜿蜒崎岖的小路,高耸入云的山峦。路旁不见树,山上不长草。路在延伸,山也在延伸;山的尽头是路,路的尽头是山。没有人烟,只有荒山。

——我的爱,你在哪里?为什么不能与我共赏这山的巍峨与荒凉,同踏这路途的曲折和遥远?

湟水河枯寂,但东垣渠水流淌——它清澈,它明亮,它映着蓝天,映着日月,它弯弯转转,潺潺作响,不知疲倦,从不停步,永远向前。

——我的爱,你在哪里?为什么不能与我同行,沿着荒寂的湟水河道,来探求这东垣渠水澄澈的渊源?

七里寺的泉水,清冽甘甜,温和人之胃脾,滋润人的肺腑;点点滴滴,它长年如此;远来的,近住的,人们围着它,争舀抢喝;远道而来的,我,亦夹挤其间。

——我的爱,你在哪里?为什么不能伴我而行,感受这拥挤着的热闹,同尝这泉水的清冽与甘甜?

"杨柳点头笑,桃花悄悄红。""看去个容易摘取个难,摘不到手里是枉然。""花儿"声悠扬欢畅,"少年"曲情深凄美。白云会歌,小鸟会唱。人们在唱,我亦唱和于其中。

——我的爱,你在哪里?为什么不能与我同歌唱,同歌这"花儿"的悠扬,同唱这"少年"的铿锵?

徘徊于塔尔寺,我感受庙宇的神秘;信步于宝殿,我领悟殿堂的雄伟。寺外的大山为我陈述着永久的沉默,却也给我昭示着永久的期盼；寺庙给我叙说着缥缈的虚妄，却给我启示着永久的庄严。

——我的爱，你在哪里？为什么不能与我同往来，一同感受这大山的沉默、庙宇的神秘，领悟这殿堂的威严与神圣？

广阔无边的湖，碧波荡漾。风在游，云在游，鱼也在游——云在鱼的梦中，鱼在云的怀里。鸟雀旋于湖面，呼朋唤友：湖中的小岛是鸟雀共同的家室。

——我的爱，你在哪里？为什么不能与我共探这青海湖湖面的宽广、这湖水的幽蓝，以及岛屿上这鸟雀家室的温暖？

宽阔无比的高原，高耸入云的山峰，澎湃激荡的河流，莽莽苍苍的天地。好大的风，好狂的沙；风卷着沙，沙裹着风。风把沙吹跑，沙将风追赶，天地一片昏暗。

——我的爱，你在哪里？为什么不能与我共迎这狂暴的风，沐浴这满天的沙，赏爱这无边的苍茫？

67

我的朋友，你黯然的双目告诉我，你的内心深藏了伤悲，亦流淌着愁忧，你虽不说，但我看得出。

我是个过路的人。我来自田野。不能误解他人，因为我不愿被别人误解。让我来做我应该的事情——我要用我这麦笛的歌唱来安慰你伤悲的心灵。

来到你身旁，你却灿然而笑。你的微笑让我陷入迷茫——我知道你有忧伤，但我迷茫在你的微笑里。

我迷茫在你的微笑里——你的微笑使我早已想好了的安慰失去了鲜活的音调。看到你的微笑，我想，我该与你同欢乐。

我欢乐的言辞无法说服你心头的忧伤——你含忧的双目告诉

我，你的内心暗藏着伤与悲。我迷茫在你忧伤的眼波中。

我明白你的忧伤，但我迷茫在你的微笑里；我懂得你的微笑，但我迷茫在你微笑的忧伤中……

把心藏起时，人便是一个永难破解的谜；人是个谜，世界便迷雾重重，到处都迷茫，叫人彷徨，也让人悲伤。

来，让我给你吹麦笛吧，田野中存有美丽的希望！

麦笛响起来时，你灿然而笑，但眼中藏含着忧伤，哦，我迷失在你含忧的笑颜里，也迷惘在你带笑的忧伤中，我的朋友。

68

果实成熟时，有个商人来到我果园。悄悄地，他蹒跚到我身边。神秘地，他伸出右手，哦，他是要用他的金币来换取我满园的果实，还说："金币是她最喜欢的，其他之奉礼，都概莫能外，你之她也必不会欢喜。"

看着他圆滑的眼目，我怎敢答应？亲手的劳作之物才算得上对她最美最真的供奉，金币那生硬的冰冷，会冰冷了她那热烈的唇吻，也就冰冷了她火热的心……

这交易，我决然不能做。

看着我的决然，冷冷地，带着蔑视，他悻悻然离开，口中迸溅着嘟囔。在旁的人们笑我迂腐与笨拙，讥我为傻瓜。

"富足之生命不可以金钱论；美好之事物当与朋友分享。"朋友们，快来，与我一同收获——果实已熟透，味道正甘甜；适时采摘才会有富足，奉献也才会圆满。

来，朋友们，让我们聚集起这繁盛的果实，与我一同将它们搬到供桌上，好迎接她的到来，好接受她美丽而庄严的检阅，并领受她美丽而灿烂的祝福。

奉献出于自愿，便会充满喜悦；喜悦一经分享，即会成为永恒，幸福就匿藏其中。朋友们，快来，与我同奉献，让我们的生命在对她如一的供奉中走向高远。

万物皆有其时限。成熟期一过，果实将腐烂，我们的劳作、我们的奉礼都将成为虚妄，我们的生命也就会暗淡，这是我们心所不忍，也必是她情所不愿。

趁着果实刚熟，颜色正好，味道正浓，朋友们，快来，与我一同收获，与我一同分享，以我们繁盛的收获来迎接她大驾的到来，接受她美丽而庄严的检阅；我们为她供奉我们的礼品，我们将收获喜悦，也必将收获幸福与永恒……

69

是一场飓风把你从遥远的地方吹刮到了我们这里。我们不知道飓风要来临，伙计，你也不知道吗？

这里是海之门，是江之口；暴雨时常不期而至，狂风亦随季节不同而常改变方向；海潮常泛滥，会吞没所有。

你来时，我们都没有看见——我们都站在自家屋中，躲着狂暴的风，避着骄横的雨，我们都在祈祷这狂暴的风雨能尽快过去。

台风过后，大地一片狼藉：海堤决口，大地汪洋一片，庄稼被淹没；狂风只知热烈狂乱地舞蹈，花草零乱，树木被连根拔起，牌匾被抛扔得随处可见，街市一片脏乱。

在这零乱而又零乱的世界中，人们都忙于自家房屋的修补，忙于需要整理的街市，忙于自己田野里的庄稼，我也一样。

我们都忙于自己的一切，家里，街道，还有我们的田地。忙乱使我们忘记了身边所有。你来了，我们都冷落了你。

"没有立足地,这是你之应该。谁让你来到我们这个本来就不宽裕的地界里来呢!"我们常常这样责备你,连小孩也莫能例外。

对你,我们态度冰冷,脸色也难看;我们的责备也是从未有过的苛刻与刁钻。但你只微显慈颜,永无愠色,仿佛一个圣者。

"瞧,这个贫贱又缺少眼光的人儿!"我们都这样说你、指责你。

你,只是带着一双素脚而来,只是携着一双素手而到:你的素脚只为踩踏被洪水冲漫过的街面,你的素手也只为整理洪水留给街市的凌乱。

我们不知道飓风来临、海潮倒灌,伙计,难道你也不知道吗?繁忙而又辛苦的劳作,我们微笑着做,因为这里是我们的故园,怎么,你也只含着微笑而永无愠色地做?

当一切都被收拾齐整之后,你却走了,默无声息。我们都庆幸于你及时的离开。

"智慧之人,不等别人斥退;这样的离开,他还算聪明!"因为我们还不想让你来收获我们的麦田,我们的土地本不宽裕,收获也不丰。

阳光灿烂的时候,我们才发现,你素脚所踩踏过的地方,花儿尽情绽放;你素手所触及的地方,鸟鸣呈欢;你曾经的捡拾,如今,也是金光一片……

我们顿时后悔与羞惭——我们不知道,你就是来解救我们的我们的国王,你就是来安慰我们的我们生命的主人。

"我们怎能这样呢?""我们是一群什么样的人呀!"人们相互指责着、埋怨着,连小孩也莫能例外,我也夹于其间。

现在,你素足踩踏过的地方,成了我们的歌舞地;你素手所捡拾的物什，成了我们敬拜的对象；你的居住地，也成了我们祝祷与祈福的礼堂……

70

叙谈着炽烈的欲念，哼唱着意欲的歌曲，追逐着诸多的追逐，忧烦着诸多的忧烦，我的心思，它也就像这夏日的阳光一样泛滥。

路上的行人，三五成群；人们所唱的，歌词和我一样，调子也没有区别，但人们脸上只洋溢着温馨，还述说着富足与灿烂。

来到林荫下，我盘腿而坐，双手合十，想以我的静祝默祷来实现我对她沉稳的思想。但我错了。风儿带来她的信息——她正拥挤在潮涌的人群中，并叙谈着炽烈的欲念，也哼唱着意欲的歌曲：她的欲念和我的欲念一样炽烈而灿烂。

——风儿传来她的消息：她欲念的歌曲中，思想着我能随众人的欲念而动。

也许，她能听懂我这麦笛的声音，也许，我麦笛的声音能美好她的心愿，也许……

掏出麦笛，我要以它单调而至纯之音调唤回她回心转意。但我错了。风儿带来她的消息——她正拥挤在潮涌的人群里，追逐着诸多的追逐，也忧烦着诸多的忧烦：她的忧烦同我的忧烦一样缠绵。

——风儿传来她的消息：她忧烦的音乐中，思想着我能随众人的忧烦而忧烦。

哼唱着意欲的歌曲，叙谈着炽热的欲念，忧烦着诸多的忧烦，追逐着诸多的追逐，我心中的渴盼、焦躁，就像这夏日的阳光一样泛滥。

欲望、渴盼、忧烦一泛滥,我麦笛的声音也失去了往日的清新与温暖——听唱的人们厌烦,我的脸上写满羞惭。

71

同踏月辉而往,是在一个星月朦胧的夜晚。

夏夜的风,如露。夏夜的湖水,对谁都和柔。杨柳依依,蝙蝠盘旋;湖面上,游舟无穷数。

城中有座山,山脚下有潭湖——晨雅湖,湖旁有座亭——正馨亭,亭边有条船,船帮画满鸳鸯,船娘摇着桨,唱着歌——她正唱着城里的这座山、这潭湖、这座山。

悠然地,她让我与她并排而坐——她坐在那里看着湖面,却让我感受水中芙蕖花叶的心律。

爱得压抑,便爱得热烈;爱得热烈,也就爱得压抑。湖面上游船如织。正馨亭在湖中荡漾,荷花、荷叶在游船旁摇曳。

我知道,我在她身旁时,她就在我眼里,也在我心间;但我在她眼里时,我能否走进她的心殿?难道一切的希冀都须播在来世,而让一切所求的无谓都须在今世收获?

我对她陈述着我的心绪,她却端坐在那里,静静地,数着水里漂漂荡荡的星星——星星在她美丽的数数中变得愈加诡秘。

——对过去,她只说"不",对未来,她只道"是",面对今天,她让我猜想星星的心思与愿望。

沐浴着夏夜的凉风,让爱恋的情怀随月光而撒播。翻检以往,让我来为她奉献——我的心田,土地肥沃;我园田中的花朵也新鲜;我家牛羊的叫声更灿烂。

我向她奉献礼物时,她却端坐在原地,静静地,数着湖面上翩然的蝙蝠,数那依依飘拂着的柳枝。

对过去,她只说"不",对未来,她只道"是",面对今天,她让我看蝙蝠的翩飞、看柳枝的飘拂。

"我这礼物都是顺路的捡拾,也该属于你安然的享受。如果你意欲,就拿去吧,全然而一无所剩地拿去。"

我为她唱歌,并为她供献,她却端坐在原地,一会儿数水里的星星,一会儿又数那湖面上翩然的蝙蝠……

72

你的田中,麦浪滚滚,我的园里,荒芜一片。为她供奉的礼品,现在,我一点儿也没有——我还是个贫者。

请允许我到你的麦田里捡拾麦穗吧,让我来完成对她的回报——回报是她的所愿,也是我生命所必须。

没有礼品的觐见,让人羞愧。你麦田中的残留定会有珍奇。你的田中,麦浪滚滚。我的园里,荒芜一片。我的园田荒芜,但不要让我的奉礼虚无。

你的心野宽阔,飘满了仁爱的云,吹拂着慈祥的风,我来到你园田,我想,你不会自私,也不会吝啬,就像我对她的供献,我从不会吝啬,也绝不会自私。

你的麦田广阔,被遗落的麦穗也不少。请不要计较我捡拾的多与少,就像我供献给她的奉礼,她从来不会计较少与多。

我明白她的心意,更了解她的所愿——风儿传递她美好的意旨,翔鸟是她忠实的信使;她是我的爱,我怎能不知她美丽的情思?

她不会嫌弃我这样的捡拾物,也绝不会嫌弃我这样的捡拾——捡拾会使我的囊袋丰厚,也将使她容颜灿烂,心花怒放。

"为城市而舞蹈,为劳作者而歌唱。"这是她对我的嘱咐。

让我跟在你身后，一边捡拾，并一边歌唱。吹奏麦笛是我对你真切的报答，就像果实报答花朵。

麦笛是我的唯一，它是田野所赠，饱含田野的气息。我怕街市中的人们不习惯，我的吹奏徒遭人厌弃；就让我来为你演奏。

你的思想，荡漾着宽宏，饱含了仁爱，也盛装着无私；我的园田荒芜，给她的奉礼，我一点也没有——我还是个贫者。我的园田荒芜一片，请不要让我的奉礼虚无。

你的麦田广阔，被遗落的麦穗也不少，你麦田中的残留定会有珍奇。就让我在你的麦田里捡拾你麦田的所剩，并让我在为你的歌唱中完成我对她的奉礼。

73

美人儿，你抱着那花瓶，蹑足来到我花园，你意欲何为？默默地，你拣选，你攀折——你攀折那花枝，你能将春天带回到你的家吗？

悄悄地，你把攀折的花枝装进你花瓶——你把花枝插进花瓶，这花瓶，难道就永有鲜花开放吗？

一朵又一朵地，你让花瓶装满了富足的灿烂——你让花瓶满装了富足的灿烂，难道就能把春的灿烂装满你的家室？

春时有限。花的开放是短暂的。美人儿，不能持久的东西，请别采集。

如果你意欲，那么，趁着花儿的盛会正旺，就请收集我园中这花朵的馥郁——你的花瓶将因你美丽的采集而馥郁永存，你的身边定会常有鸟的啁啾、蝶的翩飞、蜂的嘤嗡，春天也一定永驻。

把插在你瓶中的那些花枝拿掉吧，去采集我花园中那花的馥郁、鸟的鸣唱、蝶的翩飞、蜂的嘤嗡,你的花瓶必会春光永驻而春时永远。

美人儿,不能长久的东西请别采集。如果你意欲,就请采集我花园中花朵的馥郁吧——你的花瓶会因你美丽的采集而春时常在,而我的花园也会因你美丽的采集而冰雪不来,花儿永新鲜永灿烂。

74

朋友们都来告诉我,说我是流浪的命。我无法否认,我就不再否认啦,朋友,以心为界,人人都是流浪者。

我在这里有个家,但我的故乡在远方;我的故乡在远方,但我的脚步在这里。我的脚步踏着故乡的韵律,但脚下的道路通向远方……

我的脚步紧随着我,只随我的心思而挪移——我的心中满装着她,我的心思追随着流云,我期望天边有彩虹显现。

"生命本就是一次流浪。"有朋友告诉我。但我这一双流浪的脚呀,却是我爱所给,她教我唱流浪的歌,还给了我一颗流浪的心。

她在山那边吹着金笛,却总让我在山的这边以麦笛做回应;她在灯火辉煌的地方呼我唤我,却总让我在灯火阑珊处聆听;她把彩虹挂在天边,却总是让我在风雨中寻找;她把金果藏在树间,却总是让我在萋萋的蔓草里寻觅;她把……

她把她的心音藏在心间,却让我以麦笛来猜度;她把她的爱意藏于眼波深处,却让我在季节更换时去探看;她把她的思想藏在鸟雀的飞翔中,却让我在牛羊的行步中寻找;她把她……

回首走过的路,曲曲折折;望望前去的路,也定然弯弯曲曲。但是呀，我这流浪的脚步是我爱所指示，不管它曲曲折折还是弯弯曲曲，我都会爱，因为这些都是她亲手所馈赠、所恩赐。

雨把滋润交给麦苗，麦花就泛着麦香，农人脸上就绽放阳光。我的心萦绕在她身边，我的脚步便不会迷惘，因为我前行的脚步，就是她所恩赐。

我是流浪的命，朋友们，你们所说全然为对，我无须也不再否认啦。背着行囊，吹着麦笛，歌唱着她教谕给我的歌曲，舞蹈着她教授给我的舞蹈，我只属于我爱门前的乞讨者。

——走不出沼泽地，难道还走不进淤泥滩吗？

——找不见鲜艳的花环，难道还觅不到恼人的荆冠吗？

75

"人呀，你当自知。行路至此，便无可后退。"这是她的忠告。她一定记得，我也没忘记。我明白我的秉性与脾气。

夜，伸向远方，伸向无极；寒风刺骨，冷风阵阵。路，沟深崖陡，险象环生；幽林杳渺，凄声不断。

我，干粮已尽，囊袋已空。无涯的黑夜，清冷而无边际。我麦笛的声音也失去了往日的清脆与悠扬。

心一空，人便聪明。我寻求寥落的晨星，希求远方的灯火能闪现于我前去的路途，但夜路茫茫——我的寻找成了无边的虚空。

花开花落，月圆月缺，走过四季，方知昨日已过；该继续的，也许难以继续；该毁灭的，也许仍难毁灭——在继续中毁灭，在毁灭中继续，在继续与毁灭的交织里，年华刻满悲泣。

视野里找不到期待的影子，我是否该沿原路返回？"行路至此，便无可后退，生命从来无有悔路。"

76

接受了她严肃而美丽的意旨,这一片无人照管的小园林,今夜,我就属于它,它也同样属于我。

秋风瑟瑟,幽林已走向成熟;飘飞的黄叶,述说着生命来与去的飘逸;月影斑斑,摇曳出远古的风景;木叶飒飒,鸟鸣啾啾,虫声幽幽,演奏出和谐的旋律。

"没有同行者,人将更自由。"拔去荆棘,踩平荒草,聚拢落叶:我寻思着幽林成熟的深邃;我倾听生命的经历,也绘画着这风景的远古。

静静地,依树而躺,我嗅见野草的味道,哦,有几只蚂蚁窜来窜去,它们还以我为丘陵、高山,沿着我的脚趾往上攀;交错纵横的荆条间,蜘蛛忙于结网,它要结网于我吗?

这儿,树木苍苍,小路幽幽,溪流淙淙,鸟鸣啾啾;那儿,高楼耸立,车水马龙,流光溢彩,人头攒动——但这些,都非我所需。

我所需要的,只有我的它知道,但它在你那儿,我的爱——在你美丽的丹唇中,在你曼妙的舞蹈里,在你悠扬的歌曲里……

接受了她严肃而美丽的懿旨,今夜,这一片小园林,它只属于我,我也同样只属于它:我爱它,我想,它也爱我——它爱我,因为我爱着它,我爱着它,我只遵循我爱的意旨。

77

因着我的慵懒,我的园田麦苗儿不见,而荒草萋萋——荒草蔓延,它疯狂在我的园田,还肆意侵占着别人的园田。我的邻人,关切地,她曾跟我开玩笑,说我是专门种草的,还说陶潜所种的也无法与我的所种相比拼。

"你须要种植苗而非种植草！"但我想，我的园田，该有我种植的自由，就像她的园田有她种植的自由一样。我为我这慵懒负责："我需要自由的耕种！"——我接受了她善良的指责，但我拒绝了她美丽的建议。

既然种草是我的选择，我就须把这草养得像个草，就像她要把她园田中的苗养得像个苗那样。我的邻人，与我开玩笑，说我是专门养草的，还说《本草纲目》所记述的也没我所养的全面。

"你须要养苗而绝非来养草！"但我想，我的园田，该有个我养育的自由，就像她的园田有她养育的自由一般。我为我这样的养育负责："我需要自由的养育！"——我接受了她善良的指责，但我拒绝她美丽的建议。

我接受她善良的指责，但我拒绝她美丽的建议。呵，我家的牛和羊有福了，而我家的鸡与鸭也同样福气不薄，它们跟着我，仿佛是跟着上帝，个个高兴不已，也快乐无比——那"哞""咩"的叫声里，那"咯咯""嘎嘎"的歌唱中，它们那蹦蹦跳跳的舞蹈里，充满了富足的欢畅。

她的收获是丰富的：花园中，到处都述说着姹紫嫣红的灿灿烂烂；稻田荡漾着一抹金黄；果园里，橘子、樱桃、蓝莓……虽品种繁多，但也都果实累累，压弯了枝头——她的丰收已是在望；她还满心欢喜地跑来告诉我，她要把它们都奉献给她的那位远在远方的他。

她的收成丰富而美好，但我的收获也不赖：葱葱茏茏的艾草，繁盛健旺的马齿苋，空中播撒种子的蒲公英，缠绕攀缘、牵扯不断的牵牛花……还有我那"哞""咩"的牛和羊、嬉戏欢闹的鸡与鸭——哦，我要将它们一无所剩地奉献给我的爱，就像她要把她的所有都献给她的他一样。

78

呆呆地坐于旷野深处，我孤守夕阳的西沉。

车水马龙的喧嚣闹市，破败孤寂的山间茅舍，荆棘丛生的山崖沟涧，凄清荒凉的萧索草原，我已厌倦至心，我的爱。

太阳被藏在山边，但依旧染红了西山；原野被熏染，到处也绚烂；河水凝滞，缓缓而前。野鸟归飞急。半枯败的杨柳枝以它美丽的摇曳证明着自己的存在。

残阳如血亦如歌：时光清浅，路途绵长；曾经的蓬勃，曾经的热烈与那一份洒脱，到而今，只化作从容、自若，温馨着山崖、这一片旷野……

喧闹街市，山村茅舍，荆棘沟涧，萧索草原，我已厌倦至心，如今，我只想呆坐在旷野深处，孤守夕阳西沉。

落霞美丽，与黄昏一体。看得来，黑暗已在山边游移。古道边，又有谁在唱响着一曲曲忧伤而悲壮的别离？

"存在即真理。不曾消失的，是过往之痕迹，而今日之事亦步步紧逼。高昂着头，继续麦笛之吹奏，演绎生命之饱满，让前行之脚步踏实。"

远方的教导，虽华丽虚幻，但也质朴，令人从容泰然。但我麦笛吱吱呀呀的声音，现在，它只与风儿相呢喃，只与旷野的夕阳相伴……

79

这脚凳，我要把它留着，谁也不让坐，包括我的国王和王后——我的心自私，还藏含了嫉妒。

谁能不自私呢，谁的心中能没有嫉妒呢，在这个大地开满鲜花的时候？

脚凳是我用鲜花编织而成——它香气四溢，蕴藏着我冬日的等待，凝聚了我春天的辛苦，也包含我夏季的劳作，也必将包含我秋日的收获。

悄悄地，我要把它藏起，绝不让他人发现。秘密只藏在我心中。我是我选择的我。我要把它深深藏起，谁也不让坐，包括我的国王和王后。

我的心是自私的，一向都如此。这脚凳，我，谁也不给，它是我的所有。但是啊，如果你来了，我的爱，我要把它供献于你，让你安坐，包括让你的仆人享用——那时，阳光一定灿烂，鲜花更加绚丽。

这脚凳，我要把它留着并深深藏起，谁也不让坐，包括我的国王和王后。但是，如果你来了，我的爱，我就全然奉献——它是你曾经的恩赐，也应成为你安然的享受。

80

我寻求春天与鲜花，但在春光满野、鲜花开遍大地时，我顺手捡起的，竟成了我的一顶荆冠。

希望延伸出失望，痛苦便接踵而至。捧着它，戴着它，我日夜哭泣。我哭泣，众朋友讥我为痴傻。

既然是荆冠，那它就该属于我——荆冠昭示着曾经，也叙说着往日忙碌的充实与快慰。

戴着荆冠，我逢人便炫耀，说它点燃了我青春的灯盏，繁盛了我生命的春天。但不曾料到，人们却因此远离了我，对我嗤之以鼻，还一脸鄙夷，连小孩也莫能例外。

"人，不在于荆冠，亦不在于光环。头戴荆冠，寻求光环，前行的脚步更为沉稳，生命亦更为饱满。"

我将不再哭泣或炫耀了，恨是恨者的标识，爱是爱者的旌旗。我的爱，只要你在前边，我便追赶——戴着荆冠，我述说着爱恋。

81

夜已至深。眠睡是人们共同的目的地，可是，我还不能。

我倦眠的号角被我的她藏起。现在我还不愿索要，我有我的活儿要完成——这活儿，是她所交付，完成它，是她生命的所需，也就成了我所愿。

守候在花园中，我要看着我亲手栽种的花卉度过这沉沉黑夜——花园是我的，花儿是我亲手所栽种，我以汗水浇灌它们，我爱它们，胜过爱我自己。

夜晚是清冷的，月亮惨白得让人揪心，可花儿的盛会里满含了热闹——它随着我热爱的心潮在澎湃。

微风习习，夜晚溢流着宁静，星星诡谲得让人心迷，但花儿的盛会叙说着热烈；花朵紧凑在我周围，我只和着花儿的舞蹈而轻吟。

夜已至深。我还没有眠睡的心思。我倦眠的号角被她深深地藏起。但我还不愿索要——完成我手中的活儿，这是她真切的心意。

"辛劳之汗水必凝结永久之芬芳。"我的辛劳使花儿满含绚烂的美丽。沉浸在花的盛会中，我的心，含着激动，藏着热烈，也满溢了温馨。

哼唱着花儿饱绽的歌，心亦随花儿的舞蹈在舞蹈——我要看着我亲手栽种的花卉度过这沉沉黑夜。

82

我住在路旁的草舍中。人们在此留恋不已,也谈论不休——人们所看重的,只是我这草舍的古旧与新奇。

隔着窗户,我看见,对着我的房舍,人们一面比画,还一面说笑;又朝着远方,指指点点,还议论纷纷。但人们没有发现正在观赏着他们的我。

我这草舍,低矮而破敝,墙不隔风,有窗无扇,蜘蛛结网,鸟雀做窠。我怕人耻笑,我将自己藏在屋角。人们走过我草舍,对我视而未见;隔着窗户,我看见,人们只欣赏着我窗外茶园的风景。

茶园和那山坡上的风景,我了然于胸,全然熟悉——姑娘们一边采茶,一边歌唱;和风温馨而浪漫,将姑娘们的歌声荡漾。

风光是美丽的,来到这里的人们的心境是美丽的。我的爱,你只藏在美丽的风景中,悠然徜徉,静静地观赏着人们的观赏,并静听人们热烈的议论。

我的爱,你看见了人们,你注视着人们,并观赏着人们,但人们只注视着山园中的风景,并不曾看见正在注视着他们的你。

人们所议论的,我虽有所听闻,但我要装作没听见——我嫌他们没有发现我。躲在屋角,我看着人们,但人们没有发现我。我不被人们所注视,但你发现了我,朝我微笑,并不断对我歌唱……

83

你微贱不足呈显的地位,人们永是鄙弃,但我知道,深埋于尘土里的,不光有泥土沉渣,抑或是残花败柳、瓦砾石块,也必会有美丽的金果!

你永不会埋怨、责怪,就像我永不会埋怨我的歌唱与舞蹈——你美丽的号角总是在最贫贱、最失所的人群中响起,和着劳动的号子,我只会随你号角的音调而起舞,并把你深情地歌唱。

贫贱是贫贱人的敝衣,就像高贵是高贵者的丽裙——敝衣与丽裙里所深藏着的,永是你嬉戏的主题,更是我舞蹈与歌唱的主旨。

你来时是这样,你去时亦如此。遵循着你美丽而又美丽的意旨,我只随你的歌唱而舞蹈,也只随你美丽的舞蹈而吹奏麦笛。

你的思想犹如闪电,划破滞闷的天宇,催促了雷鸣,唤醒着急雨。悄悄地,我跟行在你身后,步履匆匆,我只听从你召唤。

我庆幸你没有穿上我亮丽的华衣,你保持了纯洁而质朴的你,就像我庆幸我麦笛的声音,因为它依旧保持了我。

跟行于你身后,我不再孤独而无有依靠,亦不再忧伤与悲戚,事至目前,我还不是我,我只属于你忠实的仆役。

围绕在我身边的牛羊有福了:它们欢快地舞蹈,无忧地歌唱——我的牛羊不用看我的脸色行事,因为我只依你的意旨与召唤而吹奏麦笛,我的伙伴。

84

悠然地,坐于花园深处,我吹着麦笛——我只想以我麦笛的纯音引逗鸟的欢悦,招惹风的惬意。

惬意地,我设想着花朵在来年盛开时的容貌,想着孩子们玩游戏时的快乐以及他们曾唱过的童谣。

我又想起自己。也是在这样的情景中,我和她并坐一起。但她并不知我的心思——我把我的心思深埋心底——我要等待她的呼唤叫醒我的思想。

她双目中表露出来的，我看得明白与真切。但我把我的心思藏起——我要让她猜透我心中的秘密。

我也和她曾一起散步，在柳荫下、月辉中，那时，我胸的田野上，还曾散跑着一只只纯洁的羔羊，这，她也曾知道。

现在呀，该到我表露心迹的时候啦，我不想让她等得心发焦，让我感到难堪，留下遗憾。冬日的寒冷一步步追近。这正是我表达心迹的时候。

孩子们在花园中做着快慰的游戏。花工在繁忙中忘记自己。小鸟翱翔出一片湛蓝的天。我麦笛的声音荡漾在花园……

85

黑夜嫌寂寞的时间太长，就让白天用喧嚣来喧嚣它的寂寞；白天嫌喧嚣的时间太久，就叫黑夜用寂寞来寂寞它的喧嚣。

寂寞与喧嚣是生活的本来。在寂寞中追逐喧嚣，在喧嚣中追逐寂寞，在寂寞与喧嚣的交替中，人们的日子走向高远。

我等待的时日太久了，我就去追逐远方那个等着我的人，叫流浪来陪伴我；我追逐的时日太久了，我又回到你身旁。

等待与追逐是生命的本该。在等待中追逐，在追逐中等待，在等待与追逐的交替中，我的日子不会只是平淡，我的爱。

我虽难免孤独，但我不伤悲。幸福、快乐只藏在幸福、快乐的臂弯里，痛苦、悲伤也只藏在痛苦、悲伤的怀抱中。于没有路的地方发现路，在难以站起来的地方站起来，我从前是这样，现在依然如此。

梦在远方，脚步就该朝着前方。花环只挂在勤劳人的脚步中，彩虹只在有梦的地方歌唱。慷慨的赠予必有丰厚的回报。你对我的馈赠是丰厚的，我给你的回报也应慷慨，我的爱。

张开双臂，迎接即将到来的一切：寂寞属于我，喧嚣属于我，等待属于我，追逐同样属于我。风会消逝，雨会停止，风雨过后会有彩虹。我的爱，朝着彩虹升起的地方，请你捎带着我，我们一同走向远方……

86

来与去的路途也许一样，但来去路上的风景不会相同，因为开在路边的花朵不一样，鸣唱在花朵旁的鸟儿也不会相同，日夜呢喃的风儿也会改变方向。

走过寂寞的一宿后，今夜的星辰会遇见鲜红的太阳。花朵绽放后，会悄然地遇见果实。我来时的路途上布满荆棘，我回去的路途上也许会有鲜花开放。

我出来时，看见她在阳光下行走，我疾步前赶，但她却隐藏在遥远的远处不肯露面；我曾呼她唤她，她却不曾回应，仿佛装作没听见。

现在，我索性回去，也许，她就在我回家的路上等我——她的怀里拥着花篮，唇舌间念着我的名和姓，等待着我灿烂的表达。

霜雪曾埋过我的双膝，现在，我还惧怕冰雪阻路吗？风雨已将我衣衫打湿，现在，我还惧怕在风雨中前行吗？

我来时，路途曲折而坎坷，但我回去时，路途也许顺畅亦平坦；我来时，寒风劲吹，雪花飞舞，途中有雾霭弥漫，我回去，也许阳光正灿烂，路途上鲜花正饱绽。

来去的路途也许一样，但路途上的风景不会相同。回去的路途上，花朵也许更绚烂，鸟鸣也许更清脆。风会改变方向。我的爱，也许她就在原路上将我等待……

87

收集富有、沉稳，这是我离家时最初的选择，也是我爱对我亲口的嘱托，这，我依然记得，围在我身边的我的那些牛与羊也不会忘记。

带着瓦罐，怀着憧憬，高昂着头，我来到城市——我要等这瓦罐盛满富足、装满沉稳时，再回到我的园田，也让我的园田充满富足的快乐。

我收集富有，但这瓦罐中，如今，却只有贫穷；我收集沉稳，但我这瓦罐里，如今，却盛满喧嚣。

希望延伸出失望，但失望没有告诉我，说它就是失败，我也并不曾被打倒。现在，我要封住它的口，将它带回到我的园田，并把它深埋——我要让麦田生长出城市的繁华，让麦花盛结出殷实的富足。

以我麦笛为贫贱的人们，请跟我到田野中去，清风会告诉你什么叫富足；以我麦笛为富有的人们，也请跟我到麦野中去，麦浪会告诉你什么是沉稳。

我瓦罐中所存装着的，是我的贫穷，还有这城市的拥挤与喧嚣。现在，我要把它带回，带回到我的田野中去深埋。

我的爱，也许她正在园田中将我等待。她的等待不会有错，一如我当年的远离并没有什么不妥。

88

黄昏渐来时，你离我而去，只让我在这空旷的原野上独自等候。你说你会来的，还告诉我："适时之等候乃前行之必然。"

夕阳在天，鸟儿唱着回归的歌，牛羊在牧童的笛音中下山。晚风习习，村野的炊烟散溢着团聚的温馨。

孩子们倚站在自家门边，等待着团聚的欢乐。劳动了一天的人们，哼唱着意欲的歌曲，悠然地，缓步在回家路上。

我是个贫者，也是个失所的人：我还没有家，我的家在你那里，我的爱，但你不在，只让我在这旷野上独自等候。

我曾经的选择，不会有错，就像我现在的等候也不会为过——花蕾在等候中迎来饱绽，就像残月在等候里迎接满圆。

"夕阳更让人充满遐思，而迟开之花朵则愈显珍贵。"这是你曾经所教谕，我信以为真；有朋友也曾告诉我，说我只是你永远的命定，我也从未否认。

"等候乃人生之常态。"等候的概念是焦急，但内涵是幸福。我的爱，我要等候你到来，引我回家，并为我点亮希望的灯盏……

89

曾经爱过我的人们呀，我将用我生命所有的花香来回报——这是我曾经所想，也即成为我今日的所求。

金钱，我无法给予，因为我没有，我的她也不曾赠予；馈赠你贵重而华美的礼物？这，我不会，因为这样的课程，我的她不曾设置，也不曾教谕，我也就没有学。

回答恨的不必为恨，但报答爱的却只是爱，一如报答春雨的只有草绿与花香，仿佛报答秋风的只有枝间累累的果实。

曾经爱过我的人们呀，我只想吹奏着这麦笛，依和着你们热情的恋歌，与你们一起舞蹈到永远。

我这麦笛的曲调单一，也常使我羞惭愧怍，但在我麦笛的歌曲中，田野曾泛起了绿意，城市亦曾因它的荡漾而呈现美好。

麦笛的歌声曾引花草并茂，曾引百鸟翔集，还昭示鲜花的灿烂,人们也曾因此而欢欣无比,孩子们更是快乐,也非常喜欢。

我的爱,你在哪里?牵挂你的人是我,只因你素心如雪,只因你胸怀似海,只因你姣美如月,只因你曾为我唱过希望的歌——但你只临窗听雨,只为众人而祝福,只为勤苦的劳作而歌唱。

一如报答春雨的是草绿花香,仿佛报答秋风的有累累果实,曾经爱过我的人们,我将用我生命所有的花香来回报你们,这是我曾经的所想,也即为我今日所愿望。

90

春天的脚步迫近,新年的钟声就要敲响。众朋友满面喜庆,忙乱不止;孩子们兴奋异常,呼朋唤友,吵嚷不休,欢乐不已。

鞭炮齐鸣,礼花绽放,夜空一片烂漫。人们说说笑笑。孩子们欢呼雀跃。流浪的人们,停下脚步,驻足观看,与那燃放焰火的人共赏亮丽的夜景灿烂。

回到家里,我在自家门前,也摆上美丽的焰火。我所准备的,充分而美好——我要等着那流浪的人们来到我家门前,与我共享这礼花的灿烂。

完成了他们手中的工作,邻居们都来催促我:"融合于大众之欢乐中,欢乐才会被认同。"孩子们亦摇动我的手臂:"以你焰火的热烈来璀璨众人的天空吧!融合于众人燃放的灿烂中,天空才愈加璀璨。"

"澎湃了共同,便少了个性。"我没有燃放——我要等那流浪的人们来到我门前,和我一同燃放。邻居们嗔怒,带着蔑视,愤愤然离去;孩子们也等得没了耐心,悻悻然跑开,口中嘀咕着怨言。

"人不会因他人之怨言即改变主张。"人们都如此,我怎能例外?

我所准备的,美好而充分,但我的烟花,我没有燃放——我要等到那流浪人的脚步敲打我心房,响在我身旁。

流浪的朋友,我这礼花是为你们而准备的,请来到我门前,与我共放礼花,同享夜空的光华与灿烂。

91

唉,我真是气恼:是谁让他们把他们的花种养在我的园田里,并让我整日整夜地为他们操劳——浇水灌溉,锄草灭虫,修枝剪叶,还要我面带微笑、唱着歌儿完成?

在他人的命令下劳作,我觉得,我的生命只成了我的虚设,却成了装饰别人荣耀的花篮。

繁重而少有兴趣的活,我从不愿干。可是,是谁命令我来完成他这繁重而缺少新鲜的活儿,还要我面带微笑、吹着麦笛、唱着欢快的歌儿完成?

偷懒与奸猾本是人的禀性,我也不例外,但在这样的园田里工作,我却没有一点偷懒与奸猾的机会——稍不留神,稍有不慎,花时会过,园田就会荒芜,我的秉性却又使我心所不忍。

为别人的花木而劳作,荒芜了自己的秧苗,这,人们都不会情愿,我也是如此。但,是谁命令我来装饰他生命的繁华呢?我是怎样的一个命呢?

我不能让自己园田中的秧苗繁芜,也不愿让自己的花园蔓草萋萋,更不想让我的明天成为我失望的摇篮,让我许诺于她的奉献归于虚无。

自私让我怀着永深的埋怨,嫉妒也让我永怀着羞惭。但将花种播撒在我园田中的人们是高兴的——在我的园田中，他们拉手舞蹈，还唱着他们生命繁盛的歌。

是谁让他们把他们的花种播撒在我的园田，并让我来成就他们生命的光辉？这样的事情，是谁指使的呢？我这样的命，究竟是谁的安排，我的爱？

我的所问没有结果，但我看见了，人们也发现了，我的爱，她正站在我生命的花树上欢歌与舞蹈；她的笑容灿烂，而我生命的花树也明媚一片……

92

小时候，你笑我真是大胆，竟让你在风中赶一只纸叠的小船。

池塘水，水清；池塘云，云淡。风，扶着弱柳，悠悠晃晃，飘飘摆摆；鸟，驮着白云，四处飘荡。

骑在树杈间，我蹬腿又踢脚，拍手笑池塘中你这赶船的人——船在我心中，爱是它美丽的风景地……

忽然，我一声哭闹喂住你："谁叫风掀翻我的小船！"瞪大双目，不知所措，你把头沉重地低下。

哦，你的胸中曾流淌着一条滞闷的小河，你曾日夜为它祈祷。但众人乱投了礁石、瓦砾——我也不例外，现在，它干涸，只洋溢着饥渴。

秋去冬来，你的田野一片萧索。失望吗？你从未失望；悲观吗，你从不悲观——徘徊林间，踯躅山路，察看风的方向，你只怀着温和而独自的落寞。

你的心中有彩虹，愿风不要将它刮走；我的园中有花朵绽放，希望西风不要来，冰霜也悄悄溜走。

今夜，我笑你无量也无胆。北风懂得冷，星星知道寒，夜幕深处的灯火是承载你的小船。朋友，我久望天空，却找不到你粲然的笑颜……

93

收拾行囊，吹起麦笛，我当远行，趁着斜阳满天，趁着晚风习习，趁着她美丽的呼唤还在呼唤。

脚步是我唯一的家当，麦笛是我唯一的行囊，歌唱与舞蹈是我唯一的权利，牛羊是我美丽的伙伴。

脚步、麦笛、歌唱、牛羊，它们都是我的所有，我的生命别有特色，我为我有这样的特色而自足——世上，有谁能不喜欢自己生命的特有呢？

把你所有的背包也加于我身，朋友，让我带你去流浪，麦笛是你我共同的富有，歌唱将美丽我们前行的脚印。

故乡只藏在我心里，我想，你也是如此——满是生机的旷野中，孤独的游戏令人生厌。流浪途中，你我相伴，我不会孤独，你也不会寂寞。

我们的心，总是在渴望；我们的脚步，也总是在追寻——渴望与追寻，将成就我们生命的美丽，朋友，跟我去流浪。

收拾好行囊，戴上曾经的花环、荆冠，敲响前行的锣鼓，我们当远行——趁着斜阳满天，趁着晚风习习，趁着她美丽的呼唤还在呼唤着我们。

我们有她的呼唤，我们有麦笛，还有跟行在我们身边的牛与羊，这，已是足够，而前行路上，我们还会有捡拾，还会带给我们以惊喜。

94

灵椒水，浩浩汤汤，奔流到海，它翻腾与澎湃着的只是浑浊——它让我看不到海的颜色，也嗅不见海的味道。

它把自己一无所剩地交给大海。它澎湃，它浩荡，站在岸边，我曾设想海的浩渺和美丽、海的汹涌与富饶，但都没能如愿。

我来自遥远的远方。我不曾见过海。海里游玩的把戏，我一样也不会。我怕掉进海里，我常站在岸边，只远远地看，只静静地想。

不曾想到的，我的爱，你突然出现；翩然地，你站在我面前——为我述说海的幽蓝、海的宏阔壮观，以及海的富饶与美丽。

看见我的犹豫，你便直截了当："让我带你入海，你会沐浴海之颜色，会嗅见海之味道，亦会看到海之宏阔、海之富饶。"

颤颤地，你要拉我入海。但我惧怕海的浪涛，还害怕海的阔大、海的深幽，更是惧怕海的变化与无常。

从你的拉扯中挣脱，跑到远处，我只是远远地看——唉，我只是想看见大海的颜色，闻到海的滋味……

95

踏夕阳归去时，你正站在夕阳深处歌唱。你歌的主题明确而深刻，调子高亢而悠扬。鸟儿被感动，白云亦被感动——它们盘绕于你头顶，久久不肯离去。

你歌的意蕴，丰富而深广，隽永而明朗，我祈祷与祝福的内涵也深蕴于其中；你歌的音调，铿锵中饱蘸着柔媚，粗犷里藏含了秀丽，我麦笛的音调亦蕴含其间。

我的爱，我也想歌唱，以我麦笛的声音，趁着夕阳未落，趁着云霞满天，趁着晚风未起，趁着花朵依旧芬芳，趁着我的舞步尚且矫健……

但是呀，我的麦笛，它被我丢失了，是在一个很早的夜晚，风在吹，雪在飘，它被我丢失在一个鲜为人知的地方，现在，它被尘泥所掩埋。

夜幕降临，月辉如银，繁星点点。你拉拢帘幕，让我站在你面前，无欲地欣赏你青春年华所带来的美——

你汪汪的眉眼直视着羞怯的我，唇边溢流着甜蜜的微笑，酒窝里潮涨着醉心的羞涩。我的灵魂超越了自己，向着月亮，对着星星，我合掌胸前，为你默祈，为你祝祷……

春光无限好。欢乐的时光总是短暂。鸟的歌瀑，唤醒了太阳的眠睡，也啼醒了窗外白玉兰的花瓣。你拉开帘幕，你给我指点江山，指点山间缭绕的雾霭，指点花儿绽放的果园。你，满眼希望——你让我明白了我的失所，也让我懂得了我的贫贱。

我知道，我收获的季节尚未到来。于是，在你纤纤素手的指点下，我越窗而逃，因为我必须再付辛劳，再洒汗水，以勤劳与汗水来赢换你春日的芳颜。

96

"走近我们，你正是我们日夜寻找着的那位朋友；和我们在一起，让我们相与为伴。"

晨曦降临，滚动于花草上的露珠晶莹剔透，百鸟和鸣。循着鸟的歌瀑，自觉与不自觉中，我却走进了鸟的王国，倾听清脆悦耳的鸟鸣。

——美好的事物，人人都喜欢。为人不能太自私。我的朋友，我这里全然为美好，你们也来吧，我绝不自私。

"走近我们，你正是我们日夜寻找着的那位朋友；和我们在一起，让我们同歌唱。"

日当正午，阳光灿烂，劳作的人们在树荫下歇息。趁着阳光的灿烂，自觉与不自觉中，我却踏入了美丽的圣堂——听天籁歌音，赏孩子们舞蹈。

——赏心悦目的事物，让人欣喜、感动。做人不能太冷漠。我的朋友，我这里全然为美好，你们也来吧，我决然不冷漠。

"走近我们，你正是我们日夜寻找着的那位朋友；和我们在一起，让我们共舞蹈。"

夕阳在天，红霞铺满地。夕阳深处，有人在歌唱。顺着歌音，自觉与不自觉中，我却荡入薄雾缭绕的山中——观夕阳西下，看鸟儿回家。

——欢愉快乐，谁人都期盼。有好事就与朋友分享。做人不能太贪婪。我的朋友，我这里全然美丽，你们也来吧，我们同欢乐，我决然不贪婪。

星月走过大地，太阳就跟着来；太阳落下西山，星星就跟过来。人们呼我唤我，日日夜夜；我呼唤人们，夜夜日日——人们呼我唤我，但我没有去；我呼唤人们，人们也没有来。

我的爱，只要你呼唤，我便欣然而前往，无论日日夜夜抑或夜夜日日，我不会自私，也拒绝冷漠，也决然不贪婪。

97

多年前我俩同踏过的这片青草地，今天，我重来漫步赏游。朋友，不知道你如今在哪里，现在，漫山遍野都是秋。

听说你正当壮年就离开人世，我不禁羞惭于脚下这片青草地——到何时，生命不再匆匆而了无踪迹。

我还在人世间寻觅，朋友，你能在何处游移？我还感觉着我俩曾踏过的这片青草地，但如今，你能在哪里？漫山遍野，我找不到你我当年漫步时的足迹。

现在，我只愿变做身旁的这一泓清泉，日夜荡漾于你那烦乱的心底——让柳的倒影摇曳于你心头，把繁星的天空印在你心的画屏里，从此，你便不会在烦怨中哭泣，因为你将握着这世界所有的底细。

我该用什么来宽慰你，让你的脉管中流淌着我的心迹？我该用何物把你荒漠一般的心田滋润，使你永除胸中的悲泣，驱除你脚步的疲惫，恢复你青春的朝气？

不，这些都将是白费力气，我只愿化作我脚下的这一脉溪水，日夜萦绕于你那烦乱的心际，从此你永无痛苦，我也绝不叹息。

这夜的静谧，这水的悄语，这已泛黄了的青草地，可藏于我心中的话泉呀，它却永远无法流出——但愿阴风不要起，但愿暴雨不再发脾气，但愿清风明月恒常有、人生不再匆匆过，但愿你在那边永远无悲伤与哭泣……

现在，这漫山遍野都是秋，只不知道你如今在哪里。只愿我脚下的这小溪别沉默、别忧郁，只愿身旁这大山别荒芜，只愿这夜的宁静能向你招手致意，哦，有月亮的夜晚就有无数的谜，星星深处藏着那永远的谜底……

98

我痴痴地看着你，但要装作从不认识的样子，我的爱。我是个害羞的人，这样的做法，我以为正确。

我还不想让你知道我是在看你。我怕你会发现藏在我心中的秘密。当你有所察觉而来看我时，我却装作看别处的风景，并将它指给你看，让你去寻觅。

我要让我这秘密在我心里发酵，等到它成熟得浓烈的时候再来释放。那时，我会给你一个你等了很久很久的惊喜。

把我的眼神留在你身边，让它陪你度过每一个黑夜，翻越每一座高山，并走过每一处沟壑，也挨过每一场风霜和雨雪。

人一有思想，仿佛花朵有了沁脾的芳香。我要把我这思想赠予你，你手中的那些花朵必会芬芳四溢，滋人心脾，润人肝肺，眼睛也会明亮。

你手中的花朵有了芳香，你也就有了美丽的思想——当你浪迹海角、天涯，也不要让我这爱的眼神丢失。

园田那头有个茅草屋，但那只是我的窝，而并非我的家。我的家，除了我，还应有个人，她会帮我照顾我的那些牛和羊。

跟行在我身后的这些牛与羊，是我献给你最丰美的礼物，我的园中还有灿烂的花朵，我的麦笛丢了，但我还有歌曲在心。

我的所爱，就藏在我心里，但我还不想让她现在就知道。我要等到我心里的这秘密被她悄悄发现，并无言地藏起——我想让她也给我一个我等了好久的惊喜。

爱与被爱者都将幸福。那个人是幸福的——她被我无言地爱着；我也是幸福的——我无言地爱着她。

人有了思想，仿佛花朵有了芳香。我的思想芜杂，但我依我的爱来纯洁。爱，在积淀中饱满，也走向高远。

我要痴痴看着你，装作从不认识的样子。我不想让你知道我是在看你——我要给你一个你等了很久的惊喜，就像你需要给我一个我等了很久的消息，我的爱。

99

这儿的一切都将比我活得长久——雨后青山，清新灵秀；穿城而过的小河上，往来着无数的游舟；河边，孩子们蹦蹦跳跳，追逐嬉闹；情人们手牵手，交流着心语。

古柳下的小商贩，庄严肃穆的佛堂宝殿，多年后一定还有，说不上多年后有人还讥我多么愚鲁：站在佛龛前，既不曾烧香，也不曾磕头，也还一定会笑我只身游玩，却没有陪伴的女友。

让人们去笑、去评说，我自有自己的一套活法：没有崇拜，没有牵挂，我更自由，山脚下这条忧郁的小河流，如今，它就是我最好的朋友。

忧郁的小河最明亮，映得出月晕星辉，也现得出七彩霞光；微风掠过，波光粼粼，水中的草棵贤且温柔，而在孩子们的世界里，忧郁的小河啊，它最繁忙，岸旁的杨柳枝也从不惆怅。

没有思考，便是狂荡；没有忧思，便是轻狂。忧郁的小河流最明亮。这儿的一切都将比我活得长久，它也不会忘记曾经到过它身边的它的朋友……

哦，哦，不要为不可知的未来而祷祝那还只是幻想的花朵，春天就在眼前，我怎能以未知的虚妄来替代今日的欢愉？

花朵从不为明天开放，就像今夜的星星从不为明晚的月亮而点亮；花朵只看见今天的阳光，风也总只辨认眼前的方向。

走在今天的路上，沐浴今天的阳光，把握眼前的风向——不能看到今日秋果的人们，也必不会看到来年的春光。她粲然的笑，她的挥一挥衣袖，我依旧铭刻着夕阳下她诸多的问候。

把往昔的灰烬拂去，并清除净尽。我心中的这一脉溪流，今日，它情思悠悠——那个月亮高挂、门扉半掩、有烛火闪烁的地方，正是我温暖的家，我的新娘，现在，她正等我归去。

100

夜已深沉。寒风迭起。我衣衫正单。路上行人稀少。村寨中，有狗吠声传出。

顺着月光的指引，我回到简陋的家。

挑亮灯盏，我坐于床沿。

我的爱人，她来到我身旁，急急地，她想知道我今日的收获，查看我今日的供献。

打开布袋，我的心顿时伤悲：原来的绿枝在寒风中已经枯干；曾经鲜艳的花朵也已经蔫然，花瓣纷纷坠落。

搜索囊袋，囊袋空无所有；端来钵盂，我要拿出我最新的收获——它是我最新美的供献，但那钵盂里的，竟也无非枯枝与败花。

"收获时，花已败落。"我的收获该是什么？

今夜，有谁在哭？看得见，他的眼里，正流淌着我的泪水，他啜泣的声里，也正哽咽着我的收获。

我是个坚强之人，但众人一哭泣，我的眼睛就泛酸，泪水就会情不自禁。但今夜，我却欲哭无泪。

冷暖交换时，最易起雾，现在，我心中全然为雾——迷茫的山野，迷茫的幽林，迷茫的风雪之交加……

我是个爱热闹的人，但众人一忧郁，我的心便悲泣，泪水也不由自主。但今夜，我却欲哭无泪。

孩子们在自己梦的园田中唱着欢快的歌，做着快慰的游戏。今夜，只有我独坐角隅，还欲哭无泪，我走不出自己的忧郁地。

我的麦笛丢失了，但它的声音、腔调还了然在胸，时不时，我还呢喃于口中。

我曾为那笼中鸟而哭，也曾为风中的花朵而泣。我的爱，现在,你因何而哭泣?

101

孩子们不怕孤单,也不会寂寞,孩子们在游戏的乐园里找到了满意与希冀,也找到了他们青春的方向。

我想,我也不怕孤单,因为我还有我的歌儿要唱,我须奉献的礼物,虽缺少亮丽但也新鲜,并呈现着灿然。在依旧的歌唱与供献中,我会找到我生命的饱满。

花工永不会寂寞,他们虽然不说,但他们守候的花朵年年绽放——花朵在他们的照料下,也会一年比一年绚烂。

我想,我也不会寂寞,我在守候的新歌里找到了适时的主题,就像花工会在春风中找到如意的花期。

我不会因为风雪弥漫而心生抱怨。霜雪飘飞,梅花就在霜雪的脚步中微笑;星月隐遁,太阳就在星月的车辇旁欢笑。

河流不因小溪的歌唱而忘记了前途,我也不会因为道路坎坷而停下脚步。我的爱,只要我们歌唱着向前,前面花园中的花朵将更灿烂。

我不会流连于山脚下的美景而忘记翻越大山的责任,我知道,山那边,她,正在朝我歌唱,一阵阵,仿佛浪涛之滚滚……

102

我要给你找个家,就像我要给自己找个家一样——我的心思是美丽的,朋友,请别担惊、受怕。

我的家中,现在,只有我,我想,它还应该有个人——我要让她来给我照料我的园田,我的园田不大,作物也不多。

你的家中有谁呢?谁来看守你的家园呢?你的家园阔大无

垠，草木丰茂，繁花似锦，牛羊无限数，但谁来看护与照料呢？

你永是盘腿坐在我园田，既不播种，也不耕耘，亦不施肥浇灌，秋日来临时，你只盘腿坐在那里朝我微笑。

看我忙个不停，你只叫孩子们来帮我，但孩子们只知歌唱、舞蹈，还追逐嬉闹，吵嚷不止，我怕他们摔倒，我的忙碌又增添无边的忙碌。

我要给你找个家，就像我要给自己找个家一样，我不劳累，你也更自由与畅快。

你所有的园田都在我心中——夜黑时，我就叫星月来守候，天亮时，我就叫太阳来照看。但我的园田，谁人来守、照看呢？

哦，给我找个家吧，就像你给自己找个家一样，我的爱——你的心思美丽而永怀仁爱，这，我也是知道，在你仁爱思想的安排下，我永不会担惊与受怕。

103

我的爱，我知道，对你的歌唱会引领着我走向人们，我这歌唱会成为人们口中一道美丽的风景线。

我走向你的脚步不止，我对你的歌唱就不会停歇；我的歌唱是美丽的，我永远朝着美丽而一展歌喉。

遵循你的意旨，我的歌唱不会停止；我的歌唱不停止，我的舞蹈亦不会停歇啦。我的歌唱是美丽的，我的舞蹈也不赖，我永远朝着美丽而舞蹈。我歌唱你也舞蹈你，我只愿你园地里的花儿朵朵都绚烂。

只有跳出花园，我们才能认清花园；也许只有在陌生的世界里，我才能找到自己，也才能认识与了解你——你的伟大、你的美丽。

我不能说只有我才属于你，因为，我在歌唱时，别人也曾一起歌唱，我在舞蹈时，别人也在舞蹈着。别人歌的音调、词曲、唱腔和舞姿，虽与我有别，可主题一致——人们心的朝向也一样。

请相信，多少年以后，我和人们的歌唱定会美丽了天空和大地，也一定美丽着你，而我和同伴们的舞蹈，也必灿烂着美丽而高尚的你，我的爱。

104

我要静静守护你，决不让你再远离。在急急匆匆的歌唱与舞蹈里，在忙忙碌碌的前行中，我曾将你丢失。现在，你终于回到我面前，又来到我身边。

我要静静守护你，并让我静静地为你歌唱，也为你舞蹈，我的内心满含了祝福与祈祷——秋风吹过大地，果实在花枝间成熟；我播种过爱的种子，就让我收获爱吧。

我曾承受过冬，也曾爱抚过春，夏夜的星辰也曾辉映我心头。你曾向我发出过月夜散步的媚笑，你留在我心中的记忆更是长久，一任风雨吹打、霜欺雪压，我亦不烦忧。

在你亲手所育植的那片松树林中，我曾用我生命全部的触须在感受着它无边的美丽：和风在我耳边荡漾，小鸟在枝头鸣叫欢跳，小松鼠于枝间窜上又窜下。

春天给我以阳光，你却给了我思量。爱是幸福的源泉，幸福无非爱的呈现。被流放的海涛，日夜响在我耳边。跑了一大圈，走过几段坎坷路，还迷迷糊糊地转过几道弯，现在，我终于来到你面前，又回到你身边。

生活在生活的边缘，我会了却许多愁苦与忧烦，一如忧烦在忧烦的边缘，我便收获悠闲与安然；在熟悉而又熟悉的道路上，我曾迷了路，也丢失过自己；在他人所编导的剧本中，我唱不响自己的歌，也很难跳出自己的舞蹈。

遵循着你的意旨，风来时，我就唱，雨来时，我就歌，霜雪交加时，我即舞蹈。现在，风雨霜雪都已过去，你将彩虹悬于我窗前，还飘浮在我门楣，你也在这里，我要静静守护你，也决不会再远离……

105

我的爱，让我将你留住，以我生命的所剩来守候你生命所有的岁月，这是我如今的请求——别埋怨我生命的卑贱，也别赞扬我生命的璀璨。生命有暗淡也有璀璨，但不可有高贵与卑贱。

你在你的园中歌唱，我在我的田里呐喊；你在你的田里舞蹈，我在我的园中呼唤。生命与生命，站在同一地平线，只属同一片蓝天；胸中有歌你就唱，心里有话你就说，别自沉默！端起酒杯，让我们同唱一首歌——

生活中，谁是强者？谁又不曾懦弱？拔剑击柱，仰天长啸，端起酒杯，我们对酒当歌；我为你歌唱，你为我舞蹈，在老之将至时，再来提说当年，我们曾经的脚步，便是诗，就是歌。

曾经的，我领着孩子们来到你门前，求你恩赐。你家大门虚掩，只轻轻一推，门便敞然。你的恩赐无限制，我的囊袋永待填充；花朵属于你，彩虹属于你，那么，阳光与星辉属于你，风霜雨雪也就属于你，电闪雷鸣也同样属于你。

我走在黑夜中，但我寻找光明；我处在烟里雾里，但我的呼唤从未间断；我沐浴着风雨，但我歌颂太阳，我舞蹈彩虹；我看见了太阳，我就不会陈述黑暗；我眼中光明一片，我就不会于狂乱中呐喊；我处在风雨中，但我知道彩虹的颜色。

让我将你留住，让你生命的光华彻照我生命里的每一处黑暗。我们相依相恋——我与你，依偎于同一地平线；请把我留在你的身边，请以你生命所有的灿烂来灿烂我生命剩余的所有岁月，这是我如今的请求，我的爱。

106

到现在，我才明白，他就是他，我就是我，因为我曾多次询问，在你以慈爱之手赋予我生命以灵光时，为何没有让我变成他，让他变成我。

人都属于不同的风景地，也都有自己的歌唱。让别人艳丽的朱唇唱和于我胸底的言辞，让别人的舞步踩踏我舞蹈的节律，让别人的呼唤重叠于我的呼唤中，我的爱，你知道，这该有多难。

人们各自的歌唱与舞蹈，演绎了各自的存在。生活在人们各自的呼唤中亦变得丰富与灿然，并演绎出永恒的华章。就像在人们不同音调的歌唱与舞蹈里，你将变得更加灿烂辉煌一样。

到现在，我才懂得，我该怎样倾心地爱你与歌唱你，你使我幸福与痛苦、快乐与伤悲。幸福、快乐时，我即歌唱你；痛苦、伤悲时，我就想起你——那时，我才知道你与我同在。

你的圣明就在于让我在你恩赐的圣明中来寻觅你诸多圣明的恩赐，你的伟大就是让我在你赐予的慈爱里去奔波你诸多爱的赐予。我的爱，到现在，我终于有所悟。

107

踏着夕阳前行，趁着秋的季候正浓——前去的路途好长好长，长得像父亲脸上的鱼尾纹，长得像母亲手中的捻线。

踏着夕阳前行，趁着冬日未到——前去的路途好长好长，长得像山野间那一湾河流，长得像那遥远的地平线。

　　北方的山野，南方的江河，东边的日出，西边的落霞，春天的鲜花，冬日的飞雪，哦，我来了，只因为一个神话——一个比女娲抟人还要神的神话，一个比嫦娥奔月还要神秘的谜。

　　谜的那边，你在舞蹈，在歌唱；谜的这边，我在寻找，在期盼——我的所有都归你所有，你的所有皆是我之追求，我的爱。

　　我曾经的歌唱与舞蹈，都是你美丽的教谕，也是你无私的赠予，我常怀感恩，匍匐在地……赠予丰富，回报也该圆满。现在，就让我把它们都回赠于你，如果有必要，也包括我，我的爱。

　　那迷雾缭绕的沟壑山涧，那苍翠欲滴的荒野莽林，那浑黄沉滞的河川湖泊，那凄凉破败的茅草小屋，那永待整修的希望的路基，那被风雪日夜吹打着的荒芜的土地，哦，那儿有我的一片宁静地。

　　趁着秋的季候正浓，趁着冬日未到，踏夕阳前行，前去的路途好长好长——长得像父亲脸上的鱼尾纹，长得像母亲手中的捻线，长得像山野间那一湾小河，长得像那遥远的地平线……

108

　　向着远方的路，我行色匆匆。

　　春华秋实，夏雨冬雪，天涯海角，它们都在我旁视的一瞥中匆匆而过；来不及向擦肩而过的人打声招呼，来不及向春夏秋冬献一份属于自己深切的祝福。

　　悲伤时，我握不住一滴悲伤的泪滴；欢乐时，我也留不住一丝欢乐的笑容；疲惫的双脚只咏唱着我永无疲惫的恋歌——歌是你的，我只付出歌喉，我的心只为爱而歌唱。

我的爱，你美丽的思想，点缀了我旅途中的风景，澎湃了我的生活，并催促我在忏悔与鼓励的交织中，我虽绽放着你的光辉，可也表达了自己。

你只站在遥远的远方，滔滔不绝，说个不停，亦唠唠叨叨，指教个不止，也教导个没完。你的所言所教全然为对，只是我虽有所做，但都未如你所愿，我深感羞惭。

趁着东风，你吹响金笛，日夜朝我呼唤。你呼我唤我，这是你所愿——我知道，你的所作所为也全然神圣，但我曾经答应你的诺言，我现在还没有完成。

实现你的所言，完成你的所愿，这是我的必须，以前是这样，现在还依然；哦，向着远方的你，我的爱，我只行色匆匆，脚步不会停止，歌唱也将永远……

109

春季尚未消退时，悄然地，你来了——带着徘徊的风，飘着温馨的香，回荡绿色的旋律，双肩飘荡夏夜的繁星，双脚踩踏秋夜的虫鸣，披一身融融月辉，闪烁一眼幽幽秋波，你站在我面前。

雄鸡高唱，是黎明到来时；秋风赶来，是收获的季节；腹内纯化，是蚕吐丝时。你来了，我就不再躲闪——我的牛羊健硕，我园中的花朵鲜艳，它们虽属于我，也更属于你，现在，就让我全然供献。

别说我贫而一无所有。我前去的路途还很遥远。路上，我定然还会有捡拾——我不会错过沿途的风景，捡拾之中也会有珍奇。

我的麦笛丢了，但挂于我窗前的那一弯彩虹不会消失，因为吹刮于我屋檐的风雨并不曾消失；我生命的荒原上，还有霜雪飘飞。

一星陨落，暗淡不了星空。我的麦笛丢了，我会捡起螺号——我不会因为失去而停止歌唱，就像我永不会因为阴雨而怀疑阳光。

一花凋零，荒芜不了整个春天。我的麦笛丢了，我会抱起琵琶——我有我的劳作要完成，还有我的歌儿要唱；歌儿让朝阳从黑夜中钻出，又让夕阳在霭霭炊烟里西落，星星也因着我的歌声而眨巴着好奇的眼睛。

雄鸡高唱，是暗夜消退时。雄鸡的歌唱，我已听见，黎明定然离我不远。现在，你已站在我面前；跟着你前行，我的舞蹈将更坦然；前行的路上，我的歌曲将源源不断，也会依然灿烂，我的爱。

跟我来吧，孩子们，我会带你们到一个光明的地方；坚强而能受苦，期盼的花朵必是璀璨，愿望的彩虹也必是绚烂——在螺号与琵琶的协奏中，我麦笛的声音也必能重现，内蕴也将更丰沛、饱满……

结束语

入云的烟囱，岭岭的荒山，烟雾弥漫了天际，四野迷离。秋日的雨如雾，我的心如雨——它正漫天哭泣。

漂泊的小鸟，哪里是它的窝，我只听见它们雨天里唱给我的歌。步不动的荒山，拉不动生活的绳纤，生命如东去的河。

观念的陈腐，思想的落伍，还有翻新的概念。我的园田正在荒芜。霜打了东篱的菊。我冲不出烟雾围定的圈。

消磨了，我们的生命；荒芜了，我们的园田；疯狂了生活的，是我们一腔艳红的血——我只听见那藏了千年万年的人们心灵中的那一支支疲惫的歌。

梦园心曲

引子

不知是生理还是心理的原因，我这个人时常做梦，不管是白天还是晚上，只要一眯上眼睛，我就会梦游一番——哪怕我身旁的人鼾声如雷，哪怕别人在我身边引吭高歌抑或是驴喊马叫虎啸狼嚎，哪怕我躺卧于闹市中，只要不使我醒透，我的梦就会延续。有时，我做好梦、美梦；有时，我做邪梦、噩梦。做好梦、美梦，我自然高兴，但高兴之后又是失落，因为我还活在现实中，而并非真的活在那样的梦中，我知道，梦不过是虚妄；做邪梦、噩梦，我自然恐惧伤悲，但恐惧与伤悲过后，我就又会很快地高兴起来，因为我并没有活在那种情境里：摸摸自己的躯体，跺跺自己的双脚，掐掐自己的大腿，拧拧自己的胳膊，敲敲自己的胸口，再看看周围世界，真真切切地，我是活在现实中，而现实并非梦境那样让我恐惧与伤悲，我知道，梦不过是虚妄。

常常做梦，我有欢乐，但失望居多，有时还很沮丧甚而痛苦，特别是从噩梦、邪梦中刚醒来的那一会儿。但我这人有个很大的优点，就是失望与沮丧时又很具"阿Q精神"，擅长自我慰藉，于是就又很快地高兴起来。因此，梦对我而言，虽然无非虚妄荒诞，但我想，最起码，我还有回忆在，更不要说我在梦中曾欢乐过，也曾兴奋过，还曾悲伤过与哭泣过、恐惧过与焦虑过，但我的生活也确实曾因此而被充实过、丰富过。因而，我爱我所做的梦，也喜欢我做梦的整个过程。

爱│园│清│笳

　　我不敢说现实是梦抑或人生如梦,这,毕竟有些虚无的味道,但我可以说,梦是我生命过程中的一个实际,这是真的,也很实在,还很现实。历史也罢,现实也好,未来也罢,处于现实中的食色男女,谁能不做梦呢?现实的情况是,我的这个做梦过程与我所做的梦,都是我现实生活的构成,也都成了我现实生命的一部分。常言道:"日有所思,夜有所梦。"我所做的梦,有些确是"日有所思,夜有所梦",但许多却是"日无所思,夜亦有所梦"。这原因何在,我想不清,也无法理顺。好在世间万事未必都能弄个水落石出,也未必都能说出个所以然来。对我而言,梦是我生命过程中的一个现实。究竟现实是梦还是梦是现实,我说不清,也无法弄明白。难得糊涂啊,糊涂一点,在现实的世界中未免不是件好事,"庄生晓梦迷蝴蝶",究竟是庄生变成了蝴蝶还是蝴蝶变成了庄生,道家创始者之一的庄生自己都没法弄明白,如我辈又何以能够明白,又何能说得清楚"现实是梦还是梦是现实"这个问题?

　　2009年3月,在女儿的极力推荐与帮助下,受周围同事纷纷扬扬、热热闹闹的熏陶,我也给自己开通了QQ农场。种草种菜种水果,种粮种花种金钱,可谓是大大地赚了一把,几十万几百万的。看着自己的园地一天天扩大、金币数量日日攀升、房子由小到大由草屋到别墅再由简陋粗糙到金碧辉煌,我的心里有股从未有过的成就感,也产生了一种从未有过的快乐感与幸福感,很是满足了我这个教书匠心里虽很爱钞票但嘴上又不能说爱钱的虚荣心。有时我还把女儿与老婆都叫来,告诉她们我的努力与进步。后来又开通了QQ牧场,养鸡养鸭养鸵鸟,养猪养羊养奶牛,养猫养鹿养刺猬。因为种植农场的勤劳为我赚取了数量不少的金币,经营牧场时,我更加勤苦,也更加钻研,钱财也增加了不少,几百万几百万的。有了如此成就，我的干劲十足。时不时地，我还将老婆、女儿都拉来观看，看我经营的农场与牧场，看我所赚到的钱币，看我所购买的房子、车子等。偶尔，我还将自己所取得的成就告诉给我的几个好朋友，在他们面前炫耀一番，他们也都毫无例外地称赞我的能干勤快与"天才"，听着他们的表扬，我心里美滋滋的，因而也就更加地努力与勤奋钻研了。

"凡事须认真，才会有大成就。"有朋友这样告诉我。为取得更大的成就，我实行"分层管理"。对农场，我进行合理布局：三块地种草，三块地种菜，三块地种水果，三块地种粮，三块地种花卉，三块地种摇钱树，这样，植物成熟的时间不同，我每天都会有收获；对牧场，讲究各个动物分槽饲养，并按它们各自的习性特点分喂食物，以使它们吃饱喝足，不至于"吃不了"或者"吃不饱"。在我的精心努力下，我的排名等级什么二星级、三星级、四星级、五星级乃至黄钻级等，在有限的几个朋友中不断靠前——我为自己赢得了富有与荣耀。

为使自己的排名更靠前，我又开始实行"精细化管理"，精心选种。在农场，我先是将牧草、萝卜、白菜等这些差等品种剔除出去，坚决不种，哪怕给我倒贴金币、钞票；后来就又将土豆、水稻、玉米等品种剔除出去；再到后来，又将红枣、茄子、西红柿等不那么显眼的东西排除于外。随行就市，啥能赶时髦我就种啥，偷到时髦的菜蔬花卉也就格外开心。情人节没到，看"公告栏"上"红玫瑰、粉玫瑰、蓝玫瑰""提价30%"，我就专门种养玫瑰，而偷到玫瑰时，心里也就非常高兴。在牧场，亦是同样：看"公告栏"中说"梅花鹿""波斯猫""鸵鸟""提价30%收购"而"刺猬、奶牛、鸡与鸭"等"降价20%"时，我就专门饲养梅花鹿、波斯猫与鸵鸟而把场中原有的所有刺猬、奶牛、鸡与鸭等统统扫地出门。这样一来，我的排名又有所上升，我的心中充满了无忧的快乐，我自喜于自己已有的成就。

"科技是第一生产力。"我开始关注农场作物间的嫁接技术，关注牧场中动物间的杂交即科学育种问题，并把它们当作我的重点科研课题来研究。如果能把甘蔗与芒果树相嫁接，使甘蔗上结出芒果或者使芒果树的枝条成为甘蔗而果实依然为芒果，那不是更好？如果能让梅花鹿与波斯猫相杂交，让其所产生的动物既可富有波斯猫的温顺善良又可富有梅花鹿的美丽与价值，那岂不是好上加好？为了使我的研究能得到广大农友与牧友的重视，从而取得同行的青睐以至于不同行业的人们的赞赏，我特意邀请了几位专家做现场指导。可是，我发现，当我把甘蔗与芒果树相嫁接时，甘蔗死了，芒果树也死了；当我用尽九牛二虎之力硬是让波斯猫与梅花鹿杂交后，生出的却是一个怪物，吓死了周围的其他许多动物。有朋友告诉我："甘蔗之为甘蔗、芒果之为芒果，猫之为猫、梅花鹿之为梅花鹿，物的自然本性使然，也许嫁接或杂交能够成功，但却使原物失去本性；消灭原物本性以换取另一事物，这个事物充其量只能是个小杂种，再说，杂取种种合成一个，这世界岂不太单调？这个小杂种不要也罢！"我以为他所说全然梦话！须知，我们人类不就是在不断杂交过程中而出现的大杂种吗？

我继续着我的实验。有好多农友与牧友跟我一起来做，他们的做法与我大同小异，其结果也就与我不差上下。有人对此深感怀疑："这样的育种能培养出什么东西呢？"还有人竟破口大骂："什么科学育种，全然泯灭物性，纯然扯淡！"也有朋友帮我说话："大潮流，你能反抗得了？反抗不过，不如闭上眼睛享受。""大家都如此，我们怎能逃脱？""现实是现实，梦想是梦想，我们还是现实点吧。"好在我这个人还想得开："好吧，由你们自己吧，须知不跟我走，吃亏的将是自己。"我的梦很美：让牧草长成参天大树，让羊长得像貔貅，让小兔子长成赤兔马……我专心于我的实验。

就在我激情昂扬、满怀希望地继续着我的实验时，我做了一个梦，梦很怪异：依依稀稀地，我来到一个老者面前；隐隐约约地，是他告诉我说，养育苗种是千年万年大计，本质在于"顺其性""厚其实""扬其长"，不求个个能成才，只求它们都能保持本性，健康成长。我有些不太那么明白，就向他请教，他就正告我："养育者是王，但养育是王中王；以养育对象为王，你才可能做个养育的王；唯有如此，才可实现养育之理想。"随后他还给我做了一些详细的解说。听了之后，我仿佛醍醐灌顶一般，非常高兴，情不自禁地高喊着："我终于弄明白了，我终于弄明白了！"就在我高兴至极而手舞足蹈时，老婆使劲地推醒了我："又做什么梦了，胡话连篇！"梦醒了，我也明白了，我以前的所谓实验真是一场"噩梦"，不仅如此，也简直是作孽！

人总有个毛病，恍然大悟后往往后悔，但还总是要给自己找个冠冕堂皇的借口以开脱。我那样育种育苗，纯然是在泯灭物性，我承认我以前的所做是作孽，但话说回来，处在那样的情势中，我能怎么样？大家都那么干，我不过是其中之一员……我这样为自己开脱，但即刻就有人反驳："聪明之人从不为自己的愚蠢找借口。大家那样你就那样，你是干什么的，你是猪还是驴呀？作孽就是作孽，为什么一定要给自己找个借口，真不知世间还有羞耻二字！"我当时被他骂得狗血喷头，羞愧难当，恨不得有个老鼠洞让自己钻进去。

自此以后，我就用"顺其性""厚其实""扬其长"的做法去做。农场中,我的物品包中有什么就种什么,在种养槐梓、黄金果、决明子的同时,也绝不排斥种养牧草、玉米、萝卜、白菜;牧场中,我在养袋熊、羊驼、貔貅的同时,也绝不拒绝养鸡、兔、羊、鸭:这也算作是"有'养'无类"了;再说,我按其"物性"的不同而分季节养殖,以不失去它们的本性为目的,并尽量使它们各有所长,这也算是"因材施'养'",以实现"素质培育"。看着我的农场里的花木,有的旺盛生长,有的郁郁葱葱,有的朵朵花红的样子,或者看见我牧场中的动物个个活蹦乱跳的样子,我心里有说不出的高兴。也就在那时,我又做了个梦:我的园田中,牧草摇曳,甘蔗旺盛,黄金果金灿灿,西红柿红艳艳,黑布仑让人垂涎三尺——一派繁茂景象;我的牧场中,丹顶鹤拍翅欲飞,短尾猫打闹嬉戏,貔貅雄赳赳、气昂昂,海狗顶着绣球玩,不仅如此,它们有的朝周围伙伴喊:"朋友来了,大家列队欢迎。""建立自我,追求忘我。""让积累成就梦想,让优秀成为习惯。""不要假装努力,结果不会陪你演戏。"有几个举着招牌:"与时俱进""身正为范""求实奋进""修身乐群 善学求真""知行合一""仁勤美达"。有的与人打招呼:"见到你很高兴。""好久不见,非常想念。"有的在提问:"您的心情,现在好吗?""老板,110的电话号码是什么呀?""我有张多彩的脸,是不是很好看?"有的在央求:"别赶我走,我还没吃饱呢。""别喊我爹,我刚买了股票。"有的在警告:"你敢赶我走,我就给主人告你的状。""我的青春我做主。"有的在教导:"一个人时,善待自己;两个人时,善待对方。""方向错了,停下来就是进步。""观水有术,必观其澜。"有几个家伙还特逗:"别看我长这样,其实我老有才。""我的名字是尊贵与权威的象征。""爱你在心口难开。""虽然我丑,但很温柔。""我爱你有多深,月亮代表我的心。""一半烟火以谋生,一半诗意以谋爱。"看着它们各自的神态与表白,我不禁畅笑起来:"我终于明白啦!我终于成功啦!""咋啦咋啦,又在做梦,笑什么笑!一派胡言!"我的梦被老婆骂醒了。过了几天,我发现,我的园田,不管是农场还是牧场,其等级都远远地落后于其他人,有人说我不是个经营农场与牧场的料,还说我"'误人庄稼与牛羊',简直是犯罪"。我即刻知道,原来,我又做了个噩梦!

"坚持回溯源头,努力(在水中)对抗大河的倾泻,在最新的世界上,发出原始的吼声……""回溯源头",我以前的做法是错的,这已明明白白;"对抗大河的倾泻",我目前的做法也是错的,这已经被证实。我的"最新的世界"在哪里?我该如何管理我这园田抑或说这样的园田应如何管理?我该怎么育苗育种或者说理想的育苗育种应是怎样的?这都让我迷茫,引我忧伤。对此,我想了好久好久——有时因思虑过度而头疼不已、躯瘦如柴(我曾被单位里的同行称为"四大精瘦美人之一")——但可惜的是,始终没有个结果。"好了好了,不要再多想了,以前的就全当做梦,从今往后,就跟着大家走,众人走的路不会有错,再说,难得糊涂嘛。"朋友这样忠告我。"难得糊涂"的含义很丰富,起码有两个,一是说,活在现实中,人很难做到糊涂,糊涂是难得的,即人无法糊涂;一是说,面对问题,人不妨睁一只眼、闭一只眼,即使看见也假装没看见,即使听见也假装没听见,人云亦云即可。那么,我应该走哪条路?这又让我糊涂起来。既然"剪不断,理还乱",无奈之中,索性,我想:我做梦,我在歌唱在舞蹈,所以我存在;我存在,所以我歌唱、我舞蹈,我做梦。本来,现实与梦想就同在,我何不把梦想当现实抑或把现实当梦想,这样,自己岂不快乐一些？人生一世，草木一秋，为什么不能让自己活得快乐一些？干吗自己跟自己过不去？这样一想，我的心情便舒畅了许多。我喜欢我所唱的歌、我所跳的舞，也喜欢歌唱与舞蹈，就像我喜欢我所做的梦，也喜欢自己去做梦。

我这人有个习惯，就是梦醒后，常常把所做的梦告诉给别人。小时候，做梦后，我就把所做的梦讲给母亲听，而我母亲不管我所做的是好梦还是邪梦，是美梦还是噩梦，常常是那么一句话："你睡觉时把屁股没有盖严！"长大了，我又常常把自己所做之梦讲给朋友听，但他们几乎也是不管好梦、美梦或者邪梦、噩梦的，总异口同声："日有所思，夜有所梦！"结婚后，我就把所做的梦说给妻子，她也只是一副爱搭理不爱搭理的样子，总那么一句话："别做美梦啦！"或者："但愿别再做噩梦啦！"参加工作后，我把所做的梦说给同事，同事的回答多种多样，有些与我母亲所言相同或相近，有些与我的朋友与妻子所说无差别，但更多的是："这是个很复杂的事情，最好去问周公。"但我总想，不管是我的母亲还是我的朋友抑或是我的妻子、我的同事，他们总是爱我的，所以才那么说——我爱他们，他们也爱我，否则一笑了之而无须作答。

做梦，我有喜也有悲，有快乐也有伤痛，但都是我所爱。梦想点燃生命，也丰富了生命。做梦构成了我的一些心音，这心音，就成了我生命中的歌曲。现在，我把我的心曲唱给你并一无所剩地献给你，希望你喜欢——我爱与我不爱的我的所有的朋友们，以及爱我与不爱我的我的所有的朋友们。

2009年12月于浙江台州一中
2023年5月定于三门观澜

我们曾拥有一个梦，梦的田野里挂着多彩的灯。灯火不暗也不明，它对田野有着浓浓的情。

我们曾拥有一个梦，梦的旷野中吹着和暖的风。风中有你也有我。黑夜里，我们期盼黎明。

我们曾拥有一个梦，梦里的雪花飘着寒冷。雪地里站着你和我，歪歪斜斜的足迹，陈述着我们的爱情。

我们曾拥有一个梦，梦的天空中挂着彩虹。彩虹边旋飞着一对鸽子，它呢喃着你我的名与姓……

——题记

1

雪花飞舞，天空是雪花盛大而热烈之会场。

飞舞的雪花，在孩子们眼中是美丽的童话，在孩子们手中变成了最为富足的风景，在孩子们心中是圣洁的天使，并融合成孩子们浪漫的童年故事。

在雪花的舞会里，孩子们追逐着、嬉闹着——孩子们欢乐着他们童年的欢乐，幸福着他们欢乐时的幸福。

天空中飘着雪，飘着寒冷，但孩子们的心里是晴朗的、温暖的——正鲜花遍地，阳光灿烂，万里一片澄明。

我也想走进雪花那盛大而热烈的舞会中，融进孩子们那热闹而灿烂的追逐里，但我的雪橇不见了，它被时间的长笛带到了远方……

风在吹，风在歌唱；雪在飘，雪在舞蹈；孩子们在追逐、在嬉闹，孩子们在寻找——孩子们说，雪是春天的使者，是花朵的故乡。

我在雪的舞蹈中看到了雪的飞扬，孩子们在雪的飞扬中收到了繁盛而灿烂的春天的音信。

2

你在跟谁讲话呢?

"我在跟花儿讲话呢。兴趣是人生最好的老师。花的语言奥妙而艰深,只有挚爱花儿的人才能读懂,我的王。"

你在跟谁对歌呢?

"我在跟鸟儿对歌呢。热爱是生命最美的引导。鸟儿的歌唱优美,只有深爱鸟儿的人才能听懂,我的王。"

你在跟谁学舞蹈呢?

"我在跟蝴蝶学舞蹈呢。青春是最烂漫也最坚实的季候。蝴蝶的舞姿优美,只有懂得春心的人才能学会,我的王。"

你在跟谁亲吻呢?

"我在跟春天亲吻呢。歌唱的鸟儿最美丽。春的心思是难懂的,只有播种春天的人才能猜得透,我的王。"

你在跟谁玩游戏呢?

"我在跟风玩游戏呢。信念是生活最亮丽的向导。风的游戏丰富而多变,只有站在风口的人才能知道它前进的方向,我的王。"

你在跟谁学诗呢?

"我在跟田园学诗呢。劳作是最为切实的学习,感悟是最真实的学问。田园的诗,其言最真,其情最诚,其韵最丰,只有赤脚于其怀者才可感悟,也才能学会,我的王。"

那你在为谁而歌唱呢?

"我在为你歌唱呢。自信是一剂良药,坚持成就了辉煌。你是最为懂得歌唱者,只有站在你身旁的人才会体味到,也才能感受到,我的王。"

那你又在为谁而舞蹈呢?

"我在为你舞蹈呢。自然是生命最美的归宿。你是刚强而不屈的,是贤明而圣洁的,亦最为仁爱而慈善,我舞蹈的美丽、热烈将绽放你所有的华美与无私,我的王。"

3

阴冷潮湿的时日已过,太阳提着花篮到处嬉戏——众鸟齐歌唱,蜂蝶共舞蹈。在小鸟歌唱的嬉戏中,在蜂蝶舞蹈的盛宴里,阳光找到了绿叶,找到了鲜花,也找到了成群结队出游的人们。

晨祷结束的钟声刚刚响过,孩子们便像出笼的小鸟,个个心花怒放。他们离开龙椅凤座,奔跑出圣堂,相互追逐与嬉笑,热烈地追赶着阳光,并与花儿同嬉戏,还与风儿共打闹……

阴冷潮湿的日子让人伤心,阳光与花朵是孩子们的追寻。在热闹的嬉戏中,在热烈的追逐里,孩子们找到了欢笑,找到了快乐,也找到了阳光与花朵。

忧郁徘徊的日子让人悲泣,开心与快乐是孩子追寻的共同。花朵是美丽的,阳光是灿烂的——成长在花园里的孩子是幸福的,生活在阳光下的人们是快乐的。

我的王,我把你交给太阳,孩子们便有了鲜花可寻;我把你交给鲜花,人们就会找到阳光——孩子们找到鲜花,人们找到阳光,那就一定会找到我,并听见我的歌唱,看见我的舞蹈。

4

春天是美好的,传唱在春天里的歌儿必是美好,盛开在春天里的舞蹈也定然灿烂。在春天里歌唱、舞蹈,孩子们歌唱与舞蹈着他们多彩的童年，我歌唱并舞蹈着我梦中的花园。

春风是美好的，荡漾于春风中的歌曲美好而动听；歌唱的人们是幸福的。美好的音符让希望生出丰美的翼翅，伴溪流而奁张，因春风而翩然，随百鸟而翱翔，依歌声而飘向永远。

舞蹈是美丽的，花朵是美好的。美丽的舞蹈充满欢乐；盛开在舞蹈里的花朵，个个绽放着鲜艳，演绎出绚烂。在美丽的舞蹈中，孩子们找到了太阳，找到了欢乐；在舞蹈的美丽里，我找到了潺潺流淌的碧泉。

穿着节日的盛装，吟唱着春日的歌谣，行进在春天的原野上，我把自己的歌曲融合在孩子们的歌唱中，把自己的舞蹈汇聚在孩子们的舞蹈里——太阳与月亮、春风与鸟鸣、鲜花与碧泉是我们共同的歌唱，亦是我们共同的舞蹈，热爱是共有的主题。

5

静静地，围坐在你面前，我来听你美丽的叙说。

围坐在你身边的人很多，孩子更是不少。看到人们那崇敬的表情及孩子们那敬慕的眼神，我也就围坐在你身旁，表露出崇敬，亦满怀了敬慕。

你叙说的主题深刻，充满了智慧的遐思——招清风徐徐，惹百鸟欢鸣，引花间蜂蝶舞蹈，也引天边彩云绚烂。

从你美丽动情的叙说中，我们听出了伟大与宏阔，也听出了庄严和神圣，我们闻见了鲜花沁脾的馨香，也看到了彩虹的多彩绚烂，我们渴望你美丽的叙说能传来她伟大而神圣的召唤。

我们不怀疑，也不插嘴，不提问，更不左顾右盼，我们睁大双目，只静静聆听，怀着神圣，抱着敬慕，还充满了幻想。

你的眼睛，水汪汪的，一如秋波之荡漾，明亮而有神，并闪烁着智慧的亮光——我们的思想只随你智者的美丽叙说而飞翔。

你智慧的言语像鲜花之盛开,你美丽的歌唱像林间百灵鸟的鸣和,你美丽的叙说唤醒了日月星辰的灿烂,也唤醒了泉水潺潺流淌。

从你美丽动情的叙说中,我们听出了庄严和神圣,也听出了伟大与宏阔,我们都渴望你美丽的叙说能传来她伟大而神圣的召唤,并引领我们达到那美丽的神圣地。

6

你混居于孩子的乐园里,领着孩子们游乐嬉戏。孩子在他们的乐园里,快乐地做着他们最快慰的游戏。

那时,你说:"来吧,快来到孩子们的乐园中,与他们同游戏,你将赢得欢乐,并收获幸福。"而那时,我正陶醉于漫山遍野的花木中,看花儿争艳,听溪流淙淙,赏蜂蝶共舞。牧童笛声悠扬。哦,我的欢乐无限制。

——你的呼唤日复一日,但我的欢乐无人能比。你能否来到我身旁,看我为你舞蹈,我的王?

你混居在劳作的人群中,引领着人们一边劳作,一边歌唱。劳作的人们在劳作的快乐中歌唱他们劳作的快乐,幸福着他们劳作的幸福——百花齐放,众鸟欢歌,大地一片繁忙。

那时,你说:"来吧,快来到劳作的人群中,和他们一起劳作,一起欢唱,你将赢得欢乐,并收获幸福。"而那时,我正陶醉于林荫下的溪流旁,听鸟儿欢唱,赏鱼翔浅底。哦,我的欢乐无限制。

——你的呼唤日复一日,但我的欢乐无人能比。你能否来到我身旁,听我给你歌唱,并为你舞蹈,我的王?

7

哦，请原谅，如果我的眼中只有风雨而没有彩虹与阳光，如果我的耳中只听得见风的凄厉而听不见夜莺之歌唱、翔鸟之欢鸣，如果我的脚下只有崎岖、艰险而没有平坦——原谅我，我的王，请原谅。

请原谅，如果我的口中只有怨言而抱怨不止，如果我的言辞含糊而不能使你明白，如果我口无遮拦而使你尴尬与忧伤——原谅我，我的王，请原谅。

哦，请原谅，如果我的胸中只有沟壑险隘而无旷野平川，如果我的忧伤绵延不断而没有尽头，如果我固执的偏见伤害了你美丽的思想——原谅我，我的王，请原谅。

请原谅，如果我只埋头于清除自己园中的草棵而忘记了欣赏你园里花朵的灿烂，如果我的花篮无有新物而永是枯枝旧叶，如果我还只空有歌唱而没有切实的供献——原谅我，我的王，请原谅。

8

尊者呀，我还不知道什么叫忧闷烦苦，我还很年轻，思想更是单纯——我涉世不深，人与人之间，我以为，只有相互的依恋与关爱、帮助与虔敬。

我的眼里尽是明媚的阳光。我园中的花儿都鲜亮。我觉得，人们的笑脸只因我满目的阳光而灿烂，翔鸟的欢鸣也都为我园中的花儿歌唱。

尊者呀，请不要再给我述说繁难、艰险，因为我还不懂，也不曾经历。我喜欢简单与清爽——事一驳杂繁复，我的心即乱。春天去播种，秋天去收获；夏天游水，冬天堆雪人、打雪仗，我的所唱只述说美好，舞蹈也只为旋转善良。

把你园中的鲜花赠予我，我手中的花环将因你无私的赠予而更璀璨，风光亦是无限；把你欢乐的歌调都教唱于我，我前去的歌曲将因你美丽的教授而更美好，并源源不断，还永永远远。

我还不知道什么是忧闷与烦苦，请不要给我述说那些繁难与艰险。我还很年轻，思想更是单纯，情感也是纯一。天空中会有乌云袭来，但我知道，只要南风一来，那云朵便会溃败，四处逃窜。

9

因为匆忙，我所有的奉礼都不过是我沿途顺手之捡拾，但这奉礼一到你手中，却都个个晶莹玉润，并光彩熠熠，件件珍贵，你欢悦，我更荣幸万分。

我的那些旧歌陈词，只要从你的唇齿中蹦出，便充满了新意，而你所新创之词曲总能为人们拂去心中层云，并时时指点着迷津。

你的歌曲永唱不完，并充满鲜活的意义，使我的心海澎湃着景仰，翻卷出倾慕，并滋生与繁衍着庄严与神圣。

你庄严的思想，我稍懂其意：盛夏，你不会为花落而悲愁；严冬，你不会为风雪而泪流，你更不会因春意温暖而曲意逢迎，亦不会因突然的风暴而低下高昂的头颅。我赞美你，因为我爱你。

你美丽的情思，我亦明白些许：对昨天，你只是沉默；对今天，你只是忙碌，踏实而勤苦；对着明天，你总放声歌唱——歌唱，来自你深思熟虑的胸膛。

"将昨日之思想传给今天的脚步，把今日之脚步交给灿烂的明天；生命因忙碌而丰满，生活因希望而充实。"你质朴的思想，虽构成你美丽的情愫，却也成就了孩子们今日永无疲惫的歌唱。

"沟渠因狭隘而干涸，宽容让大海变得宏阔。"你的心胸容纳了我歌的陈词与滥调，却让它们都融进你歌的海洋中，让它们缤纷华美，并永无枯竭，就像你生命的泉水，汩汩不断，永恒常新。

"风不会徒然刮过天空，陈腐之中也必有珍奇。"世间一切的陈词与滥调，只要到了你口中，便都成了动人的传说、鲜美的歌谣；鲜美的歌谣，人人爱唱，孩子们争唱，我也传唱其间。

10

只要你吩咐，我便抱一怀花香来探望你。我知道，花朵的鲜艳永远赢不了时间的磨叽，于是，春天里，我只采撷花香。只要你吩咐，我就将整个春天献于你面前。

只要你吩咐，我便扯一缕彩虹来觐见你。我知道，风雨凄迷人的眼目，让人辨不清方向，于是，夏日里，我便找寻彩虹。只要有你吩咐，我只把彩虹的美丽供奉于你。

只要你吩咐，我便提上满篮的果香献给你。我知道，果实会腐烂，有时还会成为累赘、负担，只有果香能长留心间，于是，秋天里，我便只采撷果香。只要你吩咐，我就把整个金秋献给你。

只要你吩咐，我便领上孩子们，来到你门前歌唱、舞蹈。我知道，你家庭院阔大，容得下世间万物，包容是你诸多美德中之最为伟大者。于是，于风雪飞扬中，只要你吩咐，我便领上孩子们来到你门前，在歌唱与舞蹈中，完成我和孩子们的供献。

11

　　我把我园中这艳丽的花朵都呈现，并交予你，希望你能以你美丽的歌曲将它们哺育，并让它们从你动人的朱唇中走向灿烂——你的伟大与神圣无人不知，我园中的花朵，我只向你奉献。

　　我从不祈求什么亮丽与绚烂，也不企盼神圣与高尚，更不奢望达到圆满。夹挤在如潮的人群中，紧紧地和孩子们站在一起，我只歌唱你无私的赠予和你那睿智之思想、纯美之情怀。

　　对你的歌唱曾使我忘记身边一切，也包括我自己。现在，我这园田，苗芽初成，但收获还尚待时日；我的歌唱，也还在我不断地修正与完善中，但我只听从你指挥，绝不带任何之目的。

　　风和日丽。大地开满栀子花。我曾为你的欢悦而高兴，也曾因你的悲戚而伤心，现在，我希望你为着我的欢笑而喜悦，因我的烦闷而愁忧——是你纯洁了永盼纯洁的我，我必以我的纯洁来伟大你。

　　我诸多的思想是你曾经的赠予，情思也因你而起。我的心智有限，学识也一般。你的所赠曾使我唱出了美妙的歌曲，现在，就让我将它们再交还于你——你的赠予美好而神圣，我的供献不会让你难堪。

　　我这园田只是你美丽园田之一角，我所种养的花木也是你曾经亲手的哺育——我的园田春风和暖，花红柳绿，蜂蝶共舞，你的园田就不会缺少春天的气息，收获也将更是丰富。

　　你以你的神圣将我园中的花朵哺育，以你美丽的歌曲将花蕾的情思谱写，并以你的朱唇将它演唱，以你轻盈的舞姿将它演绎——是你纯洁了永盼纯洁的我，你必因我这美丽的纯洁而走向神圣与伟大。

12

"生命之灯火被风吹灭,便难有再点燃之机会。善是世间永开不败之花朵,它之馨香永存世间。"你的思想一如黑夜里的闪电,给我们以光明的启迪。

"人,可以痛,可以苦;痛了你就歌,苦了你就唱,前去的路途是火炭。明天更美好。忠厚乃强者之底气,奸猾是奸猾者之陷阱。勤苦必富有收获。"你思想的深邃能驱散层层乌云。

"有爱相伴,生活便美好;让该去的都去,让该来的都来,我们只为爱而歌唱而舞蹈。"你美丽的情思能放飞世间所有的迷惘,能叫醒世间所有的彷徨,孩子们高兴,我更是欣悦。

"失望让人痛苦,霜雪引领出春天。失望只藏在失望者心中。欢乐无须徒有虚名。恬静使人怡然自乐。寂寞的日子让人伤悲。歌唱会让我们找到春天。"你言辞的睿智能融化漫天的冰雪。

"有风雨霜雪相伴,歌唱的音韵隽永;只要向前,歌唱就不会单调;有歌在唱,生命便流淌充实。存在决定了思想。梦想一旦铺成,收获必将珍贵。"你高亢的歌唱能唤醒日月,孩子们追逐,我亦随其后。

"日夜奔波,劳累不止,因为生命千百倍之珍贵。勤劳者必有收获。把心愿之花朵向着阳光饱绽,将潮湿之心音朝着舞蹈演奏——让美丽的心绪飞到阳光遍洒的田园。"你是这样讲,孩子们如是唱,我也如此诵读与传扬。

"把失向之鸟儿引领到森林,将迷途之羔羊引领至草原;给骏马以奔驰之原野,给荆棘以生长之荒原——让失望逃遁,让希望的花儿到处开,让幸福的感觉天天来,让欢乐的日子永远在。"你向我诉说,我和孩子们也如此之向你祈请。

13

从神庙里出来,暮色笼罩大地。路上行人稀少。黑暗即将到来。风雨也将不远,因为,云已浓,风已起。

"人可以被毁灭,但不可以被打败。"面对黑暗,我应歌唱;面对风雨,我该舞蹈。这是你曾经的教诲,我至今记得。

——历经挫折与坎坷,但我还不想失败与屈服,我只想以歌唱的美丽与舞蹈的无畏来证明你的伟大、我的存在,我的王。

我该歌唱了——我该遵循你的意旨。我不害怕黑夜,却惧怕没有歌唱。但当我张口要歌唱时,才发现,你在神庙中所教给我的那些歌,现在,已被你即时收回。

"舞蹈是开在风雨中的花朵。"那么,我就该舞蹈了,我该遵循你的教诲——不能歌唱,便须舞蹈。舞蹈能让人找到彩虹。

——我不畏惧风雨,却惧怕不能舞蹈。但当我迈开脚步正需舞蹈时,我才发现,你在神庙里所教给我的舞步,现在,也被你即时收回。

神庙中,我向你供献时,你就高兴欣悦,还不断为我祝福与祈祷,并教授我歌唱、舞蹈,你亲切的教导像花朵一样美丽,像彩虹一般灿烂,让我心怀感念。

从神庙出来时,你还不断重复,让我牢记歌词与舞步,还不断地叮嘱我记准音调和节拍,但我的脚步刚跨出你神庙的门槛,你就即时地将它们收回。

——在神庙中供献时,你就教我歌唱与舞蹈,还不断地为我祝福,从神庙出来后,你就将一切即时收回,你与我开的是什么样的玩笑呢?我迷惑不解,而你却站在神庙中,透过门缝,依旧朝我笑……

14

现在,我是否就该将自己忘掉,把生命的所有都一无所剩地沉溺到那个古老而又神奇的幻梦里,与过去的美丽共枕席,和明天的彩虹同舞蹈,抑或将自己装扮成一个世故而又圆滑的路人,去追逐那些并不永久的永久的幻梦?

现在,我是否就该将自己那些尘俗的想法弃掷,把生命的所有都一无所剩地融进那个静静的山林,闻泥土气息,听虫鸣啾啾,观溪流潺潺,沐星光月辉,抑或将自己藏进一个鲜为人知的苑囿中,去做一些新鲜而华美的艳梦?

现在,我是否就该将自己刻骨铭心地牢记,保持自己的那颗心,咏唱自己的那首歌,舞蹈自己的那个既定的舞蹈,与自己的心潮对吟相和,把守住自己的所有,抑或将自己置放于自我的圈子里,学白云悠悠,看天地无穷尽?

现在,我们是否就该……这样的故事,我曾斟酌了又斟酌,思谋了又思谋,也曾重复了又重复,申述了又申述,但在不断的斟酌与思谋里,在诸多的重复与申述中,我却又自觉与不自觉地想起你以及你所恩赐于我的园田。

15

遵循你的圣谕,我将手中的烛火高举过头,对着围于身旁的孩子们高喊:"跟我来吧,让我为你们引路,不远处就是我们的青葵田园,它将使我们的生命走向光华与灿烂。"

遵循你的意旨,我把我心中的碧泉沉淀了又沉淀,对着围于身旁的孩子们高喊:"跟我来吧,让她那一汪碧泉渗入我们的心田,它将使我们的原野生出健旺的苗,绽放七彩的花,生长参天的树。"

这烛火，这碧泉，其实，都是你亲手的赠予——是你将自己生命的烛火假借于我，并使之与我生命的烛火相容，所以，我才这样慷慨之赐予；也是你把自己生命的碧泉谦让于我，并使之与我生命的碧泉相汇，所以，我才这样无私之赠馈。

——跟我来吧，孩子们，走到我们的园田，我们歌唱与舞蹈，我们所热爱着的她正翘首以待：等待我们前往，与她同歌唱，和她共舞蹈。

——孩子们，让我们擎举起双手，并绽放我们的心音，在她广阔无边的田园中，舞蹈她美丽的舞蹈，歌唱她清纯的歌唱……

16

寒冷的冬天刚过去，你美丽的采集就繁盛了春天。雪花在你手中消融，你即刻又将它倾倒于小溪，小溪就在你美丽的倾倒中源源不断，潺潺鸣唱。

因着你美丽的呼唤，东风即时到来，芽苗便在你美丽的呼唤中摇动着绿色的旗帜，引孩子们驻足围观。

我不烦闷，也不徘徊；不歌唱，也不舞蹈。我知道，我不过是你无边春野上的绿草一棵，只永远追随你春天的脚步，荡漾你的温馨，弘扬你的美丽与富足。

花朵是你美丽金身所幻，它只是绽放在我的花园中，引我忧思与劳作，并谱写我的歌唱，也引导着我的舞步。

你美丽的采集繁盛了春天，我劳作的脚步只依你而向前。我只随你美丽的采集而歌唱而舞蹈，就像我爱情的歌儿只礼拜爱情的美好。

17

歌唱着她所有的歌唱,舞蹈着她所有的舞蹈,希望着她所有的希望,期盼着她所有的期盼——在歌唱她的道路上,孩子们,我们找不到自己啦。

快乐着她所有的快乐,兴奋着她所有的兴奋,幸福着她所有的幸福,也寻觅着她所有的寻觅——在寻觅她的道路上,孩子们,我们找不到自己啦。

思谋着她所有的思谋,寂寞着她所有的寂寞,伤感着她所有的伤感,痛苦着她所有的痛苦——在念想她的路途上,孩子们,我们找不到自己啦。

折磨于她所有的折磨,也坎坷着她所有的坎坷,泪流着她所有的泪流,也哽咽着她所有的哽咽——在寻找她的道路上,孩子们,我们找不到我们自己了。

我们让狂风暴雨鸣雷闪电永相连,我们把太阳踢下山,我们把月亮举上天,我们叫风霜雪雨滚远点,让江海湖波同波澜——孩子们,在寻找她的道路上,我们找不到我们自己啦。

"在寻找她的道路上,我们找不到自己,但我们将一起找到已经等候我们好久了的我们的她。"孩子们却如是之回答。

18

在万般欢庆的花的集会上,悄然地,你来到我身边,诵念我的名与姓,并把那闪光的金环套于我手指。

我?蓬头垢面,两手空空,囊袋如洗;我的花篮还空无所有,而那些日夜围在我身旁的孩子们,现在,也只知歌唱,还不知耕耘……

我顿时汗颜,心里满是忐忑,言语便不由自主:"将这给我？这怎么可能呢？你与我开的是什么样的玩笑呢？"

微笑着，你紧紧牵握我的手，拍打我因劳作而沾满衣襟的尘土："还有谁更能配这美丽的指环呢，在这个美丽之季节？"

当着众人的面，你如此宣告，让我大胆而无羞地接受。

看着众人艳羡的眼神，听着人们赞叹的言语，我想，我倒霉的日子终于熬到了尽头，我庆幸我的命运从此将会有转机。

你美丽的宣告一传出，便灿烂了你金殿外的一片鸟鸣；温煦的阳光铺满地，繁盛的花朵开满园。

19

"在晨诵之前赶到。"这是你神圣而庄严的圣谕。不管我有多慵懒，都须这样——融合在晨诵的队伍中，我会忘记自己。

孩子们吟诵的声音响亮，能穿越山峰，达到幽谷。但那吟诵，倘若没了我的声音，那晨诵便缺了清脆，也少了应有的浑厚。

孩子们闭目诵唱，那情景着实让人感动。吟唱的词音充满了美丽的庄严，沉浸其中，我只收获感动。

晨诵宣告结束时，显露在孩子们脸上的喜悦与敬意，让人感动，令世间所有的言语都失去魅力。

沐浴在无边的晨光中，晨诵之后的人们，脸上泛着金光，挂着灿烂，演绎着纯美。但那笑容，那纯美，倘若没了我的参与，那风景便缺失了丰富。

"在晨诵之前赶到。"这是你神圣而庄严的圣谕，朋友们都听从，我亦不反对。不管我有多慵懒，都须在晨诵前赶到——融合在晨诵的队伍中，晨诵的人们欣悦欢畅，我也会忘记自己，而你也一定欢喜。

20

如果你意欲,你就来到我园田——

我这园田,阔大没有边际,土地肥沃,水源更丰富。春时已至,正是开垦种植的时机。适时播种,才可有收获。苗种,我已备好,只等你到来——我们一起撒播今日的希望、明天的收获。

如果你意欲,你就来到我花园——

我这花园,花儿姹紫嫣红,蝶飞蜂舞,百鸟和鸣;白云在笑,太阳在笑,赏花游玩的人们也在笑。孩子们在等,我也在等——等你和我们共享花的艳丽与芬芳。

如果你意欲,你就来到我果园——

我这果园,硕果累累,缀满枝头。丰收在望。孩子们喜笑颜开,捧抱着果篮。适时采摘才会有富足。孩子们翘首以待。孩子们在等待,我也在等待——等你与我们同享收获之喜悦。

我这园田,我这花园,我这果园,从没有秘密可言,门窗永是敞开,一切都在阳光下,到处都光明。如果你意欲,你就来吧,带上你的随从,孩子们在等待、在呼唤,我也在呼唤、在等待……

21

钟声已响,传言已至——你邀我觐见的时刻终于来到。我想,快乐与幸福的日子就要到来,我这苦难的命运终于熬到了尽头。孩子们高兴万分,众朋友高兴不已,但我的高兴无人可比。

——孩子们,请整理好我们的礼物,准备实现我们的诺言吧!

奉献归来的人,聚集在我家门前,叙说你华美的服饰,描述你圣洁的尊容,也评述着你永恒的仁慈,还学说着你说话的腔调，舞蹈你曾经的舞蹈，咏唱你所教于他们的一首首美丽的赞歌。人们在谈论，我只收获感动与兴奋。人们兴奋不已，但我的兴奋无人能及。

——孩子们，请挑选好我们的礼物，准备我们的奉献吧！

挑选出最为精美的礼品，捧在胸前；穿戴着节日的盛装，诵念你美丽的名与姓，唱起你平日教唱于我们的歌曲，跳起曾经之舞蹈。载歌载舞，孩子们欣喜不已，但我的欣喜无人能比。

——孩子们，请抱上我们这精美的礼物，朝着那美丽的圣地出发吧！

彩旗飘扬，锣鼓喧天，礼花绽放；众人欢聚，并放声欢唱，还拉手舞蹈：孔雀舞优美，秧歌舞奔放，二人转活泼，迪斯科热烈；雄伟宏阔的殿堂，高高在上；你端坐殿中央，慈颜善目，满面春风。

——孩子们，抱上我们精美之礼物，朝着华美的圣桌，完成我们的奉献吧！

22

把他歌的曲词加于我的歌唱，让我的心意重合于他人之心思，唉，你知道，这该有多难，因为我有自己的歌儿要唱，他与我所歌唱的，调子不同，内容也不一，主题又怎能一致？

我常想，蝴蝶发不出萤火虫的光闪；他人的歌调难以切合我的心思，就像我这歌的思想也一定很难适合他人的心意；让我的心意重合于他人的心思，让我的歌调重合于他人的曲词，这开的是怎样的一种玩笑呢？

他人的歌唱，也许是秋林中百灵鸟的鸣叫，而我这歌，或许只是秋田里促织的低吟、蝈蝈的浅唱，但各人保持着自我，这不更好？我该有个我歌的词曲腔调，就像他也应有他舞蹈的姿势一样，秉性让我怀着固执的倔强。

但是呀，谁能料到，当我弹奏着自己的音曲时，自觉与不自觉地，我却演唱着你所赋予的歌词；我念着自己的歌词时，自觉与不自觉地，我却弹奏着你所赋予的曲调，仿佛我是你命定的一个身影。

"曲词、腔调不一，但只要一同向着秋之原野，即使赢得的果实不同，却一样灿烂与芬芳了秋天。"你亦如是说。

23

我以为我的所说全然为对，所以，我总拒绝他人之劝说。我所有的话，都是我王亲口的教谕——他是我的王，他所说的，我信以为真，众人也都说好。

梨花白，桃花红，油菜花儿黄。春风提着花篮到处游荡。小鸟欢鸣。我觉得我应展翅飞向天空，并接受春天的礼赞，也沐浴春光的爱抚。我把自己的所有都藏起，我只依他的所言所语而行事。

不会有谁会告诉自己，他所做的总都是错，就像我总认为我所做的永远为对。我所有的歌唱、所有的舞蹈，都源于他真诚而美丽的指教——他是我的王，我王的指教怎能有错有闪失呢？

做他交予我的那些事时，我是怎么想，也就那么做，我把我所有的推断都深藏在他所教谕于我的事理中，也把我所有的思想都藏埋在众朋友的歌唱里——歌是歌唱他的，我只紧随众人的歌唱而歌唱，这难道也会有错？

山林里，风在吹，松鼠沿着树枝蹿上蹿下。我走向成熟。我总想看见太阳，总想数清星星的数量，我还想扯一缕彩虹做衣裳，我总渴望他美丽的教导能时刻响在我耳旁，并达于我心。

太阳花开满大地时，我蓦然发现，我过去的所说所唱以及所做所舞蹈，都很有错，这让我满怀了羞与愧。但我过去的所说所做以及所唱所舞蹈，虽有错，但都很美丽，因为那都是我王他美丽的指教与恩赐。

24

我手头所有的花环，都是你亲手所赐予，我的王。我日夜为之奔忙，心里充满了感谢的焦灼。我想，我不会，也不该亏待它，我不能使这娇艳的花朵萎谢，让这美丽的花环失去灿然——我不这样，你没有面子，我也一定难堪。

不懂得夸饰与炫耀，也从不会应付与推托，我知道，夸饰与炫耀、应付与推托，这些，都不合你心意，也非你所愿，更不合我的秉性与脾气。如若我那样，我会难堪，你也没有面子，我的王。

走在你为我设定的路途上，我只唱你所教授于我的那一首首欢乐的歌，这样做，我心存喜欢，并充满感谢。但谁能料到，你把你原野上的花朵一次又一次地颁发给我——我为自己赢得了贪婪。

你的恩赐不断，我的囊袋永远空虚，我为自己赢得了贪婪，但我不那样做，我会难堪，你也没有面子；你没有面子，我也一定难堪，我的王。

25

玉露含珠，银河泻影，月白风清，自由的时辰终于来到。孩子们，你邻家的音乐正萦绕在你家的房前与屋后，撞击着你家的门与窗,呼唤着你们走出大门。

音乐是美好的,盛开在音乐中的舞蹈使音乐饱蘸着充实的美丽。孩子们,请打开你家的门与窗,让你邻家的音乐满满地涌进来。融进音乐的美丽中,再放开你们的舞步,和着你邻家的音乐,踩踏出你们的风采。

美好的时光总是短暂,青春的美酒也仅有一点点。音乐是动人的,舞蹈是美丽的。孩子们,请走出你家大门,踏着音乐的节奏,和众朋友一起欢乐与舞蹈,放飞所有的美好与绚丽,一同繁盛春天。

孩子们,暂放我们手中的活儿,停止我们这尘俗的唠叨,打开我们的门,敞开我们的窗,让邻家的音乐满满地涌进来,再放开我们的脚步,和着邻家的音乐,踩踏出我们青春的风采。

26

趁着晨阳初升,应着鸽哨的呼唤,领着孩子们,我来到你华美的圣殿。

你的宫室,神圣而庄严,富丽又豪华,充满了脱俗的新鲜——孩子们有看不完的风景,有说不尽的奇妙,有止不住的奇思与异想。

他们到处跑,相互追逐与嬉闹,还把你的坐骑当玩偶来嬉戏。他们忘记自己,也忘记我,更忘记了日夜为他们祈祷与祝福的你。

他们攀高爬低,把供桌当卧具,将美丽的圣画当绘本,把箴言当成诳骗,还争论个不休,吵闹个不已,个个面红耳赤。他们争论的吵闹能将房顶掀翻。他们忘记了自己,也忘记了你。

他们在你雪白的墙上涂鸦,画一座座山也画一道道水,画太阳也画月亮,画小鸟翱翔天空还画鱼鳖游戏于水里——在无边的涂抹中,他们忘记了将自己涂进去,也忘记了把你画进去。

我心怀愧疚,痛悔自己的教导无方,也恨自己的无为与失职。当我举手以阻止他们的无礼时,你神圣的声音从大殿中央传出——

"愚蠢必带来恶果。他们这诸多之热闹,正是大殿最为瑰丽之装饰。"

27

只要你召唤,我便前来歌唱,我的王。为你歌唱时,我觉得,我的生命才会有灵光闪现,我的日子也才不会虚空。

只要你吩咐,我便前来舞蹈,我的王。我觉得,为你舞蹈时,我的心才会有无忧的踏实,绝不会因无思而陷入混沌。

你弹拨六弦琴的姿势,多么俏丽,它深深地烙印在我心,让我在对你炽烈的渴慕中变得高尚。在你优美的弹奏中,我放飞了我园中所有的鸟儿,我想,你不会埋怨,也不会对我有所指责。

劳作绽放着生命的活力,无所事事的日子让人心忧。我歌唱着、舞蹈着,但我不带任何目的,只为你欣悦、我舒心。

你赐我以园田,让我在你的召唤中,开垦出属于你的乐园,并以之来完成我的歌唱与舞蹈,这样,孩子们高兴,我亦乐在其中。

28

我所需要歌唱的词与曲,就都藏握在你手中;我的歌唱与不歌唱,舞蹈与不舞蹈,你也知道,这全由你决定。

只要是你的决定,我既不反对,也不违抗,我思想的所有皆属于你。对于你的话,我全然拥护,对于你的行为,我全然歌颂,你是我的王,我还不是我自己,因为我还没有找到隶属于自己的土地。

我要把自己的心藏在黑暗处,静静地,我所有的行为只听从你指挥——我只歌唱你美丽的情思,只涂抹你宏伟之设想,也只欢乐着你的欢乐、悲戚着你的悲戚。

不要说我无有主见,我所有的主见都握藏在你手中——我只是你身边一位忠实的仆役,我只听从你安排,除此而再无其他。

你叫我哭,我就不会去笑;你叫我舞蹈,我就不会去唱歌;你让我歌唱光明,我就不会看见黑暗;你让我看见风雨,我就不去想象太阳……

你以你的思想为正确,我就不会说它有错。你是我的王。我只歌唱你、舞蹈你,我把自己深深藏起,不带任何之目的。

29

我不再矜持、沉默,亦不再犹豫、彷徨,定下心意,我要把我这笼中所有的鸟儿都放飞——让鸟儿回归蓝天,让天空不再寂寞,让流云不再孤单,让风中荡漾鸟鸣。

在我的笼中,它们整日叽叽喳喳,吵闹个不休,叫嚷个不停,我觉得,它们所吵闹所叫嚷的,全都是埋怨,这埋怨搅扰得我心烦,引我日夜忧思。

就让那些聪明人去传言、去诅咒,我自有自己的做法;让他们去玩他们那些自以为聪明的把戏吧,我知道,我的思想将成全鸟儿的向往。

这些鸟儿,翅翼变得脆弱,飞不高远,还找不到觅食的山林,这让它们日日埋怨,也让我心难受,我想,这更不是你所愿。

就像我不能将天边的游云装进我的花篮，不能叫所有的花朵都绽放出艳红的颜色，叫蓬草长成参天大树，这些鸟儿，我怎能将它们关在我的笼中而不放手，让它们都来学说我的话语呢？

我不再犹豫、彷徨了，也不用再胆怯与忧伤，现在，就让我将我这笼中所有的鸟儿都放飞，让蓝天再不寂寞，让流云再不孤单，也让微风荡漾着鸟鸣，让我之思想成全鸟儿美丽的向往……

30

赠予慷慨，回报也应丰厚。这是人们的思想，却也是我的追求。我一向都这样。我说话算数——我虽没有高尚的情怀，但请相信我的为人。

我这园中，树木都挺拔，预示着繁盛；草也嫩绿，饱含着蓬勃；花朵都鲜艳。看到它们，我便高兴，并充满自信。我喜欢它们。我把它们回赠于你，希望你接受，也能深深之喜欢，我的王。

请不要嫌弃我园中的草木还缺少繁盛之模样，也不要嫌我这园中的花朵太小太不显眼——月亮不是很大，但太阳深爱着它；星星不起眼，但月亮深爱它们；我很丑，贫而且贱，但我的爱深爱着我。

只要是树木，只要是绿草是鲜花，你就爱吧，勇敢而大胆地爱，就像月亮爱星星，就像太阳爱月亮，就像我的爱深爱着我。

我园中的花与草，我都喜欢，希望你也能喜欢；我爱它们，胜过爱我自己。我把它们献于你，希望你接受，也能深深之热爱。

赠予慷慨，回报也应丰厚。你曾经的赠予慷慨大方，我如今的回报应丰富而无私。在这个众人都来奉献的时节，我这园中的花草、树木，一无所剩地，我全然献出。

我以为，没有人会厌弃自己的劳苦所得；我这园中的树，我这园中的草，我这园中的花，我都很喜欢，也都很热爱。

我喜欢，我热爱，希望你也能喜欢，希望你也能热爱，就像月亮爱星星，就像太阳爱月亮，就像我的爱深爱着我，我的王。

31

这个废弃已久的花园，你把它交予我，并告诉我，说这花园不应与其他花园相同——因为整齐如一，待看便厌；因为修剪过度，则风景全无；还说，是花园，就应百花齐放，让群花共灿烂，一同繁盛春天，单调的风景没有美丽可言。

你说我的勤劳必能使这花园风景如画，说我美丽的思想定能使它万紫千红，还说我之情怀定能使它和谐于你那思想的圣洁与智慧之明达。

得到你的赞扬，赢得你的肯定，我兴奋无比，也高兴至极——我把得意写在脸上，让兴奋挂于我眼眉。众人讥我为傻瓜，并诅咒我的不谙世故。但我想，只要有你在，我就能成功，因为你仁爱的引导不会有错，而别人的讥笑与诅咒不过是嫉妒。

心有所喜，情必为专一。踏朝露而去，扛月辉而归；冒严寒而深耕，顶烈日而耘田，于春风里播种，在秋风中期盼；顺着物理，我调理着物性。

夏去了秋归，冬去了春来，终于，我的辛劳吐露出希望——梅花舒展了笑意，竹子依节而长，松柏露出挺拔之架势；玫瑰花发芽，牡丹花含苞，风铃花摇曳着丰姿，仙人球浑身长满刺，蓬草做着华丽的艳梦，连狗尾草也挺直了脊梁，爬地草也处处探头寻觅着蔓延的生存地⋯⋯

站在你面前，我表露了我得胜时的微笑："脚步成全我的梦想。我一定会赢得你曾许诺于我的那个美丽的桂冠。"我想："艰难过后必是坦途。荣幸的时日即刻就到，我劳苦的命运熬到了尽头。"

众朋友围在我身旁。他们哧哧一笑，我知道，那不过是艳羡的妒忌。我想，你是最懂得花园的，更明白奉献之底细——我为自己的劳作而骄傲、自豪。

我设想着自己未来的美丽与灿烂；微笑挂在我脸上，得意写满我的双眼。神情严肃地，你满眼愤怒，还一脸之睥睨，大声地说："你，你怎能让我的花园荒芜……"

32

暂停我们手中所有之劳作，摒弃我们心中尘俗的渴念，满怀一腔虔诚，孩子们，现在，就让我们来尽心地伺候她。

尘俗的劳作，使我们园中的花朵渐趋枯萎；尘俗的渴念，使我们田间的绿草也枯迹斑斑——鲜花不见开，蜂蝶不见来。

我们一边劳作，我们一边渴念，但我们的心呀，充满悔恨与诅咒——没有眼泪，也没了灵感，这尘俗的日子，使我们田园中的花树萎靡而少有朝气。

她这苑圃，鲜花永开，蝶飞蜂舞，好鸟时鸣——狂风暴雨因她至善至美的容纳而远遁，严霜飞雪也因她胸野的开阔而逃逸。

她宽阔无垠的园田里，树木葳蕤，秋苗齐整；欢乐的人们尽情歌唱，拉手舞蹈；祝祷她的人们，心里藏着幸福，脸上呈现荣耀。

暂停我们手中所有之劳作，摒弃我们一切尘俗之渴念，现在，孩子们，就让我们尽心地伺候她——歌唱于她的苑圃，舞蹈在她的园田，我们不烦忧，她也才高兴。

33

接受了你无边的恩泽，我劳作于你指点给我的园林——我想以汗水赢得你的心，以我最大的收获去朝觐你圣者的容颜，以我最为美丽的奉献去领取你所许诺于我的那顶华美之桂冠。

春的明媚递送着你温煦的馨香，夏夜的凉风呢喃着你柔美的传唤，秋的阳光吐露着你的芬芳，冬日的飞雪舞蹈着你健美的腰肢。

冬去了春来，万物复苏，百鸟欢唱。我怡然自乐。陶醉于自设的欢愉中，我无奢的心境里只剩下你所许诺于我的那顶桂冠。

秋风飒爽，果实累累，空气里洋溢着醉人的芳香。我采撷果实。怀着兴奋，带着憧憬，急切而精心地，我挑拣着朝觐你的诸多礼物。

当我拥着礼物走向你光明的圣地时，你却传言于我，曾许诺于我的那顶桂冠，你说，你已给了别人，并传言于我，别人的奉礼比我先到。

34

目标已定，粮袋已满，服饰已全，前行的螺号已吹响，犹豫迷茫的日子已经过去，现在，前途一片之光明。

带着欢喜与兴奋，孩子们告诉我："向她住地进发的时候已到，当快快起程。适时出发，才能赢得机会。"

接受了孩子们如一之建议，我即时动身。但当我开门起程时，哦，阴霾密布，霜雪封门，冷风呼啸——我前去的路途迷失在密布的阴霾里，迷失在纷扬的霜雪中，迷失在呼啸的冷风里……

我时走时看，悲哀的心总是在问：在向她住地的行进中，哪来这么多阴霾，哪来这么多霜雪、冷风？

飘霜飞雪的季候已过，看，惠风和畅，天朗气清，鲜花遍野，众鸟高飞，游人如织，大地风光无限。

孩子们高声对我喊："忧愁迷茫的日子已经过去，向着她住地进发的时候已经到来，当快快起程。适时出发，才不会有遗憾。"

接受了孩子们如一的督促，来不及整饰，我即时起程。但当我起程赶路时，哦，云雾弥漫，危峰布野，险壑纵横——我前去的道路，迷失在层层的云雾间，迷失在无边的危峰中，迷失在纵横的险壑里……

我时走时看，悲哀的心总是在问：在向她住地的行进中，哪来这么多迷雾，哪来这么多危岩，又哪来这么多险壑？

35

"礼赞之晨祷，乃必须之课目，一定得完成。"这是你的命令，别人都听从，我也决不能马虎与敷衍。

看着众人口唇如一的嚅动，表情如一的严肃，神态如一的庄重，我心觉可笑——单调的歌曲让人生厌，如一的赞美中必夹杂了虚伪。

改变不了别人，那就改变自己。在众人如一的礼赞中，我却发现了如何去偷懒——我为我这样的发现而高兴，也为自己这聪明而窃喜，并窃喜不已。

"没有发现不了的诡计；奸猾必得应有之惩罚。"众朋友都这样劝告我、提醒我。

我准备着你惩罚的皮鞭抽向我——也许，那样，我会明彻于心，彻醒于骨，从而融进众人如一的礼赞中。

但你却没有发现我的举动，于是，我为自己高妙的做法而自喜。

"缺乏诚实之举动必招致祸灾。"众朋友对我诸多的指责使我心烦："谁让你们来管他人的事情呢？"

今天，又有人大声指责我，并当着你的面，言语尖刻，语气严重，还涨红着脸。

我再也无法压抑我对他们这样指责的愤怒："都停止吧，你们这如一的礼赞都是欠缺真诚的表现！"

说过之后，我即刻后悔——我怎能以自己的见解来否定他人的主意呢？怎能以自己的莽撞来回应别人善意的劝告与提醒呢？又怎能以自己的妄断来否定真实的存在呢？

我为自己的莽撞而后悔。但覆水难收，错误已铸成，我想，我将为我的言行而悔恨，也将为我尤知的妄断而付出代价。

"瓜、豆皆因所种而所得；种下恶因必得恶果。"报应是我的应得。我不推脱，也不狡辩——推脱与狡辩都不合我秉性。

我准备接受你惩罚的皮鞭。

站在你面前，我乖巧而自责地深低下头，心中满溢着羞惭与悔恨："礼赞的晨祷是必须的课目，我怎能以自己的偏狭与莽撞来……"

紧紧地，你抓住我的手，喊我为兄弟："你之礼赞充满诚恳之真实，众人于你狂喊的惊呼中，将懂得礼赞之真谛。"

36

欢乐为聚会的主题，无私是相处的品质。众朋友都在，正是欢乐的时候。聚会因喜欢而欢乐，因欢乐而无私。

当着众人面，你让我为你快乐地歌唱，但我的歌中却时时流露出伤悲。我这不和谐的音调，顿时让欢乐的聚会变得沉郁——让欢乐的聚会变得沉郁，这让我尴尬，也让你失望。让你失望，但这不是你的错。

当着众人的面，你让我为你供奉礼品，但平日的劳累竟让我忘记了准备，随手所拿的花朵也因过时而枯萎、干瘪。我贫贱的供奉让这盛大的聚会顿时变得沉郁。人们瞪大双目，我也羞愧难当。没有礼品供奉，这让我尴尬，也让你失望。让你失望，但这不是你的错。

欢乐是聚会的主题，供奉礼品是我的应该。但我的歌唱含着伤悲，我的奉献藏着贫穷；我的歌唱、奉献让这欢乐的聚会变得沉郁，这令我难堪，也让你失望。让你失望，但这不是你的错，我的王。

37

风雨已过，青山更青，绿水更绿，洒金的夕阳重莅人间。

人们擎举彩龙而雀跃舞蹈；众朋友聚集在你家大门前欢歌；孩子们更是兴奋不已，他们设想着你的穿戴，幻化着你的打扮，他们把胭脂涂满脸，将鲜花插满头，迈着八字步，手握一顶牛仔帽，还不时地手舞足蹈。

暗夜即去，曙色已透；礼乐齐奏，鞭炮彻鸣。你家门前，歌唱的人们在歌唱，舞蹈的人们在舞蹈；欢闹的人们欢闹个不休，溢彩流苏的车辇已停至你家门口，人们都等你上车。

整装待发的钟点已敲响，太阳也广邀你的朋友，众朋友都站在你家的大门前，只等你出来，共同前行——走进春天的原野，绽放你思想的花朵。

是的呀，前行的锣鼓已响起，走出你家大门，和我们同行吧，我的朋友！

38

越过一道梁，又是一座山，梁与梁相接，山和山相连，而梁与山的那边，孩子们，那就是我们美丽的家园——

那里，田园广阔，杨柳依依；山清水秀，蜂蝶共舞；春暖花开，花园一片灿烂——那里的花朵永不被无情的秋风所掳掠。

那里，惠风和畅，牛羊成群；溪流潺潺，百鸟和鸣；琴声悠扬，歌声阵阵——那里的歌声永不被时序的循环所凋蚀。

那里，自由的国土上，飘扬自由的旗帜，荡漾自由之歌唱——无忧的人们拉手欢歌，舞蹈着欢快的舞蹈，歌唱着自由的曲调。

那里，我们所挚爱的她，正翘首以盼，面含微笑，唱着铿锵的歌儿——祥和与慈爱的旗帜，永飘荡在她家门楣。

那里，溪流因她潺潺，鲜花因她而盛开，杨柳因她而依依，百鸟因她和鸣，琴音因她悠扬，自由欢乐的歌声因她而飘荡四方……一切都因她而美好无限——她正在欢笑，正在舞蹈，她正期待我们前往觐见。

越过一道梁，又是一座山，梁与梁相接，山和山相连，而梁与山的那边，孩子们，那就是她为我们设计的我们美丽之家园。

39

——渡向她圣地的渡口在哪里呢？我迷失了前往的津口，围在我身边的孩子们更摸不着方向。

我曾赤足入海，海便扬起浪花拥抱我。它亲吻我脚趾，深吻我脸颊，还淹没了我的头，我为大海那大胆而狂烈的爱意而惊恐不安，手足无措。

忙乱的惊恐中，返身回到岸上，我四处张望。唉，渡向她圣地的渡口，它能在哪里？我迷茫在海的爱恋中，迷茫在海涛雄伟的汹涌里……

——踏向她圣殿的路途在哪里呢？我找不到前行的路，跟行在我身后的孩子们便摸不着方向。

风的指引没有方向。我曾在风中迷失了路途；在一条条熟悉的路途上，我找不到达到她住地的路。

通向她圣地的津口，到处都是，但我却找不到属于自己的那一个；通向她圣殿的路途，随处可见，但我却无法找到属于自己的那一条。

大风吹着我走，但风的方向只藏行在风中。我徘徊在风中。风知道她之所在，但风的言语我听不懂，它也并不曾告诉于我。

"快快过去呀，她正藏在彩虹边，正与风雨嬉戏呢。"孩子们忽然兴奋而热烈地朝着我既叫又喊……

40

"爱，只有心灵深处的相融，它永无言语，也无须言语之解说。"——众朋友曾告诉我，说这就叫作默契。

"爱，只有心灵深处的默契，它没有界线，也无须界线的界定。"——孩子们说，这就叫作坚贞。

"回答恨的不必是恨，但报答爱的只有爱。爱，除它本身，没有其他。"——你是这样教导，朋友们也如是说。

"爱与爱相碰的那段距离最短，但亦漫长；爱让我们永生，也把我们毁灭。"——朋友们都这样告诉我，我也就如是说。

有人群的地方就有爱情的歌儿在唱，人们在唱，我也夹于其中——孩子们都告诉我，这就叫作希望。

有人群的地方就会有失望的悲泣，人们悲泣过，我也曾悲泣——朋友们说，这就叫作生活。

将痛与恨凝结成怜和爱。爱在唇舌间颤动，迸溅出一串串音符，永呈新鲜，美丽且动人——你如是之告诉我，我便这样认为。

爱与爱相碰的那段距离漫长，但亦最短；爱把我们毁灭，却也让我们永生——你曾这样告诉我，孩子们也都如是说。

41

人们为你歌唱，现在，我只为你舞蹈；我知道，歌唱使你变得荣耀，但舞蹈却让你走向灿烂。

人们赞美你，现在，我只膜拜你；我明白，赞美使你变得高尚、贤明，膜拜却使你走向伟大、神圣。

——人们的歌唱，高亢而热情，我的舞蹈，奔放而踏实；人们的赞美，华丽且真诚，我的膜拜，虔诚且严肃。在歌唱与舞蹈中，在赞美与膜拜中，你园田中的花朵愈加灿烂，孩子们高兴，人们更是喜欢，我也不例外。

我知道我所知道的，也明白我所明白的，就像我不知道我所不知道的，亦像我永不明白我所不明白的。

我不需要给自己粉饰，装不知以为知、装不懂以为懂，或者以知装作不知、以懂装作不懂，也不需要作自我的夸饰，说自己能将星月照亮，能把风雨唤醒，那样做，有违你心，也不合我意。这是我所知道的，也是我所明白的。

我知道，风吹的时候风便吹，雨下的时候雨便下，风雨交加时它们便交加，但它们为何要时来时歇，却还要时歇又时来呢？

我明白，天上有个月亮，我心中有个太阳，但我终不明白，是天上的月亮点亮了我心中的太阳，还是我心中的太阳照亮了天上的月亮？

这一切的一切，都是我所不知道的，也都是我所不明白的。我曾去问同行的人们，人们也就以同样的话题来问我。

你匍匐在尘土里，偶然地一翻身，便成就了你朝着天空嫣然之一笑。但你这嫣然的笑容却即时灿烂了地上的花朵，随着那时来时去的风，也随着那时去又时来的雨。

太阳朝我微笑时，我便朝着尘土微笑，于是，种在我心野里的你的那些花，便灿烂了倒映于我心湖里的那道彩虹，但这彩虹，顿时美丽了我的心野，也明丽了我的心湖，艳丽了我园田里所有的风景。

人们歌唱你，并全心地赞美你，我只舞蹈你，也只是膜拜你——歌唱与赞美显示了你的荣耀、高尚和贤明，舞蹈与膜拜彰显着你的灿烂、伟大与神圣。这是我所知道的，也是我所明白的，我的王。

42

是时候了，快来到我窗前，和我同坐——

黑夜如一张无边际的网，深沉地网络着寂寥的寰宇。但只要留心，在黑夜的那个无极处，闪烁着一星灯光，它虽不能把宇宙照亮，却在它的周围，还围绕着众多吵闹的生命。我们的王就在那里，他在人群中，正诵念着我们的名姓，并呼唤着我们与他同坐，孩子们。

是时候了，快来到我窗前，和我共享——

暴风雨已过，雷鸣电闪的日子已经逃遁。被风吹歪的树木，现在，已重又站直；被雨打蔫了的花儿，现在，也重新张开了花瓣：它们在向我们招手致意。众兄弟都在，孩子们，快来到我窗前。

是时候了，快来到我门前，与我同行——

细雨蒙蒙，这正是生命之神于痛哭之后含柔藏和的赐予，这正是滋润我们生命的雨露与甘霖。风儿已经歇息，蝴蝶无飞，蜜蜂已藏，鸟不鸣；众神手都在，正举手欢庆：这正是我们出行的时候，孩子们，快来到我门前，与我同行。

43

暗夜将到，太阳已被山林吞食，光明就要失去，朋友，荒地里，你还忙些什么？

暂放你手中的锄锹，带一身辛劳的汗水，来到众人身边，赶在暗夜降临的前边，在残留的一线光明下，和众人拉手舞蹈，放喉歌唱，因为，我们的国王，他就要驾临。

你亲手育植的这片樟树林，枝叶开始翻转——暴风雨即将到来，朋友，荒地里，你还忙些什么？

暂放你手中的锄锹，在暴风雨未到之际，聚会于人们燃起的篝火旁，和众人拉手舞蹈，欢呼雀跃，因为，我们的国王，他就要驾临。

紫罗兰被折断，供奉你劳顿休憩的帐篷也被刮翻，你新置的土地被荡涤一空。朋友，荒地里，你还忙些什么？

抹去痛惜的泪水，来到众人身边，在平和慈爱到来之际，和众人拉手舞蹈，放声欢歌，因为，我们的国王，他就要驾临。

朋友，从黑暗的角落中走出来吧，因为，我们的国王，他就要驾临！请走出来吧，从黑暗的角落里，请来到孩子们中间，让我们共迎我王灿然之光临吧！

44

错过了春日的花朵，也远去了秋日的收获，在炎暑烈日中，在飘雪飞霜的严冬里，我们起早贪黑，付出汗水，但只要她在我们身边，孩子们，这有什么关系呢？

在她的园田，我们挑拣她的砖瓦石块，以修砌我们的家园；在她的家中，我们挑选她的橡檩斗拱，以建盖我们的房舍；在她的花园，我们摘取花朵，来装饰我们自己的门面。我们一无所有，但只要她在我们眼前，这有什么要紧呢？

接受了她馈赠于我们的她的家园与房舍，我们会丢失我们原有的家室；我们在她伤感的故事里流淌我们感伤的泪水，在她无欲的追求中寻觅我们的追求，在她美丽的馈赠中羞惭我们的贫贱，这又有什么关系呢？

在她阔大无垠的门庭中，我们只咏唱她教唱于我们的她的那些歌；在她醇厚的词曲里，我们只舞蹈着她的那些舞蹈。但只要有她在我们身边，与我们一起歌唱和舞蹈，那有什么要紧呢？

我们在她的屋檐下，依着她的歌唱而歌唱，随着她的舞蹈而舞蹈，她就会领着我们走到她的原野上，摘鲜艳的花朵，编织我们的花环。

怀抱着她丰富而美丽之赐予，在她广袤的田野上，我们咏唱她的歌，舞蹈她之舞蹈，也来建造她的华屋，并以我们的歌唱与舞蹈来装饰她那华屋的门面，孩子们，这有什么关系呢，又有什么要紧呢？

45

孩子们,到现在,我们还一无所有,贫穷如故:衣衫褴褛,囊袋如洗,花篮空空,需要供献的礼品我们还没找到,我们的梦想,现在,还只是空想。

孩子们,到现在,我们还贫贱如故:我们言拙语笨,常遭人白眼;满面尘俗,不被人待见。在自我的领地里,我们寻找着自我,我们的脚步只踩踏着迟钝——我们的设想,现在,还只是梦想。

"一无所有的人是快乐的:大地上的一切都在他怀抱里,天空之所有都蕴藏在他胸中——他是大地与天空之儿女;他只以无有为荣光,以无有做生命之胸襟。"你曾经的教诲,我和孩子们永远牢记。

到现在,我们还一无所有,我们还贫贱如故。"我们躺卧在她仁爱的怀里接受她无羞的抚爱,在她微笑的唇边采蜜——躺卧在她宽阔仁厚的怀里,我们忘了尘俗的一切。"孩子们如是说,我也只如是讲。

我的王,爱只是在你的园田里开花,遍地灿烂,却在我们的花园里结果,这是怎样的一种奇异与高尚呀?

"爱,让我们走向贫穷,但也让我们走向富有。"孩子们齐声歌,你只随声唱,我只站于一旁,热烈而又热烈之鼓掌。

46

匍匐在你阔大无垠的原野上,你慷慨无私的赐予让我欣慰,也让我心怀忐忑。

你爱的囊袋永是富有,你美丽的朱唇永流淌着爱意,赠予源源不断,但我该用什么来回报,抑或该用什么样的回报才能使你心悦？

你博大宽阔的胸怀，你明彻万物的伟大的灵智，你诸多的美德，永使我羞愧地深埋起自己感伤的思想。

找不到灵智的美酒滋润我心，那就让我用感伤的泪泉来解除我心渴，我的王。

我把自己的心交给你，我想收获你的思想，并灿烂我园田中的花朵，但这又是否合你的心意，又是否能做到？

我不再忧郁，也不再伤感。忧郁、伤感不是你所愿；你的赐予源源不断；匍匐在你脚前，我爱的囊袋永待添充；我是我选择的我，我却拜服于你脚下，我的王。

47

面对你的微笑、你的询问，我不知道该以什么样的言辞来表达我对你的仰慕、对你的向往以及因你突然的到来而使我心中所产生的惭愧与羞怯。

我，尘面蒙垢，衣衫褴褛，双手空空——顺路而捡拾的花朵已干瘪，我为自己的拣选既羞又愧。

现在，我的手不听使唤，做着无谓的动作，也不知该放在何处方能赢得你芳心；我的双脚也在不停地挪左又挪右，挪前又挪后；我的心啊，仿佛花丛中的小鸟，蹦跳不止——它只因你突然的到来而激动不已，也懊恼不已。

"我们终于见面。"思想一打转，眼前就一片灿烂——有你在身旁，一切便只是美好：蔚蓝的天，白云在游移；微风习习，传送着春归的消息；白鸽在人家的屋顶上咯咯叫；邻家的音乐正萦绕在我的周围，孩子们在属于他们的乐园里做着快慰之游戏……

48

来到你园中,每一次,你都不闪面,这虽遗憾,但并不使我心伤,也从不让我失望。你总是让你园田中的那些盛开的花朵欢迎我,并把累累的果实放在我面前,还让飞翔的鸟儿告诉我:"既然来了,就带点回去吧。"

每一次,你园中的礼物都任由我挑选,还让你园中的那些牛、羊、鸡、鸭、鹅等列队欢迎,让它们招呼我:"您老辛苦了,有劳大驾。"并让它们来告诉我:"哦,你拿得快乐,我的奉献便快乐。"

你园中的鲜花朵朵,果实累累,牛羊鸡鸭无穷数;你的园田广大无边,你的赐予不仅新鲜而且丰富,还源源不断。我还是个贫者,你赐予愈多,我的囊袋愈空虚。我从不贪婪,只希望你的园田永远灿烂,而你之赠予也永永远远。

49

你所需要的果实,现在,我却不能满足。看你独自站在月光下叹息哀婉,这,让我深怀了歉意,面目亦写满了羞赧。

在你那里,我得到了许多,你的所赠所赐丰富而美好,你从不自私,也从不吝啬与怜惜,但你到我这里寻求你的所需要,我却无法让你开怀。

我这园田依然贫瘠,地盘也不宽展,我的所种与所养,既不珍贵、华美,数量也有限,唉,对于你的所需要,我只有愧怍与羞惭。

我这人,既慵懒又鲜有主见,我园里所种与所养,既少了精选,也少了我应该的呵护和照看,唉,对于你的所需要,让我汗颜。

我虽无物品供献，但我有爱相赠还，只要你愿意，就请常来我这里，虽没有华美物品呈现，但我有爱相奉献，我的王。

50

挂在我胸前的这串娇艳的花环，是你亲手所赠予，也是你亲自为我所佩挂。你姣美的容颜，永是开放在我心的原野中，像春花儿一般，鲜美而绚丽，并饱含灿烂。

头戴花环，从黎明到黄昏，又从黄昏到黎明，我都站在我门前的碾石上翘首以盼——盼你华美的车辇莅临我身边，盼你帮我坚实这花环在我心中的根基，让我更心安。

人们从我身旁走过，看着我傻傻以等的模样，都哧哧一笑——人们不知道你在我心中的位置。其实，你在我心中的位置，只有我和你知道，但你酣眠未醒，徒增我深深之遗憾。

咀嚼着希望，从春夏到秋冬，我都站在自家门前的碾石上，痴痴地望着远方。日光灿烂抑或繁星满天，只有我傻傻地等着——等你华美的车辇重新来到我身旁，等你俏丽的身影之重现。

51

原谅他们吧，原谅那些在忙碌而又忙碌的奔波中久久地忘却了你的人们的所有的过错，原谅那些只看见黑暗而看不见光明的他们的悲观，原谅那些只歌唱过去的舒心而忘记现在的美好的他们的落伍……

原谅那些你日夜为他们歌唱而他们却并不曾歌唱你的他们的粗心，原谅那些你为之日夜祈祷而他们却并不曾为你而祈祷的他们的傲慢，原谅那些你为他们奉献了所有而他们却并不曾为你奉献点滴的他们之自私……

——原谅是最深沉的爱，亦是你最无私之美德：人们都在因你原谅的美德而乞求你诸多原谅，也都在因你诸多原谅而赞美你原谅的美德，我的王。

原谅我们吧，原谅我们沉浸在冬的严寒中不能自拔的我们的柔弱，原谅我们只一味服从而忘记了自己的我们的盲从，原谅我们只知高谈阔论、埋怨不休而缺少行动的我们的无知……

原谅我们沉溺在春的嬉戏中而忘记了播种的我们的荒谬，原谅我们迷恋于夏的浓荫里而忘记耕耘的我们的慵懒，原谅我们只知收获而不知播种耕耘、只知收获而不知供献的我们的荒唐……

——原谅是世间最美的救赎，亦是你最优雅之美德：我们都在因你诸多之原谅而赞美你，也都因你原谅的美德而乞求着你深深的原谅，我的王。

52

也许，生命的本质就是一次次撕心裂肺的伤痛，伤过了，痛过了，才觉生命之顽强与高贵——你曾如是讲，孩子们也就如是唱。

也许，生命的过程本就是一场场难言的愁苦与烦闷，愁过了，烦过了，才觉生活之厚重与美丽——朋友们曾这样告诉我，我也曾这样告诉过你。

也许，生命的风光就在于一次次灭顶般的灾难与悲苦，苦过了，悲过了，才觉生命之伟大与神圣——你曾如此教谕我，我也曾如此教导过孩子们。

——因为有你以及你美丽无私的教诲，孩子们的生命将不再虚无，我也将不再伤痛，亦不再彷徨：孩子们热爱你，我只听从你安排。

俯下身子，在狂欢的潮汐里渴饮孤独之毒鸩，也许人生便有了灿烂与辉煌的种子；在深重的沉默中吞服隐忍的伤痛，也许生命才会滋生澎湃的涛浪——你曾如此讲，孩子们也就这样说。

光阴荏苒，岁月流逝，但我们知道，消失的，只是生命的尘滓；赢得的，将是生命的新鲜；丢弃的，也只是生命的衰朽。而留下的，唯有生命之清澄——因为有你，灾祸与贫困，烦忧与愁闷，徘徊与哭泣，悲苦与伤痛，孤独与隐忍，孩子们不拒绝，我也都热爱。

53

在你所准备的盛大的欢宴上，人们举杯欢庆，放喉高歌——歌是你曾经的教唱，你曾以它来赞美众人，现在，人们都以它来礼赞你。

随着一轮又一轮的举杯欢唱，万般兴奋中，我的朋友，他喝醉了青春美酒。当人们又为着你的盛德而再度举杯欢歌时，只为一句话，他便愤然离座，决心别你而去。

我们拉他、劝他，数落他的鲁莽，希望他能回心转意。他却涨红了脸："我怎能向一个贵贱难知的诺言而低下头颅？又怎能为一个没有根基的希望而弯下背脊？怎能把尊严当蓬草，把人格当儿戏？"愤然地，他别你而去。

应着你热情的邀请，众人高兴不已，唉，只有他躲在黑暗的角落里不肯出来。我们都祈求你原谅，你只以微笑面对："青春之美酒人人皆会喝醉。他是我们之朋友。"我们不禁赞美你仁爱的胸怀。

54

有爱的地方便有阳光，亦必充满了希望。

你的言语都因爱而跳动，你诸多的曲调也都是因爱而连绵不断，像温润的春风春雨，年年唤醒草的新绿，岁岁唤醒花的眠睡。

因为爱，我的心，溢流着温馨，饱蘸着芬芳；我的歌喉也只因爱而歌曲不断；我这低矮的陋室也只因爱而充溢生机——映着星星，泛着月辉，而在阳光的抚爱下，它就成了鸟儿的歌瀑、绿荫的舞池。

有爱的地方便收获感动，亦必是人间天堂。

我这爱，是你曾经的教诲，亦是你慷慨无私之赠予："只要是爱，就应接受；只要是爱，就该奉献；奉献爱便收获爱。"你曾经的馈赠让我心动。

孩子们，让我们一起来承接她那源源不断的爱，并一同来向她奉献我们积久于心的爱意吧——我们心中有爱，我们便拥有富足，也便拥有明天的美丽；我们付出爱、奉献爱，我们便收获感动，并终将收获爱。

55

怀一脉新鲜的感动，抱一腔蓬勃之思绪，抛扔所有的腐朽，收集所有的新奇，我漫步于你广阔的原野，游目于你如画的天庭。

你的原野，广袤而无垠，每寸土地都肥美，每条溪流都清澄，青山常青，鲜花盛开，蜂蝶舞蹈着轻快——一切的一切，人们流连忘返，我也夹杂其中。

你的天空，阔大无有边际，呈现着美丽：白云飘散着祥和，阳光温煦和暖，声声鸟鸣悦耳，点点清风和顺——一切的一切，孩子们交口称赞，我亦不会例外。

你是我的选择，这是否命运使然？我曾在寻求花环的路途上找到了你，但我丢失了我自己，现在，我决心重新找回。

雨在属于我的园田里下，但它曾打湿了你的衣襟；风在属于你的原野上吹，如今，它却灿烂了我园中的花。我是我选择的我，但你在我心中日夜歌唱，也舞蹈个不止。

我以往的勤苦皆依着你的教诲与引导，我今日的收获都将属于你：我这园田中的所有，现在，我全然奉献，希望你能满意并深深之喜欢。

56

孩子们，只是因为她，我们的世界才这样瑰丽——

星星因她而闪烁，月亮因她而圆缺，太阳因她而东升，原野因她而宽阔，丘峦因她而叠翠，泉水因她而甘甜，树木因她而葱茏，鲜花因她而盛艳……

——是它们瑰丽了我们的世界，也将瑰丽着热爱她的我们；它们以它们的瑰丽瑰丽了瑰丽的我们，我们也一样用我们的瑰丽而瑰丽了瑰丽的它们。

孩子们，只是因为她，我们的生活才变得如此之雄奇——

危岩险峰因她而奇伟，沟壑因她而纵横而艰险，荒山因她而荒芜，江河因她而奔腾，大海也因她而澎湃，朝阳亦因她而喷薄、红霞满天……

——是它们雄奇了我们的生活，也将雄奇着热爱她的我们；它们以它们诸多的雄奇雄奇了雄奇的我们，我们也一样以自己诸多的雄奇而雄奇了它们。

孩子们，只是因为她，我们的世界才这样瑰丽雄奇，我们的生活才如此丰富美丽，那就让我们为她奉献我们的爱吧，因为她是我们的所有，无论欢快愉悦，也无论烦闷愁苦。

57

一整天，我都在等你姗然的脚步光临，等待你光临我这山间小屋——没有你灿然的光临，我的日子便充满烦闷的忧苦。

鲜花的凋零告诉我，说今天是你与众聚会的日子，你是不会来的；绿叶的枯萎也告诉我，说今天是你和孩子们欢聚的日子，你是不会来的。

从远方而来的风给我陈述着你那灿然的盛会——音乐已起，孩子们为你拉开幕帐，高砌的舞台流光溢彩，众神手围在你身边，击节而歌……

旋飞在我屋外的鸟鸣给我叙说着你的姣美、与会人们的狂欢与欣喜——和着众人优美的歌唱，你的歌唱连绵不断，迈着轻快而柔美的步伐，你的舞姿曼妙翩然；台下的人们，举摇着手中的旗子，狂欢不已；高喊着你灿烂的名与姓，并不断地求乞着你美丽的继续……

一整天，我都在等你姗然的脚步光临。因为等待，我忘了时间，我的日子充满了等待的烦苦，而在这烦苦的等待中，我忘记了自己，只幻化而演绎着从无烦苦可言的你，我的王……

58

我是个常做梦也喜欢做梦的人——没有梦的世界只有寂寞，还有黑暗；我害怕寂寞，也惧怕黑暗，我只想以我美丽的艳梦装饰我眼前这花园。

我是个种花养花也喜欢花朵的人——没有花朵的世界让人失望，生活会因缺少花朵而呈现单调；我害怕失望，我喜欢生活的缤纷与多彩，我想以美丽之花朵来装饰我前行的路途。

我的梦，或美艳华丽、温馨浪漫，或凄惨苦楚并让我沮丧，但我的王，它们都是你亲自的恩赐，所以我喜欢。我花园中的花朵永远绚丽灿烂，但它们都是盛开在你美丽的原野中，灿烂在你为我们祝福的祝福里。

你的梦，欢快而艳丽，只述说着祥和；盛开在你原野上的花朵，绽放着绚丽，呈现着缤纷的美好，但它们却一同装饰了我和孩子们的世界。如今，我们这世界，在你这艳丽而祥和的欢梦里，一片光明，到处都祥和。

59

遵循你的圣谕，捧着秋果，欣然地，我来到你门前，请你容纳与接收，并请称道我劳作的辛苦、收获的富裕与灿然。

这果实，在你看来，也许寒碜，既大小不齐，亦数量有限，有些闪烁鲜美，有些已经干瘪，但它是我辛劳的收获，我也就喜欢。

挫折与艰难必不可少，但我已做好了准备；爱在情感的天平上只是美——我爱我的劳作，也就认为它的结果一定为美；我这果实是美的，希望你也爱。

太阳光华灿烂，但我无法拿捏，更不能把握；彩虹绚烂，但我抓不住，也攥握不到，我能把握与采摘的，只有这秋果。

你曾将鲜艳繁盛的花朵播种在我梦里，我就把我这梦牢牢种养在土壤中。风在你的园田里吹，成熟了果实，也催醒了我的梦想，于是，我就来到你门前。

你，歪歪头，眯缝着眼，顺手接过，口中念念有词——你清点着数量，并察看着大与小，脸上述说着清澄的温馨，眼中闪烁了慈爱的祥和……

我的劳作辛苦，现在，我终于可以松口气了——所有的劳作在你这里释然，所有的辛苦都在你的数数中解脱，我将卸下我现今所有的负担。

60

我不再忧郁与悲伤啦，我的王，我怕这凶猛的洪水沉没了我向你美丽圣地而启航的帆船——那承载着我美丽希望的明灯。

停滞昭示了落伍，不向前便是后退。怀抱希望才会有希望。我不要悲伤，我须满怀希望，面带欢笑，像孩子们那样。

我不再高谈阔论了，我的王，我怕我这浮夸的言辞淹没了我心头早已准备好了的歌曲——那吟唱着我们愿望的词调。

愿望虽然虚空，却演绎着美好，它充实了远航的风帆；希望只是彩虹一缕，只挂在空中；我行走在地上，但彩虹美丽了前程——你曾这样告诉我，我也就这样地传递给孩子们。

孩子们，从心泉流淌出来的，是我们生命的汁液；从我们愿望的彩虹边缠绕出来的，却都将是我们的荣光，也都将演绎我们的辉煌。

今天是忧郁的，所以，我歌唱明天；黑暗的日子是难熬的，所以，我歌唱光明；走过的路途是崎岖的，现在，我正寻找通途。

我们本一无所有，现在，我们还怕丢失什么？我们已经历了太多的坎坷与挫折，再来一次又能如何？孩子们这样给我说，我也是这样对你讲。

我不再忧郁与悲伤，也不再高谈阔论，我的王。愿望虽然虚空，却演绎了美好；希望或只是自欺的盾牌，却美丽了人生，也灿烂了生活——你曾这样讲，朋友们都这样说，我也如此传，孩子们也就这样歌。

61

惠风和畅,春光明媚,万物复苏;人们携老扶幼,踏青歌唱。但别人的园田,已苗芽初长,而我们的园田,还荒芜一片。孩子们,让我们辛勤播种,我们满怀希望。

烈日炎炎,热浪滚滚,人们在柳荫下摇扇纳凉,在溪流里嬉戏游玩,但别人的园田已丰收在望,而我们的园田,还荒草萋萋,秧苗委顿,我们的收获还很渺茫。辛劳过后,必有金秋;付出越多,果实将更丰满。

春时短暂,夏日也不会长。我们错过了明媚的春,但别让我们再错过盛大的夏,错过盛大的夏,我们将难有繁盛的秋。

酷暑难熬,但这有什么关系呢?园田劳作的辛苦是我们的必须,它既热烈了我们的舞步,也必将谱写我们前行之歌曲。

别人的园田已丰收在望,我们的园田还荒草萋萋,收获的季节尚未到来,孩子们,我们错过了春日的播种,我们就不会再错过盛大的夏:来,让我们一起耕耘,以赢得我们秋果的繁盛。

62

在众欢聚时,请不要勉强我也聚集其中去供奉那热闹的集聚,我愿独坐角隅,郁郁而欢——让我在对你的郁郁沉思中度过,你才是我生命最热闹的聚集。

在众欢乐时,请不要勉强我也陶醉其中去供奉那欢乐的使者,我愿独坐角隅,郁郁以思——让我在对你的郁郁沉思中度过,你才是我生命的最欢乐的天使。

没有独处,便没有沉思;没有沉思,便没有真知;没有真知,我便找不到你;找不到你,我花园中的花朵就会凋零,哦,我也不过是你青春花树上的一朵萎谢之花。

我知道，你会因我沉溺于嬉戏的聚会而暗泣泪流，也会因我聚会的欢闹而沉郁寡欢——我的园田会因我的嬉戏欢闹而野草丛生，也将荒芜一片。

宁静给思想留下空间，沉思赋予生命以力量。我的王，在众聚集和欢乐的时候，你都不要勉强我陶醉其中，我只愿独坐角隅，郁郁沉思……

63

现在，我当静下心来，以助你在我园田中的歌唱与舞蹈。我这样做，既然是你的心意，也就该成为我之所愿；这园田，本是你曾经的恩赐，现在，我全然贡献。

阳光雨露，从不属于我，却普照、滋润着我园田；我再也不能这样的狭隘与偏私了，错误而固执地以为，自己的园田便不能让他人播种、耕耘，甚至收获。

进驻我的园田，播种你所希望的花草树木，呈现你富足的美丽，这是你诸多恩赐中的一种；这园田本就属于你，我怎能关起门来，而拒它的主人于门外呢？

让花儿绽放、使草木茂盛的人是你，使园田灿烂、让果实累累的人是你，我怎能让你的属地成为我贪婪的固守呢？而我这又是怎样的一种偏私的狭隘呀！

对于你，我只静静膜拜。规划太多，人便累；计较太多，人便烦；将自我供放于心头，人便自私。我还不想这样——它曾让我吃尽了苦头，我不愿再受二茬罪。

我的王，我将自己的所有都一无所剩地交付给你，你也就成了我生命的所有；我与你在你我的花园中做缠绵蜜幽之情会，我们就将达到如一。

64

你说你会来的,因着我的呼唤;你说你会来的,因着我的等待。我呼唤你,也等待你,我的呼唤日复一日,等待也是年复一年。

你说你会来的,趁着春色正浓,趁着和风正吹,趁着花朵鲜艳,你会来的。如今,春时已过,夏日好浓,但你还是没有来。

你说你会来的,趁着狂风未到、暴雨未至,趁着霜雪还藏在山那边,你说你会来的。如今,黑云压城,狂风已起,霜雪也已徘徊在山那边,但你还是没来。

来吧,请来到我身边,趁着我的呼唤还在呼唤,趁着夏日还不曾消失而冬日还未曾来临,你就来吧。

恭迎你的礼堂,孩子们已布置一新:座椅绮丽,彩帜飘扬;礼品已摆好,欢迎的念词已准备充分,吹鼓手也各就其位,众神手双手高擎——人们只等你大驾光临。

我的呼唤日复一日,等待也是年复一年,但你没有来;我在呼唤你等待你,孩子们也在呼唤、在等待,我的王,你是酣眠未醒,还是行路中半?

65

哀叹着自己道路的磕磕绊绊、生活的艰难,泣于自己命运的多舛,这是我王之所难忍,亦是我之所不愿——我不能因自己园田中的风雨就看不见太阳。

"走不过时,不要强走;走得过时,无须疾走——生命属于门;从门到门的那段距离,等着我们的,有无数的歌。"孩子们在舞蹈,在歌唱。

桃花不因自己萎谢而嫉妒牡丹盛开,就像太阳不因西落而诅咒月亮东升——烈火中的凤凰得到永死,也得到永生;我懂得风雨的声音、黑暗的颜色,自然也应明白太阳的味道、星月的柔顺与和美。

"把耳朵叫醒,把眼睛拭明,把脚步叫急,前面有一片属于你的果园,果园里有一串多彩花环——它属于你,正高高挂悬。"孩子们在歌唱,在舞蹈。

我虽没有高尚的情操,但不能没有健全之人格;我虽没有伟大的胸襟,但不能没有美丽之目标;实现不了一个宏大的愿望,那就让我实现一个小小的心愿——

围着她而合唱的队伍庞大,我只是其中的一员;供奉她的礼品丰富而华丽,我须供献我的所有。我的歌曲美丽而新鲜,我的舞蹈沉稳而矫健,孩子们舒心、满意,我想,你也一定喜欢,我的王。

66

我期盼你狂暴的风雨能清洗我这沾满尘垢的身躯,再吹刮过我静默如死水般的心田,好让我在你所赐予的风雨中感受你心的哀痛以及哀痛的心,感受你爱的伤痛以及伤痛着的爱——我过去是这样,现在也如此。

我期待你蓬勃的青藤缠绕我荒芜的额头,再爬过我荒漠一般的心田,好让我在你所赐予的青藤的缠绕中感受你美丽的憧憬和憧憬的美丽,感受你无边的赐予以及赐予的无边——我现在是如此,过去也这样。

我期待你美丽的彩虹能辉映我园田,并辉映我的眼目,为我点燃希望的灯火,好让我在你美丽的辉映下走向成熟的秋日,收获明丽的果实——我过去是这样,现在也如此,一点儿也没变。

你曾在你苍翠的蓬勃中美丽了我心野的荒芜,我在我荒芜的焦渴中渴盼你苍翠的蓬勃;你忧郁的容颜、含泪的微笑以及你向着我姗姗而来的身影和你蹒跚着向我而来的脚步,都令我喜欢——我现在是这样,过去也如此,一点儿都没变。

67

朋友,暂放你手中的活儿,请来到我茅舍,与我们畅谈——既谈昨日之风雨,还谈明日的彩虹,也谈今天的生活。你的朋友都在这里,兄弟姐妹也不缺。大家都盼你到来,与我们交谈你我所经历的一切。

歌唱和舞蹈、养花与种草,是我们生活的全部,也构成我们劳作的永恒。这,风儿知道,流云明白,翔鸟也清楚,开在我们花园中的花朵也知道,悬挂于你窗外的风铃也明白,我想,你也不会不清楚,我的朋友。

时间染白了青丝,但怜爱柔软了时光,流淌出温馨的美好,也充实着生活。现在,花园因我们曾经歌唱的忙乱而荒草萋萋,但这有什么要紧呢?有花就会有草,有草就会有花,花园中,养花和种草、歌唱与舞蹈,你我忘记忧烦,这不是很好?

把你随身携带的小凳子也带过来,如果有必要,请带上你的乐队和随从,来坐在我们身旁,倾听我们心中诸多的烦忧,请你谈昨日之风雨、明日的彩虹,也谈今天的生活,并打开藏于我们心中的那个结,我的王。

68

彤云密布,寒风怒号。霜雪翻飞。人们安坐屋内,伴儿女身边,围坐火炉旁,畅谈往日的收获,谋划将来的生活。唉,只有我还在郊外寻觅着他曾踩踏过的路径，我想，到达他所谕传于我的那座圣殿，接受他无边的恩典，只要前往，就一定为时不晚，但风儿传来他的消息：他正在人们的家里，和人们一起谈笑，把酒言欢。

电闪撕破浓云，雷鸣冲决沉寂，瓢泼大雨倾诉夏日的暴烈。人们安坐屋内，陈述着往日的辛劳，描述着即将到来的丰收。唉，只有我还在郊外的路上，寻觅着他曾踩踏过的路径，我想，到达他所谕传于我的那座圣殿，接受他无边的恩泽，就一定为时不晚，但风儿传来他的消息：他正在人们的家里，和人们一起笑谈。

我的歌唱与不歌唱、舞蹈与不舞蹈，皆由他定，我只是依他的意旨而行事；但只要目标如一，脚步不停，距他传谕于我的那座圣殿就不会遥远。

69

我不再忧怨与愤然啦。"人当自知自量。"我知道自己的力气与能力，也明白你的所作所为、所思所想，包括你的所期所望，我的王。

我这园田中的花朵不会不艳丽，草木不会不茂盛，果实也将丰硕，你说这是你所知道的，孩子们也明白，这让我信心满怀。

风霜雨雪中，你就赐我以手杖，帮我走坎坷路；烈日与暴雨时，你便给我以草帽，助我遮挡日晒、雨淋；黑暗里，你就赐我以灯笼，给我照亮前行的路途——有你慷慨的赐予，我还有什么好忧怨的？

"结果重要，但过程印证了充实。""冬日的阳光虽敌不过寒风之凛冽，但可以温暖人心。"有你美丽的指教，我又怎能不自信呢？

谁说园田中只可种花而不能种草？谁又见过只长花朵而没有绿草的园田呢？让聪明人摆弄他们的那些聪明吧，谁知道他们那样做是聪明还是蠢笨。

你是最知道园田的本质。风雨教会我退缩，你却教会我辨认。在你所恩准的园田中，我须种出你的梦想——无论花也无论草，都该是园田中的应有。

70

清风徐徐，星光灿烂，圆月满满。朋友们，今夜晚，就让我守护在你们身边，为你们祈祷，并为你们祝愿。

为着欢乐，众朋友都聚集在一个欢乐地。那里，灯笼高悬，霓虹灯闪闪，热闹非凡，每个角落都满溢着浪漫，没有叹息，没有哀怨，兴奋溢满人们的颜面；忧愁和烦恼被放飞的心情带上九霄，抛到了云外——轻盈的舞步旋转出无边的欢愉，欢快的音乐萦绕于每个人心间……

为着欢乐，众朋友都聚会在一个欢乐地，但我们不能，朋友们；你们有我站在身旁，我有你们围坐在身边；你们守护着我的快乐，我为你们守护着这美丽的园田；你们为着我的快乐而祝福而祈祷，我亦为你们的幸福而祈祷而祝愿——你们是我的全部，我亦是你们之所有。

你们围坐在我身旁，我站在你们身边。围坐在我身旁，突然地，仿佛约定，你们双手合十："我们需要您陪伴；祝您幸福、快乐到永远。"这让我感动。站在你身边，还是让我为你们祈祷与祝愿吧：愿你们的园田，好鸟相鸣，蜂蝶共舞，花朵永绽放，春光无限……

今夜晚，朋友们，就让我为你们祈祷，并为你们祝愿，让我守护在你们身边——今夜，清风徐徐，圆月满满，星光也灿烂……

71

在她亲手所划定的圈中，我以为，我不过是个佣奴——朝歌夜弦，只唱她的歌，只弹她的曲，而我所有的舞蹈，也不过只舞蹈着她。

我想，我该有自己的歌要唱，有自己的舞蹈要跳，只唱她的歌，只跳她的舞蹈，这是怎样的一种不堪呀？我觉得，在她划定的圈中，我唱不出高亢的歌音，更无法舞蹈出矫健的舞姿……

但我越是固执，痛苦就越深，我愈是挣扎，这锁链就愈加紧固，我常心怀埋怨。你站在我身边，不开口，也不假以帮助；我曾多次呼你喊你，求你解救，但你从不吭声，也毫无示意，于是，我以为你不过为木偶。

在众人如一的帮助下，今天，我终于自由了。从囚牢里出来，我既感激人们的帮助，也庆幸自己之努力与幸运。我觉得自己是一只出笼的鸟，能跨越高山，也能翻过深沟巨壑，蓝天、白云是我的天地，彩虹是我的项链。

我希望自己是一朵欢快而蹦跳的浪花，只在茫茫的大海中流浪；抑或是春日的一缕清风，只伴随春花而嬉戏……

"将过去的一切都忘记，因为，道路就在面前。"你的一声喊，又使我来到你面前——我须将其他所有都忘记，只在你紧闭的房里玩她所指定的游戏……

72

没有明亮的灯光引导前路，但满天的星辉播撒着光明；没有如梭的车流打点周围的风景，但有青山绿水装饰着我们的心灵；灯红酒绿的闹市使人留恋，青山绿水亦让人忘返——白天，我们寻找月亮；夜晚，我们找寻太阳。

没有花环咏唱劳苦者的伟岸，但阳光却让劳苦者跟它一样灿烂；没有丰硕的果实坚定前行者的脚步，但美丽的希望绝胜过金黄的秋天；无所事事的日子让人心忧——春日，我们播种秋日的丰硕；秋日，我们谋划着春花的灿烂。

所有沟壑，我们能踏过；所有江河，我们也能跨越；暴雨早已淋漓了我们的肌肤，我们还怕细雨灌满衣褶？我的王，遵循着你的教谕，白天，我们寻找月亮，夜晚，我们找寻太阳；春日，我们播种秋日的丰硕，秋日，我们谋划着春花的灿烂……

73

亏他竟能想得出，在这样广袤而肥沃的园田中，居然只种一棵青葵树，竟然还扬言，说只须等两三年，必能枝枝繁茂，叶叶葱茏，每个枝头必能绽放不同的花朵，到得秋天，亦必结出各异之果实。

他指点的风景真是美丽——这枝条将绽放牡丹，旁边的将盛开墨菊，再旁边的要怒放杜鹃；那枝条要结挂黄馨梅，旁边的将摇曳红凤仙，再旁边的将缀满翡翠绿，再旁边的要飘荡紫罗兰……

他预言的果实奇妙而富丽——这一朵将结火龙果，旁边的要结妃子笑，再旁边的将结红毛丹；那一朵将结水蜜桃，旁边的要结红富士，再旁边的将结猕猴桃，再旁边的要结天宝玉尊龙眼……

他滔滔不绝，比比画画，还指指点点。我和朋友们站在一旁，只听他华丽的设想、艳丽的叙说，也只笑他的吹牛不需要缴税，也祈祷他不是在妄想与诳骗；他口若悬河，叙说个不停，还唠叨个不止——他的虚构满是新奇，设想亦是诡谲而奇异。

看着他的比比画画，指指点点，风儿躲进了囚笼，鸟儿逃到了天边；听着他的叙说与唠叨，夕阳羞红了脸，红晕飞满天。

他胸有成竹，自信满满——孩子们分站两边，只倾心地听，嘴角挂着微笑，脸上洋溢着灿烂，眼睛眯成一条线……

74

悠长闲暇的假日即将过去，辛苦忙碌的日子重又到来。人们兴高采烈，手舞足蹈，唉，只有我闷闷难乐，愁颜不展。

你站在你家门前的那棵樟树下，目送夕阳斜晖，朝着我所在的方向，等着我假日里的奉献。但我拿什么奉献于你尊者的面前？

趁着假日，人们都忙于准备，只有我在假日里合掌胸前，整日地，我只为你默祈静祷。但在为你默祈静祷时，唉，我竟忘记了我应奉献于你的那一份实在之礼物。

礼物是你的所需，也是我希望的所在；缺少礼物的觐见叫人羞惭，令人难堪，也本是我所不愿，然而我却忘记了——忘记在我向你静祈默祷的假日时候。

奉献礼物，这是我生命的本该，也是你希望之所需要，更是你曾经谆谆的教导，现在，我怎能无切实的礼物而以空手来觐见呢？

悠长闲暇的假日即将过去，辛劳忙碌的日子重又到来，但我拿什么来奉献于你尊者的面前，我的朋友，我的王？

75

　　一到你门前,人们便齐声歌唱——词曲优美,声音雄伟,场面更是壮观。这赞美的词调让你的欢颜变得灿烂。

　　夹挤在人们中间,我不敢歌唱,因为我五音不全,我怕我的歌唱徒遭人白眼,也让你难堪:人们所唱的,我曾学过不少,熟记于心的也很多,但一到你门前,我却一个也记不完整——调音唱不准,歌词也记不全。

　　不会歌唱,那就让我来舞蹈,别样的行为必产生别样之情思,也必产生别样的美丽。走出队伍,唉,我这舞蹈只是笨拙——鸟雀也逃逸,徒惹人们耻笑。

　　不会唱歌,不会舞蹈,那就让我来供献。歌唱与舞蹈只是虚妄,供献才算切实。翻遍囊袋,我只找到了一粒罗汉豆——它,亮丽而硬朗,我把它装在我口袋,日夜搓弄,它就成了这样。

　　我虽贫穷,但我不会吝啬。既然没有别样的礼品奉献,那就让我以它做我的供礼——它是我曾经的捡拾,我找不到它的主人,那就让我把它赠送于你吧,我的王。

76

　　我不会埋怨命运所赐予我花园的风蚀雨打、霜欺雪压,我也不惧怕辛劳、寂寞与睥睨。它们是盐,充实生命的钙质,亦必坚实我足下的土地——有你呼唤,我前行的脚步不会停止。

　　在向你住地进发的日子里,我将采撷世上所有为你而怒放着的花朵,采集所有花朵上的每一滴清露,收集所有预设于我的风霜、雨雪——我前行的脚步不停止,我沿途的收集就不会结束。

　　我的收集,都是你之所需,而你之所需也都将构成我的期盼,也都将成为点燃生命光华的一束束圣火,无论鲜花、清露,也无论风霜、雨雪，我将一并进奉于你华美殿堂——我沿途的收集不会结束，对你的供献我便不会停歇。

朝着你美丽的住地进发，我只是你生命里的一只不知疲倦的陀螺，一任你的长鞭将我抽打，我只明白我旋转的职责——对你的供献不停歇，我的旋转便不会停止。

77

见过太多的苑囿，整齐如一的风景总让人心忧。瓜果林木一同繁盛了金秋。牡丹再美，倘若单调如一，也开不出春天的味道。

荒野丛林，荆棘遍地，参天的乔木与伏地的小草，繁盛的野花与枯死的藤蔓，一同繁衍了自然的伟力；虫鸣唧唧，鸟鸣啾啾，雄鹰高飞，蜘蛛结网，蝼蚁爬行，都彰显着生命的独特，繁衍着生命的奇迹。

美莫过于自然。原始林野，废池荒滩，池水幽蓝，蛙鸣呱呱，鸟鸣更欢，花儿更艳，树木愈显生机——把花草还给自然，将鸟儿放归林野，给生命以自由，让爱的光辉充满人间，这是我今日的呼唤与请求。

齐整如一的花木让人心忧；再美好的花朵，倘若单调如一，也让人心酸。你曾经的请求，我已实现，我今日的呼唤与请求，我的王，你可曾听见？

78

"守住寂寞，品味孤独，此乃生命过程之自然。"今夜，它就是你亲口的谕传。既然是你谕传于我，那必是我之所需，我即欣然，也就全然接受。

站在自家阳台上，沐浴着南来北往的清风，我察看星月西移，听万籁静寂。"守住寂寞，用孤独品味寂寞。"你曾微笑着与我耳语，这，我还依然记得。

月亮，只一轮，但从不孤独与寂寞，它为黑夜展露容颜。让孤独与寂寞相守，这是你今夜对我之所愿。既是你之所愿，我就心存爱恋，也深深之喜欢。

喧嚣的都市，已趋于静谧；霓虹灯闪烁，人迹寥寥，车流已稀。"生命在静寂中丰富，生活于孤独中醇厚。无所事事，以孤独丰厚自己。"你的教诲不会有错。

79

在你诸多美德的感召下，人们正为着幸福与美满而付出辛劳，孩子们为了快乐喜悦而流淌着生命的青春；林间鸟语，我不愿学；别人的花香，我无须艳羡——欢乐与痛苦，幸福与迷茫，追求与等待，我处于其间。

我有我的园田要耕种，我还有我的歌要唱，可是呀，秋风尚未到来，我园中的花朵萎谢，狼藉一片——在唱与不唱、前往与后退、保守与激进的纠结中，泪水淹没我的心野，也打湿了我诸多的采撷之物。

追悔的伤痛中，花时已过，我双手空空，生命的花篮里依旧空无所有，我青春的锦缎上也只是泪痕斑斑——在有与没有、要与不要的寻思中，在丰足与欠缺、希望与失望的纠缠里，在自我的圈子里我找不到自己，我的生命渐换颜色。

在悲伤与哭泣里，我迷失了自己。但也就是在那个夜晚，是你领着孩子们悄然来到我床前，你陪我以哭泣，却让孩子们将彩虹挂在我屋檐……

80

是的,我将不再叹惋怨尤了,我的园田荒芜,皆因我之慵懒,是我错过了花时,我怎能将自己的过错归责于他人?又怎能埋怨他人的不相帮助呢?

理解是最好的救赎。人们的园田本来就阔大,需要整理的花草林木也很多,劳作更是辛苦,从早到晚,他们时间有限,又怎能腾出工夫来整理我的园田?

园田叙说着主人的存在,也讲述着主人的才干。觉醒的生命,活力无限。我怎能以自私的想法让他人来增添我存在的光荣、成全我存在的灿烂?

"快来看,快来观赏,我们的园田,现在,已金黄一片,我们的收获将无比丰满!"孩子们一声喊,烂漫了我的梦园,更灿烂了我的心田。

81

孩子们总会动起一些奇怪的念头。距你光临的时刻还有几许,他们便站成一排,做好了接迎的准备,还让我陪伴在他们一旁,并告诉我:"这样才齐整。"

他们将烛火荡漾胸前,摇晃着脑袋,口里念念有词——他们唱着欢迎的丽歌,赞美你圣洁的无私,并祈祷与希望你多多赐予;我立站一旁,跟孩子们一样,但我的口中只唱自己的歌,还想象着隶属于自己的那份伟大。

你和孩子们之间的距离是巨大的,但孩子们歌唱着你;我和你之间的距离是微小的,可我竟找不到歌唱你的念词;空间不曾迟钝孩子们的心,却丰厚着他们的思想;时间深化了我的思想,却磨损了我的心。

孩子们的歌唱在进行,我的歌唱也亦然。然而,孩子们在他们的歌唱中找到了我,我在我的歌唱中只寻找着你……

82

你赠予人们以园田,并给人们以向往与追寻。世纪轮回转,我和朋友们的向往、追寻日复一日,长年累月,亦累月长年。

是你赐我们以蓬勃的思想。在你所赐予的原野上行走,我们只寻觅着你的圣洁与伟大。你以你的伟大伟大着渴望伟大的我们,也以你的纯洁纯洁着永盼纯洁的我们。

遵循你美丽的诺言,我们编织着未来的花环;我们胸的田野中,存有一池湖潭,它映照着我们寻觅的身影,也闪现着你姣美的容颜。

我们爱沟壑,也爱险峰,爱荒岭,也爱丘山;爱芳草萋萋,也爱山花烂漫。我们爱你原野上的一切——因为有你,世界将不再有荒芜、黑暗;是你给了人们以园田,又给人们以希望,多少年代过去了,天地永恒,人们怀着希望走向高远。

世界飘荡着孩子们永无疲惫的恋歌,而那词调中,那歌声里,藏着我和朋友们轻轻的诉说,日复一日,夜以继日,一年又一年,世纪轮回转……

83

静静地,我躺卧于山坡,看白云淡淡。鸟儿从眼前一掠而过。鸟翔于天空,牛羊嬉戏山坡,牧羊的孩子在歌唱。

我胸中,有高山险峰,有深谷幽壑,更有个姹紫嫣红的大花园;我心里,有彩云飘飘,也有清风习习,有一脉溪水,更有一弯绚烂夺目的彩虹。

歌唱绽放了花朵，舞蹈绚烂了彩虹。信不信由旁人，说不说在我。同样的花朵，每个人自有不同的揣摩和解说。

时光赋予生命以希望。"心走多远，路不一定就有多远，只要方向对了，春天就在眼前。"孩子们曾这样对我讲，你也曾如是对我说。

"驱散尘埃，拨开雾霭，在天与地的广袤间，咏唱属于自己的歌，舞蹈生命的伟力与独特。"你曾这样对我讲，孩子们也就如是唱。

鸟飞旋空中，鱼游翔水里，它们都是我永久的楷模。这里有无限的媚眼，有无限的话语，但我想告诉你，我的心湖里只浮游出一对对白天鹅……

84

你就住在山的那一边，看得见，那里风烟俱净，听得清，那里好鸟和鸣；也看得见，你正梳妆打扮，整理着衣裙。你的口中喃喃自语："这一件，他可喜欢？"

我曾对你高喊："不必修饰与打扮了，也不需更换衣物，只要心中存爱，什么样的打扮都呈现美丽，什么样的衣裙都合体，我也会喜欢，还是来吧！"但你没有来。

你就居于湖滨。那里蒹葭苍苍，那里白露为霜，那里花果飘香。看得见，你正挑选着随从，拣选着礼物。你的口里喃喃自语："这样去，他可体面？"

我曾对你高喊："不要挑了，也不要拣了，只要心中存爱，什么样的会面都是体面的，还是来吧！"但你还是没有来。

天天唤你，你总没来。今天，跟随着人们，我去你的御花园折花，匆忙中，我忘了呼你唤你，然而，你却来了，是在一个幽幽的酣梦里——你是随梦而来的，也是随梦而去的……

85

让燕子、蝴蝶、蜜蜂撑几面春潮旗，让梨花、桃花、杏花组成仪仗队，让江河湖海充当吹鼓手，让百鸟齐歌唱，让杨柳枝共伴舞，还一面走，一面歌舞，浩浩荡荡。你设置的情境真是热闹，但这热闹是给谁看的呢？

你走在队伍最深处，叫春潮旗迎风招展，让小溪淌流出潺潺，让杨柳枝扭动小蛮腰，让鲜花绽放在你身边，你只微笑着，还不断地吆喝与鼓动，这偌大的园子里，只有你，没有别人，你是要表演给谁看呢？

看着你精彩的表演，月亮只是默然一笑，星星也只是眨眼，但偌大的园子，只有你，你那样的表演难道只是供月亮、星星来欣赏？

踩踏着星辉月光，你站在园子最深处，一会儿摇曳花枝，一会儿晃晃旗帜，又一会儿惹惹小溪流，让它们都为你的前行而助威；你的歌唱真叫优美，你的舞蹈更是曼妙，但这偌大的园子里，只有你，没有他人，你是要给谁看？

看着你独特无二的表演，星月笑得愈显灿烂，河川笑得扑向大海，我这园田中的花朵也笑得敞开了胸怀，蜜意无限，柔情之一片……

86

你尽可以把我比作一粒轻尘，说我从你身旁轻轻滑过——在你心里，我的来与去，既不曾有七彩阳光照耀，也不曾面向彩虹唱一曲如梦的歌。

你也尽可以将我喻为秋风,说我把枯败的黄叶摇落,给新生者以生长的空地;你还可以把我喻为春风春雨,说我唤醒了经冬枯草的绿意,并赋予我这微贱不足呈显的生命以深刻的含义。

愿意想起,又何必需要一个定义?想起就想起吧,我心中总是有个你,你在我心中总占有一席之地——过去的岁月曾告诉我,心中没有霜飞雪飘的冬天,口中便不会有经冬的话语。

尘即是尘,风即是风,雨只是雨,霜雪也只是霜雪,就像草只是草,树只是树,花也只是花。但是,只要爱在心中,尘并非尘,风并非风,雨也并非雨,而霜雪也并非霜雪,就像爱存心间,草并非草,树并非树,花亦并非花……

87

应着集合的号子,我急忙起身,随着孩子们兴奋的脚步,我来坐在你身边,静静地,聆听你美丽的歌唱,观赏你热烈的舞蹈——

你的歌唱,意蕴深厚,音调雄浑,声音更是高亢,让和风习习,引白云悠悠,惹花儿开放,招蜂蝶翩然。

你的舞蹈,奔放热烈,柔婉中带着苍劲,苍劲里藏匿着柔婉,饱含了深邃,让园田中的花草树木繁茂兴盛,引园外路途上的车辆声隆隆,也让郊外烟花鞭炮齐鸣。

整齐而虔诚地,我和孩子们紧紧围坐在你身旁,我们不谈天,不说地,你的歌唱与舞蹈,让我们忘记了往日的游戏,更忘记了我们自己。

旁人曾给你以眼泪,但这泪水一到你那里,即时却成为一滴滴清露,你用它来滋润我园田中的花朵;别人给你以伤害,你却即时地将它化成黑夜中的一道道闪电,驱逐着我园田中的诸多黑暗……

陶醉在你美丽动听的歌唱中,我们学会了沉默;沉浸在你热烈奔放的舞蹈里,我们学会了感动;陶醉在你的歌唱与舞蹈中,我们沐浴春风,飞翔了明达万物的智慧。

88

将我关进囚笼的,是她;门也是她让我锁上的,但钥匙不在我手中,是她索要去的——她把它装藏在她内衣的口袋中,还告诉我说,等到门打开了,她才会给我,并彻底地给我以自由。

她拿走钥匙时的神情让我心动,她美丽的诺言依旧灿烂在我心中。时间在时间的长河里摇曳,就像我在我的囚笼里呼唤自由一样。

一位老者从旁经过。"你救我吧,放我出去,让我自由。"他看了看我,又看了看囚笼,摇摇头:"孩子,你犯了什么样的错呢?这个锁,我没钥匙。"

一个妇女,领着小孩,从旁经过。"你来救我吧,将我放出去,让我自由。"看看我的模样,紧紧地,她攥握并牵拉着孩子的手,尽快地,只远远躲开。

一个孩子跑到我跟前,要问我花开的声音,我让他帮我打开囚笼我再来教他。他眨眨眼,拉着我的手,轻轻抚摸那锁:哦,已生锈的锁,不过是个虚掩的挂件。

"不是所有的诺言都只诉说艰难,并非所有囚笼都紧扣着锁链。"囚笼是她赠予我的,但孩子把它所有之风光都变得浪漫……

89

当着孩子们的面,你让我把你光艳的思想演绎并教唱,还言说，这是我本该的职责。但你的思想精深，情怀更是博大，而我的歌喉、嗓音沾满了尘俗，我怕它偏离了你光艳思想的轨道，于是，我选择沉默——只静默地祝祷你神圣的伟大。

但不曾想到，在我只静心向你默祷时，孩子们竟相欢唱；他们所唱的，虽音调不同，曲词也是各异，但他们的欢唱却使你光艳的思想更加灿烂。

当着众人的面，你又让我来舞蹈，还言说："我歌唱，你来舞蹈，我们共演一出歌舞戏。"这开的是什么样的玩笑？我的手脚既笨又拙，我怕它与你优美的歌调难以契合，也有违你高尚的词旨，于是，我选择端正站立以应对。

但谁能想到，当你嘹亮的歌音响起时，孩子们竟相舞蹈；虽然他们的脚步不一，姿势也是各异，但他们这烂漫的舞姿却使你的歌唱尽显无与伦比的美妙。

90

你曾经的歌唱、舞蹈都让我钦慕，自觉与不自觉中，我的歌唱与舞蹈里亦有你姣美之影子；没有人能知道我如今这心思，我的心思只向你表白，但愿这表白能灿烂你容颜，并打动你心。

佩戴着花环，拥抱着花篮，我来到你面前，为你歌唱，并向你供献。你姣美的容颜曾让我心动，今天也依然；你曾经的歌唱鲜美而动听，你曾经的舞蹈热烈而灿烂，现在也不曾改变。

过去，将痛伤的音调达至我心的是别人，我却将它传唱给你，这样做是我心所愿，但不曾想到的，这音调竟让你向隅低泣；今天，斟满快乐酒杯的人是你，你还将它满溢之余量倾入我杯中，这样做是你的快乐，我怎能拒绝你的快乐于我的门外呢？

你快慰的安抚达至我心，使我远离了劳作的辛苦。现在，我所有劳作的辛苦都在你这里卸下，一切都变得释然。

91

当着众人面，我须用我的歌喉来咏唱你美丽的思想，让你思想的美丽从此永不沉入黑暗。这虽是你之圣谕，却也是我的应该。

我的歌音孱弱，歌喉也沙哑，但只要你的心思藏在歌里，我来咏唱，我的心就不会惆怅，听唱的人们也不会再生彷徨。

我知道你的思想，更明白你的仁慈、善良：是草，就会有颗开花的心；每只鸟的叫声都饱含着歌唱的愿望……

富丽堂皇的大厅，流光溢彩的歌台，吹鼓手都在，众神手一个也不缺，这正是我一展歌喉的时机，我怎能不心有所动、情有所往呢？

音乐声响起来时，我竟忘了歌词，也包括应有之曲调，亦忘了你美丽之教谕。尴尬中，我竟高唱着自己的心曲——这心曲，在我心中已窝藏多年，只是在今晚，它竟突然地迸发而出。

掌声中，面带愧色，我走下歌台，懊恼地，我站在你面前，请你饶恕与原谅。但不曾想到，你紧握我双手，面含微笑："你这美丽的歌曲，正合我愿望。"

92

孩子们把房子造好了又拆掉，拆掉了又造好，就这样反复着、反复着，孩子们欢乐着他们童年的欢乐。

孩子们把美丽的雪人当作敌人，把冰冷的雪球当作子弹，奋力厮杀，即使被同伙的枪弹射中也不曾倒下。就这样反复着、反复着，孩子们快慰着他们童年的快慰。

美丽的虚设，美丽的憧憬，引导着孩子们那美丽的思想，纯洁着孩子们那纯洁的情感。就那样，一遍又一遍，孩子们在他们虚设的憧憬中，唱着快乐的歌，踩着优美欢快的舞姿，走出幼稚，走向高远。

我的王，你也在虚设，你也在憧憬，你虚设的憧憬引导着孩子们那美丽的思想，你成了孩子们口中那一串串笑语与欢歌，你是孩子们心中永远的寻觅，也是孩子们心目中永无褪色的爱恋。

你教孩子们以歌唱以舞蹈，我只收获感动，年年岁岁；你给孩子们以花朵，我却获得芬芳，岁岁年年；你以你庄严和无私的美丽而美丽了孩子们，我亦沾光无限——你引领着我和孩子们走向永远……

结束语

把一切往事都留给风雨，让阳光去照耀；把一切记忆都装入风景，让每一幅画面都透射出爱的色调。

把一切犹豫与徘徊都交给浮云，让狂风去吹刮；把一切迷茫都交给鸟雀，让它们去呢喃。

没有星月的夜晚固然悲伤，令人哭泣，但于伤悲中践踏出来的路途，它即证明了你我的富有。

把一切往事都留给风雨，把一切记忆都装入风景，把一切徘徊都交给浮云，把一切迷茫都交给鸟雀，在爱的导引下，我们只为着明天而歌唱。

青葵园田

青葵园田

引子

  我家处在一个小院中。小院里只住着我一家。院子不大——前半截是院地，后半截是房子。房子，坐北朝南；土木结构；年久失修，既旧又破。院子中间，南北方向有条小路。小路将院地分为东西两小块。由于我既笨又懒，这两块地，前些年所种养的瓜果菜蔬，皆因多生虫子而少有结果。经朋友建议，最近这几年，西边的小半块，我就种向日葵，东边的小半块，我也种向日葵。

  我喜欢我的这个小院，它不仅让本来就很平淡而又单调的我的生活增添了丰富，也给我的生命增加了忙碌的充实。生命的价值在于劳作，人生的快乐与幸福亦包含其中。冬季，稍一有空，我就深翻深翻土地，为来年的播种做些必要的准备，累了，就进屋喝喝茶，偶尔唱一两句歌或吼几句秦腔什么的，以舒缓舒缓胸中气，解解乏与困；春天，我翻地、播种、培埂、挖坑、点种、培土、舀水浇灌，忙得不亦乐乎，累了，就站在院中，望望西边远山，看看天上流云，或扩扩胸，活动活动筋骨；夏天，我或养草或养苗，或锄草或扳葵杈，累了，就坐在葵荫下歇息，偶尔也学几句鸟鸣或猫叫狗吠什么的；秋天，我少有收获——邻院的几个小孩会很自觉地帮我完成收获任务：趁我不在，他们逾墙以入或破柴门而进，常常提前收获，这，我高兴于孩子们的活泼可爱之外，只觉可惜——不到收获时节的葵籽，嫩而无味，少了油香。但不管怎样，不到葵叶葵秆完全枯萎，我是绝不挖掉它们的——我希望生命之自然成长与结束。

我爱我的这个小院,特别是在炎炎夏日的午后或傍晚,爱意就更浓一些:小茶几、小板凳往院中间的小路上一摆,随便弄一点花生米,打一瓶青稞酒,再叫来几个朋友,坐在葵荫的夹道,或划拳饮酒、唱歌唱折子戏,或慢慢小酌,天南海北、中外古今地乱扯一通;或赞天赞地赞神赞鬼赞妖赞魔赞一切可赞之事之人,或骂天骂地骂神骂鬼骂妖骂魔骂一切可骂之事之人,没任何之顾忌——生命在无羁的张扬中做"伸展运动",蛮是惬意。

春天,长满向日葵的小院给人以朝气蓬勃之感,特别是在葵苗初长时,那种鲜嫩而肥墩墩胖乎乎的小叶片就特让人喜欢,我的心里会自觉与不自觉地充满收获的希望;夏季,我更觉它蓊蓊郁郁的,不仅很美,而且给人以繁盛之感,特别是在大西北这样一个"山上不长草,风吹石头跑"的地方;秋天,我虽少有收获,但葵苗所呈现给我的那一片蓊郁依然还在,小院所具有的美质并不曾消失。享受和欣赏小院的美,常常让我忘记其他,包括我的那些朋友,但它没有让我忘记我的存在以及存在着的我。

我们常说:"美一定能战胜丑,正义一定能战胜邪恶。"仔细想想,深感这话不无道理,最起码能给活着的人们以希望,并鼓励人们大胆地去追求真善美、追求正义,如果我们血气方刚,说不定这话还会激励我们为了真善美为了正义而奋不顾身,哪怕舍弃性命也在所不惜,因为"美一定能战胜丑,正义一定能战胜邪恶"。但从另一个角度来看,这话却也让存在于现实中的我们感到揪心甚至感到绝望,因为它最起码证实了"丑"与"邪恶"在现实中横行,"一定能战胜"只是个信念,而并不表明它是一个现实的存在。这样说来,我们只是活在"丑"与"邪恶"横行的现实中。

想想历史，看看现实，谁都会发现，"美战胜丑，正义战胜邪恶"只属于永恒的历史过程，也就是说，从历史发展的总体进程看，"美一定能战胜丑，正义一定能战胜邪恶"，所以，秦始皇的暴政走向了灭亡，慈禧的垂帘终被焚毁，而哥白尼、布鲁诺的"日心说"最终也是撕下了"地心说"的面罩，达尔文的进化论终究成了现今人们的共识……但是，就历史中某一阶段的现实来看，"美战胜丑"困难重重，"正义战胜邪恶"也是充满艰险，也许还会事与愿违。不仅如此，"丑"与"邪恶"的势力却常常处于当时阶段的主导地位，"美"与"正义"在当时受尽折磨与煎熬，犹如下油锅受炮烙，所以，身处于秦朝暴政下的百姓受尽了苦，忍气吞声便成了慈禧那个时代的特征。中国老百姓对此看得最清，"忠臣前半夜死，奸臣后半夜亡"就是对历史与现实的"真实而彻心"的感悟与总结，诗人"高尚是高尚者的墓志铭，卑鄙是卑鄙者的通行证"亦如此，也许比这还更为残酷："卑鄙是高尚者的墓志铭，高尚是卑鄙者的通行证。"而要达到"卑鄙是卑鄙者的墓志铭，高尚是高尚者的通行证"难乎其难，而现实中不断完善的法律条文总是在不断总结"罪恶"事实之后而得以不断完善的这一现实事实，也是对它的一个简单而通俗的佐证。"道高一尺，魔高一丈"，我们总活在现实中，活在现在对历史事件的"丑战胜美""邪恶战胜正义"平反昭雪的"翻案"中，也就是说，我们始终活在"丑战胜美""邪恶战胜正义"的现实里。

如果把人类所彰显的"真、善、美"称为智慧，无疑，"假、恶、丑"则是对人类这一智慧的反对。历史与现实的教训让我们不会反对这样一种观点，人类追求"真、善、美"的智慧是伟大的，但是，充满了反对这一智慧的"假、恶、丑"之智慧也同样伟大,甚至是更伟大者,因为它推动着社会的发展,督促着善良的人们不断地寻求战胜"假、丑、恶"的路途与良方。基于此,我们有理由说,"真、善、美"是伟大的,但是,"假、恶、丑"却也是这伟大之中之尤其伟大者,因为它加快了历史前进的步伐,并提升了"美战胜丑,正义战胜邪恶"的历史品位。对"真、善、美"的追求是我们生命的职责,也必将构成我们生命的必然。"假、恶、丑"并不可怕,虽然它在特定的年代中扮演着成功的角色,并演绎出许多令人发指的言行,因为我们无论如何都会坚信,历史会给它一个最完美的答案。因而,善良的人们有时不能不在"假、丑、恶"横行的现实面前睁张着这样的冷眼:"这是一沟绝望的死水,这里断不是美的所在,不如让给丑恶来开垦,看它造出个什么世界。"

但是,我们还不能因为所处时期的"美不能战胜丑、正义无法战胜邪恶"乃至"卑鄙是高尚者的墓志铭,高尚是卑鄙者的通行证"这一残酷现实而丧失前进的动力,因为我们的生命是自己存在的见证,而"真、善、美"与正义却始终是我们生命永恒的渴盼与追求。与其说"愿望是美好的,而现实是丑恶的"毋宁说"现实是丑恶的,而愿望是美好的"。当庄严的衣冠被嬉戏的裙幅所取代,当崇高的品德被浮华的尘土所掩埋,尘俗之人是否就失去生存下去的支撑?我想,除了极个别的几个"特殊"之外,大部分人还是选择了苟延残喘,毕竟"蝼蚁尚且惜命",更何况于人?所以,屈原是喊着"举世皆浊我独清,众人皆醉我独醒""安能以皓皓之白而蒙世俗之温蠖乎"的口号怀抱石头沉江的,但楚国的绝大多数臣民是活着的——那个渔夫还正告他:"夫圣人者,不凝滞于物,而能与世推移。举世混浊,何不随其流而扬其波?众人皆醉,何不铺其糟而啜其醨?何故怀瑾握瑜而自令见放为？"岳飞是唱着"怒发冲冠"而背着"莫须有"的罪名踏向另一个世界的，但大宋朝百分之九十九的臣民是活着的；谭嗣同是叫着"有心杀贼，无力回天，快哉，快哉"却背着"逆贼"的黑锅而被刀刃的，但大清的绝大多数臣民是活着的。我们并不是说一个人死就必须众多的人做陪葬，而是说在"丑恶"乃至"邪恶"的现实中，人们还必须活着，毕竟，上帝所赋予人的生命只有一次，不能重复，生命是世间最可宝贵的。活着或者说生存着虽是人们在丑恶现实中最无奈最无奈的选择，但也成了人们于时于势于情于境中的最好之选择，"舍生取义"是我们民族最伟大的发现，却也成了现实中我们最神圣的希望。

生存是生命存在的根基，因而人必先求得生存，"留得青山在，不怕没柴烧"。但"人不是一根消化管道"，"有价值地活着"或者"有尊严地活着"则是生命存在的理想，尽管人怎么活着才算是"有价值地活着"或"有尊严地活着"，这是个让处于现实中的人们百思不得其解但又不能不时时处处考虑的问题，就像"生还是死"的这个问题让人"不想去思考却又不能不思考"一样。于是，"士可杀而不可辱""宁可站着死，绝不跪着生"虽像神话一样缥缈，但却激励着尘世的人们去为之奋斗。"富贵不能淫，贫贱不能移，威武不能屈"既是我们对丑恶现实的最好的反抗，更是我们崇高之理想，因为我们还存有"人"应该具有的良知，尽管良知会让我们焦虑而坐卧难宁。于是，我们尽力远离"假、恶、丑"，我们尽自己所能以追求"真、善、美"与"正义"。

"真、善、美"是什么？"正义"又为何物？我们无法用一句或者几句话将它阐释清楚，但我们至少可以这样说，它是飞翔于我们灵魂中的我们精神世界之精灵，是雨后那一弯彩虹，是田间地头的清露，它是我们生命中真正的主人，我们膜拜它，就像我们膜拜我们的上帝。现实中，我们与"假、丑、恶"做斗争，但我们知道我们的力量与之悬殊，我们势孤力单，我们还不想死，许多人也一样。我们是凡俗夫子，但我们还不想只做"一根消化管道"；我们是庸常而又庸常之一族，但我们还想尽量让自己"有尊严地活着"；我们虽时时处处不能活得心安理得，但我们却在时时处处高唱着"美"与"正义"之歌，述说着"魔高一尺，道高一丈"的信条，这，对于"不足呈显"的我们而言，虽显单薄甚至于无力，却也足够。

有时，龌龊的现实使"假"与"丑"盛行，使"邪恶"公然："我无法与你比高，那我就设法与你比矮；我无法与你比美，那我就设法与你比丑；我无法与你比善，那我就设法与你比恶；我无法与你比正义，那我就设法与你比邪恶。""良心多钱一斤？""我不要脸我怕谁？"这似乎成了现实生活中的一种必然，尽管会有许多人抱着老祖宗留传下来的一些概念来反抗，但其反抗是那么苍白、那么无力，又是那么无奈、那么窝心。面对诸多"假、丑、恶"之现象与现实，善良的人们不被其染黑，甚而被吞没、被阉割、被冤死、被砍掉、被诛灭九族，这竟然成了善良的人们之万幸。现实中，面对"正义"与"饭碗"，庸常的我们往往以"饭碗"为选择对象，"正义"被沉默在沉默者的心底。我们是芸芸众生，我们还需要吃饭。"仇恨入心要发芽"，那么，"真、善、美"入心呢？要知道活着的滋味，就必须先活着，自然，要摧毁黑暗，必先使自己处在黑暗中。在"假、丑、恶"的旋涡中，我们活着，但我们有自己的向往与追求，我们就不怕。"在不幸和受辱中对生命和生活说出含泪的肯定，在困境和孤苦中对挚爱与希望说出含泪的肯定。"问题的实质并不在于我们以高亢得近似于决心书之类的话语来表明我们对"真、善、美"与"正义"的向往与追求，对生命与生活、挚爱与希望"说出含泪的肯定"，而在于我们以什么样的态度、方法来保持自己的那份尚未被"假、恶、丑"污染甚而被蚕食掉的追求"真、善、美"与"正义"的灵魂。

也许，历史就只能是历史，对后人而言，它不过只是个镜鉴而已；也许，孰是孰非，这并没有一个固有的尺度，"是"与"非"也无非是站在自我立场上的分辨，但是，站在历史与未来的高度，以"应该的存在"和"理想的存在"来感受和定度现实的孰真孰假、孰善孰恶、孰美孰丑、孰是孰非，也并非只能是个别专家的权利。世界本不需要真理——真理已经被奸污，我们只希望明白道理。"月亮永远也不会圆"，那么，它也就永远不会缺；大狗吠着，小狗也应叫着；虎啸狼嚎马嘶嘶，蝉鸣蛙叫虫啾啾。这样的社会，也许才真正是个文明的社会，也才能真正地实现我们所谓的狗权抑或人权、禽权抑或兽权。

世界会走向哪里抑或应该怎样，生活会怎么样抑或应该怎么样，人活着会怎么样抑或应该怎么样，答案丰富而多彩，这自然由社会学家、人类学家、哲学家等诸类专家学者来回答，或做解说或做出预言。我只是一个教书匠，我所关注的无非"理想的教育与教育的理想"该是怎么样，我想，其答案也该丰富多彩，而我的答案与唠叨只是其众多答案中的一个。它虽然不是最好，但它是我的选择；因为是我的选择，所以我喜欢，就像我喜欢将我家小院的两边空地都种成向日葵一样。

独立自守是生命生存的一种选择，理想的人生是我们人生的理想。青葵园田，让我守护你，以我生命的剩余时光。让我继续劳作于我的劳作，让孩子们继续他们的收获，让我和我的朋友们一起在这青葵园田中继续饮酒聊天、唱歌吼折子戏，也一起融进历史的未来，走向我们所希望的时代……

1997年3月6日夜于青海民和
2023年5月定于三门观澜

盘腿坐于我心灵圣殿中的那个人，我尊称她为我生命的主人。清露是她的餐饮，彩虹是她的服饰，白云是她的坐骑。

在属于她的原野上，绽放的鲜花永开不败，累累的果实永呈鲜美；温煦的香风吹自她的原野，将礼赞的歌曲传扬四方。

她，慈眉善目，合掌胸前，为着众人的幸福，她日夜祈祷。

她轻盈的素脚踩踏着丰饶的土地，她是最为富有的；她纤纤的手指轻弹出风雨雷电，她是最为勤劳的；她朱唇所吐露的，既包含过去，也导引今天，还孕育明天，既含义丰富，又音韵和美，是最为动听的。

供奉她的殿堂华美富丽；承载她的宝座流光溢彩；伺候她的人们，个个脸上表露着欢乐，心中饱溢着虔诚。

礼拜她的人络绎不绝，我只是其中一员；礼赞她的歌曲无穷数，我的歌声只是这礼赞中的一个音符。希望是她原野上的不变之期盼，每天，我都踏行在她的原野上而抱定了永新之希望。

匍匐在她脚前，每天，我都顶礼以拜，歌曲是我的奉礼。

——题记

1

在孩子们的国度里，你是我全部的忧伤；在孩子们的国度里，你是我所有的欢乐——在欢乐中忧伤，在忧伤中欢乐，就这样，你让我织出生命的一串串平凡的歌。

在春日里播种，满怀全新的希望，你赐我以悲苦；在夏日里耕耘，带着浓浓的期盼，你赐我以汗水；在秋日里收获，付出艰辛，你赐我以欢悦；在冬日里，你赐我以苦涩。在希望中悲苦，在期盼中流汗，在艰辛中欢悦，在苦涩中期盼……就这样，你让我织出生命的一串串平凡的歌。

忧愁属于你，欢乐属于我；悲苦属于你，幸福属于我；祝福属于你，我只收获感动——你的祝福穿透时间的长廊，达到永远，我只在炎热的夏季守护；你的赐予跨越空间的栅栏，我只在风雪弥漫的日子里收获。

园田属于你，耕耘属于我；花朵属于你，果实属于我；风雨属于你，彩虹属于我。你园田里的风霜雪雨属于我，我生命中的歌曲属于你。敞开你的胸怀，我奉献我之所有——拿去吧，一无所剩地拿去，我的主人！

2

趁着夜的黑暗，乘着风雨曼妙的翅翼，唱着华美的歌谣，你从遥远的地方赶来。我和朋友们从不认识你，也听不懂你的言语，更听不懂你的歌唱，从你身旁走过，我们都鄙夷地躲开，连小孩也莫能例外。

"圣明之人，谁能乘着风雨而来呢？智慧之人，谁会趁黑暗而光临别人家的门户呢？贤达之人，谁又会在风雨雷电中歌唱呢？"我和朋友们都这样传说。

你敲打我们的门户，呢喃我们的姓名，但我们从不认识你，都以为你不过是个窃贼，也就都拒你于屋外，我们的决心执拗而坚定。

蜷缩在阴冷、黑暗的狭小地，透过门缝，我们只听你站于风雨中唱歌，我们嫌你不能在雷电交加中为我们跳遒劲刚健之舞蹈，以繁盛我们的生活，灿烂我们这破敝的门面。

你的歌唱，很优美，也很华丽——风也狂，雨也横；你的呼唤很卖力，也很动听——雷也鸣，电也闪。但我们不认识你，更听不懂你的歌唱，我们只以为你在歌唱自己，也只在为自己而歌唱。

3

认识你的时候，那是一个美丽的季节——天空中飘着云，和风微微，地上到处是花的海洋。

花园中，花工修剪着枝条，整理着园田；人们悠闲散步，学唱着鸟鸣，陶醉于园中绽放之花朵——人们醉心于你所赐予的诸多美丽。

认识你的时候，那是一个美丽的季节——天空中飘着云，和风微微，地上到处是花的海洋。

孩子们在沙滩上做着快慰之游戏，恋人在绿荫下交流着蜜语，农人播种着心头的希望——人们在感受着你所赐予的诸多惬意。

认识你的时候，那是一个美丽的季节——天空中飘着云，和风微微，地上到处是花的海洋。

那时，我记得，只有我伫立在路边，痴痴等待。当人们陶醉于你所赐予的美丽与幸福的时候，你翩然来到我身边，双手合十，赠我以花朵，并为我祈祷和祝福。

哦，认识你的时候，那是一个美丽的季节——天空中飘着淡淡的云，清风温煦而和暖，地上到处是花的海洋……

4

你站在我窗前呼唤我的名和姓，那时，我还在酣眠中。我的梦，温馨而美艳。我不知道，那个站在我窗前呼唤我的人就是你。

——你柔美的声音荡漾在我梦里,给我的梦增添了迷人之向往,像蜂儿采蜜于花蕊,我焦渴的心尽情吮吸着你所带给我的诸多温馨——我忘了苏醒着的一切,也忘了你的呼唤。

你站在树荫下呢喃我的名与姓,那时,我还在山雾里行走。山脉阔大而高峻,雾霭浓厚而无边,给我眼里增添了迷蒙的美丽。

——你柔美的呢喃荡漾在树木间,传荡在山雾里。但那时,我只想着山外的云衣彩裳。像蝴蝶扑在春天的花丛里,我漫步于云雾缭绕的山崖间,寻明艳之花朵,找美丽的云衣彩裳,我忘了时间,也忘了归途,也就忘了你柔美的呢喃。

幻梦在我心头萦绕,山雾在我脚下绽开。我畅游在你呼唤的温馨中,也荡漾在我的欢梦里。行走在山雾里,畅游于梦中,我心中充满甜蜜,并洋溢美好的向往——你呼唤我,日日夜夜;我只寻找你,夜夜日日。

5

清晨,挑水从你身旁走过的姑娘,她不曾回头,却给你留下一串甜美的歌音。望着她远去的背影,你慈颜含笑,口中念念有词:"祝福你吧,劳苦而可爱的姑娘!"

正午,劳动归来的人们与你擦肩而过,人们不曾歌唱你,只给你留下一缕泥土的芳香。望着人们各自地远去,你慈颜含笑:"祝福你吧,辛劳而勤苦的人儿!"

傍晚,挑着空笼而归的人与你迎面,对着你,他含羞微笑,等你须以微笑相还时,他已走远,不曾回头。你亦慈颜含笑:"哦,祝福你吧,质朴而善良的人儿!"

结束了我的歌唱与舞蹈,已是夜半。拖着疲惫的脚步,睁张着困倦的眼目，我和你相遇；路灯下，你明亮的眼睛与我对视。我还不曾了解你，也就无所谓以礼还之，谁知你却恭站于我面前，慈颜含笑："祝福你吧，诚实而守信的孩子。"

我的歌唱日复一日，你的祝福年复一年；人们的勤劳辛苦无止境，你的祝福无边界——你以诸多的祝福祝福着人们，人们也以诸多的劳苦而舞蹈着祝福他们的你。

6

遵循着你的圣谕，我畅游在你无边的花海中，折取诸多为我而怒放着的你之花朵，并为它献上我含柔带蜜的亲吻。

——我爱星星，爱月亮，爱太阳，爱叠翠丘峦，爱葱茏树木，也爱鸟的鸣唱、蝶的舞蹈，也爱潺潺的泉水：我爱你美丽园田中一切之一切。

遵循着你之圣谕，我踏足于你无边的花园中，寻觅你为我所准备的花冠。你的花园阔大无比，我的寻觅没有尽头。

——那顶溢彩流光的花冠，至今，我还没有找到。它是你玉手所编，它是有的，就在这里，因为它是你对我亲口的许诺。

遵循着你之圣谕，我将保持旺盛的精力、坚强的意志和永无反悔之信念，随你所馈赠于我的那匹善驰的骏马而驰骋。

——我将折取大地上所有为我而怒放的花朵，以它为圣物，并把它奉献于你圣者的面前：花朵属于你，我只在你面前歌唱，并满怀了爱意。

7

微风淡云，柳摆月明；鸟沐月辉而眠，蝉饮清露而歌。盘腿而坐，双手合十，我向你祈祷：

让清风传语，让淡云指路，今夜，让我驻足于你宽阔无边之水域；

让明月朗照，让绿荫成伞，今夜，让我驻足于你宽阔无边之水域……

——让我这装满渴盼的思想驻足于你那无余涅槃的空灵中，也让我这奔波红尘而已疲倦的情思化入你那圣洁无欲的净土里！

让蝉儿欢歌，让溪流淙淙，今夜，让我驻足于你宽阔无边的水域；

让鲜花摇曳，让花香荡漾，今夜，让我驻足于你宽阔无边的水域……

——让我这蓬勃的思想驻足于你返璞归真的境界里，让我这尘俗的欲念化入你那无欲的圣明中！

微风拂过，隐隐地，远方飘来你甜美的歌吟，我听见，你对我也是如此之祈祷。

8

今夜，我双手合十，向你膜拜，求你恩赐——

求你使我们从今往后的生活，风雨不再而阳光普照；求你使我们的事业，完美顺利而永无缺憾；求你使我们平淡的日子远离平庸；求你使我们那些赞美你的言辞能通达你幽居的住处而永无阻拦……

今夜，我双手合十，向你膜拜，求你恩赐——

求你使我们善感的心灵不再平添忧烦，求你使我们前去的路途少有荆棘而鲜花遍地，求你使我们娇美的年华永呈鲜美而不滋生荒芜，求你使我们这些祝祷你的言辞能畅达你纯美的心田而永无磕碰、羁绊……

今夜，我双手合十，向你膜拜，求你恩赐——

求你使你的那些为我们而祝福的祝福能汇聚在我们为你而祈祷的祈祷中，求你使我们这些为你而祈祷的祈祷能融合在你为我们而祝福的祝福里——祈祷与祝福相融，这样才和美。

今夜，我双手合十，向你膜拜，求你恩赐——

求你那姣美的容颜把我们的心灯点燃，求你那遒劲的舞步将我们慵懒的身躯扭转，求你使我们的心花永远朝着太阳绽放，并求你使我这些美丽的祈求能达到永远之永远……

9

新生的力量在新生中常怀有恐惧之战栗，衰老的事物在衰退的季候总抱着繁盛之希冀。你总是以慈爱的灵掌爱抚着新生，安慰着衰老，并给新生者以茁壮，并给衰老者以顽强——你以博大的爱心哺育万物，万物在你慈爱的怀抱中总憧憬着迷人的希望。

让失望的窗前闪烁希望之星辰，让痛苦的泥淖里酿造幸福的蜜饯，你总以慈爱的心泉滋养着希望，润泽着幸福，并给失望者以勇气，并赐痛苦者以坚韧与顽强——你以博大的爱心养育众生，众生在你慈爱的怀抱中恭举欢庆之酒盏。

低贱的命运能陈述出高贵之缘由，高贵的命运也可表达出低贱的本色，你总以慈爱之心安抚着低贱，支撑着高贵，并给低贱者以庇护，并给高贵者以勖勉与鼓励——你以博大的爱心哺育万物，万物在你慈爱的怀抱中生生不息，并永世常新。

10

现在，我当排除杂务，来完成我手中的活儿。这活儿是她交给的。她是我生命的主人——完成任务是我的必须；我当抓紧完成，完成了，便是对她最好的报答。

现在，我应静下心来，来完成我对她的歌唱——歌儿是她亲口的教唱，我必须会歌会唱，并应歌唱完整，决不能半途而废、有始无终；花朵很快就萎谢；我该抓紧歌唱，歌唱着，就是对她最好的回报。

现在，我该凝聚心思，来实现她的梦想——这梦想是她最切实的要求；我是她梦想的花朵，她是我梦想的花蕊；实现梦想是她的心愿，实现了，就是对她最美的报答。

现在，我须抓紧时间，来准备对她的供礼——没有供礼的热爱毕竟虚妄；生命短暂，春时有限，这供礼，我得抓紧准备并准备齐整；丰富的供礼才是对她最切实的答谢。

现在，我要找准机会，来供献我的奉礼——过程演绎了充实，但结果亦不可忽视；奉礼是她生命的必需；我知道，齐整而丰富的供献，才能实现我与她最体面的遇见。

11

你的美装盛在你秋水盈盈的眼里，别说你滢滢的明眸未张，盈盈的秋水难见；你的美溢流在你甜美的歌喉中，别看你面含羞涩，皓齿难见，而声色未动。

你的美饱融于你鲜嫩红润的唇中，别看你微闭着你含笑未开的朱唇；你的美悬挂于你圣洁温柔的胸前，别看你穿着你那纯白暗绿的衣衫，柔美的酥胸未露。

你的美暗藏在你飘摆的裙幅里，别看你披挂着你那纯白暗绿的飘摆的裙幅；你的美暗藏于你轻盈的脚步中，别看你安坐于你华贵的宝座上，裙幅长长，素脚难见。

因为，在那个月明星稀的夜晚，鸟不叫，风不行，人们都进入梦乡——人们都做着难以言传的欢梦，只有你在那个夜晚，让我进驻于你那泓幽幽的湖潭中，映照于你的心灵里，你唱我于你微笑的朱唇中，放我于你圣洁柔美的胸前，带我于你裙幅飘摆的胯下……

12

我的主人，是谁让我们心存愁忧呢？忧郁烦苦的昨天已过，明天还不曾到来，那我们的愁忧是为何呢？

是谁要我们心怀欲望还欲望不断呢？花朵只是在开花的季节中绽放，彩虹只是在风雨后才呈现，不到时节的事，我们为何要欲望呢？

是谁要我们欢乐呢？忧愁烦苦的今日正在进行，明天的事情谁又能知道呢，那我们为何要欢乐高兴呢？

是谁让我们在没有路的地方发现路，在没有光明的地方看到光明呢？路就在有路的地方，光明也就在有光明的地方，那我们为何不能立即发现却要等到没有的时候才来发现呢？

你要带我去哪里的地方呢？你所在的那个地方又是怎样的一个地方？你就在你所在的地方，那我为什么不能找到还要念念不忘呢？

带着诸多的疑问，我去问人们，但人们却也以同样的问题来询问我。唉，而这，又是谁的主张、谁之安排呢，我们又是怎样的一伙人呢，我的主人？

13

人们都在为自己心灵中的隐秘而奔波忙碌，但是那奔波与忙碌中，人们竟忘却了为你而祝福，我也是一样。

众生者都在为着自己的欢乐而歌唱，但那欢唱的歌词中，人们竟忘却了写上你的名与姓，我更是如此。

人们把最能融会心灵的爱的言辞都献给了他们所倾心依恋的爱人，但奉献时，人们竟忘却了献一份于你面前，我也不例外。

众生者都在为着自己的幸福而舞蹈，但那奔放而狂烈的舞蹈里，人们竟忘记了你教授于他们的舞步，我更是这样。

我们不知道你就是为保护我们而存留于世的，也不知道你就是恩赐幸福与欢乐的幸福与欢乐之化身，就是那位将自己全部的爱都奉献给我们的爱之精灵，人们忘却了你，我更不例外。

14

生活在我周围的我的朋友，热情地，他们都在询问着我的过去、我的现在以及我的未来，询问中，人们不曾提到你之名和姓，也不曾问及你的过去、你的现在以及你的未来，而这询问的主题，你也知道，它只有一个。

生活在他们周围的他们的朋友，热情地，也都在询问着他们的过去、他们的现在以及他们的未来，询问中，人们没有提到你之名和姓，也不曾问及你的过去、你的现在以及你的未来，而那询问的主题，你也知道，它只有一个。

相互的询问，其实，我们都在询问着我们自己——自己的过去、自己的现在以及自己的未来。询问中，我们都忘记了询问你。

昨夜，是在一个幽幽的幻梦中，你款步来到我身边，热情地，你询问着我，并询问着询问与未曾询问过你的所有之人们——人们的过去、人们的现在以及人们的未来。

你询问的话题丰富，充满着新鲜的美丽，词语满含了纯美的温柔，语调亲切而有力，主题更是醇厚又深刻，而等我张口就要询问你的时候，你却走了——含着微笑，也带着询问……

15

现在，我的双目被尘俗所迷蒙——被俗世所驱，我随波逐流。混居于尘俗里，加挤在拥挤的人群中，我怎能超越呢？我的主人，你能来救我吗？

你在哪里？是酣眠未醒还是出游未归？是郁郁沉默还是聚众欢乐抑或是辛苦劳作？你是否已将我忘记？

当我静默以待时，我总不时地将你埋怨，埋怨你忘记了日夜思念着你的我，自觉与不自觉间，埋怨的迷雾模糊了我的双眼。

当东方闪现第一丝晨曦，百灵鸟在我门前的树枝间叫个不休、鸣唱个不已。这是你以你至圣的晨光在启迪着我吗？是你以清脆的鸟鸣在呼唤我吗？

微风吹起时，于唱个不休的鸟鸣声中，我只听见你不时地也将我埋怨，深深地将我埋怨，说我竟然忘记了你！

太阳尚未升起，曙光挂在天边。鸟的欢鸣依旧挂在树枝间，我园中的花朵饱绽着灿烂。哦，我的埋怨，你已听见，而你之埋怨，正在绿叶与花朵间呢喃……

16

你用你敲打泥土的手杖敲打我心，用你园田里的花朵明亮我目，你用你绚丽的彩虹抚摸我额头——你走近我身旁，我便不寂寞。

你用欢歌、笑语唤醒太阳和月亮，星星也因你响亮的欢歌、笑语而藏匿隐遁。你绽放了无边的光明——你走近我身旁，我便不迷失方向。

蝴蝶从不为传播花粉而舞蹈，但热闹了春的万紫千红。我虽走过漫漫寒冬，也不惧怕寒冷，你在我身旁，你的杖、你的花朵时时安慰我。

我知道，我不完美，缺点还很多，但因你在我身旁，我会让自己做得更好。只要你在你的园田中呼唤我名姓，我便会找到回家的路。

17

这件华美的服饰，就让我把它藏起，我的爱人，因为我们的主人，她尚未到来，离人们朝觐的盛会还有几日。

贫穷不与低贱为伍，乞讨亦不为羞耻。当我们为着朝阳初升而呐喊时，我们的声音就能穿透黑暗，到达她之居所。那时，她就会听见，她出行的马队就会光临我们的草舍，我们的歌唱就能形成盛会，朝觐的日子就会在眼前。

我的爱人，你那件华美的衣裙也在我这箱箧中——是我把它藏起来的。我要等到她大驾光临。在人们朝觐的盛会上，穿着华美服饰的你与我，将引来她惊异而赞赏的目光，也必成为万众瞩目礼敬之嘉宾，你我苦难的日子就熬到了尽头。

破敝的服饰并不与低贱为伍。我们的主人，她也在最贫贱最失所的人群中驻足。当我们用善乞的双手为着她的驾临而沿街讨乞时，她就会看到我们，而当我们在她所赐予的园田里劳作，我们的辛劳与勤苦就会有希望，而那盛大而光荣的朝觐的日子就会在你我眼前。

我的这件华美的服饰，现在，就让我将它藏起，藏起的，也包括你的那一件，我的爱人，因为我们的主人，她尚未到来，离人们朝觐的盛会还有几日。

18

深深爱着我的那个人，现在，她正捧着我的照片到处寻找着我，可并不被她所爱的那些人却日夜围在她周围死死纠缠着并不属于他们的她的爱。

被我所钟爱的那个人，现在，我正捧着她的照片在到处寻找着她，但并不为我所爱的那些人却日夜围在我身边死死纠缠着并不属于他们的我的爱。

只有你从不那样——你的胸怀宽广，你是无私的，也是无所不爱的。你深爱着爱你与不爱你的所有之人们，而爱你与不爱你的所有的人，现在，都在爱着你，深深地爱着你，并日日呼唤你，也天天歌唱你。

19

请将我带上，让我跟随你华美的车辇走遍海角，踏遍天涯。

夜晚是漆黑的，但围裹在你身上的衣服却有亮光闪烁，为我照亮前行的路；霜雪是凄冷的，但你眼眸中的光亮能温暖我心。

你前脚踩踏出秋云，你后脚就有春花灿烂，你完成了你生命的智慧；你右手擎起太阳，月亮就从你的左手上升起，你奠基了你生命的荣光。

"所有曾经之荣光，都已成为过往，不复存在。高尚之人从不炫耀自己。"但人们依然用着过去的荣光为自己的现在而装饰，歌唱个不休，还炫耀个不已，我更是如此，而你就从不这样。

流星从天空划过，永生即成了永久的幻梦。而你从不毁灭——你是永生的，必是永存的，人们都信以为真，我又怎能例外呢？

你把无有当富有,你是伟大的;你把赐予当应该,你完成了你生命的圣洁;你是无所知的,却是无所不知的;你是愚钝而纯一的,却更是睿智而复合的;你完成了你生命之神圣。

蜂蝶依花朵之绽放而歌唱、舞蹈。随你踏遍天涯与海角,我的脚步将不会迟疑与滞钝,心儿也不会疲惫,我的歌唱也将永远嘹亮。

哦,主人,请将我带上,让我跟随你华美的车辇走遍天涯,踏遍海角,而永唱欢快之歌谣……

20

我把自己供放于心时,你就离我而去。但我常以此为荣,并沾沾自喜,逢人便夸,说我捍卫了自己,保持了自己的尊严——生于世间,谁能不自私呢?谁又能不珍视自己的颜面呢?

我把自己围堵在狭小地。看守是谨严的,封锁也严密——他人的脚步进不来,旁人的诅咒也无法撞入。你曾站在我门外,朝我哭泣。

自私让我怀着永新之怨尤。但当我被这自私的重负压得无法喘气时,你突然地破门而入,来拯救我的灵魂:"我是你的主人。在你心的苑囿里,请给我开出一些地盘,让我来供奉你。"

属于我的土地,虽广袤没有边际,也都肥沃而富饶,但是呀,需要给你的那一份,现在,我还没有找到;我的所需还远远不够,我也在时时渴盼:"你能给我一点点吗,我的主人?"

你的屋舍,阔大而没有尽头——青山连绵,树木苍翠欲滴;河流清澈,小溪流潺潺;鲜花遍野,蝶飞蜂舞;园田广袤,鲜果繁盛。你屋外的阳光灿烂,生长在灿烂阳光下的人们是幸福的。

我的房间是狭窄的,还充满黑暗,风雨无边。我把自己供放于心时，你就离我而去，无有一言，亦未有一语。唉，是谁让我躲在这黑暗的角落里，不肯走出来，还日夜哭泣与埋怨？而这又是谁之主张呢？

21

是你把我推搡于这里——深渊惨凄，黑暗无边，凄风苦雨之外依旧是无边的苦雨凄风，慌张之外是更为紧张的惶恐与不安。

颤抖于深渊边沿，恐惧咬噬我心，惶恐占据我胸。我，头脑轰鸣，像是你为我唱着临终的祷词；我的眼前金花乱转，也仿佛是你为我的临终在歌舞。

我的身后还有谁在推呢，向着深不可测的黑暗深渊！我，疲弱地呼救，无力地反抗。"垂死之挣扎，一无所用。"唉，是谁还站在我的旁边高唱呢？

"服从吧，光明就在前面。"又是谁在我的背后说呢，仿佛为我的临终而做祷祝。合手胸前，我虔诚地听从命运之安排。

"抱必死之信念，将赢得永生。"睁开眼，我依旧躺卧在你慈爱的怀抱里，还叙述与高歌着生命的灿烂与辉煌。

22

钟声响起时，我的晨课已告结束。

我的歌唱高亢，词作富丽，音调和谐而浑厚；依歌而起的我之舞蹈，轻盈而流畅，也述说着美满——我欣慰于我今日之供奉。

从神堂圣殿中出来，走在绿树成荫的路上，我的心中满溢着清澈的澄明。晨阳初照，微风清新，众鸟高飞。

风儿与我有个约会，一个藏了很久很久了的约会：它与花草相游戏，我与小鸟对视——我只想与它们一样，自由而没有束缚。

我与鸟儿有个约定,一个藏了很久很久了的约定:我行走于地,它们盘旋于树,还歌唱个不休——我只想与它们一样,自由而无拘束地歌唱。

我爱风的清新,也爱鸟之欢鸣——风的清新引我歌唱之清丽,鸟的欢鸣引我翩然的思绪。

我喜欢神殿圣堂的庄严,也喜欢我那歌唱的清丽——殿堂的严肃让我忘记其余,也包括我自己,而歌唱的清丽又让我只把你想起。

23

你活在我心中时,你便活在我的呼唤里:你来吧,我的主人。

外面正有阳光灿烂,春风温煦而和美,鸟儿鸣唱不已,花朵正鲜艳——蜂蝶是它们永久不变之情人。

我徘徊在破敝阴冷的屋中,风雨是我的常客,哭泣与孤独相伴,而我却无法走出——采撷的花朵,花瓣已纷纷坠地。

经历过无边的苦雨,才觉阳光之珍贵。与你约会,我只怕耽搁了春的时节。

虽然说没有爱情,我无所牵挂,也将更加轻松,但没有爱情的生活,生命便缺少内涵,更缺少完美。

我怕我青春的花朵失去美艳之芬芳,我怯懦胆小,生怕被人耻笑,于是,我就把你呼唤。

邻人告诉我,说你正驻足于欢闹的人群里,正和欢闹的人们一起欢闹,并时时提说着我的名和姓,还询问着我奉献之所有。

欢闹的人群里,曾有我顾盼神飞的眼神:我的奉献,已准备充分,现在呀,你为什么就不能来到我这里呢?

你来吧，我的主人！你活在我心中时，你即活在我的呼唤里。

24

含苞待放的花朵，它不会衰败，即使今年衰了，明年还会开，因为它是你亲手所栽，它将以浓抹的艳丽向众生者展现你缤纷之光彩，演绎你永恒的美丽。

徐徐东升的月亮，它不会西落，即使今日落了，但明天还会升起，因为它是你玉手所托，它将以皎洁的玉身向众生者播撒你施泽布惠的光辉，演绎你永恒之美德。

你园中的花朵，永开不败，艳丽而新鲜——花木本是你亲手的栽培，亲自之哺育，花朵也将因你而永远灿烂，芬芳满园。

我的主人，你也不会消失，众生者也不会被你抛弃，因为你是因众生而存留于世的，众生者也是因你而往返于世的。

总是在无人知晓的地域中，你唱着嘹亮的歌。你的歌唱穿透所有之世纪——你总歌唱着歌唱与不歌唱你的所有之人们，人们总渴盼一睹永远为众生而歌唱的你之容颜。

25

我所丢失的那件东西，是我最为珍贵的。我知道，它不在他那里，只因我曾在他那里做客，于是我去了，向他索要。他说，他正在寻找他所丢失的，也是他最为珍贵的一件物什，还说，他正想到我的住处去看看，并说我所丢失的那件远不如他所丢失的那件珍贵。我瞪大双目："这怎么可能呢？"我气愤极了。

向他索要无果，我又跑去找她——她总会知道，因为我和她曾在一起唱歌与舞蹈。但她出去了，是刚刚离开的。她的家人告诉我,说她是到我的家里去了,也是去询问我是否捡到了她的一件最为珍贵的东西。她的为人,我知道,但我想,她所丢失的远不如我所丢失的那件东西珍贵。

我所丢失的那件东西,是我最为珍贵的;人们都不知道它在我心中的位置,只有我的它知道,但它却让我给丢失了,现在,我正在寻找。他们所丢失的那些东西,是他们最为珍贵的;人们都不知道他们的它在他们心中的位置,只有他们的它知道,但它被他们给丢失了,现在,他们也正在找寻。

26

听见你在我窗前唤我,我就藏起——

我的房间不大,但窗与门都敞开着;屋内的灯光不够明亮,但也是亮着。我屋内所有的物什都是你曾经的馈赠,也应属于你安然的享受,踱着步子进来吧,主人。

我,衣衫褴褛,因讨乞而满目含羞,因奔波而蓬头垢面。人因贫穷而丑陋。我藏在屋角处——我怕我使你难堪,让你蒙羞,我就把自己藏起。窗与门既然敞开,灯光既然亮照,我屋内所有都是你所赠,都属于你,也就属于你安然的享受,踱着步子进来吧!

看见你在路上找我,我就躲起——

我躲在路边花丛里,藏在林中鸟鸣中。这花木都是你亲手所栽种,现在,花儿缤纷,鲜艳欲滴;林荫翳翳,树上结满了翔鸟的和鸣。你就走进来吧,主人!

我一无所有。人因贫穷而俗气。我怕被你斥责,我就躲起。花朵林木属于你,鸟的和鸣也应属于你。花木鸟鸣虽为我所爱,但并非我首需。让你的脚步走进来吧,我就躲在花木掩映中。我把这无边的花木奉献给你，也包括这无边的鸟鸣。

听见你在我果园中行走，我就躲开——

你是我的主人，这果园本是你的所有，我只是个看守者。曾经开放的花朵就属于你，那这园中的果实也必属于你。让你的脚步慢慢踱，我就藏在果香的飘拂中，藏在丰收的温馨里。

果园虽为我所爱，但它是你曾经的所赠，也必是你安然的享受。我是个贫者。我怕我有辱于你，我就躲开。我曾经的讨乞之物不值得我奉献，现在，我把这果园敬献给你，不仅有那曾经的花朵，也包括目前这累累之果实……

27

我这园中，阳光灿烂，万紫千红，争奇斗艳；好鸟时鸣，蝶飞蜂舞；游人如织，脸上挂着欣喜，但我听不见你歌唱——听不到你歌唱，我便找不到新鲜；找不到新鲜，我就看不见风景，更找不到美丽，这也是你所知道的。

我知道，我的脚步在我脚底生风，但我的眼神终飘忽在你身边；我的身躯就在我身上，但我的心影却始终跟牢了你——我固守我的躯体，你却带着我的梦想。

不要只站在你门前看风的嬉戏，听雨的淅沥，请来到我园中，察看花朵之绽放，欣赏蜂蝶的嬉戏，听我为你歌唱与舞蹈。

你赐予我园田，让我与天地间美丽的风景相遇，但我听不见你歌唱，这田园，这花朵，它们就少了韵味，便不能构成风景——我找不到新鲜，更看不到美丽。

把你美丽的歌曲唱响吧，让我的心不再因持久的困顿而生麻木，也不要让我因听不到你的歌唱而心生疲惫。

28

炎暑正浓。浓荫下，消夏避暑的人们兴高采烈，比比画画，高谈阔论。忙于工作的人们，你们的奔忙为的是什么？

层云涌来，太阳的光芒时有时无，暴风雨即将到来，牛羊归栏，鸟雀回巢。徘徊于街市中的人们，你们的徘徊为的是什么？

彤云密布，远方的雷鸣惊醒了电闪的眠枕。雷雨已经到来。静默于小溪旁、林荫下的人们，你们的静默为的是什么？

雷鸣电闪，大雨如注；鸟不飞，人不行，一切的一切，安于居处，歇于家室。流浪街头的人呀，你的流浪为的是什么？

阵雨刚过，夕阳挂在天边，羞红了脸，半环的彩虹挂于空中，惹人眼目。伫望于山头的人们，你们的伫望为的是什么？

生命之神向人们招手致意。众人在广袤的天宇下欢呼雀跃，歌声顿时响起，美妙无以言说：祝祷生命的存在，欢呼光明的到来——

忙于工作的人们用的是工作，徘徊于街头的人们用的是徘徊，静默的人们用的是静默，流浪的人们用的是流浪，伫望的人们正在全神贯注地向着远方伫望……

29

这是你的脚趾，我要牢牢抓住，绝不会再放手——曾经的放手，让我脚下的路途铺满了坎坷，还歧路迭出，我也丢失了许多，留下遗憾无重数；丢失只表明自己的过错，我再也不想让我的丢失描述我的错误，演绎我的遗憾。

你脚趾上的链环，挂着清露，映着彩霞，闪着金光，飘着鸟鸣，带着田野的芬芳，挂着城市的风光，既牵挂着众生者美艳的期盼，也荡漾着人们幸福的笑颜。倘若抓住了你的脚趾，我想，我就握住了世间所有的美丽。

你的脚趾踩过风雨，踏过霜雪，如今，它绽放着七色的光环，光辉无限，璀璨斑斓，无物能比；你脚趾踩踏过的土地，风调雨顺，万物呈祥，现在，你素脚踩踏过的地方，鲜花盛开，芬芳四溢，翔鸟和鸣，万般和畅——抓住你的脚趾，我想，我就握住了全部的你。

我的倔强决定了我的秉性，就像我的秉性决定了我的倔强。我的倔强无人能及。我要随你而迎风雨、冒霜雪，于风雨中迎接彩虹，于霜雪中迎接春天。我要跟牢你，不能再丢失——我不想让自己的丢失演绎我的过错，记录我之遗憾。

心中情愿，人便不觉累，贫贱亦不为悲，劳作亦不为苦。你脚趾上的链环，映着彩霞，金光闪闪，带着田野泥土的芬芳，也飘着城市的风光。哦，这是你的脚趾，我要牢牢抓住，绝不能再放手——抓住了你的脚趾，我就把握了世界；与你同处共行，我的世界将是遍地鲜花。

30

趁着假日还在，我要完成对她的歌唱，并以歌唱来丰富我对她的供奉。

歌唱是我供奉给她的礼物，也是我生命花篮中的应有——它显示我的勤劳，彰显我的富有，更证实她的伟大与圣洁。

无所事事的日子让人煎熬。我不能闲懒而无所事事，因为我还需要歌唱的赞美。我当以对她的歌唱来完成我对她的供奉，表现我的真诚。

奉献的礼品再丰富，也不会显得赘余，就像再多的鲜花也不会成为春天的多余。我的花篮果袋，永待花果充实。

对她的供奉，人人皆应有，我怎能例外？别人所供奉的，永是那么丰富，也永是那样鲜美，我的心中永怀嫉妒的羞愧。

趁着假日还在，我要完成对她的歌唱，以歌唱来丰富我的心音，踏实我的脚步，显示我的勤劳，并充实我的供奉，彰显我的富有，更赢得她的芳心，消除我的嫉妒。

我的这一份供奉是她的所需，也是我之所愿望。我不能闲懒，也不要卑微、贫贱，因为我还需要歌唱的赞美。

31

这是个不眠的夜晚，也是个洋溢着温馨的夜晚，更是个飘溢着憧憬与期盼的夜晚。孩子们高兴不已，我更是欢悦无比。

孩子们在接受了你所赐予的诸多礼物后，满心高兴，欢呼雀跃，现在，孩子们依旧围坐在你周围，眼里满含了渴盼，口里念念有词——孩子们依旧在等待着你诸多新鲜的赐予。

肩搭背扛，双手捧满了你所赐予的累累果实之人们，高声赞美着你赠予的无私，赞美你伟大的仁慈，现在，人们依旧站在你身旁，眼里满含渴盼，口里念念有词——人们还等待着你生命花树上的果实重新显现。

让音乐充溢了心房的人们，哼唱着你所谱写的你的曲调，咏唱着你所教于他们的你的歌词，现在，人们依旧站在你周围，依旧等待着你那富有的心房中所蹦跳出的一个个活脱脱的音符，等待你美丽的朱唇中吐出一个个光辉灿烂的言辞。

夹挤在人群中，你美丽的赐予装满了我的思想，现在，我也依旧在等待着——等待你赐予的又一个个新鲜的美丽来装饰我破敝之门面……

32

我不敢直呼你的名和姓,怕我这凡俗的嗓音玷污了你圣名的高洁;我不敢以六尘的情愫来唤醒你那缠绵柔美的爱意,怕我这沙哑的喉音惊扰了你那静祈默祷的灵魂;我也不敢舞蹈你的舞蹈,怕我这沾满尘俗的舞步污浊了你舞步的圣洁、高雅。

在月色朦胧的夜晚,抑或在晨露未落的早曦,抑或于艳阳高照的正午,抑或在薄暮夕照的林荫下,沿着无人踏涉的花间小道,双手合十,我只幻化你光彩艳丽的形象,并默祷你圣洁无欲之灵魂。

因着我的默祷,我想,你会来的,但你从未露面。既然如此,你也就静静吧,以我渴盼的纯正来显示你的尊贵,以我这无瑕的美意、怯懦的爱恋来衬托你那伟岸的身躯和你那纯洁无欲望的心底。

33

给小溪流以潺潺歌唱的自由,给堵塞的河流以奔涌之气概;赐湖泊以容纳万物之胸怀,赐危崖以高耸之勇气;给风雨以彩虹,也赐勤劳者以累累之果实……你曾经的期盼,我们正努力以实现,而我们今日的呼唤,你可曾听见?

我们期盼你多多之赐予——

赐欢乐者以满心的欢乐,赐幸福者以恒久的幸福,赐孤独者以无边际的孤独,赐痛苦者以撕心裂肺之痛苦,赐悲哀者以浓黑之悲哀……你总能让你众千的仆人沐浴在你无边恩赐的圣光中,也总能让你众千的仆人畅游于你无边的昭示里。

我们期望你多多之恩赐——

给梦想以明智的启迪,给幻想插上勇飞之翅膀;给虚妄留一片明丽天空，给荒诞留出一席生存地，也给困境以希望的昭示；赐新生者以和风、以细雨，赐衰朽者以阳光、以雨露，也赐妄想者以实现妄想的理由与希冀……你将无边的恩泽普降众生，众生则会在你无边恩泽的哺育下生生不息，并将齐声歌颂你无边的恩泽。

你的赐予慷慨，我们的收获富有；你不曾亏待我们，我们也不会懈怠你；我们不曾懈怠你，你也不会亏待我们；所有的荣耀属于你，我们的歌颂与赞美亦必将荣耀与灿烂你。

34

"目标如一，脚步才坚定，收获也才丰富。"遵循你的意旨，我的劳作勤苦而辛劳，秋风刚起，我的田园便一片繁盛，连白杨树的叶片也在歌唱你的名与姓。

我不会自私，因为你曾经的赠予慷慨；我也不会有所保留，因为你把你家的所有都曾施舍给我——所有的物件，无论花环，无论荆棘，无论虫鸣，也无论蛙叫，我都珍藏得完整，现在，我全然奉献。

不能贪婪，这是你的意旨，更是你之美德。"明智之人，永不会贪婪；贤德者，奉献必不会少。"你曾经的教导，我铭记于心；我今日的奉献，也绝不会有所缺损。

颤颤地，当我把我的所有都呈现于你面前让你挑选时，你毫无谢意地全然接受，还说，我的奉献差之太多，还远远不够——你的索要是美丽而神圣的，我奉献的囊袋永待我来充实。

35

深怀忧愁的人们，也许心中积聚着无限的欢乐与幸福；经常欢歌的人们，也许心里充满了无尽的愁忧与哀怨——这也是你亲口所谕，也是你玉手所点。我的主人，你究竟为何方之圣灵？

没有梦想的人，我以为悲苦，但你赐给他们以欢乐；经常被梦所缠绕的人，我以为欢乐，但你赐他们以悲苦——这是你亲口所谕，也是你玉手所点。我的主人，你究竟为何方之圣灵？

人们都喜欢做梦，只有你从不做梦——你将所有的梦都给了众生者，众生者在你所赐予的诸多梦幻中梦着他们情愿梦着的你的所有的幻梦——这是你亲口所谕，也是你玉手所点。我的主人，你究竟为何方之圣灵？

因梦想而心有悲苦，因做梦而心存欢乐与快慰，人们是这样，我更是如此。但只有你，因梦想而永远平和，从无悲苦、欢乐可言——你把所有的悲苦与欢乐都给了众生者，众生者在你所赋予的诸多悲苦与欢乐中尽情地悲苦与欢乐。我的主人，你究竟为何方之圣灵？

36

我知道，夜晚不过是欺骗，只让眠睡的人们去做穿着华衣的幻梦，并让人们沉溺其中而忘记其他。

我不怕做梦，但我怕做噩梦——我本良善，最忌欺骗。但是呀，只要有你存在其中，欺骗便洋溢着纯美——夜晚是凝聚胆识的花园；不愿做华梦的人们，依然在夜间行走，并以歌唱作身外之呐喊。

我知道，黑暗是夜晚之颜色，暴风雨也会常常趁着夜晚到来，猫头鹰的鸣叫也会趁夜色而响起。

我不惧怕暴风雨，也不惧怕猫头鹰的鸣叫，也不惧怕黑夜，但我惧怕黑暗。但是呀，只要有你存在其中，暴风雨便只挥洒着坚强——待华梦被惊雷所震破,等歌的羽翅被猫头鹰的鸣叫折断,那么,夜晚便是酿造,它必新生出一轮鲜红的太阳。

你驻足在夜晚的最深处,陪伴着人们的华梦,伴着夜行人的脚步,并掀动着一轮鲜红的太阳之东升。

冬天时,我最怕冷;夏天时,我最怕热。但只要有你存在其间,我既爱严冬的凛冽,我还爱酷暑的炎热——它是你的所赠,必藏有你深深的爱。

梦是美好的,闪烁着你名姓的华梦愈显神圣;暴风雨亦是美好,闪烁着你名姓的暴风雨呈现着高尚。

让我永远陪伴在你身旁,陪伴你前行,并伴随你的歌唱而舞蹈与歌唱——我只把灿烂的花种播埋,也只把你神圣的美德传扬。

37

决胜前途的时机已到,我不能坐在属于她的花园深处,只静看花的开放,静听鸟之鸣唱——花的芬芳会熏软我心,使它不能经受寒霜冰雪,也经不起黑暗的折磨;鸟的鸣唱也会磨平我心,使它辨不清方向,也经不起道路的坎坷。

花朵需要绽放的美丽,我也需要歌唱的赞美。我不能这么闲散懒惰了,人们都在向前,只有我还原地打转。闲懒的日子,曾让我难堪,也让我羞惭。在渴盼中歌唱与舞蹈,我园田中的那些花朵才会灿烂,而她之渴盼,我才能实现。

阳光明媚,和风煦暖;花儿的盛会正盛;蜂蝶的舞蹈热烈,燕子低飞,鸟的和鸣清脆而和美。赏花观景的人络绎不绝。孩子们拉手欢歌、舞蹈,花工修修剪剪,忙忙碌碌。哦,我不能就这样坐着只等花儿枯萎。

试着飞翔,才能学会飞翔;试着耕种,才能学会耕种,也才能看见夏的繁荫、闻见秋的馥郁。人们奔波的脚步正急。我不要坐以待毙。我还想经历风雨与黑暗、泥泞与坎坷,我虽贱如草芥,但也想开出一朵艳丽之花朵。生命在寻求中会找到属于自己的那一份天空——寻找中,主人才高兴,我也会舒心。

38

你是我们的主人,人们都知道,我怎能不明白?供礼是我们的本该,我怎可忘记?人们在奉献,我又怎能例外?别人的供礼华美而高贵,我只有歌儿供奉——歌儿是你曾经亲口之教唱,也是你曾经所钟爱,如今,我只将它返唱于你。

人们对我嗤之以鼻,并嘲讽着我的自私与无有能力。既然是供礼,便应当丰厚,这是我所知道的,但别人的供礼,既及时又华美而高贵,我永难完成,于是,我只选择了歌唱,谁能说歌唱不是别样的供礼呢?

你是我们的主人,人们都知道,我更是清楚。歌唱你,赞美你,这是我们生命之应该。人们赞美你,我不会忘记。别人的赞词永是那么鲜丽而动听,于是,我便选择了舞蹈——舞蹈本不是你之所教,我却只有它来供奉。

别人讥我为傻瓜,报我以嘲讽,并数落我诸多的不该。供礼应当华贵美丽。但我想,只要你喜欢,一切便合理。在赞美你的季节里,别人的赞词鲜丽而动听,我永难完成,于是,我只选择舞蹈,谁能说我这舞蹈不也是另一种的赞歌呢?

39

我想,我青春的生命怎能不勃发出美丽之梦想,我蓬勃的思绪又怎能不超越我所有之力量?人们都在梦想,那我怎么能例外呢?于是,我常对春天呼唤,于是,我常对秋日满怀期盼。

她只给我一撮泥土,我却想要让它生长出参天的树,还想让这树绽放鲜艳的花朵,结繁盛而丰硕的果,让人们投来艳羡之目光——我常想,在这样的时光,在这样美丽的季候,谁能没有梦想呢?谁又能没有新鲜的盼望?而谁又不会贪婪呢?

现在,我当继续往日的劳作,在劳作的勤苦中,我会找到夏夜的星光。劳作的脚步能结出丰硕的果实,这必能赢得她心悦,引来她的欢颜,我也会在她的欢颜中找到属于我生命的歌——暴风雪不来,我园中的花朵必然灿烂。

40

风狂雨横时,我们都坐在家里,只剩你在路上。你一边赶路,一边歌唱。你的歌由雨传给风,风又将那雨带到我家里。我和朋友们一边说笑,一边听你在风雨中唱歌。我们只安然而快乐地谈论与说笑,也只安然而快乐地听着、欣赏着——我们只为你的歌唱鼓掌加油。

风雪交加时,我们都待在家里,只留你在路上。你一边赶路,还一边舞蹈。你的舞蹈由雪传给风,风又将那雪花带到我家里。我和朋友围坐于火炉旁,一边饮酒,高谈阔论,一边看你于风雪中舞蹈。我们只安然而快乐地谈论与说笑,也只安然而快乐地看着、欣赏着——我们只为你优美的舞蹈鼓掌、加油。

蔚蓝的湖水中,我们看不清你的颜面,但茂密的林野却传送着你的歌唱,漂泊不定的风只舞蹈着你美丽的舞蹈。从你身旁走过的人,曾以异样的眼光打量你并询问着你。在人们异样的询问中,你只找到了孤独的你、寂寞的你、一无所有的你!

我们只以安然为向导,而你却以奔波为螺号;我们只以快乐为门楣，你却以歌唱与舞蹈为荣光；我们在你的歌唱与舞蹈中收获快乐，并希望它多多益善，你却在孤独的歌唱与舞蹈中，在我们写满快乐的大门前，找到了只为你鼓掌与加油的我们……

41

我们向往大海，你却赐以高山；我们歌唱太阳，你却赐以月光；我们追求完美，你却赐以残缺；我们……

——你的赐予倔强而固执，我们只静默接受，因为它是你的恩赐。

我们需要幸福，你却赐以痛苦；我们希求欢乐，你却赐以折磨；我们渴望自由，你却赐以束缚；我们……

——你的赐予源源不断，我们不反对，因为你的恩赐从来就圆圆满满。

我们还需要风雨的磨炼，你却赐给我们彩虹；我们还需要霜雪的欺压，你却赐我们遍地鲜花；我们还需要……

——你的恩赐神圣，我们歌唱着接受，我们不反对，因为是你的恩赐。

我们需要坎坷的道路以锻炼，你却以坦途相迎；我们还需要沉默，你却赐我们以歌唱；我们是我们自己的，你却让我们隶属于你，还说是永永远远……

——你是属于你的，却也属于我们；我们是我们自己的，但也属于无处不在的你；你的恩赐圆满，我们的歌唱无限制，也将直达永远。

42

因着她的到来，我手头的工作当暂时停止。

她造访的车队已起程——风是她的信使。我不会因为我的忙碌而忘记了她大驾的光临。欢迎她，恭候她，这是我本该的职责，她是我们的主人，我不能因为自己的忙碌而忘记。

列队欢迎的孩子们，排成两排，夹道而站，身披彩带，手持鲜花，正肃立以待；欢迎的人们，怀着虔诚，已蜂拥前往——欢迎她的人如潮，但那欢迎的队伍，倘若少了我的加入，它便缺少完美。

为她鸣锣开道的卫队已驾临村口。锣鼓喧天，礼花灿烂；鲜花在孩子们的手中绽放，欢迎的念词在人们的口中蹦跳；礼赞她的歌声已唱响——歌唱她的声音如潮，但那礼赞的歌声里，倘若少了我的礼赞，它便缺少雄浑。

她乘坐的车队已歇止村口。开道的卫队已站列齐整。侍女们碎步前行。众人的供礼已摆放齐整，单等她下辇接受。人们的礼品，精美而丰富。我供奉的礼品必须适时——供奉给她的礼品华美，但那供奉中，倘若少了我的，便缺少丰盛。

我要带上我的地毯，好让这大红的地毯连接起她与我脚下的路线，别人为她铺就的地毯华美，但倘若少了我的，便就缺少华美；恭候她的人群拥拥挤挤，但那恭候的人群倘若少了我，恭候便失去盛大。

因着她的到来，我手头的工作当暂时停止，我不能因为我的忙碌而忘了她大驾的光临——欢迎的人群里，我知道，倘若少了我，那便缺少盛大与壮观。

43

蹑手蹑脚地，我来到你房间。我要的是金银与财宝。除它而外的一切，我什么都不要——我只是个小偷，因为我还是个贫者。

　　星星眨眼时,太阳就落山了。你紧握我的手,教我数数,教我写字,教我绘画,并不时地教我歌唱与舞蹈,但我的心思本就不在那些上面——我只想看见藏在你身上的你之财宝。

　　心一麻木,眼里便少了灵动;心存所欲,眼睛便无旁骛。在你所紧握的世界里,我找不到新鲜——我只想瞧见藏在你身上的你之财宝。

　　我只是个小偷,因为我还是个贫者。你的财宝藏在什么地方,我的主人?除了它,我什么都不要。

　　泥土是花朵的母亲,生活是生命的宝典。把美丽让给孩子的是慈爱;把解说让给心灵的是感悟。你是泥土的母亲,是生活的宝典,慈爱与感悟集于你身,但你的财宝是藏在什么样的地方呢?

　　大海展示富足时,小溪流依旧朝它奉献,还源源不断。你的家,良田万顷,鲜花遍地,但你家的财宝是藏在哪里呢,我的主人?

44

　　炎热的夏季到了,我要在这竹林深处安个家。将吊篮拴绑在竹间。我躺卧其中。让风来做我的摇娘,让浓密的竹叶遮挡那阳光,让虫鸣撒播虫儿们的歌唱。

　　我是个慵懒之人,只让麻木与木讷将我美丽的表情表演。我的固执坚强而美丽。我的眠睡在我华美的梦中变得死沉。每天,我都要等到我姣美的新娘把我唤醒。

　　大海就在我身旁。所有帆船全在我的一望中。但是呀,我要装作没有看到的样子,全当那船帆是荡漾在天上,行走在云中,与风儿做游戏,和翔鸟比翼。

　　渔夫们所唱的歌,我也听得清楚、真切,但我要装作不能听懂也没有听见的样子，权当他们是唱给脚下那无情的海浪，权当他们是唱给那悠悠的白云、微微的风。

我的奸猾无人能比。我知晓我奸猾的模样。现在，我要把自己深深藏起，只让海风把我的惬意低吟传唱，只让白云将我的麻木与木讷瞧见——走过我身边的游人呀，我也要装作没看见你们的样子，还要装作你们从没有发现我的模样。

我要把自己深深藏起，秘密地，绝不让他人发现。以竹林为风景地而前来观赏的人们呀，你们的指指点点，我从来就没有看见，你们的笑谈，我也从没有听见。

我是个慵懒之人——我只让风来做我的摇娘，让浓密的竹叶将我藏起，让虫鸣鸟啼做我的歌唱，让蝶飞与蛙跳做我美丽的舞蹈。

我的思想饱含着固执，而固执的思想只陈述着坚持。每天，我都只让风儿把我的执拗传播，只让阳光将我偷偷窥见。

45

要是你意欲，我便停止我的歌唱，只以默祷来为你祝福。

我的歌喉沙哑，缺少圆润，还五音不全；我这歌，缺乏主调，也欠缺新意。缺乏主调又欠缺新意的歌，别人不愿听，连我也生厌——它既不能吸引你之明眸，那就让我停止这歌唱，只以默祷来感动你心。

要是你意欲，我将终止我的唠叨，只以默祷来祝祷你之欢愉。

我表情呆板，动作更是僵硬；我唠叨的主题陈旧，言语也干瘪。陈旧而单调的重复，别人不愿听，连我也生厌——它既不能吸引你之明眸，那就让我终止这唠叨，只以静默来赢得你心。

要是你意欲，我将停止我的歌唱，也将终止我的唠叨。走在通向你圣地的道路上，我将只以默祷供奉我的歌唱，并丰富我的唠叨，因为它既然是你之意欲，那么也必将成为你生命之所需。

46

圆润明亮的月亮，朦胧眨闪的星星，我想，我当摘下它们，并佩于胸前，那时，我的心头必明亮如夜空。但那个被星月照亮着的人就是我吗？我是谁呢？

街市上，车水马龙，拥挤不堪，人头攒动，叫嚷不止。我也拥挤其间，并吵嚷个不已。但拥拥挤挤的人群中，那个拥挤其间并叫嚷个不停的人就是我吗？我是怎样的一个人呢？

是谁在我的领地里拉手舞蹈，还让我为她欢歌伴舞呢？是谁在我的园田中扩展着他的领地，还播种着他所希望的花种呢？而他们又是怎样的一伙人呢？

是谁把你的思想送回到我这里却又即时地收回，还让我把自己的思想驱除而将你的思想永存？在熟悉而又熟悉的道路上，我迷了路，我是怎样的一个人呀？而这，又是谁之过错呢？

47

在你恩赐于我的绝望中，我认识自己，我便走向了你；在你恩赐于我的希望里，我走向你，我也便认识了自己：我曾绝望过，那是因为我还心存希望。

在你恩赐于我的烦躁中，我认识了自己，我便走向你；在你恩赐于我的宁静里，我走向了你，我也便认识自己：我曾烦躁过，那是因为我心中还有宁静在。

在你恩赐于我的忧烦中，我认识自己，我便走向了你；在你恩赐于我的欢乐里，我走向你，我也便认识了自己……

——你的恩赐丰厚充实，还新新鲜鲜，并源源不断，我的见识愈广泛，而认识也愈深刻：我与你同在。

在你所赐予我的悲苦中，我认识了自己，我便走向你，我走向了你，我便认识我自己；在你所赐予我的欣喜里，我走向你，我便认识了自己，我认识自己，我便走向了你。

在你所赐予我的痛苦中，我走向了你，我便认识我自己；我认识自己，我便走向了你；在你所赐予我的幸福里，我认识了自己，我便走向你；我走向了你，我便认识我自己。

——你的恩赐丰富深广，还新新鲜鲜，并源源不断，我之襟怀愈宽广，而思想也愈丰富：你与我同在。

48

朋友们，总有一天，我的生命会因我对她的歌唱而熠熠生辉——

我的草屋破敝，但因为有她曾经的光临，我这草屋便充溢了浪漫的温馨，还洒满着阳光与月辉，每天都温暖与光明。

我的歌唱俗气而浅露，但因为有她曾经的参与，我这歌唱便有了高雅之情调，便有了深刻的思想，还熠熠闪光，灿烂了星光，还明亮了夜空。

朋友们啊，总有一天，我的生命会因我对她的歌唱而熠熠闪光——

我知道，我的生命微贱，不足称显，但因为有她对我美丽的呼唤，我的生命便满含了坚韧与顽强。每夜，我都站在我窗前，为远在远方的她歌唱。我相信，她会听见，并将我这歌融合到众人的歌唱中。

从田野中收获的果实，鲜美而丰富，只等她来享用；天天，我都在唱着礼赞的歌儿等她到来——我的生命因为等候而变得充实。

我的希望美好，不会落空，我知道，总有一天，我的生命会因为我对她的歌唱而熠熠闪光：我在为她歌唱时，我就听见她也在为我而歌唱。

49

暴风雨过后，随着游乐的人群，我也来到山谷间。人们告诉我，今夜是你与众相聚共欢的时候。

暮色苍茫，星月渐亮。人们燃起篝火。小伙子弹琴，姑娘们歌唱。人们拉手舞蹈，围坐一旁的人们伴以欢快的歌曲——人们以热烈的期盼等待你大驾光临。

夹挤在人群中，和众人一起，我也咏唱着你曾教唱于我的歌。这歌声，在林间回旋荡漾，传遍山谷，星星因此而眨巴着诡谲的眼睛，月亮也因此而笑弯了腰。

篝火映红了众人的脸庞。人们的歌唱不断，声音更是洪亮。只有我涨红了脸，不时地左顾右盼——羞涩爬满了我的脸。

你曾教唱给我们的歌曲，人们都学会了，只有我不会——我记不准歌词，也忘了应该的曲调，舌头在口中乱缠，只哼着含糊的音调与词曲……

50

因为我的思想都因你而来，情也因你而生，所以，我总述说着你的忧伤、你的欢乐，念叨着你的祝福与祈祷，歌唱着你的歌词与曲调——述说、念叨、歌唱中，我忘却了自己。

因为我还没找到隶属自己的园地，我只属于你雇用，我的脚步只在你的园田中移动，我一会儿望天，一会儿看地，还不时向着江海湖沼张望，但所有的地方都布满了你的心迹——我看不见我，我找不到自己。

因为我是你手中绳牵的奴隶，所以我这歪斜不定的脚印中总印有你步履的痕迹，在你设定的天地间行走，我忘却了自己，也找不到自己。

因为我还不是我，所以我还没有找到隶属自己的园田，也找不到隶属于自己的歌，在属于你的世界里寻找，我发现，我丢失了自己。

在你玉手所编织的五彩的世界中歌唱舞蹈，我忘却自己，也丢失了自己，而在那个月明星稀的夜晚，蓦然回首，我发现，我终于找到了你，我的主人！

51

接受了你美丽的教谕，从圣殿归来的人们都聚集在我家的茅舍里，交流着思想与情感，畅谈着收获，人们的脸上挂满了笑容。

从你激情四溢的演讲里，人们吸取着你圣洁的思想，我却从你讲演的激动里吸取了你丰富而高贵之情感。

人们以你圣洁的思想来装饰他们的情感，我却以你美丽而高贵的情感来装饰我这蓬勃茂盛之思想。

你圣洁的思想与你美丽的情感相交融，你的讲演闪烁熠熠之光芒。我们的世界将不会再有阴森与黑暗。

我的主人，你众千的仆人将在你讲演的无边的恩泽中生生不息，也将在你演讲的光泽中走向永恒常新的你。

52

假如我有什么过错，我的主人，就请你原谅。原谅本是你之美德，它只衬托你的威仪，也增添你的伟岸。

我曾埋怨你吝啬，嫌你赐予我的太少——你家的宝藏丰富，为什么给我的，就只有那么一点点？

贪婪与埋怨让我吃尽了苦头。现在，我手头的东西只有一点点。但假如，我这仅有的讨乞之物还值得你留恋，那就拿去，毫无保留地拿去，让它装饰你华美的桂冠和你那高贵的车辇。

能原谅别人的人，他的心胸就像大海般蔚蓝而美丽，还充满神秘。我知道，你那华美的桂冠是用诸多的原谅编织而成的。

甜蜜的酒杯里也许会流溢出苦涩的浆汁，但你痛苦的酒杯中只溢淌着甜蜜的琼浆，你宽容的胸野里有和风轻拂，有鲜花怒放，还有小鸟的歌唱。我赞美你，并祈求你深深原谅。

我在自责，你也在原谅，你让我享受这世间的温馨与明媚，并看见世上永不沉没的阳光。哦，主人，假如我有什么过错，就请你原谅。

53

梦魇已过，忧惧逃遁无遗。窗外，晨阳已初升，小鸟欢歌；孩子们呼朋唤友而上学的声音和他们经过我门前而叩响我门扉之声，我都没听见——我还沉浸在我昨夜的梦魇中，沉浸在自设的忧惧中。

记得那时，农人已下地，商人亦归之街市——人们都开始了他们新的劳作，也都有了他们崭新之充实，当时，只有我还呆站屋里，对着墙角，描述着我昨夜的梦魇。

——我的梦藏在我心中，常呈现于我口里，主人，你的梦是藏在什么地方呢？

欢梦已逝，良辰不再。窗外，艳阳高照。劳动归来的人们欢声不断,孩子们欢歌笑语,而这些,我都没听见:我还沉浸在我昨夜的欢梦里,沉浸在自设的欢愉中。

现在,人们穿着盛装,手持精美礼物前去参加你为人们所准备着的盛大之宴会,只有我,还呆坐在原地,激动着你热情的邀请,却回想着昨夜那幽幽的欢梦……

我的梦藏于我胸中,亦即呈现在我的唇齿间;我的主人,你的梦曾呈现在我面前,但它是藏在什么样地方呢?孩子们在寻找,我亦经常问。

54

太阳刚刚爬出山窝,晨雾还不曾退尽,你华美的车辇就停在郊外。

你传言于我,让我打点行装,只携上最为珍贵的物什前来觐见,还告诉我说,你是不会走的,你要等着我到来。

我急忙起身,翻箱倒箧,寻找着我那件最为珍贵的东西。我寻找它,我得到了虚无:我那件最为珍贵的东西,它已被我丢失,也无法找回,而目前这众多的物什,我都不喜欢,我不知道哪一件还能称得上弥足珍贵。

"比较之中有珍奇。"聚拢所有物什,我翻检着、比较着,我比较着、翻检着。我想,我称得上珍贵的,你也一定喜欢。

乌鸦的翅膀驮着黄昏归巢,暮霭正徘徊于远山、犹豫在我家屋顶,而我呈现给你的礼物,我还没有找到。

我想,你会走的,是在不耐烦的等待中,你会走的。迅速而尽快地起程,才最为需要。匆忙中,从众多的物什里,我顺手拿起一件,向着你的住地跑去。

面带慈祥,你依旧站在夕阳深处,翘首张望,等待着我之到来。满目含羞，我负疚地捧着那件太不起眼的东西，颤颤地捧送给你。

"这正是我最为喜欢的，也是我最值得珍贵的。"你说。

55

人们都在爱着自己倾心相爱的那个人，并为之日夜祈祷，只有你爱上了一个从不爱你的人，你为她日夜祈祷。

人们都做着自己喜欢做的那份工作，并以之炫耀周围，只有你干着一件你从来没有想到要去干的工作，你默默地做着，无言地干着，勤劳而踏实，从无怨尤。

人们都在夸耀着自己的才干、自己的那份礼物，并为之日夜思虑，还忧心忡忡，只有你从不夸耀，你只默默地做着、劳累着，勤奋而认真地劳累着。

在爱与不爱的纠缠中，在愿干与不愿干的纷扰里，在显扬与夸耀的思虑中，人们都走向了毁灭，一如黄叶凋零于秋风，只有你不被尘俗所纠缠，不被贪念所纷扰，你得到了永生，现在，一切的爱都属于你，一切的荣耀也都属于你。

56

尘世上，那些为着众人之所需而日夜付出的人们，他们终将得到众人完美而周到的付出；尘世上，那些为着众人而奉献自己一切的人们，他们终将得到众人完美无缺的奉献；

尘世上，那些为着众人的歌唱而歌唱的人们，他们终将得到众人献于他们的如一之歌唱；尘世上，那些为着众人的欢乐而舞蹈的人们，他们终将得到众人献于他们的所有之舞蹈……

——而这些，尘世的我们都没有做到，只有你做到了，如今，你领受着众人如一的赞美与歌唱。

尘世上，那些为着众人的苦痛伤悲而日夜苦痛伤悲着的人们，他们终将是痛苦伤悲人群中之最为痛苦伤悲者；尘世上，那些为着众人的忧戚而忧戚的人们，他们终将是忧戚人群中之最为忧戚者；

尘世上，那些为着众人的欢乐而日夜祈祷的人们，他们终将得到众人诸多的祝福；尘世上，那些为着众人的幸福而舍弃自己幸福的人们，他们终将是幸福的人群中之最为幸福者。

——而这些，尘世之我们都没能做到，只有你做到了。如今，你领受着众人日夜的祈祷，你是最为幸福者。

57

昨夜，是谁在我身边哀婉与哭泣？隐隐地，我听到他在哀婉与哭泣中却诵吟着我的欢愉；今夜，又是谁在我身旁欢乐地歌唱？隐隐地，我听到他在欢乐的歌唱中却呢喃着我之悲泣。

——哀泣的曲调可以演唱欢愉之主题，而欢愉的音符也可弹唱哀泣的歌谣，这是谁之主张与安排？鲜花从不因人而开放，但谁又常常用它来荣耀着自己呢？

你曾以你无边的愉悦装饰了世人哀愁与哭泣的心野，使它变得澄明和美丽；你也曾以你无边的哀痛壮丽了世人欢愉的田园，使它变得充实而灿烂。

唉，不知道，我的哀泣与伤感，今夜，它是否能够为你舞蹈出欢愉之节拍？

58

我还不能走进你的圣殿，只因为我还缺乏使你荣耀的装饰。

我曾感到，我的服饰是那样华美，我也曾想，我会穿上我所有华美的服饰，然后再登上你富丽的殿堂，使你殿堂中所有富丽的饰物都成为装饰我的饰物，也使你那耀眼的殿堂在我饰物的辉耀下溢彩流光。

我的盼望愈切，我的痛苦便愈深，也愈多。我常怀盼望，也常诅咒自己，还将你深深之埋怨。在欲念与埋怨的焚烧中，我盼望着能登上你溢彩流光的圣殿，能目睹你光彩夺目的圣者之容颜。

这样的机会，今天，我终于等到了——你捎信给风，并传言给云，你让我穿上华美的服饰，赶快起程，进殿觐见。

我高兴至极，也兴奋不已——我欣喜于我终于有了这么一天，我想，苦难的日子，我终于熬到了尽头；我兴奋于我曾经的欲念与埋怨今日终于有了回报，我这欲念与埋怨也并不表示我之贪婪。

在所有的服饰中，我挑选着，但又惊恐地发现，我不过是一个穷极的贫者，竟然连一件能走出门的像样的衣物也没有。

"我怎能这样呀。"我的思想充满了慌乱。羞惭占据了我心——我着急，我哭泣，我从前所有的想法，现在，都使我羞惭、难堪。

59

这顶瑰丽夺目之花冠，众人艳羡不已，也期望已久，人们曾为此辛勤耕耘，日夜流汗。对它，我不敢奢望，因为对你之歌唱，我还不够卖力，慵懒常使我满怀羞惭。然而，没有想到的，你却把它馈赠于我，说是只作为我奉献之物的回赠，并让我无羞地接受，大胆之享用。

这架尊贵华美之车辇，众人艳羡不已，还期盼良久，人们曾为此精心设想，日夜奔劳，并挑拣着配备，思想着装饰。对它，我不敢奢望，因为我还是个贫者。然而，没有想到的，你却把它馈赠于我，说是只作为我奉献之物的回赠，并让我无愧羞地接受，大胆之享用。

你华美的赠予让我想起我的慵懒，是你赐我以荣耀；我的慵懒又使我想起我的庸俗与贫贱，是你赐我以富有。面对你这诸多馈赠之物，我心有愧色——它只让我想起了我的慵懒、我的庸俗与贫贱……

60

"春日已到，是该播种的时候了。"站在我身边，面含关切与慈祥，你絮絮叨叨，叮嘱个没完。

遵循着你之意旨，精心地，我挑拣花种；认真地，我整理花园，并深翻土地。我想，我的收获一定丰厚，因为我热爱你的程度远胜于别人，而我流淌的汗水更比别人多得多。

劳作繁盛了我的岁月，繁忙叫急了我的脚步，于劳作的繁忙中等待，我相信，等待将璀璨你所为我而准备的那个光鲜亮丽之花环。

美丽的思想灿烂了我心，但世事无常，让人心伤。突如其来的是冰雹，猝不及防的是狂风。我的花园，顿时，一片狼藉。

深入到荒谬深处，停留在黑暗核心，我为自己有这样的命运而懊恼。眼泪打湿了我的衣襟，懊恼占据我心。唉，除了你，谁还能来安慰懊恼不堪的我呢？

61

因着你的传言,我聚会于众人欢乐的聚会中,兴奋于众人欢愉的兴奋里。人们高兴万分,我亦荣幸之至。

人们围在我身旁,观赏着我华美之服饰,欣赏我这缀满了珍珠的花冠,并轻手抚摸着我这挂于胸前的耀目之花环。

对我这服饰、花冠以及这耀眼之花环,人们赞叹不已,我也荣幸万分——赞叹与荣幸中,我竟忘记了告诉他们,这一切的一切,其实,都是你亲手的赐予。

我走到哪里,人们便跟我到哪里,而我所说的每一句话,也都被人们笔录口传:"哈,这言语多美,竟像花朵一样之新鲜,竟像彩虹一样之璀璨,不仅透射着深邃,还饱含了醍醐灌顶般之哲理。"

人们赞叹不已,我也荣幸万分——赞叹与荣幸中,我竟忘记了告诉他们,这一切的一切,其实,都是你亲手之所写,也是你一遍又一遍亲口之教授。

人们兴奋于我这华美的服饰,人们赞美于我这尊贵的花冠和我这挂于胸前的花环,人们喜悦于我这悦耳动听的言辞,但人们并不知道,我这一切之一切,都是你亲手的所赐,亲口之教授,我不过是你偌大仓库中的一个保管员。

62

以歌声照亮黑暗,用笑声感染今天。遗憾是生命的本真。是梦想点燃了生命。春风在遗憾中走向遥远,花朵在梦想里愈加灿烂。

融进孩子们的心间,走进快乐者的心园——生命在孩子们的乐园里演绎美丽的故事,快乐是我们永恒之追求,美丽是我们共同的期盼。

以梦想装扮脚步，用祈愿融化遗憾。融入失意者的队伍，走进抱怨者的群体；泥泞的道路上只留下前行者之足迹。

用欢笑感染今天，以歌声照亮黑暗。生命的年轮被今天所侵蚀，也必被今天所证实——欢笑是永远鲜润之证词。

黑暗吞噬着光明，光明亦终将消解了黑暗。歌声能点亮天空。祈愿遒劲了前进之脚步，欢笑是永开不败的生命之花朵。

笑声让孩子们忘记了哭泣，歌声驱除了孩子们的悲伤。以梦想装扮脚步，用祈愿融化遗憾；以歌声照亮黑暗，用笑声感染今天……

63

花朵是美丽的，所以，我就将它捧挂于胸前，以装饰我之颜面。

你的园中，鲜花遍地开，蜂蝶共同舞，百鸟欢鸣，和畅无比。人们迷恋其中，我也不例外。

"哦，这一朵，我最喜欢。"人们在寻找与采摘，寻找与采摘中，人们都忘记了，我也忘记了，我们是在你的花园中，该先采一朵献给你。

——你的花园广阔无边际，鲜花更是绚烂；你园中的花草树木无重数，鲜花也繁盛，但它能装满我这永待鲜花装饰的我之心原？

花环是耀眼的，所以，我把它举起在头顶，以装饰我之门面。

看见我这耀眼的花环，人们高喊着我的名和姓，尊称我为他们亲密之兄弟、朋友。但人们不知道，我这耀眼的花环，其实，它正是你亲手之所馈赠，但我只用它来装饰自我，并炫耀于周围，想以此引起人们对我的赞叹。

——你善赐的心泉汩汩如流泉。你的心泉，源源不断，但你能倒满我这本就缺少杯底的酒盅吗？

赞歌是中听的，所以人们把它常挂在口边，我也一样。

歌唱的人成群结队，我只是其中一员。但人们都忘却了，我也忘却了，那中听的诸多赞歌，其实，都是赞美你的，可我们只依它而歌唱着我们自己，还沾沾自喜，并以之而炫耀周围。

——你美艳的词曲满溢着赞美；你善歌的嗓音充溢着甜蜜之圆润，但现在，你能复苏我这满目萧索的深秋的心野吗？

64

阵来的风雨给我带来了你美丽的传唤。你邀我进殿，让我快快起程。我狂喜不已，也兴奋无边。

经历过漫长的坎坷路，才觉坦途之珍美，我走过艰难历程，才懂得你的呼唤珍贵。

你我曾被拆散，现在，我还需要调整。调整永在调整的道路上——有你的呼唤，我的调整会走向圆满。

放下手中工作，于椒海池畔，我濯浣素脚，擦洗垢面，并思谋着，觐见你时，我应穿戴的衣着服饰以及我该呈现之礼物。

兴奋藏在我心间，微笑挂在我脸上，幸福堆于我眼角。现在，阳光灿烂，小鸟不住鸣，微风细细。我的快乐无人能比。

弃绝尘俗之思想，快速地，我整理着几案；翻检以往，我挑拣着觐见的礼物，饱溢自豪，内心满是骄傲。

你邀我进殿的时日已到，我想，我受苦的日子终于熬到了尽头。哦，还是祝福我吧，主人，就让我把你深深之藏起！

65

于无思的眺望中，我发现，你就站在远处的那棵樟树下张望，向着我这边——我知道，你在等我。顾不上其他，我即刻动身，朝着你之所在地。

从我身边走过的人，个个面带喜色。人们手持精美之礼物，并谈论着你映丽的姿容，比画着你合体的服饰，评论着你优雅的谈吐，哼唱着你教唱给他们的你的歌，谈论与哼唱中，脸上挂满了喜悦的自豪。

人们从你那里收获了丰富的情感，获得了诸多美丽之思想，并受到了深刻之启示，还赢得了精美的礼物，我想，我在你身旁所得到的将要比他们多得多，也要深刻得多，因为我对你的渴望总是比他们多得多。

收集着人们的谈论、人们的比画以及人们诸多的言论，并学着哼唱你所教给他们的所有的歌——我这所有的收集都将成为我的所有，一并演绎成我的情感，也一定会构成我美丽的思想，我的奉礼就必然丰富。

沉淀人们所有之收获，我要形成自己的思想，等到我来到你身边，畅谈我的感受与收获——我就会把它奉献于你圣者的面前，这样，你必是欢悦，也必能赐我以更多也更精美之礼物。

就在我为赢得你之礼物而沉思与规划时，我忘记了张望，而等我到达那棵樟树下的时候，我才发现，你已经走了。

一个小孩告诉我，你是因着晚风而来的，也是被晚风呼唤而去的，他说，你与别人谈论时，不时地提到我的名与姓，并询问着我为你所准备的礼物……

66

站在自家花园，你只轻轻一嘘，彩虹便缠绕在你周围，又飘然而齐整地布于天空，哦，你绽放了世间所有的美丽。

让风雨远遁，让青山更青，让彩虹飘在你周围，惹众人注目与微笑；我站在你身旁，只为你美丽之绽放而鼓掌加油。

想要怎么绽放便怎么绽放，没有人能阻挡你，谁也阻挡不了，因为这是你之意欲，亦是你美好的设置，我与众朋友都为你有这样之设想而骄傲。

让风雨远遁，让彩虹绽放你周围，哦，你还想用手指挑起那彩虹，但彩虹在你的一挑中便消失，惹白云飘，惹孩子们笑……

青山绿水，广阔原野。和风习习，白云在飘。花木到处都葱茏，鸟雀鸣唱不已，蜂也嘤嗡，蝶也翩然，孩子们拉手欢歌……

有了对你的向往与追寻，人们的日子走向高远；有了对你之歌唱和舞蹈，我想，我的日子将不会有遗憾，而必定幸福与圆满，哦，我的主人。

67

集结来世上最纯美的甘露，当着众人面，你把它滴洒于我干裂的唇边："它是最为甜蜜的，希望你接受，并享用。"

采来世间最美艳的花朵，当着众人面，你把它呈现在我面前，并捧递于我："它是最美的，捧于胸前，让它成为你亮丽之风景。"

在你这亮丽的风景中，我审视自己——衣衫褴褛，尘垢满面；曾经鲜活的心，现在，它已尘土厚积；曾经勃发着青春的园田，现在，它只荒芜着无力之呻吟……

我，言拙语笨：曾经蹦跳着鲜美新活歌词的双唇，现在，只尘封在岁月的荒芜中；曾经美丽绚烂的花环，现在，它只有雨雪相伴……

哦，采来世间最美的花朵，集结世上最纯美的甘露，你只让我无羞地接受，并享用，但我拿什么来响应你这爱之赐予呢，我的主人？

68

当星月点燃夜的灯盏，你即向我传言："起程吧，来参加众人盛大的聚会，爱你与你所爱的人都在这里。"

你说，篝火已燃，众人正待歌舞，单等你前来参加——"以你的素手弹奏美妙的音符，来热烈众人欢乐的舞蹈，嘹亮众人嘹亮的歌唱。"

因着你之传言，我整饰行装，佩戴好你所给予我的一切饰物——我当以你诸多的恩赐来向众人赞美你诸多的赐予，歌颂你无与伦比的伟大，并以此来明证你伟大圣洁的无私。

我一向平庸，还惧怕孤独。我惧怕孤独，我来到人们身旁。我来到人们中间，但你不在。你不在，人们着急，我更不例外。

急切地，我向众人询问你之所在。人们告诉我，你还未到，说你华美的车辇正在路上——正向着这篝火正燃的地方。

佩戴着精美的花环，捧着灿然的金冠，我向众人宣称着你高尚的伟大、你无边的恩泽，并礼赞着你圣洁的无私。

就在我兴高采烈地向人们宣称与礼赞你的时候，你悄然地来到人们当中，并站在我身旁，高高地，你挥动手臂，声如洪钟般，向着众人，你热烈地赞扬着人们的伟大、人们的光荣与人们的无私。

"你所言一切之一切，都是人们共同之所为，我只是大家心思之传言者,也不过是你们的代劳者,应须赞美的,该是你们自己。"你说。

69

我唱歌,但不是唱给旁人听,我只唱你,并只唱给你听;我舞蹈,但也不是舞蹈给旁人看,我只舞蹈你,并只舞给你看。

朋友们的脚步正忙,只有我闲着无事,于是,在这狭小而又狭小的天地间,我便唱歌、舞蹈,但我只唱给你听,舞蹈给你看,也只是歌唱、舞蹈你。

你让花朵开满园,让蜂唱歌,让蝶舞蹈,让风呢喃花朵的馨香,还带着蜂蝶的歌唱与舞蹈,我只安然之踱步,心中盛满了歆慕与感谢。

花的开放是你的意旨,蜂蝶的舞蹈也由你教授,现在,你看看,蜂蝶于花的唇边嘤嗡不止,舞蹈不休。

我歌唱的词曲全是你谱写,调子也由你定,我只付出歌喉;我的舞蹈也全由你安排,于是,我只唱你、舞蹈你,并只唱给你听、舞蹈给你看。

我还不是我,我须忘记自己。趁着春色正浓,人们脚步正忙,只有我闲着无事,于是,在这狭小而又狭小的天地间,我便唱歌与舞蹈,但我只唱给你听、舞蹈给你看。

70

深深地,你把你美丽的思想藏着,你说,让秋日阳光的明媚来照耀它,让冬季纷扬的雪花来传扬它,让花园中的万紫千红去阐述它,让夏日的枝繁叶茂来证实它,你只低着头走着,默默而沉稳地,你朝着前面。

秋雨漫无边际，你捧着秋果向前；飞雪纷扬无序，你冒着严寒向前；春风温煦而和暖，你依春花向前；彩虹绚烂，你依着烈日与暴雨而向前……

阳光毫无遮拦地泼洒，你踏着酷暑向前；月光隔着树照下来，你踩着月辉向前；四季轮回转，你只是乘着四季永续的车辇向前，默默而沉稳地。

默默而沉稳的脚步中，你滋润了春花，激荡了暴雨，成熟了田野，也纷扬了雪花；你只是低着头走着，但你灿烂了阳光，挥洒了月光，你舞动着四季繁盛的旌帜，引领着人们的脚步不断向前。

你美丽的思想引导着春的明媚，引领着夏的热烈，引导着秋的风雨，也引领着冬的飞雪，更是昭示了四季。你把你美丽的思想藏着，我们只在你所昭示的四季中向前，默默而沉稳地，我们只依你之脚步，不断地走向你所昭示的明天……

71

梦呓已醒时，鸟的欢鸣就结满我家之窗棂。同眠人呀，你可知道，我还久久沉浸在我昨夜的梦境里？

忧劳终结后，美丽而多情的缪斯呀，你可知道，我还缠绵于你所赐予我的忧劳中，而久久不忍之离开？

在跑步向你时，丘比特，请容我稍事休息，以空闲之余采撷通向你圣地的路旁之鲜花——我将拥有世上无奇不有的花朵走到我爱人面前，以无羞的颜面奉献你的馈赠之物。

暴风骤雨的日子已过，飘霜飞雪的日子也已逃遁，现在，和风阵阵，鲜花满园，游人满面灿烂。宙斯，你可知道，我还长久地纠缠于你所赐予我的暴风骤雨和飘霜飞雪里？

在操持、劳作还未曾达到生命终点时，主人，请容我继续你所赐予我的这工作，让我以我勤苦的劳作来完成对你的歌唱，并容许我完成我美丽而丰富的奉献，我将荣幸万分、谢恩不止。

72

佩戴着你为我而编织的花环，我遇人便炫耀："这是她美丽之馈赠。"人们看见，便嗤之以鼻，说我无知，笑我的蠢笨。

炫耀中，自觉与不自觉地，我就将它贴放于我胸口——我想以我心的纯正让你我灵魂相容。有人见了，便讥我为傻瓜。

在一个漆黑的夜晚，我来到人群中。人们的热情让我心动。当我向别人再次热烈炫耀时，你突然地从中而出，并为众人祈祷，为众人歌唱与舞蹈。

你突然的出现令我惊诧不已。我慌张至极。扔下花环，我落荒而逃。人们紧紧追赶我，叫我为朋友，喊我为兄弟。

惊定之后，等我返身再来寻那花环时，它已不见——它被你优美的舞步收起于风中，深埋在尘土里。

我以往所有的荣光都属于你。现在，你用你悠然的舞步将它收回，还传言于我，说更美的花环在明天，它等待我再次之奉献。

以前的荣光，除了那花环，我身边还有剩余，如果你意欲，现在，我就把它们全然之奉还……

73

花园是你的，花朵即属于你。你以慈爱的灵掌抚摸那花朵，并以你的脚步导引那花的绽放。你的灵掌满含温润，你的脚步携带馨香。如今，这花园，满是温润的馥郁。

花园是你的，风即属于你。风只藏在风中。你用风的翅翼轻抚花朵的鲜美，并叫来蝴蝶舞蹈那花朵的绽放。如今，这煦暖的风,传送着你花园的温馨与芬芳。

花园是你的,雨也属于你。你以雨的蜜唇柔吻花朵的绚丽,并叫来蜜蜂嘤嗡那花朵的斑斓。如今,这柔美的雨,灿烂与绚丽了你花园的万紫千红,百花争艳。

花园是你的,馥郁的花朵也属于你;温润的风雨、翩然的彩蝶、嘤嗡的蜜蜂同样都属于你。如今,这花园,一片繁盛的热闹。

遵循着你之圣谕,我即来收获——我编织花环,如今,我的胸中满含了芬芳的温馨、绚丽的灿烂。

74

天空收容每一片云彩,所以广阔;山谷收容每一块石砾、岩崖,所以仁慈;大海收容每一朵浪花,所以浩瀚——你收容尘世间之所有,所以,你拥有天空的广阔、山谷的仁慈,也拥有大海的浩瀚。

彩虹珍爱每一缕色彩,所以绚烂;鲜花珍爱每一滴甘露,所以娇艳;蝴蝶珍爱每一丝春光,所以美丽——你珍爱尘世间之所有,所以,你拥有彩虹的绚烂、鲜花的娇艳,也拥有蝴蝶的美丽。

宽容让荒芜的丛林生长出娇艳的花朵,慈爱让贫瘠的山崖开满风景,引无数游人美丽之张望——在你宽容的胸野上,在你慈爱雨露的滋润下,你让我唱出一首首美丽的赞歌,所以我敬你爱你。

我的歌曲是美丽的,依歌曲而编演的我之舞蹈亦是热烈,但我的歌曲只是唱给你听,舞蹈也只是舞蹈着你,并舞蹈给你看。

"赞歌是美丽的,但人们更美丽;赞歌是必要的,但它应该唱人们,你热烈而美丽之舞蹈该舞蹈他们之美丽。"你却如是说。

75

风雨叩打我门窗,可我没能听见。我还在沉沉的眠睡中。我的梦,华美而富丽,无物能比:阳光遍地,泉流淙淙,鸟鸣不断,鲜花遍野——我梦的翅翼绝不会碰触风雨那轻狂之舞蹈。

风也歌唱,雨也舞蹈。我的眠睡是死沉的。我不曾想到,当时,你就站在我身边。你不歌唱,也不舞蹈;你不曾呼唤太阳,也不曾叫醒月亮,你只让我于沉沉的眠睡中呼唤你美丽的名与姓。

你纤纤细手抚慰我梦。我的梦因你抚慰的温柔而飞向高远。在我美艳的华梦中,你的许诺美好而灿烂——既隐藏了风的歌唱,也藏匿了雨的舞蹈。

我的眠睡是死沉的。我的梦华艳而美好,你的守候充满了神奇的美丽。当屋檐下鸟鸣拉开了我沉沉眠睡的眼帘,我忽然发现,昨夜,你端放在我窗台上的花朵绽放着灿烂,一片之明艳……

76

乘一缕清风,你翩然来到我屋舍。我急忙起床,匍匐以迎。我高喊着你的名与姓,恭迎你之光临。

轻盈地,你来到我身旁,俯身将我扶起,为我拂去身上的尘土,笑语盈盈,答我以心的温和。

你将我扶起,答我以心之温和,还为我整理衣冠,这,让我激动不已,眼泪亦情不自禁。

拿来脚凳,拭去尘土,我请你就座,但不曾想到的,你却将它们捧着给我,并让我安享。

摆出瓜果,献上花篮,我供奉于你面前,让你享用,你却将它们递送给我,还拿出你随身所带的礼物,一并呈现。

我贫穷，你富有；我低贱，你高贵；我尘俗，你神圣；我以你为我生命的主人，你却称我为你亲密之伙伴。

77

于欢乐中诉说着苦闷，于幸福里唠叨了烦忧，在热闹中哭诉着寂寞，在静穆里倾吐了孤独，我们都如此，而你从不这样。

——你把所有欢乐和幸福都赐予了我们，把所有的苦闷与烦忧都留给自己，你于烦忧中吐诉着幸福，于热闹中畅谈着快乐，你编织着你生命的伟大与高尚。

在春的温暖中唠叨着秋之萧索，在秋的丰硕里诉说着冬之阴冷，于鲜花盛开的园中哭诉着荆棘，于艳阳高照中倾吐着淡漠，我们都如此，而你从不这样。

——你把温暖和丰硕的果实都赠予了我们，把所有萧索与阴冷都留给了自己，你在温暖中畅谈着绚丽，在萧索中述说着果实之丰硕，在寒冷里叙说着温暖；你编纂着你生命的纯美与无私。

你的圣明无人能比。你让我们歌唱的快乐融化了生命所有之烦忧——你奉献爱心，我们只收获感动。在你所恩赐的世界里行走，我们挑拣着伟大，接受着美丽，也收获着感动。

在无边的感动中，我们忘记了自己的歌：我们只咏唱着你的歌，岁月不止，你的歌便源源不断，而我们的歌唱与舞蹈也将永永远远。

78

你传言于我，说要光临我茅舍，与我同歌唱、共舞蹈。我兴奋不已。哦，是谁期望的满怀盈溢着我满怀的期望？又是谁那轻快的欢乐充实着我这欢乐的轻快？

狂风已过，炎暑还在游移，但晚风清凉；暴雨刚逝，层云尚未远离，而云缝中的霞光已清晰地表明，明天将更明媚。

被风吹歪了的花儿，被风雨驱赶的小鸟，被暴雨决堤了的河流，被薄雾缭绕着的山林，被山林所掩映的夕阳，现在，全在这旷野中。鸟雀呼朋唤友，重新欢歌；旅人出行，再踏前路；孩子们拉手欢歌，就在我家门前……

你传言于我，说要光临我茅舍，与我同歌唱、共舞蹈。但你何时来与我共享，和我同守这眼前之美丽呢？怀着高兴，带着期盼，我等着你到来，就这样欢乐而无言地等着你姗然的脚步到来……

79

这亮丽光华的指环是我曾经之捡拾。我本应将它送还，但我没有找到它的主人，于是，我便把它留在身边。现在，因着你的需要，我就把它赠送于你，包括我这华美光亮之脚链。

这指环，它耀眼之光芒曾刺得我眼痛，也扰得我心烦——使我看不清前去的方向，也让我找不到自己；我这脚链曾使我举步维艰，前去的路，我走得不快，也行之不远，常常使我愧疚、心思难安。

不需要的物什，纵然贵重，也只是虚设，亦必成为累赘。这指环，这脚链，现在，对我而言，正是这样。

需要的，才显珍贵。既然它都是你今日之所需，你必以它为珍贵。那就拿去吧，让我在你面前从此变得释然。

珍贵的才值得热爱。你热爱它，以它为珍贵，那么，拿去吧，这美丽的指环，还有我这华丽亮闪之脚链，因为它是你如今之所需，必也是你之所爱，它必能使你的生命走向光华与灿烂。

80

趁着朝阳未出，众人还在梦中做幽冷之情会，我的主人，请容许我做既定之游戏：在你的御花园中，收集属于你的所有之花露。这花露，深藏着蜜，潜含着吻，它会融化我心中所有的尘滓——我当以洁净的心投入我辛勤的劳作。

趁太阳还在高照，众人的游戏尚在进行，我的主人，请容许我稍事休息：在属于你的溪流里，清洗我这因劳作而沾满尘泥的脚以及我这满是污垢的颜面。这溪流，忧郁而明亮，蕴藉而隽永，它能冲洗我的尘俗——我当以洁净的素脚与素净的颜面觐见你圣者的容颜。

趁夜色未降，众人的奉礼还在进行，我的主人，请容许我完成我之奉献。你的原野，阔大无边，美丽无限，夕阳燃烧着壮美，花朵摇曳着鲜艳，翔鸟和鸣。我的劳作勤苦，我的奉礼丰富。丰富的奉礼必美丽你广阔的原野，也必灿烂你美丽的容颜——我当以释然的心情来聆听你圣者之指使。

趁圆月正圆、清风刚起，趁着钟声还不曾响起，晚诵尚未开始，趁着众人的赞词还在酝酿，趁着你的祝福还在进行，我的主人，那就容许我做晚诵之礼赞——在你与我的世界中，你是我之唯一，我只为你祝祷，并为你歌唱。

81

漫步于好鸟和鸣、蜂蝶共舞的花间小径，我只向你祈祷与祝福。围在我身边的人都告诉我，说我这祈祷与祝福，其实只祈祷与祝福着你的祈祷和祝福——祈祷与祝福着你的祈祷和祝福，但这有什么错呢？

踩踏着你曾经的足迹，行走在荆棘丛里，我只寻求鲜花。围在我身边的人都告诉我，说鲜花已被你摘走，这里只剩下被风雨呢喃着的你之足迹——踩踏着你之足迹，我寻找着鲜花，但这有什么错呢？

站在星辉下，我只聆听着曾缓歌慢吟于此的你温存的缓歌慢吟，但这有什么错呢？歌唱在蓝天下，舞蹈在荒野里，寻觅于花园中，我只歌唱你曾经之歌唱，也只舞蹈你曾经的舞蹈，寻觅你曾经的寻觅，但这有什么错呢？

你是一湾小溪，能流淌出我的一望绿野；你是一只彩蝶，翩然着春的万紫千红；你是万千鸟鸣之总汇，能将春天唤来，能将秋果唤熟。人们歌唱你，舞蹈你，寻找你，我也在歌唱，也在舞蹈，也在寻找，但这又有什么错呢？

82

把春天的故事留到夏日里去续写，留在冬季来解读，这，我不愿。我只喜欢把夏天的故事放在春天来完成，到冬日的晨早去咀嚼，我更希望冬天里能出现春日之风光，让生活到处都开满鲜花，并充满鸟的歌唱，让世界充满生机盎然——我别无所有，期盼是我之唯一。我常想，梦在飞翔时，会突然遇见鲜花的绚丽与灿烂。

将暴风雨中的歌谣留到飞雪中去吟唱，留在寒霜里来涵咏，这，我不愿。我只喜欢将飞雪中的歌曲放在春雨中完成，再到夏日的浓荫下去品味，我更希望在冬日的晨早出现夏日之彩虹，让世界处处都洋溢着七彩的阳光——我的期盼质朴，并充满热烈。我常想，花朵在绽放它的绚烂时，会突然地遇见我梦的飞翔。

我为装饰你桂冠的花枝欢笑，我为我风雨中起航的船帆日夜祈祷——你消失于生活，我为你高唱悲歌，只为你深不可测之思想，只为你纯洁如一的情怀。我期盼你，我就不会梦见其他。梦在飞翔时，会遇见花的灿烂；花在绽放时，会遇见我梦的飞翔；我在歌唱与舞蹈时，就会遇见你，我相信。

83

岁月是沉默的，所以，我所有的歌唱便成了虚妄；日子是诡谲的，所以，我所有的言语便显得笨拙。我的主人，你也永是沉默，所以，我这因焦渴而迸发出来的所有的呼唤也便成了多余。

在你阔大无垠的园田中行走，我的忧愁逃遁无遗，我的哀怨消失净尽，我压抑的歌喉唱出了醇美之乐音，我的世界因我的歌唱而欢乐无穷数，人们也欢乐无边，我更是荣幸万分。

我孤立而无助，是你给我以帮衬；我贫苦且孤寂，是你给我以花朵，并赐我以清泉。在你无边抚慰中，我唱着欢快的歌，我述说着我的豪迈，但我知道，这绝非因为你之美丽，而是因为你的沉默。

沉默属于你，呼唤属于我；无私属于你，乞求属于我；圣洁与高尚属于你，我只在其中收获。鲜艳的花朵属于我，枯枝与败叶属于你；欢乐与快慰属于我，忧愁与哀怨属于你；热情与关爱属于我，孤苦与无助属于你；所有的赞歌属于你，现在，我只付出喉音。

84

我想，我须将它扔掉，就像我要把枯败的花枝随时扔掉一样——它待在我房间很久了，我看不到它的美丽与新鲜之所在。

我的房间本来就很低矮与狭小，容不了几件东西。它堆放在那里，我感到，它占据了我这有限的空间。

我顺手把它抛扔在尘土里,但不曾想到,那地方,顿时金光闪闪,仿佛枯枝在尘土中又绽放出艳丽之花朵。

——是谁让我们只看见枯枝败叶而看不见那藏在它里面的鲜花呢?又是谁让我们总纠缠于目前的新鲜而看不到那灿烂的永远呢,我的主人?

我的劳作本来就单调,少有新鲜。单调而重复的劳作让我生厌。找不到我之所爱,于是,定下心意,我曾决心将自己贩卖掉,也许在别人那里我会碰到她。没有爱,生活便少有热情,这是我所难忍,亦为我所不愿。

而当我把自己贩卖给别人后,不曾想到的,他却让我晚上为他舞蹈,白天为他歌唱,日日夜夜,仿佛我只是他手中长鞭下的一只陀螺。

——唉,是谁让我们要执意这样做而不去那样做呢?是谁让我们要走这条山路而不去渡那条河流呢?而这又是谁人之主张呢,我的主人?

85

在你灵掌的抚慰下,我唱着赞美的歌谣,蹦跳着欢乐之舞蹈,但我知道,所有的歌,所有之舞蹈,我只歌唱与舞蹈着自己,也就只在表演着自己。

是你给我以花朵,并赐我以机会,让我来呈现我这微薄的礼品。我心怀忐忑与惴惴,而你却笑语朗朗;我满怀羞惭,而你却慷慨大方——我心存感激,高喊着你的名和姓,求你保佑、赐福。

在你温柔慈爱的雨露的哺育下,我做着绚丽而华美的梦,但我知道,所有的梦中,我都在呈现自己,也就只梦见了自己。

是你给我风雨,让我在风雨中去寻觅开满鲜花的路途。在你慈爱的目光里，在你美丽的原野上，我辛苦劳作，并心存感激，却久久地审视着沮丧的自己、迷茫的自己、丑陋的自己、庸俗与卑贱的自己。

于风雨中舞蹈，在鲜花丛里歌唱，我快慰着自己的快慰。我歌颂你之高尚，赞美你之圣洁，我悔恨自己的庸常，也诅咒着渴望不已而不能安分守己的我自己。但不曾想到的，在诸多的悔恨与诅咒中，我只走向了你，享受着你之荣光与美丽。

86

我不想让希望的星辰坠落于失望的尘埃，犹如春天不想让花朵飘飞无结果的落红，犹如秋日不想让果林去裸露荒芜，让农人啼泣哀怨，让路人悲叹。

你把树枝交由我保管，我却想让这树枝开满花，并永开不败；我手中的花朵是你玉手所赐，但我的花篮却永待你把鲜花添放，并希望花团锦簇，永远灿烂，而你的赠予能多多益善。

在占有中歌唱，在失去中悲泣，在鲜花遍地的园田中，我寻不到自己喜欢的那一朵——欲望蒙蔽了我的双目，贪婪欺骗了我本应存有的智慧。但人们都如此，而我怎能例外？

寻找自己，我便丢失了自己；深思自己，我便失去思想；我在思想时，只安排着自己的偏见。偏见属于我，真理只在你那边。

原野上的风是无定的，我歌的曲调也必是无定；彩虹的颜色多样，我舞蹈的脚步也是如此。我曾日夜寻找着我深深爱恋着的她，但我只找到了我命定中的你……

87

得到幸福的人总握着几丝失望，正在寻求幸福的人是最为幸福的，我的主人，这就是你诸多恩赐中最为伟大的恩赐——你让挚爱你的人总是在不断的寻求中受享幸福，接受你无边的恩赐，而你从不露面，也从不吱声。

失去痛苦的人才觉痛苦的珍贵，得到痛苦的人方觉痛苦的难忍，我的主人，这也是你诸多恩赐中最为美丽的恩赐——你让众生者在风雨的坎坷中寻觅你园田中的花朵，寻觅你挂于天边的彩虹，接受你无边的恩赐，而你从不露面，也从不吱声。

于患得患失中，在万千的计较里，我们的日子充满艰辛，艰辛的日子又使我们埋怨不止，指责与愤恨相连续；而你从不会如此，你走向了永恒。

我不再赞美你时，你即赐我以悲凄，使我在悲凄中只想起你，并把你赞美，而当我须以赞美来装饰我生命的光环时，你却赐我以欢欣，让我在醉心的欢欣中忘却了对你的赞美。在赞美与不赞美之间，我的生命即走向虚无，而你却从不这样——你是永生的，也必是永存的。

88

现在，我终于明白，我须将自己的心思重叠于你美丽的心影中，我须把自己的歌唱、舞蹈重叠在你美丽的歌唱与舞蹈中，这样，我才能赢得踏实安稳的欢心，也必不会使你伤心而落泪。

我曾决心要离你而他往，我觉得，我该有自己的一方天地，因为我还是个穷者，我前去的路途还很漫长。但这样的思想一产生，我即发现，潮湿、阴冷与黑暗的日子便包裹了我，使我辨不清方向，也忘记了回家的路。

现在，该是我向你忏悔的时候了：我曾经的固执，现在，只让我羞愧，我曾经的言语是多么轻狂、行为又是多么虚妄——每一次放纵，都是我把自己投进了自设的流放地，我走不出，还日夜之哭泣。

在我生命的每个阴暗处，你总能忽然地从中而出，并引领我踏入光明地，还与我拉手欢歌。现在，一切黑暗都已过去，我的眼前，鲜花遍地，鸟儿欢歌，然而，你却隐然遁去，我找不到你，我便找不到风景地……

89

你赐我手杖，并给我园田，还教我唱歌、舞蹈。你赐予的手杖，虽古旧，却华美；你赐予的园田，虽狭小，但丰腴；你教唱给我的歌，虽简单，却淳厚；你教我的舞步，虽优雅，但热烈。"去吧，它们将绽放艳丽的花朵，并会结出绚丽的虹霓。"你说。

像个盲人，我总将手杖的另一端交由你把握，让你领我走向前边。花朵绽放在路旁，我脚下的道路泥泞、坎坷；百灵鸟在树荫中歌唱，我只看见风雨之交加。

既然是你所恩赐，我就该享用。园田中，我搭建茅草屋，并叫来许多玩伴。我们一起叠纸飞机并勇敢地将它放飞，顿时，你赐予我的园田里落满了纷纷扬扬的雪片。

你教唱我的那些歌曲，我就把它唱给白云听，还叫来鸟雀将它传扬，并走向热闹；你教给我的那些舞蹈，我就跳给花草树木看，还叫来风叫来雨，希望它们将我的舞蹈舞蹈得更为热烈。

手杖在我手里，却被你牵引，而在歌与舞的热闹中，我的园田，绿草鲜美，花朵鲜艳，而那绚丽的彩虹，也即悬挂于我园田的旁边……

90

唉，我真是懊恼、悔恨，我不知道你也会有愁忧，也会有伤痛，站在你面前，我只一股脑地倾诉着我的欢欣，我的幸福。

你圣洁的光辉洒遍世间所有之角落，你姣美的容颜温暖人们的心房，你温存的言语融化众生者所有的忧伤，在你美丽辉光的哺育下，万物生长，四季常新。

你华丽的宫殿永有阳光普照，你善赐的圣泉永有清流喷涌。你为我准备的车辇华美无比，你恩赐于我的宝座也一定彩光熠熠，定能吸引众人艳羡的目光。

我收获的季节尚未到来，赢得桂冠的时日尚且遥远，现在，我当再付辛劳，在铺满荆棘的道路上，去奔波你所指定给我的那个灿烂的季节和明媚的时日，因为我还有希求。

哦，不知道你也会有伤痛，有烦忧，站在你面前，我只一股脑地向你倾诉我的荣光、我的欢悦以及我的渴望。

91

因为你闪着七彩的光，泛着扑鼻的香，并不断地呼喊着我的名与姓，今晚，我又重新找到了你。

我曾把你丢失在一个迷人的春天里。那时，草叶嫩绿，花儿正红；那时，山清水秀，燕子低飞；那时，地上游人如织，天空雨意方兴。当我随众人的游乐而游乐时，我丢失了你。

也就在那个风雨凄凄的夜晚，伸手不见五指，道路泥泞坎坷，人们都已入睡，只有我还摸着黑，在低泣暗哭中，沿着落满花瓣的幽径，顺着溪流，趑趄以行——我寻找着你。

希望是美好的，寻找亦呈现幸福。寻找你是我生命的所需，也是我生命之所求，我的寻找只充满了无忧之欢乐——我跳着舞蹈,还唱着华美的丽歌,碰见我的人都以我为痴狂。

今晚,朋友们因忙碌而忙碌着,只剩我独步花径,因为你闪着七彩的光,泛着扑鼻的香,还呼唤着我的名与姓,我又找到了你……

92

我们是无知的,但常以为聪明,还以之炫耀周围;我们是自私的,却常以为慷慨,并以之夸饰不已;我们是卑俗的,但常以为高尚,并以之赞叹。

在自我的炫耀、夸饰与赞叹中,我们走向黑暗;你从不炫耀夸饰自己,你只以夸饰的言辞夸饰着喜欢夸饰的我们,你也只是赞叹着热爱与不热爱你的所有的人,你走向光明的广阔地。

你无所不知,但我们常以为你无知,因为你是沉默而无言的;你慷慨而大方,但我们常以为你自私,因为你是隐秘而无语的;你伟大而圣洁,但我们常以为你卑俗,因为你藏身在最贫贱最失所的人群中;你是最懂得劳作与奉献的,但我们常以为你慵懒,因为你只日夜端坐在人们心的圣殿里。

我们常以自己的方式祈祷着自己的幸福,并咏唱个不已;你却以惯常的途径永远地祝福着人们;我们在祈祷中忘记了你,你却在祝福的歌音里咏唱着我们;我们在咏唱自己中走向卑贱与平庸,只有你在祝福我们中走向了高尚和神圣。

93

我这美丽灿烂的花环是你亲手所赠,你让我将它戴在头上,抑或挂于胸前,以显扬你的无私,也彰显我歌唱、舞蹈的与众不同。

你说:"花环,荣光无限。"但这花环,我并不看重——我怕它浑浊了我寻求光明的瞳眸,沙哑了我咏唱的歌喉,妨碍了我舞蹈之脚步。

我知道,背负愈多,脚步愈沉重,前行也更为艰难;我怕我的园田荒芜,孩子们受苦,我还怕耽搁了我美丽的供献。

叛逆让我永怀着固执的坚持。花环是你的,但选择是我的。我是这样的见识,也就是这样的水平——我的见识限定了我的水平,正如我的水平限定了我的见识。

坚持就在坚持者的脚步中。你越是强迫之坚持,我就越相信自己之选择。你的馈赠华丽而美艳,我的坚持顽强而自私。

在你对我的强迫中,花环熠熠生辉;在我倔强的坚持中,花环更加灿烂;孩子们欢悦,众朋友艳羡,只有我满怀了羞惭。

94

清晨,邻家的音乐将我唤醒。揉着惺忪的眼睛,我坐起在床沿——我陶醉于邻家的音乐中。

阳光透窗而入,鸟儿在窗外时鸣时歇,人们已开始新一天的工作——孩子们哼着歌上学,农人走向田野……

正午的阳光正艳,热浪追逐热风,热风与热浪游戏,禾苗喘着热气;劳动的人们追赶着热烈,劳动的号子此起彼伏;孩子们躲开父母的眼睛,藏在屋里秘密地玩起了游戏……

夜阑更深,满天的星斗眨着诡谲的眼睛,月亮因迟到而羞红了面颊;辛劳的人们已沉入梦乡,孩子在母亲的怀中梦着他们美丽的梦……

劳作的人们各有所归,孩子们的欢乐无人能比,哦,只有我还坐于床沿边,陶醉在邻家的音乐声里……

95

你鲜亮的思想犹如闪电,只在我黑暗的夜空中闪现。因此,我便不惧怕夜的浓黑,也敢于走过幽僻的山谷,蹚过凶险之河川。

尘俗的日子让人难堪,但世间所有的尘俗,只要从你的朱唇中吐出,便顿觉艳丽,充满了新鲜,仿佛花朵于春风中初绽。

我歌唱,并依你的教谕而演绎我歌的舞蹈,别人既不待听,也不待见,眼目中表露着轻蔑,言语中亦带着诅咒,但如果有了你在旁的指教,我便不再惧怕轻蔑,也无视他人之诅咒。

因为你的存在,日子便有了花一样的期待;期待让我永怀希望,前途便洒满阳光。因为有你,我不会孤单;紧紧地,跟行在你身后,我只依你之思想修正我哀怨之容颜,我前行的脚步也因此而变得矫健。

96

单调重复的歌曲,人们唱个没完。那些歌曲是唱给你的——你是人们歌唱的永恒之主题。"歌曲多种多样,歌曲的主题也该多样。"你说,"不要歌唱我了,还是唱你们周围的人吧,他们才应是你们歌唱的永恒。"

单调重复的歌曲,我也唱个没完。我的歌曲也是唱给你的——你就是我歌唱的永恒。"歌曲,没有不变的曲调,主题也应多样。"你说,"还是唱你周围的你的朋友吧,他们才应是你歌曲之永恒。"

人人都是自己园田中的主人,你我都一样,但你的园田里有我劳作的身影,我的园田中布满了你之足迹,你与我同在;每个人都是一个世界,你我都一样,但你的世界里容得下我,我的世界里满装着你,你与我同在。

歌唱你的队伍庞大，我只是其中一位；歌唱你的音乐丰富而多彩，我只选择其中一种，这古老的歌曲永恒常新，这单调的乐章音韵丰满，亦必流传久远。

97

无路可寻时，我便合掌胸前，向你膜拜，求你指点："请你给我一条光明的前途吧！"可你从不露面，从未吭声。你住在哪里，抑或暂歇何处？你是怎样的一个伙伴与朋友呢？我呼唤你，并寻求你的踪迹，我得到了虚无。

我渴望你，我抓住了焦心；我寻求你，我得到了迷茫；我呼唤你，我收获了徘徊；我离你而去，我便慵懒，变得放纵。

冥思于花园小径——一条无人涉足的花园小径。一只蝴蝶的翩然引我找到你：你留着柔美的秀发，纤手抚伞，穿着连衣裙，双目蒙眬，仿佛超脱，你端坐在长椅上，双手合十，口中念念有词……

顾不了其他，忘记周围所有，我即刻向你奔去——

徐风吹过，大地一片欢畅：蝴蝶飞舞；蜜蜂嘤嗡；花工含着微笑，细心地修剪着每一棵花草；孩子们手拉手，欢歌笑语——你消失在花的灿烂中，消失于孩子们的欢歌与笑语里……

我寻求你的踪迹，想以它引我踏入你美丽的住所，但你连踪迹也不曾留下。于是，我知道，尘世上从不见你行走，也从不见你歌唱、舞蹈，但你却成了我生命不息的寻觅与追求。

98

前拥后挤的人海里，我亦拥挤其间，挤来拥去的人们都在寻找着你的情和爱；吵吵嚷嚷的人群里，我也吵嚷其中，吵嚷的人们都以询问的口吻询问着你的名和姓。

拥挤形成了曲调，吵嚷构成了歌词——人们以不同的言语在歌唱你诸多的美德，赞颂你无私的恩赐，传诵你无边的圣明。人们在歌唱传诵，我亦夹于其中。

洪亮的歌喉，千百种的赞歌，我正是这合唱队伍中的一员。歌唱构成人们生命的必需，赞美形成我生命本该的主题。

寻找——永远地寻找；

询问——永远地询问；

祝祷——永远地祝祷；

歌唱、舞蹈——永远地歌唱、舞蹈。

你永在人们的寻找中，你永在人们的谈论里，你永在人们的歌喉中，你永是人们歌唱与舞蹈中的永恒之主题。

结束语

我怎么会常常想起你，想起便不能自已。我从没有要想起的心思，这相思从哪一天开始？假如要我说出这相思的缘由，我不知道该从哪里说起。

明月在林梢，风儿时时起，留着明月窗前照，我不会寂寥，可我怎么会常常想起你，想起便不能自已。

我不知道该从哪里说起，假如要我说出这相思的缘起，这相思从哪一天开始？我从来没有要想起的心思，但想起便不能自已，我怎么会常常想起你，我的主人？

心有祭坛

心有祭坛

引子

搬新居,地域不同,其习俗也就各异。按台州习俗,先是在新房的阳台或是在靠临大街的房间里摆一张桌子,然后将其擦洗干净,并铺上桌布,再在其上摆上香炉、烛台,放一条猪肉、几块年糕、几斤豆腐、几绺粉丝和若干样或干或鲜的水果等,其后,再炒几盘菜、弄碗米饭、几盅老酒敬献于桌上。这些都准备齐整之后,再点燃蜡烛,然后,主人点燃高香捧于手中,面南,跪拜于地,口中念念有词,祈祷一番,然后将高香插入香炉,再烧一些诸如黄表纸、冥币、金元宝之类的,算是对神灵的敬献。当然,这只是祭天时的朝向与习俗。因为有祭天、祭地、祭其他诸神等祭祀对象的不同,所以,桌子正位的朝向、桌面上的诸多摆放物的摆法以及主人祭祀时的面目朝向等也就各异,也就各有其讲究。各种祭拜结束后,再打扫房间,架床铺被,收拾桌椅,整理锅灶,最后,主人才能入室居住。

我是2002年12月着手准备搬往新居的。新居在浙江台州康平小区。因我是陕西人,又曾在青海待过十多年,也曾多次经历搬新家的事,再加上自己好歹算是读了点"之乎者也"且一直都是个"为人师表"的,明白复杂的事情需要简单处理的道理,对这些各异的习俗也就并不怎么当真与看重,于是,在搬往康平新居时,能省略的就想尽量省略。知道我这情况的邻居露出一副神秘的脸色正告我:"祭拜天地鬼神的事情,该认真对待,马虎不得,谁知道今后会发生什么事呢?"我这人,本来缺主见,经邻居这么一说,也就有些后怕——鬼神之事及个人命运前途事,谁能说得清道得明呢?"事有千变万化,人有旦夕祸福。"万一今后有个什么的,我及我周围的人们该怎么看、怎么想?这又叫我如何向老婆及孩子交代?又该如何向我的父母兄弟以及老婆的父母兄弟姐妹们交代?于是,"宁可信其有,不可信其无"在当时就占了我思想的上风——也许,人上了点年龄,背负的东西便愈多,思想的顾虑也便随之而增加吧。于是便托人查了老皇历,确定了搬新家的日子。

搬新家的那天早上,也就是12月24日凌晨4点,我早早起床,收拾各种东西,收拾好之后,便拉着车子,与妻子一起,急急忙忙地赶往康平。到了康平新居,便拿出事先准备的祭祀用的各种祭品之类的东西。一切摆放停当,便满怀虔诚,跪拜于地,祈祷诸神。我口中念叨着天地诸神,希望能让我及家人身体安康,永永远远;祈祷诸神多多保佑,并赐予幸福,年年岁岁;希望诸神赐我以钱财,并多多益善。我祈祷祝福着诸神,却自觉与不自觉地想到所有活着的人们:我们每个人不都在为自己的前途与命运而祈祷与祝福吗,但谁能在自己心中摆一张桌子并放上供品来为他人的前途与命运而祈祷而祝福呢?如果有,他的祈祷与祝福又该是个什么样子?而放在我们每个人心中的那张桌子——我姑且称为祭台——与那些供品,又是什么抑或应该是什么?我想,这恐怕应是因人而各异的。那么,放在我心灵圣殿中的那张桌子及放在那张桌子上的那些摆放品究竟应该是个什么东西?我心中的这个祭坛该为谁而设?我该为哪个人或哪群人而祈祷而祝福,又该为了什么而祈祷与祝福?

有哲人说:人,生而自由却无处不在束缚中。为摆脱束缚,为使自己生活得舒畅与自由，人便须努力与奋斗，以实现最大的"本我"，但事实告诉每个人，我们奋斗所带来的，并非生命本体的自由，恰恰相反，却是我们生命本体更为牢固的束缚——自己设置的套子只为自己钻进去，不仅如此，从某种意义上说，是"自我"的无尽的丢失。于是，人便有了忏悔，也便有了新的选择。以此重复，我们的命运与前途只剩下那个等待了我们许多年的承载我们生命到另一个世界的"木匣子"。就这个结局而言，生命无疑是个悲剧。

  结果并不重要，过程最具意义。就生命过程而言，人活着，究竟是为了什么？是为着虚幻的荣誉还是为着荣誉的虚幻？是为着追求永远也无法满足的物欲的满足还是为着物欲的相对满足而将带来更大的物欲的无法满足？是为着痛苦的幸福还是为着幸福的痛苦？是为着"主观与客观上的为别人"还是为着"主观上的为自己而客观上的为别人"？是为着完成自我人生的自然还是为着完成自我自然的人生？是为着血缘或至于亲族的根系还是为着根系着我们的血缘以至于亲族？是为着那个原本的"我"还是为着那个"我"的原本？是为着那个早就失去了"我"的现在还是为着寻找那个不曾失掉也不想失掉的"本我"的将来？等等。尘世的我们纠缠其中，苦苦整理，但始终"剪不断，理还乱"。我们思考不清，也回答不了。我们愈思考，我们愈感生活之无望；我们愈是想回答，我们愈是找不到"我"的存在以及存在着的"我"。"我"的命运究竟该是怎样的？我回答不出，也回答不好，更不好回答了。我的心中只有茫然，仿佛置身于旷野而四顾茫茫。

  那么，人是否就应该早早地结束自己这个给许多人制造了许多麻烦的生命以尽早实现生命本身的结果呢？理智又清醒地告诉我们：那样做，无疑是对生命的亵渎以及对世界的不公，因为这个本就永远存在着的世界并不曾得罪于"我"；那样做，也是对亲族的大不敬。一个生命的消失，对消失了生命的个人来说，眼睛一闭，无所谓欢乐与痛苦，而对赋予这个生命的人来说，则是"白发人送黑发人"的无尽的苦痛，这种痛苦将伴随着他们走向毁灭甚至于死不瞑目；那样做，也是对周围的其他人的不负责任，其不负责任所带来的痛苦，我们不言而任何人都自知。再说，冥冥之中的上帝让我们来到世上，其原本的心思并不是让我们来"挥洒"它——只要他还不愿意让我们早早地拜倒在他脚下，而是要求我们要认真对待生命与珍惜生命。那么，在现实的牵绊中，"人家怎么活，咱就怎么过。""看破红尘的人依旧按红尘的生活而生活着"，更何况红尘是谁也无法看破的，世事变化无常："风是无定的，处在风口上的我们的命运也将无定。"既然如此，我们就毫无疑问地要活着，而且还要顽强地活着，至于怎样活着抑或以什么样的方式使个体生命显得更有意义或更具尊严，则是我们常常纠结着的问题。

"我不怕死，但不知道怎么活。"有朋友跟我这样讲，我亦有同感。尽管如此，我们还必须顽强地活着。"人是能够思想的苇草。"我们不是也很难成为"天使"，但我们还不想成为"野兽"；我们不愿沉沦与堕落，我们仅仅只希望让自己不要成为"野兽"——即使无法做到，但以之为目标，努力着便行，如是而已。"大风吹着我走。"我们处在风口中，我们只寻找与感受自己生命的过去、现在以及未来。过去的，已经过去，人生是一趟没有回头路可走的生命历程。"活在当下"是我们的口头禅，但现在，究竟该如何做，心之所想与行之所为，矛盾重重，迷雾叠叠。未来，尚未到来，我们不知道风的方向，风的方向从不能由我们定。这样说来，命运于目前而言，也就无非只是个自我安慰的问题——我们解救不了别人，那就自己解救自己吧，说白了就是自我麻醉与欺骗。欺骗不可靠，但自我欺骗并不意味着命运的不存在。思想的高洁与行为的卑劣往往同流共处。思想的高洁让我们的内心充满了神圣的伟大，思想的高尚伟大却并不彰显着我们行为的高尚与伟大。欲念人人有，但强者永远是强者的旌旗，弱者永远是弱者的标志。人在思想与行为的两难矛盾中永远做着艰苦的选择与奋力之挣扎，而也就在这艰苦的选择与奋力的挣扎中，我们的脚步走向前边，前边便成了我们常常所说的命运之所在。

时间从不为任何人而停留。"我"不过只是别人生命中的一个过客。人，生而孤独。孤独是人生最亲密而知心的朋友。人以孤独的思想而孤独着孤独的自己，也以自己的孤独而同时孤独着别人。降临人世时，没有人征求我们的意见，问问我们是否愿意来此人世，而当我们要离开这个人世时，同样也不会有人征询我们的意见，问一问我们愿不愿意离开。我们这微弱而脆薄的生命仿佛被弃置于一片寸草无生的荒原中，来也匆匆，去也匆匆，无人过问，也无人打理——况且也是无法让别人打理的——任其自生与自灭。生命的降临与消失是个奇迹，也自然是个永远都无法解开的谜。生命过程同样如此。上帝让我们来到世上，理应让我们长生，可却偏偏并非这样，我们来此世间的时间是有限的——究竟有几年或几十年谁也不知道也无法预知，倘若在这短短的几年或者几十年里，让我们平安度过，那也不错，可却偏偏让我们在生命的短暂中忍受病痛、生离死别或者应付各种各样的奸猾算计陷阱污蔑嫉恨诅咒侮辱谩骂等，还要给我们许多无法满足而又千方百计要求自己去满足的欲望。生命结果与过程的这种怪异与诡谲，实在是个宇宙级的玩笑。也许生命来与去的奇迹与生命过程的这个难解的谜团，其答案只有上帝自己知道，但它被上帝藏着——藏在那个我们永远也无法触及的地方。

我们生存着，我们抱定信念，一步一个脚印地向着那个我们谁都永远无法预知的境界里走着。那里，圣光普照，春暖花开，和风温润，苍山滴翠，幸福的人们拉手欢歌；那里，秋水盈盈，朱唇启笑，清纯与美丽常在，痛苦与忧愁消遁，希望的枕木铺垫于每个人的脚底，伸向任何一个无极的地方，失望的雾霭被永久地藏匿于一个永远也不需要打开的"潘多拉"魔盒里；那里，良心归位，善恶有别，正义与自由的歌声响彻每一座山峰、每一条溪水，回荡在广袤的原野上，邪恶永远失去了存在与繁衍的土壤；那里……超然于现实生活之上的这座富丽堂皇的"圣殿"，正是我们永恒的希望。我们相信它的存在，且抱定信念，而它也正构成了我们生命的希望之光——像"林中的响箭"与浮起于海面的朝阳，而这，也就构成了我们现实人生的一个抱定了希望的"规则"。我们对这个"规则"的解读，则是出自我们对人类自身终极彼岸的关怀、叩问与探寻。倘若我们连对这点人类希望之光都失去信心与渴盼，倘若我们连这点信心与渴盼都在物欲的诱惑下不复存在，那么，人类恐怕真的就是无可救药的最为可悲的生物群体了。

有了这一抹曙光，有了这一脆弱的信念，我们便有了生存的根基与生活的依托。这个生命希望的"规则"便构成人们现实生活中的被东方人特别是中国人所称作的"命"。征服"命"，把扼"命"的喉咙，是我们永远的希冀。"命"是什么？是冥冥之上的"规则"所散发出来的一缕温润的和风或者一帘凄冷的苦雨，也许，正是由这个冥冥之上的"规则"来平衡着隐藏于我们现实生活中的某种无定的"现实规则"。而"现实规则"的无定性又恰恰证实与阐释着那个被我们称为冥冥之上的"规则"的神圣和伟大。但无论如何，两种规则，也正因为是规则，则是我们应该及时地予以感知或者认识的，承认冥冥之上的"规则"的有序性与"现实规则"的无序性，即人性的进步，也就组成我们对生命规则的认知，也就构成我们现实人生前进的内在的生存活力基因。如此，我们便有了对"命"的运作程序。温润的和风需要我们预感、认识以发挥其灵秀之气，从而使其滋润万物，以使万物蓬勃繁茂；凄冷的苦雨同样需要我们预感、认识以化险为夷。由此看来，"规则"好坏虽并非我们生命个体者的对与错，但我们应提前做好应付这个本不应当由我们承担的却让我们不得不来承担的"规则"，要我们用心地去感知它、认识它，不仅如此，现实生活中的许多规则也同样告诉了我们这个道理。由此说来，"运"便成为对"命"的实质性内涵的最好诠释。

在对"命"的诸多运作过程中，希望与失望为伍，幸福与痛苦同在，沉默与爆发结缘。灵与肉的折磨让生命显得高尚，也显得伟大。金无足赤，人亦无完人。我，缺点很多，但我努力使自己变得完美，正像我不伟大与高尚，但我努力使自己变得伟大与高尚一样。人永远处在走向完美的路上。行为也许卑俗，向往高尚、伟大却是灵魂的主宰。没有人希望自己是个魔鬼。在奔赴命定的路途上，我们一面思想，一面歌唱，还一面劳作，我们的思想、言语与自我的所作所为当尽量做到合一，最起码也应尽量趋于合一而不致产生巨大的偏差，这是我们作为人的必然。口是心非是人性的卑劣，除特殊者而外，没有人希望自己是那样。希望与失望是生命的底色，幸福与痛苦无非是我们在这个底色上的一点涂抹而已，而涂抹的浓与淡或者明与暗，则构建了我们现实生命个体的一曲曲生命的恋歌。

命运是个神秘而又难言的定数。在对"命"的感悟与"运"

作中，人人心有祭坛，桌上放着"自我"（我不敢说是人类或其他什么人，因为我们的"命"限定了我们的所思所想所作所为）命运之类的东西，哦，我们只为自己的过去、现在与未来祭奠与祷祝——解救自己的唯有自己，拯救自我的也唯有自我：焚燃高香，化一沓纸钱，唱一曲生命的悲歌或恋歌，然后再继续向前。我清楚自己的力量，也知道自己的底气，还明白自己的水平与能力——我拯救不了别人，但我可以拯救自己；我不能使自己挣脱物欲的诱惑，但我可以尽量使自己的心灵得到平静而不至于在烦躁中哭泣；我不能使自己伟大、纯洁与高尚，但我可以尽量不使自己沉沦堕落甚至卑鄙野蛮与粗俗；我无法使自己活得真正像个人，但我可以使自己尽量朝着"活得像个人"的方向而努力。

人生是什么？无非是人们在生活舞台上各自所做的表演——或呐喊呼号，或沉默不语，或浅歌低吟，或舞蹈或奔驰，或装死装活，或寻死觅活，或不死不活、半死不活，等等，不一而足；既然是各自的表演，便也就诠释着各自的生命，彰显着各自的品质，呈现着各自的价值，自然也就演绎着各自的命运，也就自然而然地澎湃了生活。人须经过千难万险，才能抵达真实的自我。生活中，人不可能永远只是个孤魂独鬼，每个人都是社会这张大网中的一个网结；人有第六感觉，心灵自会有感应。自己心中祭坛边的祭语也许正与别人祭坛旁的祭言相近抑或相同。既然如此，我愿意把我的这个祭语唱出来，以彰显我在人生舞台上的角色，并以之丰富生命的乐章。但愿我所唱出的这个调子不是"五音不全"或者跑调以致成为杂音或者噪声，但愿，但愿，但愿……

2003年1月于椒江康平
2023年5月修改于三门观澜

我心中有座庙，庙里只供奉着我的她。她永是盘腿坐于那里，慈颜善目，也永无言语。顶礼膜拜她的人很多，为她唱歌与舞蹈的人也不少，我只是其中一个。

这庙宇从历史的隧洞中来，又少人照管，所以，既陈旧又破烂。我和人们都忙于谋划自己，也忙于自己的歌唱与舞蹈，所以，她满面尘灰，身蒙污垢。

在一个残阳如血、枯叶翻飞的傍晚，自觉与不自觉地，我又一次来到庙中。静静地，我站在她身边，她让我想起我诸多的不是与不该。

清除密织的蛛网，打扫呛人的灰尘，清理横卧竖躺的柴火，修整破败如絮的门窗，整理散乱的蒲团，抹洗污垢沉积的供桌，清洗她满是尘滓污垢的躯身——我为我曾经的慵懒与违逆而负责。

初心难忘，但行程已经难改，我心有愧怍。我一边劳作，我一边歌唱——歌声穿透荒野的古老，而我新鲜的激动同时也美丽了破旧的神殿庙宇。

樟树下，打开囊袋，翻检沿途的乞讨，我便有了丰盛而美丽的餐物——我接受众人无边的恩惠；蒲团上，整理沿途的捡拾，我便有了我安卧入眠的依枕——我安卧在众人恩赐的温暖中。

献于她的，是我这洒扫庙宇的劳作；供奉于她的，是我绵绵不绝之歌唱。在我酣眠的梦中，她悄然来到我身边，以纤纤素手安抚我的睡眠。

她属于我，我亦属于她；她只以我为她生命的歌与舞，我以她为我生命的永生之伙伴——她陪伴了我，我亦陪伴着她，仿佛我就是她在我身上的命定，一如她也就是我在她身上的命定一样。

我生命的金杯里满溢着她对我的祈祷，我亦日夜为她祈祷；我思想的瓦罐里盛满了她之恩赐，我把自己的所有都供献于她——我知道，自然地，她也不会不明白：她是我的，而我亦属于她，我们是合一的……

——题记

1

于风霜雪雨中喊着我名姓的那个人，我尊称她为我生命至亲又至善的伙伴；每天，我都为她祈祷与祝福。

我的名与姓，沉浸在尘俗中，庸常而俗气，但不曾想到，我的名姓竟能因她美丽的招呼而得以灿烂——她美丽的招呼竟能赋予我生命以欣悦，并使它充满新鲜的激动，让我歌唱个不停，还舞蹈个不已。

自觉与不自觉地，我常将自己置放于幽禁地——自己划定的圈，自己走不出；自己设定的套，自己往里钻；悲伤的使者常叩开我破敝之柴扉，并飘满我破败的草屋。每次，都是她将我名与姓呼喊，以她柔美的嗓音把我脸颊上的泪水吻干，并让我看见满天星斗。

哦，于风霜雪雨中呼唤着我名与姓的那个人，我尊她为我至真又至美的伙伴；每天，我都为她祈祷与祝福。

2

伙伴，我诸多的快乐是你亲口所传，那么，我诸多的愁绪也必是你亲手所赠了。

你赞美并歌唱我，语词里饱含炽烈，我的心因长久的热烈而遁入空虚的迷雾中——迷雾缠绕在我眼前，我无法劈开，但我仍听得见你热烈而又热烈的赞美与歌唱。

我无端的愁绪是你亲手所赠,那么,我诸多的欢乐也必是你亲口所传了,我轻快的舞蹈也必是你所教。

从你温润朱唇的歌唱中,我曾听学过你忧郁的歌唱;从你轻快而热烈的舞步里,我曾趑趄而前行。现在,让我把我所有的欢乐都奉送给你、赠还于你,自然,这时,我这无端的愁忧也就会被你带到云外九霄——随鸟的翅膀而飘洒长空,也必将随彩虹的绚丽而灿烂于云端。

我所有的欢乐是你无私的馈赠,现在,一无所剩地,我全部奉献;我无端的愁忧亦是你亲手所赠,但这不是你的错,所以,我喜欢——我敞开胸怀,擎举双手,热烈地欢迎你所有热烈之馈赠。

3

我胸中流淌着一条河。

它细长,它娇小,只小小一脉,不堪一握;它潺潺流淌,日日夜夜。晚眠时,它伴我入梦;早起时,它随我孤坐。它那博大的源头,只聚集着新美的流淌;众投的礁石不能将它阻塞,灼人的阳光也不能使它干涸。

它明亮清澈,永唱恋歌——迎狂暴的风,浴瓢泼的雨,踏荆棘路,向着远方,没有伤感。听不见它回头的许诺,但众投的礁石不能将它阻塞,灼人的阳光也不能使它干涸。

春风中,它欢乐地歌唱;严冬里,它无声地滋润着脚下每寸土地。一任风云变幻,表露出无常,一任电闪雷鸣,对它大声呵斥,它依然在澎湃在涌流,日日夜夜,而在一个永恒常新的世界里,它会以自己独有的歌唱向人们证明——世上一切的一切都不能把它封锁!

我胸中流淌着一条河,它细长,它娇小,虽不堪一握,但明亮而清澈,浪花里只飘出属于她的歌,于众投的礁石间,它只舞蹈出她与我生命之一切。

4

我不再忧愁与烦闷了,我当快乐、高兴才对。伙伴所言不会有错:"人们从你那里拿走的,都将原物奉还,利息也将是丰厚的。"

"对"就是"对","错"就是"错",光明与黑暗、善与恶、爱与恨的界限本该明确,我为何要苦苦纠缠而纠缠不清呢,而这又是谁之错呢?

花没开,因为季节尚未到来。伙伴把快乐的神符就挂在我脖颈,现于我胸前,就是要我看见快乐,伙伴的心思,我怎么会读不懂?

天空中的流云把她的脚步都告诉了我,我怎能用我这静止不动的手来拉住伙伴那丈量阳光的脚步?你把你的话一无所剩地都装在你的囊袋里,还将囊袋紧紧封锁,你是怕我偷走吗,伙伴?

我跟孩子们在一起,伙伴,你的世界将不再有寂寞,因为孩子们用花的言语把世间所有的快乐都唤醒了。

5

暴风雨过后,你的泪泉已淌流净尽,现在,你的容颜只绽放着平和之慈祥;暴风雨过后,我的泪泉还涌动着澎湃,现在,我的心脉里只跳动着无言的哀婉——伙伴,为什么你我的情意总难相和?

当我于喧嚣的奔波中奔波喧嚣时,你总是让我思想着你静穆的荣光，而当我应着你的召唤在静穆中深味你静穆的荣光时，你却让我思念那喧嚣之奔波——伙伴，为什么你我的心思总难和谐？

我说我的胸中奔流着满腔的热血，你说我们所涌流出来的只有几滴冰雪；我说我心中有一座火山等待爆发，你说飞扬的霜雪依然下着，正在落着——伙伴，为什么你我之情思总难同步而一致？

我说桃花源里有我寻访恋人的足迹，你说深涧中只翻飞着映山红的灰烬，喉头紧束，爱恋的歌儿只能悄悄唱着；我说太阳有起也有落，你说月亮真难相见，山峻高，风雨狂，我们只能默默忍着——伙伴，为什么你我的心意总难默契如一？

6

请不要静默地坐于我面前，只听我这藏于心中的忧烦，请轻启你善歌的朱唇，和着我的诉说，以你心灵的乐音来拨动我这本该弹奏欢愉的琴瑟，让它在你的感召下，弹奏出快乐之曲调。

——我心灵的琴瑟只有在你的手中才能弹奏出美妙的乐音，我的歌喉也只有在你漫天的音乐大网中才能咏唱出献给你的优美而欢快之歌曲——歌唱是我的职责，但没有你相伴，我的歌唱便失去美丽与新鲜。

请不要静默地坐在我面前，只听这藏于我心中的我的忧泣，请张开你秀美的双臂，和着我的诉说，以你的玉臂来拨转我这本该旋转出优美的舞步，让它在你的指教下，舞蹈出本该属于你的我轻盈而欢快之舞步。

——我的爱与恨、欢乐与忧烦、幸福与痛苦，全握于你手中，也全由你操控；我的脚步只有在你灵掌的点拨下才能踩踏出欢快之节奏，也只有在你玉臂的挥舞中舞蹈出新鲜的感动——前行是我的本该，但没有你指引，我就会迷失方向。

7

在你心灵蔚蓝的天空下，让我永唱隶属于你的歌。你不会孤独与寂寞——你有你的舞蹈要完成，你有你的歌要唱；我也不会寂寞，亦不会孤独——你对我的呼唤日复一日，我的心中永怀新鲜之感动。

对我的呼唤是你的意欲，歌唱我亦是你所情所愿——它让我对你的敬拜日日翻新；我园田里的花朵常开不败，我的歌唱与舞蹈不间断，皆因我心中存有你对我的爱。

在你的花园中，众人汗流不止，我也参与其间。众人的辛劳使你园中的花儿张满了盛开的艳丽——引蜜蜂嘤嗡，引蝴蝶翩翩，也导引鸟雀欢唱。

每天，你都从我门前姗姗走过，让我的心中永怀新鲜之感动；每天，我都在重复着你芬芳的名与姓。我对你的渴念与欲盼无止境。我生命的泉流汩汩不断。欢乐无限制。我生命的杯盏永待欢乐填充。

8

驱逐所有的烦嚣，移开所有之荣光，邀来所有的宁静，打开所有之温馨，今夜，让我靠近你——我所有的荣耀都因你而来，则我所有的荣光也都将因你诸多美丽的馈赠而长存。

"最艰险之苦难造就最伟大之人生，最庄严之痛苦成就最壮丽之事业。"我不伟大，因为我经历的苦难既不够多，也不够艰险；我的事业平淡无奇，因为我所经历的痛苦还不够壮丽，也不够彻心。

浪迹天涯的歌，如今，我学会了咏唱；月夜独步的曲调，现在，我也学会了哼吟；耀人的荣光，如今，我学会了享用；揪心的折磨，现在，我也学会了承受。我不反对，也不抱怨，因为那都是你至纯至美的恩赐。

荣光本属于你，你却让我拥有；风雨本属于我，你却让它挂于你门楣。旌旗飘扬在你门前，我只在它烈烈的招展中歌唱与舞蹈。当我所有的故事都成为以往，这故事必美丽你美丽无私的赠予，也将绚丽我平凡的生活，亦必灿烂我目前之天空……

9

你把你园中最艳丽的花朵馈赠于我，让我来感受它扑鼻之芬芳，倾听它美丽的歌唱，唉，我不知该以何物答赠你，从而使你心中的灯火永呈明亮，并让你鲜艳的旌帜在我美丽的园田里永远飘扬。

你美丽的馈赠日日有。我讨乞的囊袋永是空虚。你让甘甜的泉水永朝着我的园中流淌，我想，我的园田将不再滋生荒芜。我往日所有的歌曲都是你亲口所教唱，我只付出歌喉，有时还很偶然；"述而不作"，我还很传统。

我歌唱时，你就来舞蹈。你美丽的舞蹈舞蹈出我心底的快乐，引我的歌唱不再滋生悲伤之曲词。我所咏唱的乐曲，本属你的所有，也该歌唱你，但你却让它来歌唱我；我不过是你的一个影子，你却在我这孤独的影子中做欢快之舞蹈，并导引我的歌唱高亢昂扬。

你美丽的舞蹈引领我的脚步，让我的心中溢满无忧的踏实。欢乐属于你，歌唱属于我。在对你的歌唱中，我只收获快乐与感动。我一切的一切都属于你——你是我生命的旌帜，引我前行，我只忠实于你脚下的黄土地。

10

飘霜飞雪的冬日已过，现在，细雨蒙蒙，正是"草色遥看近却无"。伙伴，快来到你的田地里，和劳动的人们一起，播种明天的希望。而你独坐角隅，为着寒冬的严霜飞雪而愁忧，这是为何？

阴冷愁忧的昨日已过，现在，和风温煦。人们都忙于播种，我也一样。伙伴，你的园田已苏醒，正待你去播种，而你孤坐角隅，为着昨日的阴冷而愁忧，这又是为何？

众人在欢唱与舞蹈。欢唱和舞蹈中，人们唱着你的名和姓，歌唱着你曾经的歌唱，舞蹈着你曾经的舞蹈。众朋友在呼唤，我也在呼唤。伙伴，你独坐角隅，还暗自啜泣，这是为何？

人们在劳动中流汗，在流汗中欢悦。花朵遍地开，蜂蝶共舞蹈。大地一片繁忙；溪流映照着人们的欢颜，轻风抚慰着人们那曾被打皱的心。伙伴，你独坐角隅，并暗自啜泣，这又是为何？

书桌旁的哀叹该随生活的缤纷而改变哀叹的内容，独步时的孤寂也应因年轮的变化而改变内涵。春日层叠的花朵，如今，也在人们汗水的浸润下述说着灿烂。伙伴，你独坐角隅，暗自伤感，这究竟是为何？

11

困惑已久，现在，我，脑海一片混沌——心如止水，没有波澜，少了灵感；我想不出美丽的言辞，也找不到鲜活的话语。唉，一切的一切，皆因我困惑已久而失去灵动之美色。

——伙伴，要礼赞你的伟岸，我，脑海一片空白。人们唱着各自礼赞的歌，只有我躲在这阴暗的角落，独自思量着我要礼赞你的礼赞之词。

忧烦已久，现在，我，眼前一片暗淡——我看不见艳丽的花朵，也听不到动听的歌谣。我的眼里少了新奇，耳中也没了新鲜，唉，一切的一切，皆因我忧烦已久而失去鲜活之美色。

——伙伴，要歌唱你的无私与慷慨，我，脑海一片茫然。人们怀着热情唱着各自礼赞的歌，只有我徘徊在这幽暗的山谷里，独自思量着要歌唱你的歌唱之词。

12

把你的名姓传给我的时候，那是一个冬日的夜晚——屋外，风在吼，雪在纷扬。

为了使你雾霭的双目看得清楚明白，你也给自己配了一副金丝边的眼镜，可你常给它蒙以灰尘。我不知道，你如果擦亮它，是怕它明亮后你更忧伤，还是怕你忧伤后它更明亮？然后重重地忧伤，然后更加明亮，然后……

悄然地，你来到我屋舍，并坐于我身旁；怀一腔热情，你为我解说生命的伟岸，并为我描述彩虹的绚丽、花环之灿烂。你深知风雪霜雨的冷暖，你把忧思深藏在胸底，你把心事深埋在胸间，你说，对与错，时间是最美丽的证人。

像个博学的长者，你唠唠叨叨，说个没完；像个刚懂事的孩子，我听着，眼里充满了渴望，心中满装着神圣。不曾闭门关窗的，是我的房间，暖融融的——以你美丽的名姓所燃起的炉火，它正旺，也把我的整个世界照亮……

13

我不能再等待了,我的伙伴,我须将我这满园绽放的花朵及时放飞,叫漫山遍野都荡漾花香,让花朵灿烂众人的双目,馨香人们的心扉,并增添众人的风景地。

我不要那么自私,让花朵只绚丽我园田,只温馨我心,这,花朵不高兴,人们难欣悦,我想,你也不会同意——你不同意,我心便难安;花朵是人们的共爱,我怎能将它们只囿于我的园田?

花朵经不起时间的消磨。年代不同,花朵便各异,花色也会有变化,但花朵不会永呈新鲜。及时绽放的花朵才有美艳,让漫山遍野荡漾花香,众人都来欣赏,那才叫宏大、壮观。

伙伴,倘若再等待,花朵将失去机会。趁春时正浓,花儿的聚会正盛,我须将我园中所有的花朵都放飞。这样,我心坦然,你会欣悦,而人们高兴,我想,花朵将愈加之风光。

14

云朵选择浪游,星月选择坚守,伙伴,你的选择是什么?

——我愿以你为泉,浇灌我园田的焦渴。你是我生命的全部。我园田里的所有都属你所有,只依你潺潺的流淌而繁荣与茂盛。

鱼在水里游,蜗牛爬行在地;伙伴,你的选择是什么?

——我愿以你为模,铸出千万个你我。你是我生活的全部。我的世界里,只有你。我只想以你的所有来装饰我所有之门面。

竹子依节而长,梨花只为春风歌唱,伙伴,你的选择是什么?

——我愿以你为圣,做你手中绳牵的奴隶,不怕你离开我而不再来,不怕你不再来而离开我。我们是相知的,亦是如一的。

已经选定的，不会有错；没有选定的，我正在选择。我是我选择的我。我的选择已定，伙伴，你的选择是什么？

15

我常心绪不宁，烦躁有加，你所赐予我的园田也因我的烦躁而荒芜一片。我的思想溢流着失败的悲伤——伤感时常光临我破敝之草屋。

不甘落后常使我心怀欲望：我总是在目前寻找着自己所需要的东西，总是在熟悉的地方寻求着奇异的风景，总希望生命的荣光与灿烂能在不经意间突然闪现……

我所需要的，是你把它藏起来的，我常心存怨尤。我的所需只有你知道，那是个什么样的东西，而我所认为的那个荣光、灿烂，只有你知道，那是一堆什么样的物什。

我常以自己的期盼猜测你的期盼，也以我固有的思想推测着你思想的固有。而你就不同。你只期盼着我的期盼，只思想着我的思想，你从无烦忧，也永远心平气和。

你之所需，是我所无法想象的：灯红酒绿喧嚣不了它，时间的年轮也不会使它衰老——扎根沃土，枝繁叶茂，花朵永开不败；你之所需总让我满怀羞愧的悲伤。

16

因着昨日的风和雨，你关了门，也闭了窗，你把自己幽闭于阴冷之斗室，你把心情收归于你狭窄之街巷——你拒绝了风和雨，也就拒绝了屋檐椽头彩虹的璀璨。

因着昨日的雪与霜，你闭了门，也关了窗，你把自己幽闭于温暖斗室，你把心情收归于自我的街巷——你拒绝了雪和霜，也就拒绝了万紫千红的春天。

风暴与宁静相隔不远，暴雨与彩虹相连。孤独别人，便孤独着自己。你孤独了自己，也就孤独了你的伙伴。同在蓝天下，我的哭泣流淌着你的眼泪。

敞开门，也打开窗，走出你狭隘之屋舍，和我站在一起，迎接风雨，也迎接彩虹；敞开窗，打开门，走出你的孤独，与我并肩，迎接雪霜，也迎接即将到来的春天。

17

你以你美丽的舞蹈舞蹈着美丽的你，所以你美丽；我以我丑陋的涂抹涂抹着丑陋的我，所以我丑陋。但，你从未离我而远去，日升月落抑或月落日升，你总以你美丽的舞蹈舞蹈着我的丑陋，我用我这丑陋的涂抹涂抹着你的美丽，所以你美丽，所以我丑陋。

你以你高贵的歌唱歌唱着高贵的你，所以你高贵；我以我贫贱的低吟低吟着贫贱的我，所以我贫贱。但，我从未离你而远去，春来冬去抑或冬去春来，我都以我贫贱的低吟低吟着你的高贵，你以你高贵的歌唱歌唱着我的贫贱，所以你高贵，所以我贫贱。

我丑陋，你美丽，但你未离我而远行；你是高贵的，我是贫贱的，但我未离你而远去。你美丽了我的丑陋，我亦丑陋了你的美丽；你高贵了我的贫贱，我亦贫贱了你的高贵——你与我如一，亦构成并演绎我与你真实之富有。

18

心中无阳光，世界便阴冷，生活亦无趣。现在，我正是这样。

你把风铃悬于我窗前,但我没看见,也就没听见,还说这世界到处都寂寞。

美丽的思想源于新鲜的激动,就像我热烈的舞蹈都来自你亮丽的歌唱。

你告诉我,说你的世界中,到处是新鲜,遍地是牛羊,处处有鸟鸣,但我都没看见,也没听见。

我,生活平淡,缺少思想。我日夜哭泣,并将你埋怨。

平淡日子所带走的只有年岁。我怕我园田中的鲜花就此走向枯萎、衰败。我焦躁难安,心生埋怨,我说你忘记了我。

你的高峻形成我的诱惑。因为难以遇见,所以更加渴盼。

对你的呼唤,我日复一日,而你总是藏而不见。找不到你,我便找不到阳光,于是,我便说,属于我的阳光,它被你藏着。

你的心隐藏在远处,我只看到自己孤独的身影,我也便埋怨世界黑暗。

19

我不吹牛皮,也不矜持自默。岁月碾碎梦想。我的心,虽满怀渴望,却很宁静。对着花儿,我只唱你美丽之金身。

我鞠躬向你施礼无穷数;对着你,我的祈祷日复一日,祝福也年复一年。

我须表达的心思,至今尚未能找到合适的言辞,其实,我只渴望你美丽的金身能忽然一现,哪怕只是在偶然的一天。

我从不奢望我的劳作能有什么奇迹出现。我,庸常而又庸常,只不过是漫天尘土里的尘土一粒,只希望我园田里的那些花朵能灿烂,奉献于你的我之收获能够再丰富一点。

我把你的名与姓写在彩虹的灿烂里,把你无私的恩德撒播于花朵的芬芳中——当人们走过我身边,你就会灿烂人们的视野,也就会芬芳人们的心田。

我别无所求,只希望我手中的花朵能更鲜艳,而我奉献于你的我之收获能再多一点,并希望你陪我走向永远,让我把世间的美丽都看遍。

20

让我独坐你身旁,静静感受你心灵饱溢着的温馨。不要让我独守寂寞与孤单。这是我如今的请求。

我虽有所求,但我无所奢求——我不贪婪,我心本良善。

你的原野,沃土宽广,山也青青,水也透明;花正绽放,蜂蝶在舞蹈,好鸟相鸣,风烟俱净,一片澄明;孩子们拉手欢歌,劳动的人们欢乐无限制。

我的园田在我的烦嚣中渐衰,我的心也变得倦怠与慵懒,双手裹满了尘俗,蓬头垢面,生命的鲜美已远离了我静默的情感,灵性的活物也都离我而远去。

你不会寂寞与孤独,因为有我为你唱歌与舞蹈,有时还会怒吼,惹你生气。

是你给我以灵性。只有在你身旁,我才能读懂花的开放与鸟的歌唱,也才能明白山的沉默与溪流的潺潺,我的歌唱与舞蹈才能合你心意。

就这样,让我独坐你身旁,只静静地感受你心灵饱溢着的温馨。

21

无所事事,我不能再如此荒度时日了,这样的日子,我忧且烦，伙伴，你也痛苦，我们的她亦不会高兴。

我须将自己的梦想叠放于她的梦想中。梦想让脚步变得实在，亦让生命变得美丽。时间有限。我是个贫者，还需要歌唱的赞美，你也一样。

拥挤于拥挤的街市，生命失去新鲜，日子只有浮躁。踩踏着她曾教授于我的音律而动，我前行的脚步健旺，心儿也不会疲惫。

希望让黑夜结出灿烂的太阳。新鲜的激动让青春永驻。霜雪使鲜花更璀璨。她美丽的歌唱曾把我黑夜的天空点亮，你也曾沾光无限。

无所事事，我不能再如此度日了，我须将自己的身影叠放于她的心影里，我的生活会充实，你也心安，我们的她亦不忧伤，我的伙伴。

把你所喜爱的一切都承压于我肩上，把你痛苦着的所有都挤压于我心，我觉得，鸟儿的欢鸣会在烦躁的忧伤中收获满树的热闹，风雨让果实更香甜。

就让我把自己那虚妄的一切都抛扔，将我的梦想叠放在她的梦想中，这样，我们的她欢悦，我的伙伴，你高兴，我亦不悲伤。

22

风雪交加的夜晚，你即含苞于我园中，随风摇曳，并伴雪花而舞蹈。像沙漠中叮咚作响的驼铃伴人们前行，你的到来，顿时敲响了藏于我囊袋中为时已久的晨钟。

在你随风雪而舞蹈的摇曳中，我的心，慢慢舒张了它的花瓣——我是风雪中迷途失群的羔羊，你是一盏朦胧的灯盏，闪烁于夜雾深处，亦闪烁于我荒芜的园田。

你及时的到来让我欣喜并满怀激动。擦拭双目，我辨认你如冰的晶莹。看着你姣美的丰姿摇曳，应和着你默默的步韵，我呼喊于我幻想山中，驰骋于我梦中的园田。

仿佛启明星，沉沉中，你升入我黑暗的天空，于是，在你幽光的辉映下，我叫出几声呐喊，向着泛绿的松林，我表达了自己的初衷——

为什么要默默前往，像蜗牛背着因袭的重担匍匐于窗棂？伙伴，只为你能发出自由摇曳的感叹，在这风雪交加之夜晚。

23

你歌唱的忙碌，除了忙碌还是忙碌，但你的歌唱有谁愿听呢？这世界里所有的花儿都在追赶着金秋的脚步，哪朵花儿肯停下脚步来听你忙碌的歌唱，伙伴？

我们的工作本来就繁重，也各有自己的歌儿要唱，我们留给自己的时间不多，闲空有限。你总是在歌唱，除了忙碌还是忙碌，但我们怎能丢下自己的活儿不管而去听你的歌唱呢？

你唠叨的主题陈旧，我们都嗤之以鼻，连小孩也不例外，但你依旧唠叨着你依旧的唠叨，但有谁愿意听呢？

秋风已来，成熟的果实正等待去收获，有谁愿意在这丰收的季节中扔下自己的果园，来听你陈旧的唠叨呢？

我们的劳作本来就繁重，也都各有自己的果园须看守，我们留给自己的时间有限，空闲也不多。你总在唠叨，除了忙碌还是忙碌，但我们怎能丢下自己的果园不管而去听你无尽的唠叨呢，伙伴？

24

琴弦已调好，词曲亦准备齐整，现在，让我为你弹奏，并为你歌唱，如果有必要，也让我为你舞蹈，伙伴。

月亮西落，太阳走过大地；西风掠过，草木枯黄，大雁南飞，蝉鸣不再；我相信，我这所有的日子不会只是虚空。

把艳丽的金粉撒向天空，让雨后的彩虹更为多彩。春天来了，花朵就盛开；炎炎夏日过后，秋果会挂满枝头。

以我为花朵的人们啊，请把你们的微笑留在我园田，不要吝啬，也不要有所保留。

太阳走过我心，月亮与星星就照耀我田园。黑暗被我丢弃在风中，现在，我的心中，只有光明朗照，日月的光辉洒满它每一个角落。

我不忧伤悲观，也不会恐惧；阳光依旧灿烂，星月将更明亮，伙伴，在这美好之季节，面对阳光，让我们同时歌唱。

我心中的这棵树已长大，它虽未能成林，但花朵开始绽放，果实已在酝酿，我从今往后的日子将不会只是虚空。

你在我心中唱歌时，我琴弦的调子就随你歌唱，我也曾依歌而舞蹈。我以前是怎样，现在也依旧。

星星与月亮同辉，花朵随春光欢笑。伙伴，在你所编织的花丛中，我为你歌唱舞蹈，我的日子就不会虚空。

25

在走向你住地的路上，我记得，从出发的那天起，你便教谕我，说我只是你这原野上的一条小溪，因而，当人们引我入田灌溉，我只高兴地唱着歌儿前行——为了众人之幸福，我甘愿奉献一切。

在走向你住地的路上，我记得，从我学会歌唱与舞蹈的那天起，你便教谕我，说我就是这山野上一棵孤独的树，因而，当人们从我身旁经过，我只以稚嫩的枝条向人们招手致意——我固守孤独，但我喜欢从我身旁经过的每一位行人。

在走向你住地的路上，我记得，从我学会供献的那天起，你便告诉我，说我就是飘荡在这山野中的一缕雾霭——静夜里，我的一丝游移，我的一声叹息，都将牵动着人们那奇异的梦呓。

小溪在歌唱，小树在致意，雾霭在缭绕。你住在小溪旁，安坐于小树上，雾霭在你身旁缠绕——你只呼唤我的名与姓，我只唱属于你的歌；你只注视我前行，我只听从你教导。

26

东方泛白，小鸟在窗外欢唱不已，鸽音划过屋顶。孩子们上学，农人走向田野，商人归市。蓬蓬勃勃的朝气，热热闹闹的生活。

——伙伴，你独自站于窗前，望着湿雾蒙蒙的海天，凝神所思，你思量着什么？

凉爽宜人的天气，苍翠欲滴的青山，晶莹剔透的绿水，鲜艳夺目的花儿，盘旋的飞鸟；游人三五成群，指指点点，谈笑风生，一切的一切，洗人耳目，宜人心魄。

——伙伴，你徘徊屋前，凝神所思，你思量着什么？

夕阳西下，晚霞染红天。鸟儿回家，牛羊在牧童的笛音中缓步下山，辛劳了一天的人们正欢聚在你家门前的溪流旁，濯足洗面，一切的一切，都祥和而甜美。

——我的伙伴，你彷徨街头，凝神有思，你思量着什么？

27

我把我这破败的花絮供献给你，那柳条的小蛮腰总在我眼前摇曳，它让我时时想起你。

春时短暂。花朵是鲜艳的,但我舍不得摘折,就让它在鲜艳的季节里摇曳它的鲜艳吧!

我虽有欲望,但我绝不贪婪,因为我的篮子里是空的,从你那里讨要来的,我已即时地给了别人。

我的房间太简陋,也太狭小,请把我抛扔到你的屋舍里吧,让我在幸福的被抛扔中享受飞翔之快乐。

轻启朱唇,你是要亲吻我吗?还是放开你善歌的喉咙歌唱我吧,花朵需要雨露的滋润,我需要你歌唱的抚慰。

柳絮虽破败,但我的心是新鲜的,它让我忘记世间荣枯,只把自己彻底奉献……

28

斜阳正红。远山朦胧。暮霭在人家的屋顶上徘徊。

夕阳深处,你等着我的脚步归来——小鸟自由歌唱;人们正聚集在柳树下,高谈阔论;孩子们拉手欢歌。夹挤在人群里,你正翘首以待,盼望我到来。

我知道,你不喜欢愁忧伤感,你的世界本就不需要孤独——劳作辛苦的人们本来就不需要惆怅。

卸却尘俗所有欲念,我行进在你为我选定的原野上,无论是漫步缓行还是疾驰如飞,我的心里都满含感动——我为自己是你肥沃土地上的一介臣民而骄傲。

我对你满怀热切的希望:在你纯洁的心中,只有互致衷肠的情谊,所以,我崇拜你,像我崇拜远古的墓碑。

你园田中的花朵美丽而鲜艳,鸟鸣正欢,我怎能因自己尘俗的伤感而怀疑你园中的花朵与鸟鸣呢?

29

太阳西落,但太阳会东升;月亮缺了,但月亮会走向满圆;冬天来了,春天便不会遥远。道路漫漫,深刻的弯腰中必藏有挺直的脊梁。

花园的等待,成就了花朵的绚丽与灿烂。我当冷静等候——等候我青春的花树,枝繁叶茂,花红遍地,而硕果累累。

我知道,在平静而美丽的静候里,你一定会乘着华美的车辇,带着你的随从,来到我门前,招呼我同行。

假我以时间,让我的果篮在我美丽的采摘中盛满供礼,让众人都投来嫉妒之艳羡,让你在一旁表露出幸福的笑颜。

我相信,你会招呼我,让我在她华美的车辇旁做一名永忠之卫士,并永唱欢乐的歌,我的伙伴。

30

我日夜寻觅的那个东西,我知道,它是我之所求,但是,伙伴啊,它被你藏着。

朝阳显示它的蓬勃,海水蕴蓄它的深邃,海鸥翱翔它的魅力,但它被你所藏。

夕阳燃烧着它的博大与壮阔,山峰衬托着它的威仪,日月勾勒它之永恒,和风传送它的芬芳,但它被你藏着。

那里,风是自由的,行进在风中的人们永唱自由的歌谣;风光旖旎,善舞的脚步踩踏出鲜花的灿烂,美丽的心情却总会牵动出人们高蹈之舞步……

那里,自由的旌帜高高飘扬,无忧是它的主人。成长在自由旗帜下的孩子是欢乐的,永不会有忧惧之神色。

我寻觅的那个东西,伙伴,它被你深藏在那个我无法触及的地方。每天，我只在它的旁边做无谓之游戏，咏唱着你永远无法明白的歌词。

31

我渴盼你能化作一缕凉风，用你充满爱意的歌喉，为我唱一曲欢乐之曲调，以驱散黑夜；使星月明亮的，不是我。我只请求，月明静谧的夜晚，让我散步于疏影摇曳的长堤，吟诵你馈赠于我的诗章，走向虫鸣呢喃月辉的田野。

我希望你能化作绿色的雨滴，用你绵绵的情语蜜言温润我心，滋润我的园田，并唤醒园中的花朵。使花朵开放的，不是我；我只请求，来到你的花园，让我虚空的生命接受你鲜花之洗礼，实现我的歌唱，完成对你的赞美。

使阳光明媚、让花儿鲜艳的，不是我。我本庸常，我不敢也更不会贪天功以为己有。我只请求，在属于你这盛满供品的坛面上，能给我预留一点空间，好让我成就我的供献，使我生命从此不虚空，并充满歌唱的美好。

32

时光荏苒，岁月如穿梭。太阳与我同在，月亮伴我前行，溪流与我同歌，鲜花与我同舞蹈：我胸中流淌着一条河——它清澈明亮，潺潺流淌，日日夜夜。

心中有希望，明天就美好。烦闷愁忧的昨日已过。我只为明天而歌。生命不止，花朵便不会凋谢。有你在前方歌唱，前面就有花儿绽放。

我当弃绝尘俗，向着你指定于我的那一片花园，风雨兼程，去摘取那些为我而开放的花朵，用它的鲜艳装饰我破敝之茅舍，以它的芬芳熏染我的衣衫，敷贴我的蓬头与垢面。

越得过茫茫荒原，踏得过泥泞沼泽，却迈不过一湾浅河。即使往日的欢梦重又涉足我现在的梦中，我想，我也将不再悲伤与流泪，因为它虽不是路牌，却也绝非荒坟、墓碑。

但是呀，在走向你光明灿烂的圣地路途中，当我挥手向旧梦告别时，我曾错把路牌当墓碑去看，也曾错把沼泽当平原去过——年轻的我曾不知对与错。

风的方向无定，但太阳是永恒的，星月也一样。日月星辰永恒，但原野上的风向无定。我歌唱日月星辰的永恒，但我行走在风中；我行走在风中，但我歌唱日月星辰的永恒。

33

从你丰美的圣桌上，我领取了你华美的赠品，于是，在你所赐予的华美赠品的滋养下，我生命的泉流汩汩不断。

是你给我生命以泉流。你的赠予丰富而华美，我的回报就该华美而丰富。咏唱着你教授于我的歌曲，走出人群聚集地，来到你园田，我只寻找能使你欢愉的"我的礼品"。

踏过山巅，越过沟壑，走过原野，但我所寻觅到手的礼品却总是让我失望与沮丧。而当我索性把它们都采撷到我的竹篮里并把它供献到你的圣桌上时，我才惊喜地发现，你纯美而丰盛的圣桌上，如今，又多了一份华美之奉礼。

这礼品虽属我之所有，当更应属于你。现在，我都供献——你曾经的赠予华美而富丽，我如今的回报也就灿烂而丰富。

34

不得以空手觐见，这是你的意旨，更是我之所愿，但我拿什么来牵握你的手、亲吻你的脚，伙伴？

清露是你最为清纯的恩赐，但你又用阳光的巨掌将它收回；彩虹是你最为美丽的赠予，但你又用风的脚步把它移走……我拿什么来牵握你的手？

我的歌曲都是你曾经的教唱，我曾经的舞蹈也是你所指教，但你又即时地将它们都收回了……哎，我拿什么亲吻你的脚呢？

不得以空手觐见，这是你的意旨，也是我之所愿，但我拿什么来觐见你、进献于你面前呢？

沿途讨乞之物已陈腐，我拿什么来觐见？在你花园中摘折的花枝皆因奉献的时机已过而落红缤纷，我又怎能以它为奉礼？

当天空划过一颗陨落的星，你说它冲破寂寞带来光明，我说天将沉默，夜更漆黑；当婴儿啼出第一声哭喊，我说一块墓碑新添于大地，而你却说太阳将愈加灿烂——我拿什么来觐见神圣的你？

停于歧路，你说这一条将通向胜利女神的宫殿，我说那一条铺满了希望……唉，我拿什么来进献于你圣者的面前呢，我的伙伴？

35

这清幽美丽的青绿山坡，朋友，你且上吧，那山顶上的风光无限——雾也弥漫，花朵也灿烂。现在，我只想盘坐在山脚下的溪水边，为你的前行而呐喊。

那山顶，我可上去过，那里还留有我踩踏的足迹。那插于山顶青崖间的旌帜上，至今还写有我名姓——它只随狂风而猎猎作响，随暴雨而伤悲与哭泣。

那旗帜，至今仍飘扬于我心房。在风雨的吹打下，它虽已破敝不堪，但它遇风雨而猎猎舞蹈的品质还在，我还时常摇动它，让它在我心中作孤独的飘荡。

这清幽美丽的青绿山坡，朋友，你且上吧，趁着青春还在，夏日的激情正在酝酿。山上的风景奇特俊美，你上吧，我只祝你收获快乐，得到赏心的慰藉。

我剪一片闲云披挂你肩头，并送一缕清风伴随你左右，在大地开满杜鹃花时，我只想看花儿绽放，并摇动它美丽的色彩向你招手致意……

36

一整天，我都在无欲的欲望中折磨自己，也都在无思的寻思里思寻我生命的灵光。这一切，都是因为你不在，伙伴，你在哪里？

清晨，百鸟欢鸣；孩子们上学，劳动的人们早早起程，只有我独自一人徘徊于自家庭院——我既然找不到我的所需，也就寻不到你美丽的踪迹。

正午，热风翻卷着热浪。游人驻足树荫下小憩；孩子们在溪水里游乐。只有我独自一人，在无人踏涉的幽林深处折磨自己——我走不出自设的狭小地，我找不到你。

夜阑更深，万籁俱寂。鸟不鸣，风不起。劳动了一天的人们已沉入梦乡。可我不能，无定的思绪迷蒙了我的双目——我走不出迷荡幽谷，越不过温柔忧伤。

伙伴，我找不到你的踪迹，也就找不到我的所需。唉，我把自己囚禁在狭小地，还无法走出，这一切，都因你不在，伙伴，你能在哪里？

37

你来到我面前，我即让你为我歌唱。你看看周围，又看看我，只以微笑为答，却反问于我并以同样的问题要求于我。

你问我的问题奇特，要求我所唱的调子也诡谲。我拙于言语，并五音不全，还轻易就跑调，但不答不唱又觉不礼貌：

"奔忙时，我奔忙着做些什么？从夜阑到午后——我想，我是挖着坟墓，但只为一个人挖着，那个人就是我自己，或许还有……

"空闲时，我空闲时干些什么？从这里到那里，从那儿到另一个地方——我想，我是在诅咒，但只诅咒一个人，那个人就是自己，或许还有……"

我言语笨拙，嗓音本来就差；我的歌唱，没有音调，还吐字不清，也欠缺明快。但不曾想到的，你却伴我以歌唱，还伴以舞蹈。

"你之歌唱，正合我心意。"你说。

38

我所有的欢乐都藏在你那里，现在，我手中的余物只有苦痛。这苦痛，伙伴，我不给你，也包括我们的国王——它是我之专有。

不是所有的寒风都预示霜雪，也并非所有的夜晚都指示黑暗。

寥落的晨星，远方的灯火，天边的彩虹，美丽的家园，它们都是我的期盼。只要歌唱着向前，我园田中的花朵就呈现灿烂。

欢乐是美好的，痛苦亦不能免，但背负痛苦以走向欢乐的路途，风景更为奇美，前行的故事也将更动人。

深刻的痛苦造就深厚之幸福，就像深刻之贫穷成就深广的富裕。没有爱情，我不是更为洒脱？囊袋空空，我将更加自由。

风吹着我行，星月为我照明，这就足够。身无余物，我已满足，得到一点，我便愈觉幸福。

我所有的欢乐都藏在你那里，我手中的余物只有苦痛。这苦痛，伙伴，它只属于我，我不给你，也不给他人，也包括我们的国王。

39

你站在我身边，我却视而未识，仿佛你不过是个路人。

你向我陈述你灿烂而美丽的名与姓，说我们曾经相逢，还相互传达过心语，并握手而言欢。我搔搔头，眯眯眼，唉，我已记不起我们曾经相识的情景。

我虽有羞惭，但我记不起我们相识的情景，也说不上你的名与姓——时间的尘土把我们的过去都掩埋了去，我无法找到失时的记忆。

这一切的责任，我全部承担，我不推脱，也不狡辩，推脱与狡辩不合我秉性。

看着我的茫然，你提示我，说你我曾谈论过什么理想，并发过什么誓言，还告诉我在什么时间、什么地点……

哦，我终于有所记，那是……

回忆是一种财富。当所有的现实在我茫然的双目中失去了它应有的光泽，我只想让回忆涂抹我从今往后所有之岁月。

把那时间的尘土扬弃了吧，权且我们今日相识相见！今天，就在今天，你就先让我园田中的这些花儿变得更绚丽，也使你的颜面愈益光艳、灿烂……

40

在我倒霉的日子里，你就以爱的辉光照耀我心中每一个角落，让我心中的每一处阴冷都流动温暖，并让我心中的每一处幽暗都布洒光明，让我不因倒霉而沮丧与沉沦。

我的心，充满脆弱，禁得起和风的吹拂，却禁不起暴雨的淋漓，禁得起阳光，却禁不住雪霜欺压，但只要你爱的辉光一照耀，我既不怕骤雨的淋漓，我还珍爱生命中的诸多寒霜。

别人以才华取胜，而你以德行占优。才华与德行都使人伟大与荣光——它引领人们的日子走向灿烂，也引领人们走向高远。

乞讨的日子属于我，但并非每个乞讨之人都能驻足于你的门前。我既然站在你门前，我所有的时间都属于你，我生活在你爱的辉光里，我的歌便只唱给你听。

站在你门前，我唱着歌。在你爱的辉光照耀下，我的心中没了黑暗，也没了寒霜风雪，我不再伤悲哭泣，我的日子便只充满无忧之欢乐。

41

欢悦高兴时，我总是忘记你，而在我沮丧与伤悲时，我只会想起你，并来到你门前，求你救助与帮忙。

你家大门敞开着，窗户也不曾闭，开放在你家窗台上的花朵是那样艳丽，时有蝴蝶的翩然，还有蜜蜂的嘤嗡。

你端坐窗前，仿佛一个圣者；你不曾开口咏唱，却引导了小鸟在你家屋檐下欢鸣。

你慈颜常笑，言语温和而亲切，一次又一次地，你将我欢迎，从不厌倦与嫌弃，而你的每一次点拨都会让我豁然。

你爱的火把在我心中燃烧，我就用激情将它释放——当太阳从海平面升起，我就用激情将它染红，使我看见它雄伟之壮丽。

是你给我以力量，在暗夜沉沉时，我只以激情的热吻来触摸你那梦呓坚硬的翅膀，让你带我看见远方的光明。

欢快的忙碌中，我只收获愁闷忧苦，却都在你这里全部卸下——我只拯救自己的肉体，你却来拯救我的灵魂。

42

在你亲手哺育的这冬的季候中，我咀嚼着你所许诺于我的那一串冰冷、那一阵心寒，但我在寻思着你所赐予的那一汪清澄的碧泉，还有那一串美丽的花环。

经历过曲折与磨难，你我心中都清楚——即使于压迫最深时，也不要流泪，也不要哀伤；希望让人活得比什么都长久；我们曾分享阳光，那也应分担雪霜。

河流在冰冻中涌流藏于胸底的悲哀，树木在凛冽的寒风中摇曳繁盛的渴盼。在充满希望的园田中，我等待春日之到来。

心向阳光，日子就光明。在你所赐予的这冬的原野上，我虽咀嚼着冰冷，但我只寻觅你亲口许诺于我的那一顶美丽的花冠。

踏上了苏醒的土地，你我心里都清楚：希望让人活得比什么都踏实——即使在最黑暗的夜晚，也要朝着明天歌唱，荆棘铺满地，花朵就不会少。

43

对着巍峨而高于一切的大山，我想，我该开怀畅笑，让大山在我的笑声中地动山摇。那时，我该多么高兴——我的笑语唤醒了沉睡千年的土地，叫醒了眠睡了千年万载的山坳……

哦，我看见，你只站在岩石上朝我微笑！

对着汹涌澎湃的海面，我想，我该放声大笑，让海涛在我的笑声中奔涌呼啸。那样，我该是多么快乐——我的笑语能唤来远方的海潮，我的笑声能催醒可以淹没一切的海涛……

哦，我看见，你只站在海滩朝我微笑！

对着庄严神圣的庙宇，我想，我该开怀畅笑，让神庙圣殿在我的笑声中风雨飘摇。这时，我该是多么自豪——我的笑语呼风唤雨，我的笑声让九天诸神椎心顿足，痛哭号啕……

哦，我看见，你只站在圣殿门口朝我微笑！

对着尘世的我们，我想，我该开怀大笑，让人们在我的笑声中手舞足蹈。这样，我该是多么骄傲——我的笑语引爆了凝结于人们心头千年的那一抹阴霾，我的笑声炸开了束缚人们手脚的镣铐……

哦，我看见，你只站在人群堆中朝我微笑！

我有颗年轻沸腾的心，我有双攀登危峰的手，我有踩踏沟壑的素脚，我有聆听一切的耳朵，我有一管善歌的喉咙——让世间一切的所有，都在我呼号的奔驰与朗笑中得到最鲜美的改造……

我看见，你只站在旷野里朝我微笑！

像秋叶凋零于秋风，我将消失于人世——没有鲜花为我打扮坟头的荒凉，没有鸟鸣为我驱除墓地的寂寥，也没有河流为我的消失而凝滞哭泣的泪水，更没有众乡亲为我散失的魂灵抱一把引路的蒿草；像墓地诉说着永久的安宁，我只会告诉人们我栖身于墓地的静悄……

哦，我看见，你只站在你家大门旁依旧朝我笑。

44

既然荆棘的路途将我们引至这里，前行的路途也不为我们打开，风雨凄凄，没有鸟的歌瀑澎湃，险峻的道路依旧时时将我们等待，那就让我们在这里相爱吧……

——找不到怒放的鲜花，那就让我们去寻找飞扬的风雪吧。

既然汹涌的波浪把我们抛掷于这里，导引前程的灯塔也不为我们开启，没有远方桅杆的呼唤，浊浪只把我们这一叶小舟颠簸抛掷，那就让我们在这里相爱吧……

——看不见绚丽的彩虹，那就让我们勇敢地沐浴狂暴的风雨吧。

既然诡谲的星星将我们引至这里，前行的路途上灯火难见，小路崎岖又艰险，星月难见，那就让我们在这里相爱吧……

——抓不住光明的尾巴，那就让我们以热唇来热烈地亲吻它浓黑的黑暗吧！

既然所有的路口都被无情的风雨查封，所有的路牌都被掩埋，所有的光明都被秘密地藏起，那就让我们在这里相爱吧……

——听不见扬帆起航的号子，那就让我们来寻觅智慧的灵光吧！

45

你将彩虹装进我囊袋，让我把玩赏鉴，但我行走在风雨中，我既看不见它的颜色，也就找不到它的所在。我知道，你的所作绝不是在愚弄与哄骗，但我以为，你的馈赠不过是虚空。

你说，彩虹曾呼唤过你、寻找过我，但那时我只行走在风雨中，我以为它早已消失——风雨是我的伴侣，彩虹怎能找到我呢？我知道，你的所言所语绝不是捉弄与蒙骗，但我以为，你的所言不过是虚空。

挂在我眉间的笑意，是你曾经的赠予。我曾含泪答应过你，说我一定会珍惜，绝不会丢失。但在风雨雷电向我袭来时，你就让你那曾经的赠予重归于你，我找不到，我也就以为你的赠予不过是欺瞒。

我寻找它们时，我找寻不到，我就认为它们已背叛了我，徒增我的失望与伤感。我以为,你曾经的赠予不过是虚空,而我曾经的许诺也已成为哄骗。

你对我的赞誉与夸饰,我都不敢忘记;你曾经的赠予,让我深怀感恩。但我找不到它们。我以为我曾经的承诺不过是虚空,而你曾经的馈赠也无非欺骗。

46

今天,是你荣耀显赫的日子。参加聚会的人们早早起程,我亦夹杂其间。人们欣悦不已,兴奋异常——我们都渴盼你美丽的容颜一展。

为你搭建的舞台富丽堂皇:流光溢彩的灯,流动出绚烂的光环;那亮丽而旋转的光圈只等你姣美容颜一现。

主持人饱含深情,以圣洁的言辞称颂你的伟绩,并盛赞你无与伦比的美德;众神手擎举托盘,向人们展示着这世界为你而准备了多年的花冠。

少女少男,端站舞台两边,穿着节日的盛装,手持鲜艳花环,脸上挂满庄严神圣的灿烂,只等你上台一挥手的灿然。

今天,是你荣耀显赫的日子。众朋友远道而来。我和人们拥挤一起——我们只为一睹你灿烂的容颜。但不曾料到的,你却闲站一旁,衣衫破敝,只远远地望,只静默地看……

47

我不再哀婉花朵的凋零了,伙伴,我明白自己的气力——西风来了,鸿雁南归,木叶脱落,谁能阻挡那远在远方的飞雪的到来呢?

昨夜,我是怎样失眠,只记得在床上抱本书乱翻,吵吵闹闹的黑字里，我竟找不到半点安慰。试问，伙伴，你的心里可有同感？

今夜，我叫来别人共消熬煎，别人的情怀竟那样缠绵，杜康酒却蔓延成我一身的思念。试问，伙伴，你的心里可有同感？

白云遮得住月亮的思念，可我竟卷不起这思念的雾幔，南去北往的飞鸿从身边掠过，看一看流云吧，伙伴，你的心里可曾有同感？

风在风的歌唱中更换了季节，花在花的艳丽中荡漾着果香，唉，我在我的哀婉中歌唱着你，伙伴，你的心里可曾有同感？

我不再哀婉花朵的凋零了，我知道自己的气力，更明白我的所做——我的歌唱很卖力，舞蹈亦热烈，收获不会不丰。趁秋风正在舞蹈，采摘花果吧，收藏、播种，来年，我会看到异乎寻常的艳丽……

48

我相信，终会有一天，我会毫无愧疚地来到你门前，让你把我生命的沉寂编吟成歌，并传唱于世。

在这样的信念中，我坚定地走向你的所在地，繁忙着我的劳作，愉快着我的歌唱，亦热烈着我的舞蹈；你美丽的容颜总绽放在我信念的顽强中，我只歌唱你、舞蹈你。你是伟大者，我是渺小的；你富有而高贵，我贫穷而低贱。在伟大与渺小、高贵与贫贱的错杂交织中，你我共同演绎华美之乐章。

供奉你的殿堂，宏伟壮阔，流光溢彩，而你却让它来装饰我的家室；我的茅屋，徒有四壁，风雨常至，但我却让它来装饰你的门面。属于你的世界，澄明清澈，风光无限；属于我的世界，尘烟四起，灰土漫天，但你始终闪现在我前去的路途上——你那藏于远方的金笛始终将我召唤。

岁月将你凝结成雕塑，我承接所有的风雨。劳作的脚步必能踩踏出春天，勤苦的舞蹈引来蝴蝶的翩然。在我飞扬不间断的脚步中，我会来到你华美的宫室，让你把我生命的沉寂编吟成歌，并传唱于世，我的伙伴。

49

我这一切的礼物都是你曾经的馈赠。我怕我尘世的劳作暗淡了它的光彩，现在，这所有的礼物，向着你，我一概交还。

我不会因自私而一味索取，就像我绝不能因我的无为而原地等待。我的尘俗只让我永怀羞惭。面对你的所需要，像个做了错事的孩子，我把头沉重地低下。

你在我心中充满神圣。把你的名姓写于天空，我怕时来的云将它遮没；把你的名姓刻于大地，我怕时来的风沙将它掩埋，把你的名字存贮在心间，我怕时来的喧嚣会将它逐出……

我找不到书写你名姓的所在地，于是，日复一日地，我只书写我自己——我只需要你生命的灵光在我的笔尖闪现，除此之外，我把一切都奉献。

身无分文，我将更为自由；身无长物，便无所牵挂，我不是愈加潇洒？你曾经的馈赠，我一概交还，我决心将自己变成一个穷光蛋：我来时一无所有，一无所有亦是我生命的终结点。

50

严严正正地，我要写好你之名与姓。你在我心中满含了高尚，也充溢神圣，以你名姓在我心中点燃的火苗在我的笔端生花——因为我爱，所以我信。

你的名姓，我夜夜揣摩，日日练写，但让我满意的，现在尚无。我要让你的名姓在我笔尖顿生辉光，让我生命的花朵因你的名姓而走向灿烂。

风是我手中笔，清露是它之佳肴，月亮为永无枯竭的爱的生产地；在你的星空下，春天给我以勃发，夏日赐我以热烈，秋果红艳肥硕，冬日温馨、浪漫。

你的歌唱动人——炎热的夏夜，送来如露的凉风；夏夜的风，调整弹不出歌声的键盘，荡漾绿色的旋律；有风的夏夜，轻拂我唱不出歌声的梦魇……

严严正正地，我要写好你的名与姓，让我生命的花朵因你的名姓而走向灿烂——因为我信，所以我爱。

51

你把华美的丽服加于我身，却用黑暗时时将它涂抹。我穿着美丽华衣，我看到的只有黑暗——唉，我的心，满装着胆怯，它还禁不起这样之折磨。

你把彩虹悬于我窗棂，挂在我门前，却让风雨将它不断扑打。我寻求彩虹，我看见的却只有风和雨——唉，我的心，满装着懦弱，它还禁不起这风与雨的煎熬。

不要与我玩这恼人的游戏了吧，我的伙伴，我至亲的朋友，请将这黑暗移开，也让这风雨靠边——我穿着你华美的丽服，我只想看见绚丽的彩虹。

星星就是星星，就像太阳就是太阳。我只是我，就像你也只是你。我在我选定的道路上走，却时时看见你跑在我前边——我的好胜心强，我只想攥住彩虹。

你在前面奔跑，我在后面追赶。所有的光明都属于你，黑暗与阴森属于我；彩虹属于你，风雨属于我；鲜美的风景属于你，我只……唉，我的心满装着脆弱，只希望你能带我一同向前，并一边唱歌一边赏玩……

52

当第一缕晨曦爬出地平线，我即站于你家门外，依小鸟的鸣叫而歌唱；我的音调奇特怪异，歌词中，秘密地，我将你的名姓隐藏——这样做，我没其他目的，只想引起你注意，并让你在我热爱的气息中呼吸。

中午，阳光正浓。发现你在湖边嬉戏，我就躲到你身后，藏在草丛中，依轻风的舞蹈而舞蹈；我的舞步轻盈而飘逸，舞步中，秘密地，我还将你匿藏其中——这样做，我并无其他之目的，只想引你注意，并让你在阳光与爱的拥抱里尽情嬉戏。

圆月从东山升起，我即站于你家窗前，噘着嘴，吹起口哨，并依口哨的歌唱而舞蹈；我的音调奇特怪异，我的舞步轻盈飘逸，秘密地，我将你隐藏其中——这样做，只想引你来到窗外，和我站在一起，共沐星光月辉的美丽。

53

独自一人，你站于风口，荡漾在浪尖；你一边歌唱，一边舞蹈；我和朋友们站立在岸边，但也都在为你激情的歌唱和热烈的舞蹈而摇旗呐喊。

你奋发的英姿雄奇飒爽：风来了，你便歌唱——你歌唱的热烈激动了白浪滔滔，并叫醒海鸥的翱翔；风去了，你便舞蹈——你舞蹈的热烈摇荡了滔滔白浪，并招惹阳光之灿烂。

你沉稳的矫健也充满雄浑之浪漫：风愈急，浪愈高。你随风浪而高歌而舞蹈,你船帆的翅翼导引海鸥的翱翔,并亲吻蓝天的湛蓝。

我和朋友们既不歌唱,也不舞蹈,我们把所有的歌都交由你来唱,将所有的舞蹈都交由你来完成——风愈大,你的歌唱愈高亢,浪愈高,你的舞蹈愈热烈,我们不禁啧啧赞叹,赞叹你雄奇飒爽的英姿,也赞叹你矫健雄浑的浪漫。

54

我深幽的感动是美丽的忧伤,伙伴,你美丽的感动能是什么?

夜已深沉,星月乏辉。人们都已入睡,万籁俱寂。只有我还踯躅在荒野深处,思虑我种种的过失,久久地沉浸在对她美丽的感动中。

晨曦初泛,鸟鸣唧唧。邻家的音乐浪漫于我家的房前屋后。只有我还踯躅在山野深处,焦心于我的失误,久久沉浸在对她美丽的感动中。

日当正午,炎暑正浓。劳动的人们休憩于我家门前的树荫下,溪流旁,高谈阔论。只有我还呆坐在荒林间,思虑着我种种的过失,久久地沉浸在对她美丽的感动中。

夕阳西落,红霞遍野,鸟雀回巢,牧童吹响了回家的竹笛。只有我还站于夕阳深处,思虑着我对她的供奉,久久地沉浸在对她美丽的感动中。

秋风已起,该是收获的季节,但我的园田还荒芜一片。哎,我深幽之感动是美丽的忧伤,伙伴,你美丽的感动能是什么?

55

我不祈求在我死后你能把我度到一个什么样的地方,我只祈求在我活着时你能让我历尽世上所有风雨，并让我看尽世间所有灿烂的花朵。

我知道，我这样的祈求不过是枉然——时代不同，风雨也将有别，花朵亦会异样。但这样的祈求，我年复一年地重复着，并不断翻新，还不断变换着式样。

看你在大街上走，孑然一身，低着头，弓着背，我不禁伤心与难过。是的，对于你，我别无祈求，只盼望你能让我历尽世上所有风雨，并看尽世间所有的花朵。

这样的风，这样的雨，这样的花朵，我的心，只随着它们而不断变换式样——希望它们能穿透黑暗，带着你美丽而灿烂的思绪，领我走向高远……

56

我把自己全都交由你来管，因为我所有的行为都由你设定——我还是个贫者，不曾有自己的属地。

我曾那样愚钝与自私，舍不得交付，还沾沾自喜，以为自私是这世界的全部。这让我吃尽了苦头。现在，我再也不想自讨苦吃啦。

让聪明人去保管他们自己的那些聪明的思想吧，谁知道他们的思想与主张是聪明还是愚笨，谁知道他们那样做是否就快乐、结果也美好。

我虽愚钝，但也拒绝奸猾。当窗外的鸟鸣叫醒天边第一缕晨曦，我即开始清点自己之所有，并一一交付，奸猾从不合乎我秉性。

我虽有点自私，但绝不吝啬。太阳悬在头顶，我就站在阳光下，又清点那些残留在我囊袋里所有的碎片，并和盘托出，我不保留，也不隐藏。

夜晚降临，月亮与繁星相继出现，我端坐在自家的阳台上，静静地，看我交付于你的我的那些东西在夜空中相继灿烂，我的伙伴……

57

伙伴，我不再找你了，你却带着醉人的温馨来到我跟前，絮絮叨叨，跟我说个没完；我到处找你时，你却隐身不见——你是藏在幽幽树林里还是掩映于花木丛中？你是藏在鸟鸣中还是散布于星辉里？

外面的风正大，雨点儿正稠，鸟儿藏在巢里，我躲在阴暗的屋角，我走不出去啦。在雨意正浓时，你能光临我之寒舍，并带着温馨，来到我身边吗？

如果你经过我门前，请不要沉默以往，请按一下我家门铃，抑或对着我敞开的窗户唱首歌，再继续赶路，因为我经过你门前时，喊过你的名与姓，也都为你歌唱过。

我不再找你了，你却带着醉人的温馨来到我面前；我到处找你时，你却隐身不见。你是藏于怎样的一个地方呢？而你又是怎样的一个人呢，伙伴？

58

仿佛夏日的阳光，你心的浮躁日甚一日，我拿什么来安顿你焦躁的心？属于你的园田，无人打理，荒草萋萋，你家的牛羊不思劳作，只知嬉戏，佩戴于你胸前的花环，如今，花瓣已纷纷坠地，我和伙伴们日夜为你哀婉叹息。

处在大风中，你抗得过风的方向？年轮催生了衰朽，你敌得过岁月的风霜？趁青春尚在，狂风不曾光临，而冰雪尚在远方，整理你的园田,照顾你家牛与羊。

阻挡不了大风的方向,那就放开喉咙以歌唱吧,顺着风的方向,你美丽的歌喉将灿烂你园中的花朵。

敌不过岁月的风霜,那就舞蹈吧,趁着果实正在孕育,你热烈的舞蹈将丰硕你园中诸多之收获。

59

当我呱呱坠地而发出第一声哭泣时,你即以无形的手掌抚摸我头,含慈带笑地告诉我:"孩子,你是我的。"

那时,我还不认识你。我以我稚嫩的哭泣向人们宣告着我生命的存在——"我是属于我的。"你只站立一旁,含慈带笑,一言不发。

当我像棵小树一样在你慈爱的抚慰下长大,并以我浓浓的树荫向行人炫耀我的成长时,你又来到我跟前,以你无形的手掌抚摸我头,含慈带笑地又告诉我:"孩子,你是我的。"

那时,我已忘却你,不留点滴痕迹——我曾不止一次地向着天空与旷野高喊:"我是属于我的!"你拄杖翘首,依旧满面慈祥,挂满笑容,不言也不语。

现在,当我在世上转了一圈又回到原地时,你又以你慈爱的手掌安抚我,询问我的过去、我的现在以及我的未来……

我不禁跪拜于你脚下,泪流满面,哽咽不止:"你从哪里来?以前,你居于何处?"你依旧那样,拄杖捻须,慈颜带笑,却默不作声。

60

弃绝喧嚣,抛却忧烦,现在,就让我来吐露我诸多的忏悔:

多少次，我忘记你，去追逐那些并不属于我的花环，然而，现在，我却戴上了荆冠，朋友们讥我为傻瓜；

多少次，我遗忘你，去走进那些并不属于我的光明地，然而，现在，我的周围黑夜漫漫，凄风苦雨无边……

——我的忏悔，能穿透黑夜，但能到达你宽容仁慈的心吗，伙伴？

弃绝花环，抛却荣光，现在，就让我来倾诉我对你诸多的赞美：

你仁慈的光芒能穿透黑夜，到达黑暗所能到达的每个角落，以前，我曾沐浴过，现在，就让我继续沐浴；

你的原野，阔大没有边际，花朵开满地，孩子们拉手欢歌，以前我曾高歌，现在就让我继续……

——我的赞美，能穿透茫茫风雨，但能到达你满是忧思的心田吗，伙伴？

61

你把自己关进狭小地。那地方，在我看来，既遥远又偏僻，既阴暗又潮湿，然而，你却视它为光明地，还说只有它能够证明你。

你曾经的歌唱与舞蹈，着实让我着迷，你的粉丝不少。我和孩子们都希望你能够继续，然而你却将自己关进那阴暗潮湿的狭小地。

朋友们远道来找你、探望你，但你家大门关着，无人能踏涉。朋友们不禁惋惜，我也亦然。无所获的人们遗憾地离去，但人们并未因此而厌恨，只以为，你正在刻苦努力，说你将带着更赏心悦目的歌唱、舞蹈，给人们以惊喜，我们都为你祝福与祈祷。

多少年过去了,你的歌唱与舞蹈依然。然而,在不断寻找与期盼中,你和你的所在地被传奇得一片灿烂,我和孩子们也沾光无限……

62

伙伴,我多想让你留在我身边,好让我做你永恒的影子,伴你到永远,然而我不敢——我只怕自己这浅陋的思想猥亵了你那静默无欲之心律;

我多想牵你的手与你共看海天之一色,好让我六尘的身躯融进你纯美之视野,然而我不敢——我只怕我惯于乞讨的手染污了你那施泽布惠的灵掌;

我多想站在你面前呆视你光艳照人的颜面,好以你神圣的尊容来装饰我这永待装饰的心园,然而我不敢——我只怕我这垢面玷污了你那碧绿宁静的心田;

我多想离你而远行,只让你圣洁无瑕的思绪引领我翱翔于深邃的蓝天,与风儿嬉戏,和白云为伴,然而我不敢——我只怕我在狂风中迷乱了你所教唱于我的那支歌,我只怕在雪的纷扬里迷失了你所指点于我的那个津口;

伙伴啊,我多想……

你只让你的臣民在永恒的期盼中忆想着永恒常新的你,也只让你的臣民在你静默的歌唱中寻找着贫穷的自己——带着你所赐予的羞涩与怯懦,却永唱希望之恋歌。

63

我终于有所悟,我是永远也无法满足你所需要的歌唱与舞蹈啦,伙伴。

你的世界那样阔大,我只是你这阔大世界里的一棵小草罢了;歌唱你、舞蹈你的队伍庞大,我的歌唱与舞蹈只不过是其中一丁点;你的世界里,永远充满了奇幻的美妙。那美妙,人们无法以语言述说,我也一样——在你园田里,歌唱是苍白的,舞蹈也只显笨拙。

你园田的无垠与世事的奇妙都使我尽显渺小,到现在,我才发现,我只是站在你园田的一角中,只以低声吟唱着你雄壮的伟大;你的世界里那样富有,而我却身无分文,总是衣衫褴褛,还尘垢满面,我的眼里,常满含羞惭。

你无所欲望。我的舞蹈与歌唱也只是出于偶然。然而,你却让我这偶然变为永恒,并让我昂首拥挤在人群中,接受人们的艳羡。

我这歌唱与舞蹈是怎样的一种呀,我知道它的贫乏、单调与笨拙,也知道它的陈旧与落伍,有时连我自己也生厌。

哦,我终于有所悟,我是永远也无法满足你所需要的歌唱与舞蹈啦,伙伴。

64

使我降生于世,这是你的心意;让我的生命得以延续,这是你所情愿。可我从出生的那天起,就冷漠了你;从懂事的那天起,我就认识到,使我降生于世,这是个绝顶聪明的谬误。

于是,我固执地将写有你名姓的物什一无所剩地全部抛扔,而将写有我自己名姓的旗幡高悬于我家门楣,还固执地高唱并赞美着自己。

于是,你让我痛苦与悲伤,并使我常暗自啜泣——满足不了希望时,我就失望;满足不了爱恋时,我就憎恨;满足不了生的富足时，我就想到了死。

但你并不因此离我而远去，也并不曾因我诸多的埋怨而抛弃我——你总让我在你微笑的目光中悲痛欲绝，在你慈爱的怀抱中失声痛哭；让我在你欲绝的悲痛中欢乐地歌唱，也在你失声的痛哭中怀抱幸福……

65

你把自己囚禁在阴冷潮湿的屋角，却让鲜花跑到户外，并开满山野。孩子们围在花朵旁拉手舞蹈与歌唱，而你躲在屋角，做孤独的游戏而不肯出来。

你把自己藏在沉寂幽深的黑暗处，却让光明散跑在原野，并洒满林间。人们在光明的天地间行走，谈论与歌颂着光明的美丽，而你藏在黑暗处，随人们的谈论而做孤独的游戏。

风在吹，温煦而和暖；花儿姹紫嫣红，蜂飞蝶舞；鸟儿叽叽喳喳，竞相歌唱——春天来了，鲜花与歌唱并存；斜阳即将落山，大街上，华灯绽放，光明与黑暗同在。

你的园田一片灿烂，也灿烂了我们的容颜；我们在你的园中欢乐与舞蹈，但我们听不见你歌唱，也看不见你舞蹈，我们只把你埋怨——走出来吧，从阴暗的角落，从你孤独的游戏中，伙伴。

66

囚锁你的门户不过是虚掩，伙伴，你不能将自己释放吗？关心与热爱着你的人们都忙于播种，我也一样——忙乱的工作使我们忘记身边之所有。

囚锁你的门户没有上锁——你看不见那门缝中跑进来的阳光

吗？你的窗台上正有鲜花开放。我们不想也不愿你被囚锁，但囚锁你的门户不过是虚掩，你不能独自走出来吗？

外面正有明媚春光。鸟鸣正欢。孩子们拉手舞蹈。花朵只开在花开的时节。风是自由的，它的篮子里只满盛着春日的芳香。

囚锁你的门户不过是虚掩。屋外，鸟鸣正欢。爱你与不爱你的人们都忙于播种。伙伴，你能独自走出来吗？屋外正有春光无限，花儿遍地开……

67

打在我心里的那个结，我始终都未能解开。每天，我只在它旁边做着无谓之游戏。这个结，是你打的；你永是盘腿坐于我的圣殿中，慈颜善目，沉默而无语。

你只一声召唤，便启动了我前行的脚步，而当我奔向你传言于我的那个美丽圣地时，你却隐身不见。你是怎样的一种伟大呢，我常这样问，但都没有结果。

风霜雨雪，我送走沟壑，迎来荒山；严冬酷暑，我迎接日升，又送走日落——跋涉是我脚步的必然，向前便构成我所有日子的风景线！

仰首是春，俯首是冬。蓦然回首，才发现，我还在原地打转——跨不过山的脊梁，踏不过沟沟坎坎，蹚不过水流的弯弯转转，也找不着你曾经的诺言。

我伤悲，常暗自哭泣。在伤悲与低泣中，我只伟大着伟大的你，也只低贱着低贱的自己！唉，打在我心里的那个结，我未能解开。那个结是你打的，我只在它旁边做着无谓的游戏，我的伙伴。

68

只因我拥有你赐予我的所有花环,如今,我的生命才这样灿烂;只因我聚集着你生命河流中所有的澎湃,如今,我生命的潮流才如此豪迈。

只因我汇聚了你所有的爱怜,如今,我才会如此的忧伤与哀婉;只因我寻求着你曾教唱于我的那一支支歌谣,如今,我前行的脚步才如此矫健与浪漫。

在春日的和风中,在夏日的热汗里,在秋天的落叶中,在飞扬的雪花里,在春夏秋冬的迷雾中,我只呼号你圣洁的名与姓,歌唱属于你的歌谣,舞蹈你美丽的舞蹈。

伙伴,没有人告诉你,说没有我的歌唱与舞蹈,你是孤单而寂寞的;也没有人告诉我,说没有你的舞蹈与歌唱,我便寂寞、孤单。你只传言于我:"你与我相悦相连,我们一同走向明天。"

69

思想你的时候,你还在遥远的远方。人们已入睡。我的屋内一片黑暗。披衣起坐,夜正浓,雨滴敲打着梧桐;风正吹,伴着雨,萧萧索索。但以你的名姓所唤醒的我的心事,却将整个世界照亮。

我想,我将不再哀婉和叹息,因为我心灵的圣殿里盛满了姣美的你;我想,我也将不再悲伤与忧烦,因为我思想的每一个角落都洒满你爱的辉光。

没有谁能使我的心野澎湃如春潮,也不会有谁能踏进我心灵的圣殿。我记忆的画屏中,没有别人,只有你——你正站在我青春年华的锦缎上舞蹈、歌唱。

伙伴,歌你唱你的时候,你还在眠睡中——你的酣眠未有苏醒，梦里还有云雾弥漫，而你的梦中正梦着别人……

70

穿上你平日的素装，带上你粲然的笑容，昂着头，走出你破敝的陋室，回到劳动的人群中，和大家同歌唱，与众人共舞蹈——别羞愧、别埋怨，我知道，羞愧和埋怨从不合你禀性。

高崖危岩，深沟巨壑，阴霾迷雾，电闪雷鸣，凄风苦雨，霜欺雪压，一切的一切，只想告诉你，它不过是一泓圣泉。走出你孤幽的陋室，在这美丽的圣泉中，擦洗你颜面，濯洗你双足，别悲伤、别埋怨，我知道，悲伤与埋怨从不合你禀性。

西月已归，朝霞重泛，光明的使者正在你屋外，等你开门；春天的信使已开始歌唱，温煦而美好，它只等待你美丽的应和，你还贪于眠睡吗？起来吧，伙伴，打开你家大门，让光明满满地涌进来——衣衫褴褛，蓬头垢面，别羞惭；屋陋室简，也别愧疚，我知道，羞惭与愧疚从不合你禀性。

71

面对诸多的中伤、诅咒，你只以微笑面对："以别人之苦痛换取己心之平衡，那是人性之劣根。"于是，你大胆地宽容，你无羞地走开。但我们都知道，这只焕发出你无与伦比的美德。

面对诸多的赞美与歌颂，你只表露出谦逊："向往美好，追求光明，这是人性之使然。礼赞阳光的合唱中，我只是其中最为普通之一个。"于是，你谦逊地微笑，你无言地走开。但我们都知道，这只焕发了你无与伦比的睿智。

面对中伤，你只大胆宽容，所以，你无羞地走开；面对赞美，你只谦逊地微笑，所以，你只无言地走开——别人以才华取胜，你只以德行占优；才华在你德行的雨露下走向高远，德行在你才华的春风里愈显光华、灿烂。

72

"没有比心胸更广阔之天空，没有比信念更坚实之希望——因为热爱，所以坚强。"

在向你住地前行的路上，伙伴，就没有比我喊你名姓的歌唱更响亮的雷鸣，就没有比我的心更火热的电闪，就不会有比我前行的呼吸更急促的狂风，就不会有比我的心跳更激烈的雨点。

"没有比脚板更长的路，没有比手掌更高的山——劳作勤苦，收获必充实。"

炎暑只催促我的脚步，热流只督促我向前。站一旁看热闹的人们，注定没看见金灿灿的秋天。那个金灿灿的秋天，风雨看到了，小鸟看到了，伙伴，你也看到了——你正站在热浪中等待着我前行的脚步。

狂暴的风雨不来，我园中的花朵必是灿烂，待到秋日，我的收获必充实，伙伴，我奉献于你的奉礼亦将华美而完满，这样，你高兴，我亦欣悦。

73

过去，人们都因你亲手所赐予我的那份荣耀而喜欢我，日夜围在我身旁，亲切地高喊着我的名和姓，并尊称我是他们的知己，说我是他们永生之朋友。那时，只有你从未闪面。

现在，众朋友都因我的过失而远离我、抛弃我，他们指责着我的庸俗，人们让我孤独，使我寂寞。我呼唤你，你便来到我身边，亲密地，拉着我的手，吻干我的泪，还来亲吻我脚。

你赐我以荣耀，还帮我佩戴花环，并宣告我的伟岸，述说我的荣光，而我在荣耀面前却忘却了你；伤悲与哭泣从不是你所恩赐，但我在伤悲与哭泣中却只高喊着你的名和姓。

我以荣耀为桂冠，而你以低贱为朋侣；你以你的伟大伟大着永待伟大的我，而我只以混沌的口吻寻找着永远纯洁的你。人们讥讽我，我只渴盼你；人们渴盼你，我只实现你，伙伴。

74

既然诺言在先，我相信，我所期望的时节定会到来——

那时节，冰雪消融，小溪款款，鲜花遍地开，百鸟和鸣；和煦的春风携带温润之芬芳，潺潺的溪水漂流悠扬的歌声；溪水常清，青山常绿；小伙们弹琴，姑娘们唱歌，孩子们做着快乐的游戏；人们脸上满溢着幸福的欢笑；美丽的国土上，花朵永开不败，生命的花篮永远灿烂……

既然诺言在先，我相信，我所期望的你定会到来——

你华美的车辇承载着我之所需，你善赐的双手攥握着我的期盼，你美丽的朱唇呢喃着我的名和姓，你悠扬的歌声将时时飘荡在我心田；你满面烟尘，你衣衫褴褛，你步履蹒跚，你唱着歌，你正整理着我那美丽的家园……

既然诺言在先，我所期望的时节就一定会到来，我所期望的你也就一定会到来，我的希望不会落空，我的设想不会成为空想——

是花朵，就会有灿烂；是彩虹，就一定会出现；我常念叨你，你定会常念叨着我，伙伴。

75

众朋友都以我的贫穷为羞愧,也以我的平庸为深深的苦痛,但我知道,你是挚爱着我的,因为,你是我的命定。

也许生命本归于贫穷,但我所拥有的,还有你所赐予我的这贫穷的生命——贫穷并非我所愿,富足永是我所期盼。

也许我之生命本就是平庸,但我所拥有的,还有你曾馈赠于我的诸多宁静——平庸乃生命底色的一种,伟大永为我所期盼。

你知道我的贫穷,总是囊空如洗,生命之杯总是空无所有;也知道我的平庸,总重复着单调的歌曲——重复着简单的重复,但你挚爱着我,从不厌弃。

贫穷不重要,勤劳着就是;平庸不重要,歌唱着就行;严冬不重要,我当看见春天;风雨不重要,我应看见彩虹……

——你圣洁的思想将引领我踏进你华美的宫殿,对你的歌唱将会载着我走向远方,而我的名与姓,也将随着你诸多的馈赠而变得光华灿烂,并永永远远,我的伙伴。

76

伙伴,你能原谅我吗?

尘缘未了,现在,我还无以超脱;行为物役,现在,我还不忍减缓——在尘俗的烦嚣中,我寻觅你那一抹爱意,那一串柔情,那一汪心灵永久的渴盼。

风狂雨横,现在,我正穿梭其中;浊浪滔天,现在,我正沉浮其间——在尘俗的奔波里,我在寻觅你那一汪纯情,那一泓清纯,那一抹心灵永久的慰藉。

你心的天空,骄阳似火;你心的沃土,正成熟着一望麦野;你的心田,满溢着一首首赞歌,你在歌唱、在呼唤,我知道,你正期待着我美丽的奉献……

但尘缘未了,我还无以超脱;但行为物役,我还不忍减缓——我穿梭在风雨中,沉浮于滔滔的浊浪里……

你能原谅我吗,我的伙伴?

77

有什么能走进我心灵的圣殿?是那凉爽如露的风还是那绵绵的雨?是那纷扬的冬雪还是那金色的秋果?不,我心灵的圣殿无人能进。

我心灵的圣殿无人能进,但我珍贵的朋友,只要你到来,我便敞开我家窗与门,并擎举双手,敞开胸怀——找不到光明的所在,那就让我欢迎黑暗之到来!

有谁能踏进我青春的园田?是那山涧迷雾还是那天上星辰?是那无人看管的孤独还是那被宠爱了的欢闹?不,我青春的园田无人能踏涉。

我青春的园田无人能踏涉,但我珍贵的朋友,只要你到来,我便一切都奉献,我虽然胆怯,但绝不会懦弱——走不进光明地,那就让我来触摸黑暗。

我心灵的圣殿无人能进,我青春的园田无人能踏涉,但只要你到来,我至亲至贵之朋友,我就敞开胸怀全然奉献,我虽然胆小,但绝不会畏惧。摘不来秋日的果实,那就让我笑迎雷打、电闪!

78

你在怨我,嫌我这尘俗浸染的身躯只演示着无力的作为,也辱没了你那明达万方的智慧;

你在怨我，嫌我这歌唱的言辞只洋溢着古老而疲惫的思想，也玷辱了你那圣洁无私的美丽……

——怨，你就怨吧，现在，我只敞开胸怀接受。

你在怨我，嫌我求乞的双手把握过从不属于你的那些粗俗的物什，嫌我迟缓的脚步不能和谐于你所指点于我的阳光通途；

你在怨我，嫌我这笨拙的舞步只旋转着无力之迟缓，嫌我这疲惫的思想只演示了尘俗之慵懒……

——怨，你就怨吧，现在，我只擎举双手欢迎。

你让我在诸多的埋怨中感受你圣洁无私的美丽，也只是让我在诸多的埋怨中感受你所赐予的伟大；你美丽的怨词满含着热爱，洋溢着温暖，深藏着圣洁，必引我走向光明……

——我敞开胸怀，并擎举双手，热烈而又热烈地欢迎并接受你美丽无私的埋怨。

79

你日夜坐在我心灵的圣殿里，慈颜含笑，合掌胸前，为我祝福与祈祷，既然如此，那就让我来伺候你好啦。

既然旁人的侍奉都不合你意，你便看不上眼，常心生埋怨，那就让我来照顾你、服侍你好啦。

他人的歌唱、舞蹈，你说，你听不习惯，看着也不顺眼，也就不合你心意，那就让我来为你歌唱与舞蹈吧。

我的歌唱，单调又忧伤，它既然不能让我满意，那就让它来丰富你的词调；我的舞蹈，人们都嫌它庸常，还缺少热烈，既然如此，那就让它来为你舞蹈好啦。

我这园田里，阳光普照，风儿和暖，花朵鲜艳，蜂蝶翩然，好鸟相鸣，风光无限——既然它们都不能装饰你美丽的心田，那就让我来装饰你美丽的门面好啦。

我，贫穷又低贱，还蓬头垢面；我的家，墙不隔风，房不挡雨，门窗也破敝，庭院更是荒芜——既然它们都不能装饰我的心田，那就让你来装饰我的门面好啦，我的伙伴。

80

你将自己深埋于土，还说，雨会给你以滋润，风会吹醒藏于你心中的苗芽，你会生出健旺的根，长出健美的苗，并绽放出灿烂的花，让大地增添锦绣，引农人灿烂的笑颜。

我和孩子们站在你身旁，只静静守护。我们只听从你的意旨与安排，并为你美丽的思想而祈祷。我们只耐心地等待——等待你美丽的成长，等待你的花容粲然。

春风来了，春雨也及时赶到。我们都为你迎来美丽的渴盼而欢欣不已。围在你身旁，我们欢歌、舞蹈——我们期盼你绽放的花朵粲然。

你把根心深扎于平原，让花朵开满山坡，引百鸟歌唱，引蜂蝶共舞。大地开满栀子花，风奏响了杜鹃鸟的喉音。围在你身边，孩子们追逐嬉闹；双手合十，我只为你祈祷。

多少年过去了，你盛艳的花朵依然灿烂。你姣美的容颜一点都未变，我们都祝福，愿你的芬芳将整个世界都温暖，我的伙伴。

81

"让生活成为享受，让人生成为艺术。"你美丽的愿望坚定了我脚步；你赐予我的花朵正绽放在我家阳台，光华灿烂，映照得我的房间也一片敞亮；我不愿让情感的潮水被理智的闸门封锁着——情感澎湃了生活，激情灿烂了人生。

"勤苦的播种必蕴含收获，踏实的耕耘定预示丰富。"你美丽的思想灿烂着我的生命——我不愿我生活的任何一页空着，因为我曾在其中生活过；我不愿把不满的言辞积压心中，牢骚乃思变的催化剂。

"风雨只述说目前，彩虹驱散阴霾。"你美丽的情愫引导我行走于你为我而设定的大路上——我不愿生命的河海中少了迷茫，曾经的迷茫坚定了河海流淌的希望；我不愿站在这岩石上单等你到来，我知道，你正站在灵湖旁等待着我前往。

"好鸟相鸣，鲜花遍地开，打开窗户，让阳光进来。"你美丽的教导把我布满了阴霾的天空照亮——在自卑自贱的泥沼里寻觅，所寻觅到的，永是卑贱的自己；在忧愁的浓荫下捡拾，所捡拾到的，也只有烦忧种种。

伙伴，你美丽的思想引导了我矫健的舞步，我矫健的舞步必将灿烂你美丽之思想——让生活成为享受，让人生成为艺术。

82

让明天披挂着明媚，辉映着灿烂，透发着芬芳，在那个铺满荆棘的曲径边，在那个迷惘的芦荡里，在那个幽深的莽林中，在那个秀美的花园里，我知道，你正等待着我起程前往。

你让我以往的苦痛都化成你今日那喷香吐芳的祝福，让我昨日的愁忧都沉浸在你今日无边的霞辉中——虹桥花路，是你为我铺就的历程；青山绿水，鲜花满园，好鸟和鸣，是你为我设定的家园；桂殿高阁，睦邻善友，这是你为我们准备好了的庭院。

告别以往，我起程远行，不为别的，我只来领受你所赐予我的今日，向着你谕传于我的那一片原野进发——那个散发着温馨的曲径，那片辉映着萧索的芦荡，那个满含着深邃的莽林，那座秀美而奇丽的家园——我的脚步不停，我的歌唱便不能终止，舞蹈的脚步亦不会停歇了。

83

流淌在我胸中的这条小河，我知道，它正流淌着永恒，亦是在流淌的永恒里走向湮灭。但是呀，我还在希望它像太阳抑或月亮，既带着永恒的湮灭在滚动，又携带着瞬间的希冀而被流放……

你华美的宫殿正等待我这飘荡着荆棘的双脚去雕饰，你那尊贵的容颜也正等待着我尘俗的垢面来觐见，而你所许诺于我的那一顶桂冠、那一串花环，我知道，它也正向着人们诉说着它的主人的英姿与伟岸。

在你音乐的弥天大网中，我寻觅着的是那一串属于我的音符，只因它还被藏在你欲待吐发的朱唇里，只因它还被藏在你善于恩赐的纤指间。

在你赐予我的这偌大的园田里，我日夜寻觅着的，是那属于我生命的灿烂的花环，只因它还被藏于你的胸野中，只因为它还被藏在你曾经的诺言里……

流淌在我胸中的这条小河，清澈纯洁，不为世所趋，没人能阻塞，在阳光的照耀下，在雨露的滋润中，在和风的吹拂里，它只咏唱着属于你的歌。但我知道，它正流淌着湮灭，亦是在流淌的湮灭中达到永恒……

84

我的工作平淡：清晨，我只踏着黎明而行，夜晚，我只披着星月而归——重复着单调的重复，说唱着简单的说唱，亦舞蹈着笨拙的舞蹈，就这样，日复一日，年复一年，因而，对于你，我很少有奢望。

我的能力有限，水平也一般，像小草一棵——高天的星辰距我太遥远，璀璨的桂冠只向人们述说着艰难，挺拔的树木只朝着天空微笑，花朵只为游人绽放。因而，对于你，我很少有欲求。

对于你，我不敢奢望、欲求，我知道我的能力，亦明白我的水平，即使偶然间萌生，那也只是徒然，只平添我之忧烦，只让我心不安，所以，对于你，我不敢有所奢望与欲求——我奢望的翅翼绝不会飞临你家门，更不会触及你那富丽华贵的宫殿。

我知道我的能力与水平，对于你，我不敢有奢望、欲求，但倘若有，就敬请原谅，那只是我生命中的一次偶然。

85

颤颤地，我来到并站于你门前，求你恩赐，并希望能多多益善。我知道我的贫贱与卑怯，所以，我要求你的很多。

你的歌唱，意蕴丰厚，高亢又美好，让我充满无限幻想。哦，把你美丽的思想与智慧赐予我一些吧，我从今往后的脚步将演绎你胸怀的博大——别埋怨我的贪婪，因为我还是个贫者。

你的舞蹈狂烈，满含了激情的奔放，让我心生向往。哦，将你狂放的热情传导于我一些吧，我从今往后的前行必昂扬而阔步，阐释你情感的热烈，传递你狂放着的美丽——别埋怨我的迂阔，因为我还不想失去自己。

花朵在开放中演绎春天之繁盛；鸟于孤独中飞翔会发现自由；我在放纵的自我里，却常常发现自己的孤独。渴望多枯死于惧怕黑暗的路上。我的渴望深切。在不间断的渴望中，自觉与不自觉地，我即来到你门前，求你恩赐，希望多多益善。

我的心潮翻滚于灯红酒绿的闹市，我要求你的永远很多——别埋怨我的贪婪与迂阔，因为我还是个贫者，却也不愿丢失自己。

86

我的园田不大，但到访的朋友常来，人数还不少。站在小径上，朋友们偶尔学几声鸟鸣或蛙叫，偶尔唱几句歌谣，并不时赞赏感叹。和他们在一起，我既荣耀又惊叹，唉，伙伴，要赞美你的勤劳，我尚缺时间。

曲径通幽，怪石嶙峋，池沼湖泊，旖旎风光，朋友们步履安闲；他们或谈白云悠悠，或叹赏树木花草，议论往日收获的多与少。跟行在他们身后，我一边艳羡，一边惊叹，唉，伙伴，要赞叹你的无私，我尚缺时间。

今天，朋友们忙于他们的收获，我独自出门。外面的世界奇特而新鲜：阳光明媚，风轻云淡，山清水秀；游人如织，引我感叹。徜徉于美丽的风景地，我一边赞赏，一边惊叹。唉，伙伴，要赞叹你的伟岸，我尚缺时间。

晚风吹起时，我来到你身边。你欲言又止，却一脸灿烂："你园中的花朵，个个鲜艳；鸟鸣清脆，声声欢快，祥和了你园田。"吹着金笛，你为我演绎花的芬芳、鸟的欢鸣，我兴奋，我惊叹。唉，伙伴，要实现你的宏愿，我尚缺时间。

87

艰辛着所有的艰辛，我寻求安逸；忙碌着所有的忙碌，我找寻悠闲；苦痛着所有的苦痛，我寻求甜蜜——我相信，我爱得不深,是因为我痛得不够;我痛得不够,是因为我爱得不深。

既然注定了圣洁无欲的你是我生命美丽的等候,那就让我坦然等待。花园在等待中迎来花朵的灿烂——我知道,我爱得不深,是因为痛苦得不够;我痛苦得不够,是因为我等待得不够。

挤出脉管中仅有的一点血,以滋润自己仿佛失修已久的生命,我迷茫在自己前行的道路上,伙伴,你呢?

释放出生命里仅存的一点眼泪,滋润我干涸的心田,我迷惘在充满希望的园田里,伙伴,你呢?

88

"生命不止,前行的脚步便不能停歇;春色正浓,风光无限,正是歌唱与舞蹈的时候。"这是你的意旨,我不会忘记啦——我的脚步永远在路上。

向着你的圣地,我走着,并呼唤着……但我的呼唤,向着蓝天,而白云悠悠,向着大海,而波涛滚滚。我是怎样的一个命呢?我常这样问,但都没有结果。

我虽然有些自私,但我牢记着我应该的奉礼——在你春的原野上,采一束鲜花,抑或编织一串花环,我奉献给你。抑或捧一泓春潮,或是掬一汪鸟鸣,抑或捧一怀荒野,抑或牵一缕炊烟。而这些,不知你又是否喜欢。

过多的思想使我举步维艰,瞻前顾后又使我失去了应有的胆魄,而供献的应该与必须又使我满怀焦虑——在爱的园田中徘徊,我丢失了爱,就像我在自己铺就的道路上迷了路。伙伴啊,我该以什么样的礼物来觐见你春日的芳颜?

89

我总在怨你,是你让我耕耘于这荒芜园田,让我在漫天的荒芜中实现自己,我更嫌你走向我草舍的脚步太缓慢。

你总在怨我,说许诺于我的那顶桂冠,依然挂在你门楣,只等我摘取,你更嫌我这踏向你圣地的脚步太迟缓。

我总在怨你,是你把我投进这幽深的湖潭,让我在这湖潭的幽冷里寻求春天,我嫌你踏向我草舍的脚步太缓慢。

你也总在怨我,原野上的花朵正灿烂,正待我去摘,以装饰我这破败的门面,你更嫌我这踏向你圣地的脚步太迟缓。

我曾对你讲,最要好的朋友才需最贴心的救助;你却曾对我说,最要好的朋友才最需要最艰苦的磨炼。

为了我歌唱的美丽,我把你藏于花朵的灿烂里,让你飘荡在翔鸟的争鸣中,哦,我走向你圣地的脚步太迟缓,你走向我草舍的脚步太缓慢。

90

咀嚼着你特有的芬芳,回应着你热切的呼唤,伙伴,我的生命将因你而灿烂——你的容颜,我镌刻于心,我亦铭记着你曾许诺于我的那一串诺言。

并非所有荆棘都预示绝境,只要随你的歌唱而歌唱着前行,只要随你美丽的舞蹈而舞蹈,我相信,你许诺于我的那一串花环将更加耀眼。

脚下是无垠的黄沙,眼前只一片荒凉,没有一株树木为我消减迎面而来的风,也找不到一簇野草来明证生命的存在,天边的乌云分明告诉我,风已来,雨雪已至……

呼啸的寒风翻乱了日月星辰,飞雪将整个世界淹没;我前去的路途,迷茫在呼啸寒风中,纷乱在茫茫雨雪里——雨与雪在属于我的原野上飘,伙伴,它为何却打湿了你的衣襟?

葵花金黄灿烂,因为它心向太阳;伙伴,我把自己交给你,我能否收获金灿灿的希望?要收获幸福就必先付出艰辛,但当我把所有的艰辛都付出后,我是否能得到你那一串诚挚而美丽的诺言?

91

你不会嫌我、弃我,就像你不会嫌你、弃你那样。艰难时,你以慈爱的手掌安慰我,还把你的手杖假借于我,让我走泥泞路,踏坎坷道;唉,以往所有的风雪霜露,皆因我而起,让你忧心,使你煎熬,这一切,我之责任,我来承担,但愿它不再使你伤心叹惋。

我爱你、信你,亦就像我爱我、信我那样。现在,我将我的这所有都交由你掌管:以往的捡拾,虽有碎石瓦砾,也有珠贝金粒,我曾经的采集,既有枯枝也有花朵,既有风雨也有彩虹,既有蝉鸣与蛙叫,也有莺歌和燕舞,这一切,现在,都在这里,希望你接受并喜欢。

你在你花园里歌唱,曲曲歌唱我;我在我园田中舞蹈,步步舞蹈你;你的歌唱饱含热情——它热情了我,我的舞蹈激烈——它只演绎你。

引我前行的灯笼握在我手中,点亮灯笼的火镰却装在你的口袋;我寻思你,你牵我、引我,只因你不嫌我、弃我,也就像你不嫌你、弃你的那样,只因我爱你、信你,也就像我爱我、信我那样。

92

　　你把自己深埋于尘土,却让我在灿烂的花树间歌唱着寻觅;我听到了鸟儿的和鸣、蜜蜂的嘤嗡,看到了蝴蝶的翔飞,也闻到了鲜花的馨香、秋果的味道,但我找不到你;找不到你,我便看不到风景的美丽。

　　你把自己藏进偏僻地,却让我在喧嚣的大街上舞蹈着找寻;我看到了人们匆忙的脚步,闻见了热闹繁盛的气息,也听到了人们呐喊呼号的焦急,但我找不到你;找不到你,我便融合在街市人们的喧嚣中。

　　我还是个贫者,尘俗沾满身;我的歌唱只成就了我的幻想;而这幻想,你也知道,一经你玉手点拨,便会随白云而悠然,随飞鸟而翱翔,随鲜花而灿烂,但你不闪面,我也找不见;找不见你,美丽的景色我便看不见,心中总是埋怨,伙伴。

93

　　我仅有的欢乐,现在,它成了你生命之所需。既然如此,你就拿去好啦——这短暂的欢乐,我不需要,我所需要的,只是这歌唱着的永恒。

　　你美丽的心思,我能参透——你只是让我在无尽的歌唱中不要忘记你对我的呼唤。寒冬清楚春花的深心,酷暑明白秋果的根系,我懂得我肩头的责任:我当高唱你赋予我的那一首首赞歌,生命不止,歌唱就当永远。

　　我的心思,伙伴,你总该明白,我只是想在对你无尽的歌唱里寻求我生命的希望——希望使盲人找到光明,风雨让人们看到彩虹。我在歌唱中会牢记你对我永久的呼唤,我知道,你对我永久的呼唤将引导我的歌唱走向永远。

我仅有的欢乐,现在,它成了你生命的所需,那么,你就拿去,一无所剩地拿去,我敞开胸怀全然奉献,伙伴。

94

因你美丽无私的奉献,我想,我需要给你建一座路碑:碑上,我一半画风雨,一半绘彩虹,我要让你在看见风雨时就能看到彩虹,而在看到彩虹时亦即时看见风雨。

迷蒙的风雨深处,我要添一轮太阳于其中;绚丽的彩虹里,我也须绘几只鸿雁在偏旁,这样,你会在风雨中不迷失方向,也会在彩虹的绚烂里不感到寂寞。

我这样的设计是不是合理,而它又是不是合你脾气,我依旧记得你当年那美丽的情思:"我,陪你,好让你面对你之痛;离开你,好让你听见自己之歌唱,亦看见自己之舞蹈。"

伙伴,依你美丽的教诲,我想,我需要给你建造一座路碑;迷迷蒙蒙的前行中,我没有忘记你,你亦会惦记我。

95

将忧烦抛至九霄,扔到云外,让你的心湖,像这秋日天空一般,广阔而澄澈,洁净而亮丽,清纯而悠远。

暂放你手中的杂务,走出你的陋室,让你满怀的情愫都归于这明净的山、这秀丽的水——这山间的风、这秀丽的水,足以让人明白什么叫舒畅、什么叫清爽。

还是在半自由的命运中,人们度日如年——脸上的纹波述说着平静,胸中集聚着翻腾的力量,我不能例外,你也必是亦然。

深渊里那些沉默的灵魂,在悲哀,在微笑,在哭泣,在舞蹈——身,无处不在束缚中;血,永在脉管中澎湃。

伙伴,将忧烦抛至九霄,扔到云外,让你满怀的情愫都归于这明净的山、秀丽的水,它们足以让你明白什么叫永恒、什么叫陶醉……

96

时值日午,阳光朗照,炎暑灼人。夏日的林荫正浓,收获的季节尚需时日,冬季的飞雪尚且遥远。

辛劳之后的人们回家歇息——人们欣慰于他们辛苦的劳作,也必惬意于他们安然的歇息。

坐在林荫深处,仰卧于溪流旁——我欣慰于自己往日的歌唱。"觉醒之灵魂最痛苦。"我没有痛苦,因为我还没觉醒;我没觉醒,我便不会痛苦。我不敢非分地想,我知道自己的力量。

享受着夏日林荫的抚慰,接受溪流温存的慈爱,我将自己融合于潺潺的溪流里,让自己陶醉在无边的鸟鸣中。

在无边的惬意中,我忘记了人们,人们也在他们无边的惬意中忘记了已经忘记了他们的我……

97

从不愿生命在无为中消磨,于嬉闹里蹉跎,你的口中永唱希望的歌;总相信一切都不会太坏,怀一腔热血,使生命的泉流汹涌澎湃。命运是你手中绳牵的奴隶,也是你肌腹的焦渴,更是你前行途中一首首美丽的歌——我随着你,你伴着我。

函谷险隘,青海长云,江南烟波;五千年风霜雨雪,八万里深沟浅壑——我膜拜你,你呼唤我;炎暑中,你呼号奔波;严冬里,我迎冰雪;秋风中,我紧靠了你,你牵拉着我——我只依你的牵拉而奔波。

你将呼唤藏在鸟鸣声里，将歌唱融合在鲜花怒放中。依顺着你的呼唤，我只依你的呼唤而歌唱。你是你的主宰，却成了我生命的脉络：收集阳光以照亮黑暗；收集风雨来绘画彩虹——我是你的呼唤，我依你的呼唤而舞蹈不断。

你以你的伟大呼唤永盼伟大的我，我以我的舞蹈而旋转着伟大的你——我是你永远的呼唤，你是我歌唱与舞蹈的主题。你心的原野阔大无限制，从你这原野上滋长出来的我的歌唱也将源源不断，而舞蹈亦将更热烈、灿烂。

98

那一次，你离我而去，为了那个远方的梦；那一天，我离你而往，去寻觅属于我的乐园。盘旋了一周，转过无数个弯，今天，我们又重逢，相逢，已是满目潇潇的秋。

现在，我依旧在你的双目中觅寻，寻觅你胸中那条流淌的小河。只为拣一枚金币，我曾弯下脊腰，唇齿间却依然呢喃着你的嘱托："带着身边剑，让生命在剑的穿刺中永生抑或毁灭，遥远的去处，终有人伴沉默而歌。"

我滑向生活的浊流，你便双手合十胸前，但只为我祈祷；我落于庸俗，你便呼号呐喊，但只为我而呼号。

哦，你消失于生活，我只为你哀悼，但只要你把爱播撒大地，我就和孩子们一起，为你欢歌，也为你舞蹈。

悲吗，我又回到你身边？喜吗，你又回到我身旁？我只见你，站在园田中，目视远方，手握牧鞭，轻轻咏唱……

99

我生命的圣水将永无枯竭，只因你在我身边唱着温柔而澎湃的歌。

你心的画页有如朝霞一样富有而美丽，它在我心中永远缔结着爱的丝萝；充满月辉的天宫固然美好，令人向往，但我只愿在地上唱着你所亲口教于我的那一首首恋歌——是它将我引至勇敢与高尚，驱除我深埋于心中的诸多怯懦！

沉寂与清苦的夕照中，抑或在孤独而落寞的角落里，抑或在风雨凄凄的阴霾下，我咀嚼着你馈赠于我的收获——天空中，我是你圣歌中的一朵白云；大地上，我是旋转于你面前的一只羞涩的陀螺，一任你歌的长鞭将我抽打，我只明白我旋转的职责。

只因你在我身边唱着温柔而澎湃的歌，我生命的圣水啊，它将永不枯竭！

结束语

我不知道你是花还是草，也终不明白你是草还是花，就像我永不明白云朵是不是就是雨，也终不清楚雨是不是就云。过去、现在与未来的路程都曾提醒过我，花与草都是泥土的产物，哦，都是自然中不能再自然的自然了。

有古圣先哲曾告诉我，是自然的就该归于自然。我也曾含泪向古圣先哲们诉说，自然的自然也许不会自然，但自然的自然终究会归于自然。但这只是个千古久积的话题，我说不清，也未必能讲得明，而只有草与花的颜色会证明那话题是黑暗还是光明，是坟墓还是路碑。

有草才有花，有花就有草，仿佛有天终会有地，有地就会有天一样。草是绿的，花是黄的、红的、紫的……但天和地的颜色该是怎样，我却忘却了，也许那不能辨明的话题，只有草和花去述说、去申辩了……

跋

从学校毕业后又被分配到学校任教,学校是我生活了大半辈子的地方。无论是在陕西乾县杨汉中学还是在青海民和师范、民和一中,抑或是在台州一中直至退休,就是随后在北师大台州附属高级中学以及目前在浙江大学教育学院三门观澜中学任教,说对教育教学工作的挚爱与"忘我",说实在的,我真不够格,但要说对教育教学工作的热爱,自我认为还能算得上:一支粉笔,三尺讲台,虽清苦单调,但我丝毫不敢有所怠慢,因为我所面对的是孩子们那透射着童真而又充满了渴盼的眼睛,以及家长们那恳切而挚诚的叮咛与满怀的期望。

校园,一如农人劳作的园田——我在这园里,起早贪黑,辛勤播种,勤苦劳作,期盼着收获,年复一年;三尺讲台,仿佛是我尽情表演的舞台——我在这台上歌唱个不止,也舞蹈个不休;歌唱与舞蹈中,我常忘记自己。每天,我都怀着新鲜的激动,也都充满热切的渴望——我陶醉在自己的设想与梦幻中,有时愁忧无边,烦闷有加,有时也欢乐无限制,常常还沾沾自喜。

对美好事物及美好前途的追求是我们现实人生的共同。就教育教学而言,因个人秉性、学养、能力等方面的不同,学法、教法也就自然各有所异。我爱学校,亦爱我所从事的职业饭碗,更爱我身边的孩子们。仿佛学校与课堂就是我人生的命定,从教四十年,从未离开过。兴趣是最好的老师,热爱是自我前进的动力,觉悟是最道劲的成长。我用真诚而质朴的"爱"看待周围事与人；跟同事相处，在课堂上课，仿佛我永远吹奏着我小时候所喜欢的"麦笛"。

国民教育不可或缺，中小学教育更如此。孩子虽是一个家庭的未来，更也是民族、国家的未来；教育教学者是未来社会的引领者，孩子们在教育教学者的引领中走向高远。教育者为"王"，孩子们则是"王"中"王"。作为教育者，我们首先得把孩子们当成"王"，我们才可做"王"；教育者只有将每个学生看作是孩子且爱着每个孩子，才可赢得孩子们的爱——爱是教育的"根"。教学管理与课堂教学，当顺应孩子的天性，丰厚孩子的学养，引领孩子们快乐成长；但这就目前而言，只是梦而已，但我努力去实现。

"教育的理想"应该是什么抑或说"理想的教育"应该是怎样的，这是我们每个教育工作者不能不去思考的问题。教师是众多职业类型中的一种。我们虽然活得很卑微，但不能没有高尚之情怀。"真、善、美"不仅是现实社会的必需，也更是美好的未来社会之应该，因而也就是我们人类追求的共同，自然也就应该是教育工作者终生的追求。"真、善、美"是我们生活中真正的主人，因而，教材及教育教学当以它为核心，引领孩子们健康成长，高尚地活着，我想。

俗语有言：金无足赤，人无完人。事与物皆如此，教学自然不会例外。觉醒了的灵魂最珍贵，而觉醒的标志，我想，最简单而粗浅的，不过是对自己的所作所为有所反思，进而有所改善；不断反思以达自省，又在不断反省中使自己达到一个"可为"的层阶，无论做人，还是做事。庄子笔下的"圣人""神人""至人"玄而又玄，我们无法望其项背，但我们可以在自我认识的基础上努力让自己更上层楼。在强大的物欲面前，解救自己并拯救自己，与此同时，我们亦在解救与拯救别人，拯救世界与人类。灵魂是自己真正的伙伴，让我们来守护与看管。

  风在吹，风的方向藏在风中；我在风里歌唱与舞蹈，怀着激动，也充满渴望；歌唱与舞蹈，我在解救自己，亦在传递风的方向，同时，我也想将自己的呼唤荡漾于风中，让风去呢喃……

2023年5月于台州

代后记

从野外散步回到寝室，已是黄昏时分。草草弄了点吃的，算是对辘辘饥肠的回答。

碗筷，先放着；锅与瓢，也放着——等有心情了再洗，我想。

打开电视，哦，《蓝色多瑙河》；哦，《渔舟唱晚》；哦，《春江花月夜》；哦，《走进新时代》……

沉浸在音乐中，我忘了外边的世界。

《二泉映月》，如泣如诉，好不伤心；《阳关三叠》，一唱三叹，确实悠远；《在那遥远的地方》，舒缓，深情；《花儿与少年》，朝气蓬勃，轻快明朗；《梁山伯与祝英台》缠绵忧伤，但很美妙；《命运交响曲》促人醒悟，让人振作，给人力量，催人奋发……

我忘了外面的世界，我亦为我而祈祷。

不曾关掉电视，我躺在床上，继续着自己的继续。恍恍惚惚恍恍惚惚地，我做了个梦，梦很奇怪，也很美好——

春满大地，原野一片苍翠；众鸟高飞；牛羊遍野；牧歌阵阵；劳动的号子此起彼伏；溪流潺潺；有花朵在绽放。坐在溪岸旁，斜卧于柳荫下，我吹着笳；我的牛与羊围在我身边，有几只闲卧于地，还有几只在草地上嬉戏，它们偶尔朝我"哞""咩"几声，我懂得它们鸣叫的含义，但我说不出其中的真理。

梦很奇怪，但我以它为真实。这是我的禀性，我向来就如此。熟悉我的朋友们也都知道。

梦醒后，我把这情景记录下来。回到学校，将它传给几个朋友与同事看。他们都说："其实，那时，我们也在其间。现在，就让我们把它传唱出去。"传唱时，他们还帮着校正，使之美丽；传唱者，同事及朋友李明德、严国红、徐友龙等，于是，便有了这么一本书。

至于给它起个什么样的名字，我思虑再三。我的禀性、我的职业以及我平时所思想的内容，大体都与爱有关，又因这些不起眼的小玩意，又都与诗歌缘分大一点，且只为"自我欣赏"，仿佛自己处在一个鲜为人知的地方给自己弹着远古的胡笳一般，于是，我就姑且定名为《爱园清笳》。

上述文字，足以证明这本还能算作书的书，第一贡献人便是我的朋友李明德、严国红，承蒙其推荐，以使它不再归于"自我欣赏"行列而与大家见面；第二贡献者便是陕西太白文艺出版社，特别是蔡晶晶编辑为此书付出了万千辛劳；再其次便是观澜中学领导与同事的大力支持；再其次是默默支持我的老婆李艳博。在此，我一并深表谢意：谢谢！谢谢！

2013年9月于台州椒江
2023年5月修订于三门观澜